Lo que la marea esconde

María Oruña

Lo que la marea esconde

María Oruña

Ediciones Destino
Colección Áncora y Delfín

Obra editada en colaboración con Editorial Planeta – España

Bajo el sello editorial DESTINO M.R.
Avenida Presidente Masarik núm. 111,
Piso 2, Polanco V Sección, Miguel Hidalgo
C.P. 11560, Ciudad de México
www.planetadelibros.com.mx

Primera edición impresa en España: junio de 2021
ISBN: 978-84-233-5966-0

Primera edición impresa en México: marzo de 2023
ISBN: 978-607-07-9739-2

Impreso en los talleres de Impresora Tauro, S.A. de C.V.
Av. Año de Juárez 343, colonia Granjas San Antonio, Ciudad de México
Impreso en México – *Printed in Mexico*

Para Ladi y Alan

I

> ¿Es que pretende decirme, inspector, que éste es uno de esos casos que encontramos en las novelas detectivescas, en que un hombre es asesinado dentro de una habitación cerrada en la cual nadie ha podido entrar?
>
> AGATHA CHRISTIE,
> *Navidades trágicas* (1939)

Cuando todos los planes se desmoronan, cuando se termina el amor y comprendes que ya nada será igual, comienzas un discreto viaje hacia el abismo. Es una caída imparable y silenciosa. No quieres que nadie te ayude a levantarte porque crees sentirte mejor en la oscuridad, como si ya solo pudieses estar a salvo en tu propia y rutinaria pesadilla. Pablo se había sentido así no mucho tiempo atrás: roto y de rodillas, deseando tener el valor suficiente para acercarse al acantilado, avanzar un par de metros más allá y deshacerse sobre las rocas.

¿Qué lo había salvado a él? ¿Su propia fuerza interior, su inteligencia emocional? Una vez había escuchado decir a un humanista que, ya que estábamos aquí, teníamos la obligación de vivir. En las circunstancias que fuesen. Vivir. Saborearlo todo, perderse en todas las delicias posibles. Ah, las palabras. Seductoras y convincentes, pero poco efectivas para un chico de veinticinco años que se había quedado parapléjico. Un accidente de esquí absurdo, cuatro años atrás, en el corazón de los Alpes franceses. Ahora parecía lejano aquel momento en que había destrozado parte de su médula en la blanca estación de Chamonix. ¿Quién le iba a decir que volvería a disfrutar de la vida, y de aquella forma? Sin su padre, Julián, no habría sido posible. La familia, siempre la familia... A veces supone un pozo oscuro y resbaladizo del que nos cuesta salir, pero en otras ocasiones se viste de un amor poderoso e incondicional, que es el que nos salva.

Ahora Pablo observaba, sorprendido, el interior de la preciosa goleta donde se encontraba navegando y donde iba a cenar en solo unos minutos. Desde luego, el Club de la Bahía de Santander había hecho un trabajo extraordinario con su restauración. *La Giralda* era una goleta de unos treinta metros de eslora por ocho de manga, de dos palos, que había sido construida en el año 1984 imitando el estilo de las embarcaciones de principios de siglo y que formaba parte de los lujosos bienes del club deportivo desde hacía solo un año. Hasta el momento, el club no había tenido más que un servicio estival de zódiac desde la playa de la Magdalena hasta el Puntal, pero el aumento de socios y la bonanza del club parecían haber mejorado ostensiblemente sus servicios. Hacía solo unas semanas que la embarcación había rematado su restauración, y su botadura se había celebrado con una gran fiesta.

Comenzaba un suave mes de junio y a través de las evocadoras ventanas de la nave Pablo pudo comprobar que surcaban suavemente las aguas de la bahía y que estaba a punto de anochecer.

—Qué marinero todo, qué bonito, ¿verdad?

—Sí, ha quedado muy bien —reconoció el joven, mirando a la mujer que estaba sentada a su lado en el gran salón de la nave, con capacidad para veintiséis personas.

Comprendió que ella hablaba por hablar, por mantener una conversación. Se la veía angustiada. Pablo pensó que parecía más un ama de casa de mediana edad, desorientada, que la secretaria personal de la presidenta del Club de la Bahía de Santander.

—Margarita, ¿está usted bien? Parece sofocada.

—Ah, sí, sí —afirmó ella, toqueteando los cubiertos y acomodándose de nuevo en el enorme sofá Chester de cuero verde que rodeaba tres ángulos de la mesa—. Debe de ser el calor. Y usted, ¿está cómodo?

—Mucho. No creo ni que me levante de la silla.

Ella lo miró desde su rostro blando y amable, abriendo la boca y ensanchando más sus amplios mofletes hasta que asimiló la broma. Subir a Pablo al barco no había supuesto ninguna complicación para la tripulación, y él se había limitado a bloquear su silla de ruedas ante la gran mesa del salón, donde iban a cenar. Los techos y las paredes eran de madera blanca, pulida y reluciente. El suelo, de color haya oscuro, también había sido restaurado, pero respetando la visibilidad de los arañazos del tiempo y del paso de los marineros.

—A usted lo que le pasa es que está preocupada por esa bruja —intervino sonriente un hombre alto, de cabello cano; señaló con sus ojos azules el camino hacia el ancho pasillo de entrada al salón, tras el que se encontraba bien visible la entrada al camarote principal de la nave—. No haga mucho caso a la señora Pombo... ¿La riñe a usted siempre así?

—Oh, no, no...

Margarita se azoró y procuró disimular su sonrojo atusándose su media melena de color rubio desvaído y algo apagado. Comprendió que algunos de los invitados debían de haberlas visto y escuchado antes, cuando su jefa, Judith Pombo, la había reprendido severamente antes de retirarse al servicio del camarote.

—Es que Judith tiene mucho trabajo, señor Rallis. Mucho.

—No me diga. Yo pensaba que le habían metido un limón por el culo.

Pablo se rio y compartió con Basil Rallis una mirada de complicidad. Él la conocía poco, pero era cierto que Judith Pombo era una mujer de carácter difícil, que desde luego a él tampoco le había puesto las cosas fáciles. Debía de tener unos cincuenta años, pero se acicalaba como si acabase de cumplir veinticinco. Vestidos ajustados, corsés de algodón de alta calidad y americanas entalladas; sesión de peluquería y manicura semanal, y una máscara de caros coloretes y sombras oscuras por maquillaje. Siempre exigente y selectivamente irascible, dependiendo de quién fuese su interlocutor.

A los pocos segundos de entrar en *La Giralda* había reprendido a su secretaria por haber organizado la cena en el barco. Pareció importarle poco que el capitán e incluso varios de los invitados estuviesen a solo unos metros, simulando no enterarse de nada mientras admiraban en voz alta la belleza y el buen gusto decorativo en la nave. «¿Acaso tengo que hacerlo todo yo, Margarita? ¡Dime! ¿Eh? ¡Dime! Aquí, el cóctel; ¡solo el cóctel! La cena, en el club.» «¿Qué? ¡Pues claro que dije que cenábamos en el barco, pero en la fiesta ibicenca, no en esta, por Dios bendito!»

Después, varios de los invitados y el propio capitán de la nave, que estaba justo al lado de Margarita, habían visto cómo Judith Pombo se había retirado al camarote principal, justificando su necesidad de acudir al servicio con el mareo que le provocaban los barcos y el profundo cansancio que acumulaba después de pasar la jornada en Londres, de donde acababa de llegar. Tal vez se tumbase incluso unos segundos, aunque solo fuese para responder algunos de sus múltiples correos electrónicos y llamadas. Había asegurado que saldría en un momento, pero ya llevaba un rato sin tener la gentileza de atender a los invitados. Margarita hizo caso omiso al soez comentario del señor Rallis y, dada la ausencia de su jefa, decidió comenzar a formalizar las presentaciones. Se levantó y carraspeó torpemente antes de comenzar a hablar.

—Bienvenidos a bordo de *La Giralda*. Vengan, vengan todos, por favor. ¿Les importa ir tomando asiento? ¿Cómo? Ah, por supuesto, donde quieran.

El primer oficial del barco se aproximó y habló a Margarita al oído. Ella asintió.

—¿En cubierta? Sí, dígales que bajen, por favor.

El primer oficial se retiró tan discretamente como había llegado, y en un minuto estaba de regreso acompañado de una joven morena, de mirada brillante y con cabello rizado, oscuro y salvaje; la acompañaba un individuo ya maduro y de constitución blanda. El hombre vestía un polo rosa y sonreía con esa suficiencia modesta de los que caminan satisfechos de sí mismos, conformes con su vida; acariciaba su incipiente barriga imitando el discreto afecto con el que lo hacen las mujeres embarazadas cuando su estado aún es un secreto.

—¿Nos estaban esperando? —preguntó sorprendida la chica, todavía con el frescor del mar sobre su piel.

Era guapa, y su juventud y naturalidad resultaban apabullantes. Se ajustó los tirantes de su largo vestido verde, que se recolocó en un único gesto, como si con ese movimiento ya estuviese presentable para sentarse a la elegante mesa.

—Perdonen que hayamos tardado en entrar... Es que acabamos de rodear la Isla de Mouro y las vistas sobre la Magdalena eran impresionantes. ¡Navegar en esta goleta es una verdadera maravilla!

Todos volvieron la mirada hacia los ventanales del salón, que imitaban un enrejado inglés, y observaron admirados la belleza de la costa de Santander. El Palacio de la Magdalena se dibujaba imponente sobre los acantilados, en un juego de luz y sombra que solo era posible ver desde el mar y cuando la noche comenzaba su abrazo a la bahía. Margarita miró con un evidente reproche a la joven mientras esta se acercaba; les pidió a ella y a su acompañante, con un mal disimulado gesto de fastidio, que se sentasen en el enorme sofá verde. Después, y con una sonrisa nerviosa, retomó su aplomo para hablar.

—En unos instantes vendrá la señora Pombo para dar comienzo a la cena, pero si les parece iremos haciendo unas presentaciones más... formales. Me figuro que es posible que se conozcan por las jornadas de tenis de estos días, y he visto que algunos de ustedes ya han ido conversando al subir al barco... Y aunque unos cuantos ya nos conocemos, supongo que será más práctico que yo misma los presente.

Hubo murmullos de apreciación y asentimiento, y Margarita inició las presentaciones comenzando por quien estaba más cerca, mientras una bella y diminuta camarera de rasgos orientales llevaba bandejas de aperitivos y bebidas a la mesa.

—Bien; Pablo Ramos... —comenzó, señalando hacia el joven en silla de ruedas, de cabello oscuro y un poco largo, que la escuchaba como si él mismo aún tuviese que hacerse a la idea de quién era—. Número cinco en el *ranking* nacional masculino de tenis en silla de ruedas y miembro del comité directivo de la Real Federación Española de Tenis en Barcelona...

—¿Número cinco? —interrumpió el señor Rallis, alzando su copa de vino en honor al joven—. Bravo, muchacho. No lo dejes hasta que llegues al puto número uno.

—Seguiré su ejemplo —replicó Pablo alzando también su copa y aceptando el reto del hombre que tenía a su lado.

Basil Rallis no precisaba ninguna presentación, porque aquella cena era en realidad en su honor: había sido número uno en la clasificación mundial hacía ya muchos años, y era además el único jugador del mundo que, junto con Rafael Nadal y Andre Agassi, había ganado cuatro Grand Slam, una Copa Davis y un oro olímpico. Ahora, con casi sesenta años, paseaba su porte todavía atlético y su carismática y traviesa mirada azul por los despachos de la Federación Internacional de Tenis, a la que servía como administrador de la Copa Davis en España para responsabilizarse del operativo local de aquella competición por equipos, que era la más grande del mundo.

—Seguro que Pablo llega muy lejos —sonrió amigablemente Margarita, que miraba a su espalda de vez en cuando, deseando que llegase de una vez la verdadera anfitriona—. Bien, ya conocen todos al señor Rallis, que apenas precisa presentación —continuó, detallando a pesar de ello algunos de los logros y títulos obtenidos por el viejo jugador, que, aunque era de origen griego, se había afincado en Barcelona hacía ya muchísimos años, jugando sus torneos en representación de España.

Margarita, tras terminar con Rallis, se dirigió hacia la joven de cabello salvaje y rizado y a su acompañante del polo rosa.

—Algunos conocerán ya a Félix Maliaño, presidente de la Federación Cántabra de Tenis, a la que por supuesto está afiliada nuestro club...

El hombre sonrió y fingió un saludo militar, llevándose a la frente la mano derecha con falsa formalidad.

—... Y a Victoria Campoamor, su sobrina y vocal de la Federación.

—Que no somos tan buenos como el señor Rallis ni el señor Ramos... —replicó Victoria, poniendo las manos en alto a la altura del pecho, en un divertido ademán de defensa—. Pero también sabemos jugar al tenis, ¿eh?

—Algunos hasta peloteamos decentemente —añadió Félix, adivinándose en sus palabras un sincero reconocimiento de sus limitaciones y no falsa modestia.

Todos rieron, y Margarita alabó la gestión de ambos

al frente de la Federación. En realidad, ni Félix ni Victoria cobraban nada por sus puestos en la institución deportiva, y ambos tenían trabajos ajenos al mundo del tenis; él, en una empresa de reciclaje, y ella como bibliotecaria en la biblioteca Menéndez Pelayo de Santander. Victoria había logrado, sin embargo, alcanzar el puesto 4.835 en la clasificación nacional femenina de tenis, y Félix, con su edad y su prominente e incipiente barriga, evidenciaba que solo jugaba como mero pasatiempo, porque hacía muchos años que no estaba ya en la golosa clasificación masculina, en la que nunca había logrado ni siquiera uno de los diez mil primeros puestos.

A Pablo Ramos no se le escapó que, cuando Margarita había hablado en concreto de Victoria Campoamor, sus palabras habían sido formularias y de compromiso. ¿Por qué le caería mal a Margarita aquella joven tan simpática?

—Seguro que juega usted muy bien —concedió Pablo a Victoria, mirándola con amabilidad y una amplia sonrisa.

A ella le sorprendió la seguridad del joven, que le pareció atractivo y de mirada confiada.

—A mí no me cabe duda de que es usted una Martina Navrátilová en versión española —la piropeó un hombre bronceado y de unos cuarenta años, mientras atusaba su americana hecha a medida y dejaba relucir una dentadura blanquísima.

—Ah, Marco, por Dios, que es una niña —murmuró una mujer que estaba al lado del adulador.

Llevaba un vestido elegante e iba muy maquillada, aunque sin haber logrado disimular el paso de los años, pues sus manos llenas de joyas y las arrugas de su cuello delataban que posiblemente ya había alcanzado la frontera de los sesenta.

—Querida, seguro que juega usted divinamente, pero mi marido no tiene ni idea de tenis femenino. La mejor de todos los tiempos es y será Steffi Graf, la única del mundo en haber ganado el Golden Slam, ¡la única! —exclamó sin apenas elevar el tono y sonriendo solo con la mitad de su boca.

A Pablo le pareció que su suficiencia al hablar era la propia de los que están acostumbrados a que nadie les replique.

—¿El Golden? ¿Pero no se llamaba el Grand Slam? —preguntó el último de los invitados que quedaba sin presentar y que hasta ese momento había permanecido callado.

Era un hombre corpulento y repeinado hacia atrás con mucha gomina, aunque no le quedaba ya demasiado cabello que peinar.

—Ay, Emilio, no tiene usted ni idea de tenis, ¿verdad?

La admiradora de Steffi Graf había cruzado los brazos y negado con la cabeza, como si aquella desinformación fuese inconcebible.

—Pobrecito. Hoy va a tener una cena aburridísima —lamentó, fingiendo compadecerse de él, aunque la malicia de su mirada decía lo contrario—. El Grand Slam, querido Emilio, se gana cuando un jugador vence en el mismo año en los cuatro principales torneos del mundo.

—Open de Australia, Roland Garros de Francia, Wimbledon en Inglaterra y Open de Estados Unidos... —enumeró Pablo, procurando ayudar a Emilio ante aquella antipática mujer, que continuó su explicación:

—... Y el Golden Slam se gana cuando se logra el Grand y, además, la medalla olímpica.

Margarita, incapaz de despegarse de una inseparable risilla nerviosa, intentó retomar el control. Se acercó a Emilio y le tocó en el brazo con cordialidad.

—Por supuesto, algunos de ustedes ya conocerán a Emilio Rojas...

Margarita le ofreció una sonrisa forzada a la admiradora de Steffi Graf.

—... Presidente de la Confederación de Empresarios de Cantabria desde hace solo unas semanas, pero por supuesto esperamos que, tal y como sucedió con su antecesor, colabore con nuestro club y con las múltiples oportunidades empresariales de cooperación que siempre hemos compartido hasta ahora.

La anfitriona se dirigió entonces hacia Pablo Ramos y Basil Rallis, quienes, según parecía, eran las personas que más ajenas resultaban al juego de quién era quién en aquella cena. La secretaria señaló con la mano a la mujer mayor enjoyada y a su bronceado marido.

—Ellos son los socios de honor del club, don Marco Fiore y su esposa, doña Rosana Novoa. Colaboran con nosotros a través de los servicios de bienestar y salud para los miembros del club.

Todos se intercambiaron cumplidos y saludos, pero Pablo volvió a percibir en Margarita cierta animadversión, en este caso hacia aquellos dos socios de honor que acababa de presentar. En las palabras amables, desde luego, se escondían con frecuencia rencores que solo delataban las miradas y los sutilísimos tonos al hablar. Margarita había sido más fría incluso al dirigirse a Marco Fiore, que si había llegado a percibir aquel desafecto lo había disimulado a la perfección, porque no había dejado de mostrar su perfecta sonrisa de caballero ni por un instante.

Tras terminar los saludos formales, Margarita guardó silencio, como si no supiese qué más decir y sin que se le ocurriese qué otros datos de sus invitados sería conveniente resaltar. Sonrió con toda la naturalidad de la que fue capaz y dio por concluida su gestión para presentar a los siete distinguidos invitados que se habían reunido para cenar en *La Giralda*.

—Voy a ver si ya está disponible doña Judith. Por favor, acomódense y disfruten.

Margarita se dio la vuelta y, justo cuando iba a dar un

primer paso hacia el camarote donde se encontraba Judith, todos escucharon un grito femenino, agónico y desgarrador. Después, una negación, un «No» más suave, menos audible. Parecía proceder del camarote donde había entrado solo unos minutos antes la sofisticada y exigente Judith Pombo. ¿Había sido ella la que había gritado? Sí, sin duda alguna. De la cocina, justo enfrente del camarote, salió la camarera oriental con gesto de sorpresa y con una bandeja a medio rellenar entre las manos. La siguió el que era evidentemente el cocinero, pues llevaba sobre la cabeza el típico gorro blanco de chef, y en su mano derecha una cuchara de madera. En su rostro, también de rasgos orientales, brillaba la sorpresa dibujada en un alzado de cejas y en una mirada inquisitoria que se enfocaba hacia todas partes, queriendo saber qué estaba pasando.

El capitán de *La Giralda*, Alan Alonso, haciendo honor a la elegancia de la americana propia del cargo, blanca y llena de galones, se apresuró a llamar a la puerta del camarote antes de abrirla directamente.

—¡Señora Pombo! ¡Señora! —gritó a modo de aviso antes de decidirse a abrir—. Pero ¿qué...?

El capitán Alonso, sorprendido, miró a Margarita, que ya había llegado a su lado.

—¡No se abre!

Lo intentó de nuevo.

—Pero ¿qué demonios...? ¡Tim, Tim!

—¿Señor?

El primer oficial de *La Giralda* se asomó desde la cubierta.

—Vuelve a cubierta y a ver si puedes asomarte y mirar por el portillo del camarote principal de estribor, a ver qué pasa.

El capitán golpeó la puerta con los nudillos con más fuerza.

—¡Señora Pombo! ¿Está usted bien? Por Dios, pero

¿por qué se ha cerrado por dentro? —preguntó mirando de nuevo a Margarita, que se encogió de hombros en un gesto de desvalimiento que habría conmovido al mismísimo Lucifer.

—Tal vez sigue en el servicio —aventuró la secretaria, buscando una explicación.

El barco disponía de más aseos, uno exclusivo para la tripulación y otros para los visitantes, pero el baño del camarote principal era desde luego el más elegante, privado y exclusivo.

—¡Capitán! —exclamó el primer oficial, bajando ya de regreso por las escaleras hacia el interior de la nave—. La luz está encendida, pero el camarote parece vacío. Quizás esté la señora tumbada en la cama, pero desde el ángulo del portillo no puedo ver esa parte de la cabina. He tenido que colgarme desde cubierta y asomarme como he podido, era difícil poder ver lo que...

—¿Y si aún está en el baño? —insistió Margarita interrumpiéndolo y juntando las manos en posición de rezo, como si aquella postura sirviese para razonar mejor.

—No creo —negó Tim convencido—. El baño está frente al portillo, y la puerta estaba abierta y la luz encendida... De verdad que no me pareció que hubiese nadie dentro.

Todos los invitados, salvo Rosana Novoa y Pablo Ramos, se habían ido acercando y agrupando ante la puerta del camarote; disponían de espacio, pues frente a su entrada estaba la cocina, pero también el amplio descansillo que daba hacia otras partes de la nave y hacia las escaleras que subían a cubierta. El capitán Alonso tomó aire y, con el gesto, una decisión.

—Apártense, por favor.

Cogió carrerilla y, con el cuerpo de medio lado, se lanzó hacia la puerta del camarote. Solo consiguió magullarse de forma humillante. Tras él, lo intentó el primer oficial, pero su ímpetu y su juventud tampoco lograron derribar la sólida puerta de madera noble. De pronto, todos se quedaron en silencio, pues tras ellos se abrió paso un hombre fornido y ancho, de gruesa cabellera y barba rubia; estiraba su cuello con ademán concentrado mientras se limpiaba las manos en su propia camiseta. El capitán se volvió y lo miró, comprendiendo lo que aquel saco de músculos pensaba hacer.

—Mikaël, adelante —ordenó, obligando a los invitados a dejarle paso—. Es nuestro jefe de máquinas —explicó en confidencia a Margarita y al señor Rallis, que eran quienes estaban más cerca.

El hombre comenzó a avanzar más rápido de forma progresiva, marcando sus músculos en la camiseta a cada paso que daba. Dos, tres, cinco metros. Velocidad e impacto. Reventó la puerta, que se abrió de golpe, resquebrajando de arriba abajo el marco de madera.

Una vez dentro del camarote, el jefe de máquinas buscó inmediatamente con la mirada su objetivo, y pudo verlo al instante. Judith Pombo estaba tumbada sobre la cama con los ojos perdidos y abiertos, como si hubiese algo extraordinario y aterrador que observar en el lujoso techo del camarote. De su pecho, a la altura del corazón, manaba un suave y diminuto hilo de sangre. Su cabello rubio y brillante dibujaba el contorno de la almohada, y la palidez de su rostro superaba su marcado maquillaje y su colorete, que ahora le hacían parecer una grotesca muñeca de sainete.

Mikaël se quedó inmóvil observando a la mujer y no dijo nada, pues comprendió que estaba muerta. El capitán y todos los demás fueron entrando entre gestos y exclamaciones de asombro y estupor. Margarita apenas logró ahogar un grito llevándose las manos a la boca. Se acercó corriendo a Judith, tratando de socorrerla. El capitán Alonso la agarró del hombro.

—Espere —le ordenó, muy serio y concentrado—. Es mejor que no la toque. Que nadie toque nada, por favor.

Y al decirlo se volvió, mirando a todos los invitados que ya habían entrado en el camarote. Desde la puerta, observaban la escena con la boca abierta el cocinero y la camarera, que todavía llevaba la bandeja entre sus manos.

—Tim, ven y ayúdame.

El primer oficial se acercó de inmediato y ayudó al capitán, delante de todos, a tomar el pulso a Judith, aunque resultaba evidente que estaba muerta.

—¿Miramos la herida? —preguntó el primer oficial al capitán—. Tal vez...

—No —replicó el superior, tras meditarlo unos segundos.

Tenía a una mujer muerta en su barco, y había visto las suficientes películas policíacas como para saber que no era conveniente interactuar demasiado con el cadáver.

—Ya no valdría de nada, y en estas circunstancias es mejor que la toquemos lo menos posible.

A pesar de la negativa, ambos se aproximaron al pecho de Judith, intentando ver algo que delatase qué le había provocado la pequeña herida a la altura del corazón. El capitán resopló y negó con un movimiento suave de cabeza, abrumado por la situación. ¿Con qué se habría herido aquella mujer? ¿Le habrían disparado? Él no había oído ninguna detonación. Además, ¿un tiro provocaba una herida tan diminuta? No lo sabía. ¿Y una puñalada? Buscó al lado del cuerpo algún elemento punzante, algún arma o instrumento que pudiese haber hecho daño a Judith. Ni él ni Tim encontraron nada.

El capitán alzó la vista hacia el portillo, único ojo de buey del camarote, y comprobó que estaba firmemente cerrado por dentro. Después, avanzó con Tim el par de metros que los separaban de la entrada del baño privado del camarote, y ambos comprobaron que el aseo estaba completamente vacío y sin nada que a primera vista llamase la atención. Abrieron el armario, que estaba lleno de sábanas y mantas adecuadamente dobladas y en una pila. Todo ordenado, en perfecto estado de revista. El capitán volvió a dirigirse a los invitados. Algunos habían enmudecido por la impresión, y otros, como Marco Fiore, no cesaban de hablar a las personas que se encontraban a su lado, tal vez buscando una justificación ante la horrible escena que estaban viendo.

—*Quegli occhi morti... Terribile!* —se lamentaba Marco.

—Por favor, salgan del camarote —ordenó el capitán—. ¿Han tocado algo?

«No, no...», negaban todos mirándose las manos, como si en ellas pudiese haber alguna marca acusatoria.

—Qué barbaridad, ¿cómo es posible? —preguntaba Victoria, incapaz de apartar la vista del cuerpo de Judith—. No entiendo... ¿Le han disparado? Pero si estaba aquí encerrada...

—¿Cómo le iban a disparar? —negó Félix, aturdido y frotándose con ambas manos la cara, como si intentase despertar de aquella inesperada pesadilla—. ¡Habríamos oído el disparo!

—Un silenciador... —apuntó como posibilidad Emilio Rojas, el empresario.

Él no sabía nada de armas y su comentario había surgido de sus propios nervios, que le habían hecho acudir a los trucos de las películas y de las novelillas de misterio. Victoria lo miró al tiempo que agarraba la falda de su vestido y caminaba ya hacia la salida del camarote, fuertemente impactada pero todavía cabal.

—¡Pero si estaba encerrada aquí dentro, ella sola! ¿Cómo iban a...? ¿Y si...? ¿No se habrá suicidado?

Ante la pregunta, todos, incluido el capitán, volvieron la vista hacia el cadáver. De alguna forma, Judith Pombo había sido herida de muerte, por su propia mano o por la de un tercero, pero allí no había ningún arma y estaban dentro de un camarote casi hermético, cerrado por dentro. ¿Cómo era posible?

El capitán volvió a ordenar que todos desalojasen el camarote, y junto con Tim y Mikaël revisó de nuevo el interior del compartimento. Nada extraño ni inusual, salvo la puerta reventada y unas discretas gotas de sangre sobre la alfombra, muy cerca de la cama donde yacía Judith. Cerró como pudo la destartalada puerta y dejó al primer oficial y a Mikaël de guardia ante el camarote. Se acercó sudando hasta el gran salón y miró a todos los invitados a aquella trágica cena, que hablaban con agitación y ya sin las discretas y educadas fórmulas de la etiqueta. Basil Rallis explicaba con detalle tanto a Rosana Novoa como a Pablo Ramos lo que habían visto, puesto que ellos dos eran los únicos que no habían entrado en el camarote.

—Dudo mucho que haya sido un suicidio —aseguraba el viejo campeón de tenis—, Judith no era la clase de persona que se quitaría la vida.

—Eso nunca se sabe —respondió Pablo muy serio, pensando en sí mismo.

—Se sabe, hijo, se sabe. Las circunstancias pueden llevarnos a la desesperación, pero Judith Pombo se amaba tanto a sí misma que dudo que se autolesionase, ni siquiera para llamar la atención.

—¡Señor Rallis! —le reprochó Margarita, incapaz de dejar de llorar.

La mujer comenzó a caminar en círculos por el salón, buscando una explicación y buceando en su memoria.

—Ella dijo... Ella dijo que iba a ir al servicio y a contestar unos correos... ¡Sí! ¡Eso dijo! Tal vez recibió algo que la desmoronó de tal forma que...

—Se olvida usted del arma, Margarita —replicó Victoria, que, en un vano intento de templar sus nervios, se bebió de golpe media copa de vino blanco—. Algo ha hecho que Judith gritase y sangrase de esa forma por el pecho, y no hemos visto nada que...

—Querida —intervino Rosana Novoa, mirando despectivamente a la joven—, ¿qué sugiere usted, entonces? ¿Un crimen en alta mar?

La mujer contuvo un amago de risa agria y continuó hablando:

—En tal caso, uno de nosotros sería un asesino.

Todos los presentes guardaron dos segundos de incómodo silencio mientras ambas mujeres se miraban, y enseguida comenzaron a surgir réplicas y teorías de los invitados, aunque ninguna daba una explicación plausible a lo que había sucedido, y tampoco lograba rebajar la tensión en el ambiente, ya que todos habían comenzado a mirarse con suspicacia. Por fin, el capitán los interrumpió y les mandó guardar silencio. Todos se callaron y el ambiente se impregnó de una muda e inquietante expectación.

—Señores, señoras... —dijo Alonso con voz autoritaria, como si los invitados fuesen miembros de su propia tripulación—. Les ruego calma. Vamos a avisar a las autoridades ahora mismo y a dirigirnos a puerto. Salvo que encontremos alguna explicación lógica y razonable que lo contradiga, me temo que esta noche en *La Giralda* se ha cometido un crimen.

2

> *Fey*... [...] Pues bien, es una palabra escocesa, en realidad. Significa una especie de felicidad exaltada, que precede al desastre. Como usted puede imaginar, cuando todo es demasiado hermoso para ser verdad.
>
> Agatha Christie,
> *Muerte en el Nilo* (1937)

A veces a Valentina le gustaría flotar, salir de su cuerpo. Adiós ojos, cintura, boca. Sería mejor no volver a verlos, con todas sus marcas y cicatrices. ¿Cómo sería volar? ¿Sería como cuando se bucea en el fondo del mar y todo queda en suspensión, en silencio?

Esa noche Valentina Redondo había dormido poco, pero lo había hecho profundamente. Y había soñado que sí, que salía de su cuerpo y que volaba sin prisa sobre los tejados, sabiendo que ya nunca nada tendría buen final. En su sueño había llegado a la costa, a ese lugar donde había comenzado todo. Había visto a Oliver en el porche de su acogedora cabaña acunando a la pequeña Duna, que ya no era un cachorro. Y había sonreído al pensar que allí, en Villa Marina, era donde le habían sucedido algunas de las cosas más importantes de su vida. Pero Valentina no podía detenerse en aquel sueño. Era tan afilado el dolor, tan desgarradora la culpa. Ya no vivía en Villa Marina, y no volvería a hacerlo. Nada de lo que tocaba parecía dirigirse hacia el camino de los buenos destinos, y por eso ahora él era libre.

«Ay, amor —pensó—. ¿Sales con alguien? Y a Duna, ¿le has puesto la vacuna? ¿Quedaste con aquella chica de la playa, la que no dejaba de mirarte?» Valentina no quería, no debía imaginarlo. Lo que deseaba era olvidarlo todo, y no podía. Quería volar muy alto para atravesar los mil océanos del infierno y lograr un estado de suspensión en el que olvidar la herida rota en que se había convertido. Quería que todos los recuerdos de lo que había sucedido se evaporasen para que nadie se diese cuenta de que era ella quien todavía sobrevolaba los tejados.

Bip, bip. Teléfono. La teniente Valentina Redondo detuvo su carrera y descolgó el teléfono móvil. En vez de mirar al mar mientras hablaba, posó su atención sobre el blanco señorial del Gran Casino del Sardinero, en Santander. Casi las ocho de la mañana. Si el capitán Marcos Caruso la llamaba tan temprano era porque había sucedido algo grave.

—¿Capitán?

—Sí... Redondo, siento las horas.

El capitán guardó silencio un instante e intentó descifrar el sonido de ambiente al otro lado del teléfono.

—¿Dónde andas?

—Por los jardines de Piquío —contestó ella tomando aire y reponiéndose de su carrera interrumpida.

El capitán se dio cuenta de lo agitado de su respiración.

—No me jodas, Redondo. ¿Haciendo deporte tan temprano? ¡Después de las dos horas de gimnasio de ayer en la Comandancia!

El capitán resopló en señal de preocupación.

—Te reitero la conveniencia de descanso. El psicólogo del cuerpo puede atenderte de inmediato, todo es confidencial y reservado, sabes que...

—Estoy bien, capitán —le interrumpió ella.

En su tono había respeto, pero ya no su antigua prudencia y sumisión ante un superior en rango. ¿Cómo explicarle a Caruso que agotar su cuerpo era lo único que le permitía dormir cada noche, cuando su alma estaba por fin derrotada, al otro lado del cansancio?

—Capitán, solo corría un poco y ya estaba de camino a casa. Dígame, ¿qué ha pasado?

Marcos Caruso guardó silencio unos segundos, midiendo hasta qué punto Valentina se había vuelto inaccesible después de todo lo que le había pasado. Por un lado, la tragedia que había sucedido hacía solo unos meses la había convertido ahora en una líder prácticamente infalible de su Sección de Investigación en la Guardia Civil, porque solo parecía vivir por y para su trabajo; su trastorno obsesivo compulsivo por el orden había regresado con feroz rigidez, y sus actuaciones eran profesionalmente intachables.

Sin embargo, había otra perspectiva. La enfermiza, la que la volvía peligrosa precisamente por aquella inflexibilidad, por la nueva frialdad que se había instalado en ella y que había vuelto su mirada de dos colores inescrutable y tan sólida como una piedra que cae al fondo de un pozo. Pero la teniente había recibido el alta médica y había superado todos los controles, que la consideraban apta para el servicio, al que se había reincorporado hacía solo unas semanas. El capitán había insistido en su tratamiento, y ella había tenido que superar incluso una inspección médica en el Hospital Militar Gómez Ulla de Madrid. Pero el capitán Caruso todavía no estaba convencido. Valentina no solo había estudiado las más avanzadas técnicas de investigación criminal en el SAC de la Unidad Central de Inteligencia Criminal de la Policía Judicial española, sino que estaba doctorada en Psicología Jurídica y Forense y conocía todos los protocolos; ¿y si había logrado engañar a los médicos ofreciéndoles las respuestas adecuadas y no las reales? El capitán Marcos Caruso sopesaba aquella probabilidad, que no le parecía descabellada. Sin embargo, agotadas todas las posibilidades reglamentarias, ¿qué podía hacer él, además de preocuparse por Valentina como lo haría un padre por su hija, viéndola caminar por el camino equivocado? Caruso acababa de cumplir cincuenta años y sabía que, en ocasiones, no había medicina posible contra el dolor, porque algunas heridas solo se curaban si el enfermo deseaba sanar. Decidió contarle a Valentina directamente el motivo de su llamada.

—Tenemos un nuevo caso, que va a suponer un revuelo mediático considerable. Anoche se cargaron en la Magdalena a Judith Pombo, la presidenta del Club de la Bahía de Santander, ¿sabes quién es?

—No —replicó ella sin ambages—, no tengo ni idea.

—Bueno, pues era una pija de las finas, ¿me entiendes? De la alta sociedad. Tenía una empresa de eventos, catering y tal, a lo mejor te suena...

El capitán se apartó un instante del teléfono y a Valentina le pareció que buscaba la información en alguna parte.

—Smart, ¿la conoces?

—¿La del logotipo rosa con letras alargadas?

—Esa, ¡esa!

—Hay carteles por toda la ciudad. Sí, ya sé cuál es.

—Perfecto. Pues tendrás que estudiar a fondo la empresa, a ver si a la víctima se la han cargado por algo que manejase por ahí.

—O por el club de tenis.

—También, también. ¿Sabes dónde vivía esta? En Mataleñas, en una finca que está subiendo hacia el faro de Cabo Mayor, después de pasar el club de golf y antes de llegar al de hípica, el Bellavista. Seguro que la has visto alguna vez.

—Creo que sí, una que está en la curva de la carretera, ¿no?

—Esa, exacto. La compró hace diez años o así y la arregló; y vivía ahí con su hermana y con su madre.

—¿No estaba casada?

—Creo que divorciada.

—Ah. ¿Y sabemos si hace mucho?

Valentina lo preguntó concentrada, y desde luego la cuestión no era una trivialidad. La violencia de género estaba a la orden del día y los criminales eran con frecuencia las personas más próximas a las víctimas.

—No sé, creo que sí, divorciada hace ya varios años. Esta mujer parece que iba a su aire, ¿me entiendes? Fiestas, famoseo y tal. Habrá que investigar en varias direcciones, porque de momento no hay sospechosos definidos.

—Pero si ha muerto en la Magdalena es cosa de la policía, no entiendo que...

—No corras, Redondo, que se nos ha muerto navegando en el mar. Costas y puerto, competencia de la Guardia Civil. Y, por cierto, anoche algún gilipollas de emergencias mandó para allí hasta a los buzos de los bomberos y a los GEAS.

—¿A los GEAS, desde Gijón?

—Sí, se pensaban que se había caído alguien al agua, pero no, aunque sí que se la cargaron en un barco. Menos mal que rectificaron a tiempo y solo asistieron los nuestros y un par de ambulancias.

—Ah, entonces solo fue Servicio Marítimo.

—Sí, una patrullera ligera del SEMAR. Ya hicieron ellos las primeras diligencias de toma de declaraciones en el barco, antes incluso de atracar en tierra.

—¿Y cómo no me avisaron anoche? Habría ido a...

—Valentina, no solo trabajas tú en el cuerpo, ¿me explico? Se te encomienda ahora el asunto porque parece complejo y necesitamos a alguien con experiencia. Las diligencias iniciales han sido realizadas de forma intachable y ahora solo debes tomar el mando con tu sección, ¿estamos?

—Sí, señor.

La teniente suspiró. Era cierto que ella no era imprescindible ni omnipresente, y no podía estar en todas partes. De todos modos, todavía estaba intentando componerse una idea clara de lo que había sucedido. A veces el capitán le hablaba como si ella tuviese información que él aún no le había facilitado, y lo cierto era que aún no sabía cómo había muerto Judith Pombo.

—Pero, capitán, no entiendo... ¿Hubo un accidente con indicios de criminalidad, una pelea a bordo, algún tipo de enfrentamiento de la víctima con...?

—No, no... —la interrumpió él—. Y esto es lo mejor, Redondo. ¡El súmmum de los misterios! Se murió estando ella sola encerrada en un camarote, y tuvieron que echar la puerta abajo para poder entrar. Le encontraron una herida diminuta en el pecho, parece que de arma blanca y no de fuego, tienen que confirmárnoslo... Todo muy raro. Cuando llegaron los sanitarios ya estaba muerta, no se la pudo reanimar. En cuanto se enteren los de la prensa va a arder Troya, me cago en la mar salada. Encima está aquí el rey.

—¿El rey? Aquí dónde, ¿en Santander?

—Hostias, Redondo, tienes que dejar de vivir en el Olimpo, comenzar a salir, o a leer el periódico. ¡Si ayer no se hablaba de otra cosa en la Comandancia!

—Ayer estuve todo el día en el curso de Reinosa y solo pasé por Comandancia para dejar documentación e ir al gimnasio a última hora, capitán. Yo no...

—Que sí, Redondo, que sí, pero hay que estar atenta. ¿No sabes que está aquí el rey por lo del Mundial de Vela?

—Sí, supongo... —mintió con desgana.

Caruso continuó insistiendo en sus recomendaciones vitales, pero Valentina ya no lo escuchaba. La teniente puso su mano libre sobre la cadera y se dio la vuelta. Su mirada se deslizó hacia la derecha, directa a la península de la Magdalena, que ahora amanecía con el mar rodeándola y protegiéndola en completa calma, como si las aguas estuviesen todavía durmiendo. Valentina se concentró no ya en la información recibida, sino en la que le faltaba.

—¿Y no habrá sido un suicidio?

—No te digo yo que no, pero no encontraron ningún arma ni objeto con el que pudiese autolesionarse.

—A lo mejor lo tiró por una ventana.

—Puede ser, pero los del SEMAR y los del SECRIM dicen que la única ventana estaba bien cerrada por dentro —refutó Caruso, aludiendo al Servicio de Criminalística.

—Pudo cerrarla ella.

—¿Después de herirse de muerte?

—Hum...

La teniente comprendió lo extraño que habría sido actuar de aquella forma y también dudó de su propio argumento.

—¿Y qué hacía la víctima en el barco?

—Ah, eso... Era una cena en honor de Basil Rallis. Ese sí sabes quién es, ¿no?

—Sí, claro. El famoso exjugador de tenis, imagino.

—Exacto. El tipo ha venido desde Barcelona para unas jornadas sobre deporte en la Magdalena, y los del club de tenis han aprovechado para invitarlo a varios eventos y a una cena en una goleta, ¿te imaginas? En una puñetera goleta, ¿a quién se le ocurre?

Valentina pensó al instante que las ocurrencias y extravagancias eran más fáciles para los que tenían dinero, aunque no dijo nada; se limitó a concentrarse en el caso.

—¿Cuánto tiempo llevaba la víctima sola en el camarote?

—¿Cuánto tiempo? Coño, Redondo, y yo qué sé, ¿qué clase de pregunta es esa? Creo que solo unos minutos, acudieron porque la escucharon gritar.

—Ah, así que gritó —consideró ella, sin saber todavía

si eso tendría o no relevancia—. ¿Y cuántas personas había en la cena? Lo digo para preparar al equipo para los interrogatorios, si eran muchos habrá que...

—Nada, nada —le cortó el capitán—, poca cosa. La tripulación y media docena de invitados, por lo que sé. Tendrás el informe del SEMAR en tu mesa a primera hora, pero ya te lo envío ahora por correo.

—Bien, pues me doy una ducha y voy para allá.

—No, espera. Por eso te llamo... Ve primero al hospital, a ver qué te adelantan de la autopsia. No vaya a ser que revolucionemos el corral, con la que ya hay liada en la ciudad, para que luego resulte que la mujer se murió de la picadura de una puta avispa asiática o porque se chocó con un perchero, ¿me explico?

—Sí, señor. Pero por muy temprano que empiecen las autopsias, el cuerpo estará todavía en el depósito... Si voy ahora aún estarán comenzando con ello. Será mejor revisar primero los informes y ver después qué pueden contarnos los forenses, que me imagino que de momento no será gran cosa.

—Hostias, Redondo, que no te digo que te entreguen la autopsia preliminar, pero que te canten algo de lo que tengan.

Valentina miró su reloj. Las ocho en punto de la mañana. Era muy posible que el examen del cadáver de Judith Pombo acabase de comenzar.

—Intentaré tener algo antes de las diez de la mañana, señor.

—Así me gusta, coño. ¡Actitud!

El capitán, de pronto, cambió el tono, como si acabase de darse cuenta de con quién estaba hablando.

—Pero tú no te me estreses, ¿eh, Redondo? Hasta que veas prudencial hablar con los médicos esperáis, pero id estudiando el historial de los que estaban en el barco, ¿estamos?

—Por supuesto.

—Y hasta que hables con Múgica no empieces con los interrogatorios formales.

—Ah... ¿Lo lleva Clara Múgica?

—No lo sé, pero para informarte supongo que lo hará ella. Qué pasa, ¿ya no sois amigas?

—Sí, sí, capitán. Era por saber.

Valentina apuró la respuesta, aunque era cierto que se había distanciado de Clara Múgica, la agradable forense con la que solía tratar. La vinculación familiar de Clara con Oliver y sus constantes recomendaciones maternales a Valentina para afrontar lo que le había sucedido solo unos meses atrás hacían que la teniente evitase en lo posible cruzarse con ella. Hasta el año anterior, la vida de Valentina había sido pura esperanza: un camino despejado e incluso brillante. Pero había sucedido algo que lo había cambiado todo y que la había devuelto al frío y la niebla, donde se había instalado y de cuya guarida no pensaba moverse.

—Perfecto, pues me informas, ¿eh, Redondo? Que yo no voy a llegar a la Comandancia hasta la tarde... Y atenta al *display*, ¡atenta! —insistió, refiriéndose a la pantalla del teléfono móvil de la teniente—. Que voy a tener a la prensa tocando los cojones y al juez supervisando las diligencias.

—¿Qué juez? ¿Marín?

—El mismo. Me ha confirmado que ya va a despachar oficios esta mañana a la compañía telefónica de la víctima, aunque su móvil ya lo tiene Criminalística y van a examinarlo. Así que a ver si también nosotros somos capaces de ir ligeros con el tema.

Valentina asintió y se despidió del capitán. Antonio Marín era el sustituto del juez Jorge Talavera, que estaba de baja por unos problemas cardíacos. Marín había sido uno de los jueces más destacados de su promoción, y desde luego era uno de los más jóvenes de España. Llevaba todos los asuntos con un rigor matemático y con el ímpetu y la meticulosidad propios de los novatos, de modo que sí, era bastante probable que despachase detalladas diligencias para la investigación y que exigiese resultados ágiles.

La delgada figura de la joven teniente, que todavía no había abandonado la treintena, avanzó por las calles de Santander. A pesar de que llevaba su cabello oscuro sujeto con una coleta, se peinó con la mano como si con el gesto recogiese un largo flequillo invisible que se le hubiese escurrido sin querer. Divisó a solo una manzana el pintoresco hotel que desde hacía casi un mes se había convertido en su casa. Un palacete de principios de siglo XX de estilo inglés que había pertenecido en otros tiempos a indianos acaudalados, y que ahora recibía a los huéspedes mediante un largo pasillo exterior cubierto con una pérgola de cristal de muchos y alegres colores, como si para entrar en el hotel tuviesen que traspasar el arco iris.

Valentina accedió al edificio y saludó con un simple gesto de cabeza al recepcionista; después, subió directamente las escaleras que, dos pisos más arriba, daban acceso a su guarida temporal. En realidad, la teniente solo estaba haciendo tiempo en aquel acogedor y pequeño hotel hasta que estuviese de nuevo disponible el alquiler de su antiguo apartamento frente a la playa del Camello, algo que sucedería en pocas semanas. Lo había perdido al irse a vivir a Villa Marina con Oliver, y ahora, al regresar, tendría que esperar su turno. ¿Cómo iba a suponer meses atrás, ya comprometida, el nuevo horror que tendría que vivir y que la obligaría a abandonarlo todo?

La joven atravesó la pequeña habitación; como todos los días, le pareció una triste ironía que, aun siendo un cuarto individual, dispusiese de una cama de matrimonio, un recordatorio de lo que ya no tendría nunca. En cualquier caso, la habitación la recibía conciliadora y amable, con sus techos blancos de madera laminada y sus suaves edredones y cojines llenos de flores diminutas.

Abrió un cajón para coger ropa limpia y su mirada

tropezó con la cajita que guardaba su cruz con distintivo rojo. Era una medalla al mérito pensionada, de modo que veía cómo cada mes le ingresaban más dinero en su nómina por haber puesto en riesgo su vida. «Por su extraordinario valor personal, por su iniciativa y serenidad ante el peligro...» Aquel distintivo no era muy habitual y su otorgamiento en la Guardia Civil suponía un gran honor, precisamente porque quien lo merecía había terminado en muchas ocasiones muerto o mutilado. En realidad, ¿no era esa su circunstancia? Aquella medalla se la habían dado por lo que había sucedido en su trabajo solo unos meses atrás: era cierto que la antigua Valentina había muerto, y desde luego le habían mutilado una esencia de sí misma que ya resultaba irrecuperable. La teniente enterró la caja con la medalla bajo unas camisetas y respiró hondo.

Con el gesto, su mano tropezó con un pequeño sobre ocre que había bajo la caja. Contuvo la tentación de abrirlo, a pesar de que conocía el contenido: su pasaporte y algunas fotografías; en una de ellas, se encontraba sentada en el porche de la cabaña de Villa Marina junto a la pequeña Duna y Oliver, que la abrazaba; a la derecha de la familiar estampa, de pie y fingiendo hacer malabares para guardar el equilibrio, un tostado y veraniego Michael Blake, amigo de Oliver, le daba el toque travieso a la imagen. Todos reían y mostraban sus bronceados, su piel salada y dibujada por la blancura del salitre, que delataba que venían de bañarse en el mar. Solo unos días antes, Oliver y Valentina se habían prometido en matrimonio.

La teniente volvió a respirar de forma pausada y profunda. ¿Por qué no tiraba de una vez aquellos recuerdos? Debería hacerlo, pero se sentía incapaz. En aquella imagen, tomada cuando el verano anterior ya estaba prácticamente terminado, había alguien más, aunque era invisible. Un pequeño bebé en su interior, del que por entonces ella desconocía siquiera su existencia. Ahora, era como si aquella vida hubiese sido irreal, un sueño nebuloso que nunca había existido.

Valentina se dirigió hacia el baño, se desnudó despacio y se miró en el espejo. Su único ojo verde buscaba la belleza, pero solo encontraba cicatrices. Una de ellas era nueva, estaba en su rostro y le dibujaba el contorno derecho de la mandíbula; las otras dos marcaban amplias líneas en su vientre, atestiguando también recientes operaciones de urgencia. El ojo izquierdo de Valentina, negro y sin brillo, contempló también su propio cuerpo sin piedad. Estaba más musculosa que antes de vivir la tragedia que la había separado de Oliver, pero también se sentía más consumida y hueca que nunca. En aquel lado de la vida ya no había nada, solo un cuerpo que se movía en silencio, que había renunciado a sentir.

Antes de entrar en la ducha, Valentina procuró silenciar sus demonios y se concentró en el nuevo caso que le habían encargado. Para aquello su mente y todos sus sentidos todavía podían ser útiles. Una mujer que había entrado en un camarote y que se había cerrado por dentro. Que supuestamente había gritado y muerto al instante por una indefinible herida en el pecho. ¿Por qué motivos gritaba la gente? Por ira, por dolor, también por sorpresa. ¿Y por miedo? El miedo petrifica y hiere, nos hace sudar, nos paraliza o nos obliga a correr, pero no a chillar. Valentina pensó, mientras el agua caliente se deslizaba por su cuerpo y lo envolvía en su cálido abrigo, que tal vez Judith hubiese sentido un miedo tan extremo que no había gritado por pánico, sino porque había comprendido que iba a morir.

Los despachos de los forenses se encontraban en el mismo edificio donde se ubicaban los juzgados y el Registro Civil de la ciudad, pero las autopsias se realizaban en una planta baja del Hospital Universitario Marqués de Valdecilla de

Santander. Clara Múgica se recogía ahora su media melena trigueña en un gesto mecánico, y terminaba de prepararse para realizar la autopsia a Judith Pombo. Aquella tarea iba a resultarle extraña, porque había conocido a Judith en un cóctel benéfico que dos años atrás había tenido lugar en el Hotel Real de Santander. Apenas habían cruzado un par de frases, pero Clara había asumido que aquella mujer y ella eran opuestas en casi todo. Judith, rubia y alta y sofisticada; interesada en dejar constancia de su paso y presencia. Fotos, firmas, saludos con personalidades relevantes. En contraposición, Clara acababa de cumplir cincuenta años, era de discreta estatura y se mantenía en perfecta forma, proporcionada y saludable, pero su actitud era sin duda más reservada y humilde que la de la presidenta del club deportivo.

La forense se puso los guantes y miró el cadáver de Judith. ¿Qué tendría la muerte, que vaciaba los cuerpos y los desvestía del carisma que portaban en vida? Clara había visto de cerca la suficiente cantidad de cadáveres como para saber que la muerte no era el tan declamado sueño eterno, porque la cáscara que quedaba no dormía, se vaciaba en un abismo hueco y solitario. ¿Adónde iría el alma? Era algo que se preguntaba con más frecuencia desde que su madre había muerto. La había conocido de verdad cuando ya se había ido, y desde entonces observaba con más detenimiento a quienes estaban a su alrededor, por si se le escapaba algún mensaje en las miradas, en la forma de hablar y de despedirse de las personas.

—¿En qué piensas, Clara?

—Quién, ¿yo? —se sorprendió—. En nada. En que tendría que haberme tomado otro café esta mañana —le sonrió a su ayudante, Almudena Cardona.

Almudena era joven y a menudo se precipitaba en sus conclusiones diagnósticas, pero su inteligencia y resolución habían ayudado ya en muchas ocasiones a Clara a sacar el trabajo adelante. La joven forense arrugó la nariz y observó con un toque de malicia a quien estaba en la mesa de autopsias.

—Así que esta es la del tenis. Podríamos hacerle la autopsia psicológica ya solo por esa máscara de maquillaje y por la ropa que lleva. ¿Has visto sus joyas? Con uno de esos pendientes me compraba yo un piso en el paseo de Pereda.

—No será tanto. Venga, termina de prepararte y conecta la grabadora. ¿Has visto la cámara? No sé dónde diablos la hemos puesto.

—Sí, aquí la tengo.

Ambas forenses terminaron de preparar todo el material que precisaban, además de bandejas, bisturís, pinzas, sierra y tijeras. Clara se concentró, primero, en el examen general del cuerpo, que fue comentando en alto y en tono neutro mientras la grabadora funcionaba.

—Parece que no hay pelos, fibras ni ningún indicio biológico extraño... No se aprecian contusiones ni lesiones superficiales, salvo una a la altura del corazón, que ha sangrado y empapado muy moderadamente la ropa en esa zona.

Clara resopló lentamente mientras seguía examinando el cuerpo, con la paciencia y resolución propias de quien ha hecho lo mismo muchas veces.

—¿Corto la tela? —preguntó Cardona, señalando la elegante blusa y la lencería que parecía esconderse tras ella.

—Sí; toma una muestra de la ropa próxima a la herida, con suerte en el laboratorio podrán dar con algo que facilite más información sobre el mecanismo de la muerte.

—Ah, joder. Mira lo que lleva debajo. ¿Qué es esto, una faja reductora o algo así?

Clara Múgica prestó atención a la ropa interior de Judith. Sí, parecía una faja, aunque nunca había visto una tan bonita y con unos encajes tan discretos. Normalmente las fajas eran de un desfavorecedor color carne, y a cambio del agravio estético perfilaban la silueta femenina disimulando el sobrepeso, aunque Judith tenía una figura esbelta; Clara dedujo que aquel complemento no era resultado de una necesidad real, sino de una exagerada coquetería. Entre la forense y su ayudante terminaron de desvestir el cuerpo de Judith y Clara procedió al estudio detallado del cadáver.

«Del examen tanatológico debemos destacar una pequeña herida punzante en forma de uve situada catorce centímetros bajo la clavícula izquierda y cuatro por encima del seno. [...] De la inspección del resto del cuerpo no se desprenden contusiones ni signos externos relevantes.»

Clara miró la grabadora, como si el aparato pudiese confirmarle de algún modo que sí, que estaba registrando correctamente lo que sucedía en aquella sala y que todo iba según lo previsto. «Del examen traumatológico no se aprecian otras lesiones a simple vista, ni nada en general que pudiese hacer sospechar de una muerte violenta, salvo por la lesión anteriormente descrita.»

Cuando Clara completó el examen externo, comenzó junto con Cardona a intervenir el cadáver. Tras terminar con el cerebro, su atención se desvió de inmediato hacia la pequeña herida que marcaba con sangre el lugar donde Judith tenía el corazón.

—Arma blanca, ¿no? —preguntó Cardona, examinando el pequeño orificio—. Qué poca sangre.

—Sí, ya lo había pensado. Quizás la compresión de la faja limitó la hemorragia —especuló Clara, muy ensimismada.

La herida no tenía orificio de salida, y ella sabía que, aunque el recorrido intracorporal del arma era importante, lo crucial era estudiar el orificio de entrada.

—En efecto... Fue una lesión mecánica originada por arma blanca, herida lineal. Ese orificio con forma de uve... ¿Lo ves bien?

Almudena asintió, y esperó con sincera curiosidad el examen interno de la herida. Clara abrió el torso delantero del cuerpo empleando la técnica Mata, dibujando con su cuchilla una U invertida. Después de un rato de trabajo en silencio y tras examinar detenidamente la piel, la experimentada forense pudo centrarse en la herida del cadáver y continuó grabando sus hallazgos: «Rotura de capa epidérmica y dérmica, hasta la serosa y dañando en consecuencia el pericardio, llegando de forma muy tenue al ventrículo izquierdo del corazón, de donde se deduce una salida de sangre a la cavidad virtual entre corazón y pericardio, posiblemente de manera falciforme».

—Mira, Clara —la interrumpió Almudena Cardona—. ¿Has visto? Tiene fracturada la cuarta costilla.

—Sí, debió de ser con el impacto de la puñalada. También le ocasionó un pequeño desgarro pulmonar aquí, sí. Haz una fotografía... Perfecto. No sé qué demonios le habrán clavado a esta mujer, pero desde luego la herida es limpia y prácticamente sin filo, una lesión inciso-contusa con un instrumento de perfil en uve...

—¿Un punzón, una aguja? —preguntó Cardona, dudando de su propia suposición.

—No... Ya sabes que la elasticidad de los tejidos logra que el diámetro del orificio sea menor que la sección del arma. Ha tenido que ser algo más grueso.

Ambas forenses se quedaron mirando el cuerpo y pensando en un arma blanca o en un instrumento que hubiese podido ser utilizado para lesionar a Judith Pombo de aquella forma, ocasionándole la muerte. De pronto, Cardona pareció tener una idea.

—¿Y no se habrá suicidado? Imagínate... Pudo sufrir un trastorno delirante y clavarse una aguja de calcetar en el corazón, en plan harakiri romántico...

Clara no pudo evitar sonreír ante las ocurrencias de su joven ayudante.

—Te recuerdo que no encontraron arma ni instrumento lesivo alguno, y no veo a esta mujer clavándose algo en el corazón para después tener la determinación y fuerza suficientes como para desclavárselo. Además, señorita... ¿Qué hemos estudiado ya sobre las heridas de arma blanca en suicidios?

Cardona entornó los ojos e hizo memoria.

—A ver, pues... Los suicidas suelen descubrirse las zonas donde se van a herir...

—Cierto, y eso no ha sucedido en este caso, porque el arma ha tenido que atravesar incluso una faja. ¿Qué más?

—Qué más, qué más... También suelen herirse en paredes abdominales, sobre todo los enfermos mentales. Y casi siempre tienen heridas de tanteo.

—Exacto, por sus dudas iniciales. Y aunque la zona de la lesión es accesible, ¿ves alguna herida de tanteo? No, ¿verdad?

—¡Ah, ah! Pero también me enseñaste que la lesión de los suicidas era más profunda al principio y que luego perdía fuerza. Aquí podría ser el caso, porque la puñalada no llegó ya con mucho impulso al pericardio.

—Tal vez sí lo hizo, y lo que le falló al agresor fue la longitud del arma.

—¿Muy corta?

—Puede ser. Para su anchura, recuerda que tienes que aplicar la Ley de Dalla Volta.

A Cardona se le iluminó el rostro, como si Clara hubiese dado con un interruptor que ella ya conocía, pero del que no se había acordado hasta el momento. Cerró los ojos y recitó de memoria:

—«La anchura del arma es igual a la longitud de la herida por el seno del ángulo de penetración.»

—Exacto. Así que el arma debía de tener un tamaño pequeño, como el del mango de un chuchillo de tamaño medio, aunque afilado.

—Pues esa birria resultó más que suficiente —replicó Cardona con indisimulada ironía.

Clara suspiró. Hasta no hacía mucho tiempo, era ella misma la promotora de las más crueles y sarcásticas bromas sobre cadáveres y defunciones; siempre había sido una forma como otra cualquiera de hacer llevadero un trabajo tan delicado. Pero todo había cambiado cuando su madre había fallecido en circunstancias extraordinarias; en realidad, su ausencia no había modificado su respeto por la muerte, sino por el valor de la vida. Y aunque lo cierto era que Clara casi siempre atendía autopsias clínicas o fetales y no judiciales, cuando ahora debía examinar un cuerpo sobre el que cabían indicios de criminalidad le inundaba una extraña empatía; tal vez porque solía tratarse de personas con historias potentes, que casi nunca habían tenido tiempo de despedirse.

—¿Estás convencida de que hubo un agresor? —le preguntó Cardona a Clara, sacándola de sus pensamientos—. Te recuerdo que nos dijeron que estaba encerrada ella sola en un camarote...

—Lo sé, pero si descartamos el suicidio y la muerte accidental, solo nos queda el homicidio. Claro que... —Clara dudó unos segundos, reflexionando en silencio.

—¿Qué piensas? Dime, dime... ¿Claro que qué...?

—No sé... Hay indicios que también rechazan la posibilidad de una agresión típica. Una única herida, tan limpia. Sin lesiones de defensa, ni cortes en dedos ni antebrazos... Ya viste cómo tenía las uñas, con la manicura recién hecha y sin marcas ni restos de ninguna clase.

—Tal vez la atacaron por sorpresa y no pudo reaccionar. O quizás la habían drogado.

—Ya lo he pensado, pero de su coloración y aspecto general no se deduce ningún signo de intoxicación. Fíjate, ni quemaduras ni irritaciones internas, ni mucosas inflamadas ni color de vísceras ni sangre que lleve a sospecha. Hasta el olor del cuerpo es normal. Tampoco le hemos localizado pinchazos... Por tener, esta mujer no tiene ni cardiopatía congénita apreciable ni malformaciones, y tampoco hay visible ninguna dolencia previa ni terminal que pudiese ocasionarle siquiera muerte súbita, a pesar de esos pulmones de fumadora.

Clara negó con la cabeza, en señal de que, definitivamente, para ella la opción de envenenamiento estaba descartada. Sin embargo, se mantuvo prudente:

—Tendremos que esperar los resultados de patología y toxicología.

Cuando terminaron de trabajar sobre el cuerpo, Clara no pudo evitar un sentimiento de inquietud, que le creció desde el estómago hasta el pecho. A aquella mujer la habían apuñalado con algún elemento indeterminado, acabando con su vida. ¿Cómo era posible, si estaba encerrada ella sola en el camarote de un barco? Repasó mentalmente todo el proceso de la autopsia, por si algún detalle se les hubiese pasado por alto. No, por su parte no tendría nada más que aportar hasta que llegase el informe de tóxicos, que aún tardaría semanas.

¿Se habría lesionado Judith Pombo con algún elemento punzante del camarote? Imposible, ¿cómo no iba a detectarlo la Policía Judicial cuando se procedió al levantamiento del cuerpo? Pedro Míguez, el forense que había acudido al levantamiento con la comisión judicial, tampoco había detallado ninguna incidencia ni hallazgo en aquel sentido. Además, sería difícil que a alguien se le pasase por alto un objeto en el camarote que, sin duda, tendría que haber estado cubierto de sangre.

Clara miró el cuerpo de Judith por última vez antes de que se lo llevasen. ¿De quién habría dejado de despedirse aquella mujer? Deseó que al menos hubiese tenido a alguien a quien de verdad hubiese deseado decir adiós. Fin de la partida, aquello había sido todo. Clara sintió alivio al pensar que ella sí tenía a su lado personas por las que hacer girar el mundo y a las que mirar a los ojos cuando tuviese que despedirse por última vez; su marido Lucas, sus sobrinas, Oliver y Valentina...

En cuanto a Valentina, desde la terrible tragedia que había tenido que vivir en su trabajo ya no había vuelto a ser la misma. La joven, tras una larga meditación llena de tristeza, había decidido que era culpable de lo que había sucedido. La sangre, el bebé, su imprudencia. No debería haber estado allí, no debería haber insistido en controlarlo todo hasta el final. Alejar de su lado a Oliver y a la propia forense, a pesar de su larga amistad, había pretendido ser un gesto liberador. La lógica de Valentina siempre era demoledora: ¿qué beneficio podía tener para nadie la compañía de una persona que sabía que su interior estaba roto?

Clara había tratado de convencerla para que intentase enfocar su vida de forma diferente; había procurado mostrarle lo absurdo de aquel sacrificio que nadie deseaba y que tampoco le habían pedido, pero Valentina había inventado otro modo de vivir. Más práctico y realista, menos soñador. Doloroso y extraño. Aunque a su manera, derrumbándolo todo, apostaba por la vida. Había que ser muy valiente, sin duda, para caminar de forma consciente hacia el abismo.

Pero la forense no podía evitar sufrir por Valentina. Le estaban dando algo de tiempo, pero aquel camino que había escogido era solitario e insólito, y temía que la joven terminase convirtiéndose en un envoltorio sin nada en su interior. Como uno de aquellos cuerpos de la mesa de autopsias, como la propia Judith Pombo. ¿Por qué le generaría tanta inquietud su caso, por qué sentía un desasosiego tan profundo?

Había algo en la forma de morir de aquella mujer que le resultaba extrañamente familiar, pero sus laberintos de recuerdos y experiencias forenses no acertaban a dar con una explicación. Recordó a Judith el día del cóctel benéfico en el Hotel Real, con su traje entallado y sus pronunciados tacones *stilettos*. Su perfecto maquillaje y sus carcajadas, llenas de seguridad y determinación, de exageración histriónica y premeditada. Tuvo que haber sido muy guapa, y todavía guardaba en los últimos tiempos un aliento de su antigua belleza. ¿Quién la habría odiado tanto como para desear quitarle el alma y convertirla en aquella indefensa cáscara de piel y huesos?

3

> Antes de ir más lejos estudiemos el supuesto teatro del crimen.
>
> EDGAR ALLAN POE,
> *Los crímenes de la calle Morgue* (1841)

Valentina conducía con calma concentrada, con su mente ya dentro del camarote donde había muerto Judith Pombo. Estaba deseando inspeccionar aquel compartimento del barco; ¿cómo era posible que hubiese sucedido lo que el capitán Caruso le había explicado? Desde luego, el informe forense sería recibido con el máximo interés. De momento, ya se había leído antes de salir el informe previo del SEMAR, porque el capitán había cumplido su palabra y se lo había adelantado por correo interno.

Sin apenas darse cuenta, y con su cerebro aún especulando sobre aquel nuevo caso del que casi no sabía nada, la joven comenzó a dejarse llevar por la canción que sonaba en la radio del coche. *Let It Go*, de James Bay. La teniente disponía de un nivel bastante bueno de inglés y entendía todo lo que decía aquel poema hecho música, gracias también en parte a su último viaje a Inglaterra con Oliver. Tal y como él mismo había bromeado, «si puedes entender mi idioma con acento escocés, entonces es que puedes entenderlo todo». De aquel viaje guardaba un recuerdo cálido e imborrable, y en él había conocido con nuevos ojos la ciudad natal de Oliver, Londres, visitando también a su familia escocesa en Stirling.

La canción de aquel tal James Bay, al que Valentina no conocía y que suponía que debía de ser una de esas nuevas estrellas emergentes del pop, hablaba de cuando llegaba el momento de alejarse de las personas que amábamos: cuando se rompían las ilusiones y lo asumíamos, cayendo de rodillas y aceptando que lo que estaba roto había que dejárselo a la brisa, porque era necesario permitir que se deshiciese como el polvo en el olvido del tiempo. En su caso, no era su relación con Oliver lo que se había resquebrajado. Quien se había roto era ella misma: su esencia y cordura, su equilibrio interior. Era ella quien se había fracturado entera, y sentía que aquella descomposición emocional era irreparable. En consecuencia, debían ser su propio cuerpo y su memoria los que se convirtiesen en polvo, en un aire sucio que se pudiese limpiar con un pequeño soplo de brisa. Era ella quien debía alejarse lo máximo posible de todo y de todos para no contaminar el ambiente con su propia oscuridad. ¿Qué sentido tenía todo aquel dolor inagotable? Sería mejor hundirse con él y desaparecer, acariciar el fondo del océano y esperar a que la marea barriese para siempre sus pasos sobre la arena.

Valentina respiró profundamente e intentó no ahondar más en aquella tristeza que la habitaba. Aparcó el coche en la Comandancia de Peñacastillo y accedió con paso firme y mecánico al interior del edificio, con el convencimiento de que había cosas y personas a las que, sencillamente, era necesario permitir que se desdibujasen en nuestros recuerdos y que se marchasen con el suave viento que sopla cuando sube la marea.

Cuando la teniente llegó a la sala de juntas anexa a su

despacho, le sorprendió ver ya a gran parte del equipo reunido y estudiando la documentación del caso de Judith Pombo. Les había enviado mensajes a todos informándolos de la necesidad de la reunión a primera hora, pero no contaba con aquella inusual puntualidad.

—Buenos días, Valentina.

El sargento Jacobo Riveiro, a pesar de que le quedaba bastante tiempo para llegar a cumplir los cincuenta años, era quien más edad tenía en la Sección de Investigación, y también era el único que tuteaba abiertamente a la teniente. Los demás la trataban con la adecuación propia del rango, pero entre Riveiro y Valentina existía la camaradería más antigua, propia de los que trabajan juntos muchas horas.

—Hola, Riveiro. Buenos días a todos.

Se sucedieron saludos escuetos y todos bajaron de nuevo sus miradas hacia las copias del informe que les había enviado el Servicio Marítimo. Solo se levantó la guardia Marta Torres, que junto con Alberto Zubizarreta conformaban la parte más joven de la Sección.

—Teniente, mire... —le señaló a Valentina, acercándose a la pizarra de la sala de juntas—. Ya he hecho una lista de invitados a la cena en la goleta, y tengo también la tripulación en esta segunda columna.

—Sí, íbamos ya a revisar la información de cada uno en el SIGO —intervino el cabo Roberto Camargo, aludiendo al Sistema Integral de Gestión Operativa de la Guardia Civil, donde se guardaba la información básica de los ciudadanos españoles y de sus antecedentes e incidencias, incluidas hasta las más sencillas multas de tráfico.

—Joder, ¿qué queréis, el premio al mejor Sherlock Holmes de la semana? —les preguntó Valentina mirándolos a todos con gesto serio.

El equipo guardó silencio unos segundos y todos sus componentes la observaron expectantes. Ella resopló lentamente, como si al liberar el aire de sus pulmones se quitase un peso invisible de los hombros.

—No hace falta que hagáis esto, ¿de acuerdo? Podéis ser como siempre. Yo estoy bien, ¿vale?

—Teniente, pero si nosotros solo queríamos...

Valentina alzó la mano y detuvo las palabras de Marta Torres. Miró a todos los presentes. Al sargento Riveiro y a su metro ochenta de estatura, pues era casi tan alto como el silencioso Alberto Zubizarreta, que había bajado la mirada; al resolutivo cabo Camargo y a la propia Marta, que la miraba desconcertada. Valentina suavizó el tono.

—Solo queríais hacerme feliz, facilitarme las cosas. Ya lo sé, chicos. Pero no hace falta que seáis como yo. Es más —añadió con una sonrisa cansada y un tono que no admitía conmiseración propia ni ajena—, no os lo recomiendo. Son solo las nueve de la mañana, y tras este caso ya sabéis que vendrán otros muchos, incluso a la vez. A estas horas tendríais que estar cogiendo los cafés y los bollos para enredar un poco por aquí antes de empezar a trabajar. Dejadme a mí ser la obsesiva y cuadriculada, ¿de acuerdo?

—¡Ya estoy aquí, teniente! ¿Preguntaba por unos bollos?

Un hombre bajito y con algo de sobrepeso, vestido de paisano al igual que el resto del personal de la Sección, entró en la sala de juntas chasqueando ruidosamente la lengua y portando una bandeja repleta de cafés, dónuts y bollería variada.

Valentina lo miró con indisimulado gesto de sorpresa. Allí estaba el subteniente Santiago Sabadelle, miembro también de su sección, y que por su formación universitaria en Arte y Arqueología era el encargado del departamento local de patrimonio; un hombre que acostumbraba a llegar tarde, a hacer el mínimo esfuerzo posible en todo y a sacarla de quicio y que ahora, para su asombro, traía el desayuno para todos. Se sucedieron unos nuevos segundos de silencio, en los que la teniente se puso en jarras y bajó la mirada al suelo. Resopló otra vez y negó con un gesto de cabeza, agradecida y sin más energía para dar discursos. Su equipo sabía de su estado de ánimo tras el inevitable drama que había tenido que afrontar hacía solo unos meses, y resultaba obvio que querían hacerle la vida más fácil. Todo bien organizado y coordinado, para no alterar su trastorno obsesivo compulsivo por el orden. Todo en su sitio y a su hora, para no desquiciarla con impuntualidades injustificables. Un universo a su medida, para que le llegase el aire a los pulmones.

—Gracias.

Valentina contuvo sus emociones y las guardó tras la coraza de acero que ahora creía haber logrado por corazón. Alzó la mirada y comprobó que todos la observaban con respeto, pero también con preocupación. Fingió no percibir aquel desasosiego y cogió un café de la bandeja. Se dirigió hacia la pizarra para ver las anotaciones de Marta Torres.

INVITADOS

-Judith Pombo (víctima, presidenta del club de tenis).

-Margarita Rodríguez (secretaria de la presidenta del club de tenis).

-Basil Rallis (exjugador de tenis).

-Pablo Ramos (jugador de tenis en silla de ruedas).

-Félix Maliaño (presidente Federación Cántabra de Tenis).

-Victoria Campoamor (vocal Federación Cántabra de Tenis).

-Emilio Rojas (presidente Confederación de Empresarios de Cantabria).

-Marco Fiore (socio de honor del club de tenis). Nacionalidad italiana.

-Rosana Novoa (socia de honor del club de tenis).

TRIPULACIÓN
-Alan Alonso (capitán).
-Timoteo Comesaña (primer oficial).
-Mikaël Dubach (jefe de máquinas). Nacionalidad suiza.
-Makoto Usui (cocinero). Nacionalidad japonesa.
-Suki Ito (asistente de cocina y camarera). Nacionalidad japonesa.

—De acuerdo, ya veo que es verdad que habéis empezado a hacer los deberes —dijo Valentina, leyendo el final de la lista y comprobando que había algo parecido al croquis de un barco visto desde el aire—. ¿Y esto?

—Lo había comenzado a dibujar yo, teniente... —se apuró a explicar el joven cabo Camargo—. Pero aún tengo que realizar una fijación planimétrica global y detallada. Es que la goleta donde sucedió el incidente es histórica y ha estado en bastantes exposiciones. He encontrado sus planos en internet. No sé si los del club de tenis habrán respetado su distribución...

—¿Esos pijos? —se burló Sabadelle, enarcando las cejas y sin pronunciar correctamente por culpa de un bollo de canela que estaba masticando—. Habrán puesto una pista de tenis en cubierta.

—No creo —negó Riveiro con una sonrisa cordial—. Acabo de ver las fotos que ha conseguido Camargo de la goleta en la web del club, y parece que la han restaurado respetando su línea original.

—Anda, coño, pero ¿ya tenemos fotos? —se sorprendió Sabadelle—. A ver, a ver esa chalana.

El cabo Camargo dio la vuelta a su ordenador portátil para que todos en la mesa pudiesen ver la imagen que tenía en pantalla. Era una preciosa goleta de color azul marino y rojo inglés, que recordaba a las embarcaciones de principios de siglo XIX. El bauprés de proa era largo y estilizado, y Valentina buscó por instinto un mascarón bajo aquel mástil horizontal, aunque no encontró ninguna sirena ni animal extraordinario que adornase la embarcación. Quizás no le hiciesen falta los adornos. En la imagen, la goleta tenía desplegadas las velas, y el palo mayor e incluso el de trinquete debían de superar los veinte metros, por lo que el conjunto de la estampa era impresionante.

—¿Tienes más imágenes del barco?

—Solo hay una del salón, teniente. No he encontrado mucho más en la web del club.

El cabo cambió la imagen y apareció en pantalla otra fotografía, en la que un elegante salón les daba la bienvenida: los techos y paredes de madera blancos, el gran sofá Chester verde en forma de U rodeando la mesa y dejando su espacio abierto para acoger al visitante al entrar en aquel amplio compartimento de la nave.

—¡Qué bonito! —exclamó Marta Torres, acercándose—. ¡Y qué grande!

—Nunca hay espacios desaprovechados en la mar —replicó Zubizarreta, que al instante volvió a bajar la mirada, como si hubiese hablado por equivocación.

No solía ser un gran conversador, pero cuando opinaba lo hacía con frases habitualmente llenas de contenido y algo de filosofía de cosecha propia.

—Sí, es bonito —reconoció Valentina—. Pero ha muerto una mujer ahí dentro, así que comencemos a trabajar.

La teniente caminó de nuevo hacia la pizarra y volvió a leer la lista de invitados y de la tripulación. La señaló y se dirigió al cabo Camargo.

—A los que puedas los revisas en el SIGO, pero al italiano y al suizo échales un vistazo en el SIS —ordenó, refiriéndose al Sistema de Información Schengen, de ámbito europeo—. Y Basil Rallis... ¿Ese no era griego?

—Sí, pero está nacionalizado español; precisamente había empezado por él.

—Me ha dicho Caruso que ha venido por unas jornadas de tenis, unos cursos o algo parecido.

—Es verdad, lo vi ayer en la prensa. Las jornadas las celebran en la Magdalena, llevan con ello toda la semana, y hoy mismo por la tarde hacen la clausura; Basil creo que vive en Barcelona, y el que juega al tenis en silla de ruedas, también... Pero, teniente, para los japoneses de la lista habría que tirar de la base de datos de la Interpol. No sé si será demasiado pronto como para...

—Hazlo. Si finalmente confirmamos estar ante un homicidio vamos a necesitar tener toda la información controlada, incluyendo la del personal de cocina. Y el juez que lo lleva es Marín, de modo que no va a haber problema. Después lo llamo... Ya habréis visto en el informe que la víctima fue hallada muerta en un camarote cerrado con una herida diminuta en el pecho, así que podría tratarse de un accidente absurdo, pero también cabe la posibilidad de que nos encontremos ante un crimen muy elaborado.

—La verdad es que es un caso extrañísimo —reconoció la agente Torres.

—Sí, se presenta un poco raro. El informe forense va a resultar fundamental para esclarecer este asunto. Por cierto, Riveiro, ¿puedes llamar a Múgica, a ver si te puede adelantar algo?

—Aún es pronto... —dudó—. ¿Seguro que no prefieres ser tú quien...?

—No, no prefiero llamarla yo, si es a eso a lo que te refieres.

El rechazo de Valentina fue amable, porque la sugerencia de Riveiro no cuestionaba su autoridad, sino una costumbre asentada. En los últimos tiempos, antes de que hubiese sucedido la tragedia de la que nadie se atrevía a hablarle, era ella la que siempre solía contactar con Clara Múgica. La teniente zanjó el asunto de forma limpia.

—Además, las autopsias empiezan muy temprano, quizás ya tenga algo. Llámala al móvil, anda.

Riveiro se alejó unos metros y entró en el despacho de

Valentina para hacer la llamada con tranquilidad. Sacó una pequeña libreta que siempre llevaba consigo en el bolsillo y tomó un bolígrafo de la ordenada e impoluta mesa de la teniente. Entretanto, la propia Valentina y los demás siguieron revisando el plano del barco y el informe del SEMAR y de los sanitarios que habían atendido a Judith Pombo. Las frases entrecortadas del sargento llegaron claramente a los demás.

«Ya sé, ya sé que es temprano... Ella está ocupada con el equipo, estamos todos reunidos. Claro, se lo diré... ¡Por supuesto que sé que es provisional! Me espero, sí... ¿Cómo me va a importar?» Valentina se acercó a Riveiro y entornó la puerta; después, le hizo un gesto con la barbilla, preguntando con el ademán qué le decía la forense al otro lado del teléfono. El sargento tapó con una mano la rendija telefónica por la que se suponía que tenía que hablar.

—Dice que si la dejo irse a lavar las manos, que acaba de terminar. Y que como volvamos a tocarle los ovarios tan temprano no nos coge el teléfono.

Valentina sonrió.

—Ahí está mi Clara.

Riveiro se mordió el labio inferior y negó con gestos de cabeza. Al menos Valentina sonreía. Y él sabía que Clara los apreciaba, tanto a él como especialmente a la teniente. En realidad, Clara Múgica era tan buena forense porque trabajaba por vocación, por verdadera pasión en aquella rama de la medicina, y era la primera en madrugar cuando un caso era importante. Había heredado una gran fortuna y, aunque podría haberse permitido dejarlo todo, allí estaba, soportando con bastante buen humor las preguntas de la Policía Judicial cuando apenas acababa de terminar una autopsia. Riveiro se llevaba muy bien con ella, aunque sospechaba que la forense empleaba con él términos médicos específicamente complejos solo para desquiciarlo y obligarlo a solicitarle explicaciones sencillas, como si él fuese un novato. El sargento le hizo una señal a Valentina para indicarle que Clara ya estaba de nuevo al aparato.

—Un instrumento punzante en forma de uve... Sí, lo estoy anotando. Sangre en pericardio... Taponamiento cardíaco... Sí, sí, lo entiendo. Se impide el bombeo y plas, colapso mortal. ¿Qué? ¿Y eso qué coño es? No, no lo hemos visto en ningún caso... Entonces, resumiendo, la apuñalaron en el corazón, ¿no? Ajá. Ya, ya, por supuesto... ¿Y un suicidio? Claro, entiendo. ¿Y no podría ser que...? Ah. De acuerdo, muchísimas gracias. Que sí. Ya lo sé. Se lo diré. Gracias.

Riveiro colgó y se encontró con el rostro interrogante de Valentina. Por un instante, le pareció que sus ojos tenían el mismo color, aunque cuando ella dio un paso el sargento comprobó que lo único que la mirada de Valentina mantenía uniforme era la tristeza y un punto nuevo de frialdad, de desapego autoimpuesto.

—Dice que la llames.

Riveiro aprovechó la intimidad del despacho y miró a Valentina fijamente a los ojos.

—Y creo que deberías hacerlo. Deberías hablar con ella y con... Ya sabes. Oliver también te...

Ella no apartó la mirada cuando le contestó, interrumpiéndolo.

—Gracias por el consejo paternal. No es necesario.

Valentina tocó el brazo del sargento y lo apretó suavemente, dándole de nuevo las gracias con la mirada. Riveiro supo que, de momento, no había nada que hacer. Que Valentina solo caminaría por donde ella misma decidiese. Ella suspiró y ojeó lo que el sargento había anotado en su pequeña libreta.

—Dime, ¿qué te ha dicho de la autopsia?

—Que todo lo que tiene es provisional, y que los resultados de patología y toxicología no llegarán hasta dentro de varias semanas, y que...

—Ya, ya —le interrumpió ella—, pero Múgica a estas alturas tiene sus propias conclusiones, ¿no?

Él asintió con una sonrisa resignada y le contó todo lo que Clara Múgica le había adelantado, incluyendo sus conclusiones provisionales sobre la inviabilidad de un posible suicidio; tras escucharlo con atención, la teniente puso en común la información con el resto del equipo. Comenzaron las especulaciones sobre qué podía haber sucedido, y todas terminaron enfocándose hacia la estructura del camarote.

—A ver, según este plano...

Valentina se aproximó ahora a la imagen que Camargo tenía impresa sobre la mesa en un plano que triplicaba el tamaño de un folio normal, y la clavó en un tablón de corcho al lado de la pizarra. A continuación, rodeó con un grueso rotulador rojo el camarote donde había sido encontrada Judith Pombo.

—... La víctima estaba encerrada en un espacio al que nadie más podía tener acceso. El asesino podría estar ya dentro cuando ella entró, pero ¿cómo logró salir antes de que echasen la puerta abajo? ¿Alguna idea?

Todos se levantaron y se acercaron para estudiar el plano de cerca. El camarote principal se situaba en el ala estribor del barco, y sus paredes eran contiguas a una salita abierta con biblioteca que se veía desde el salón, a un tanque de agua y a un gran camarote en proa con entrada independiente, que Riveiro opinó que debía de ser para la tripulación. Frente a su puerta, se encontraba directamente el acceso a cubierta, a la cocina y al gran salón.

—Tal vez haya una entrada oculta por alguna parte. Si acaban de restaurar el barco, quién sabe, a lo mejor dejaron algún hueco secreto por ahí —especuló Torres dándole vueltas a su larga coleta.

El hecho de que la joven guardia retorciese sin piedad su cabello castaño cuando estaba pensando sobre un caso parecía ser ya un tic automático y asentado.

—Es posible —concedió Valentina—, aunque ayer

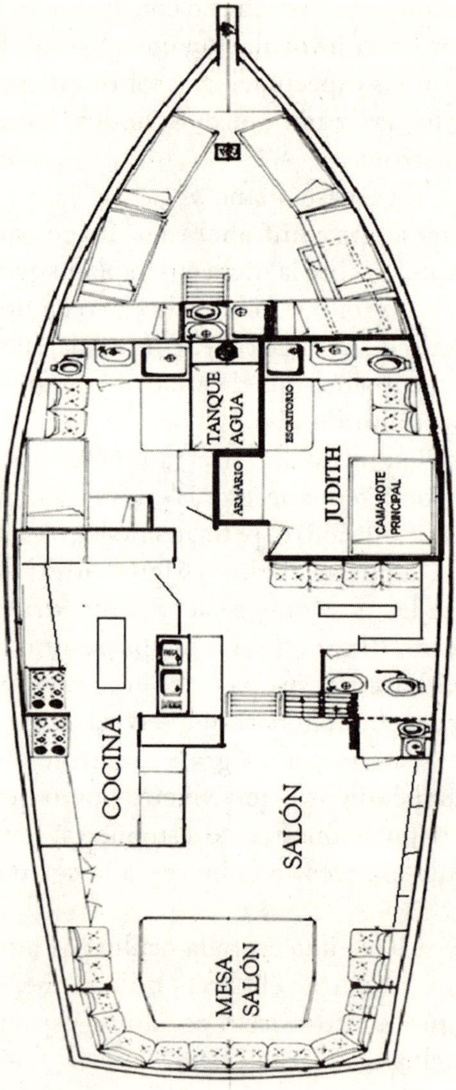
TANQUE
AGUA
ESCRITORIO
ARMARIO
JUDITH
CAMAROTE
PRINCIPAL
COCINA
SALÓN
MESA
SALÓN

por la noche ya estuvieron allí los de Criminalística y no parece que encontrasen nada. Después iremos nosotros a inspeccionar la nave y hablaremos con Lorenzo —añadió aludiendo a Lorenzo Salvador, el jefe del equipo del SECRIM.

La teniente se concentró en el camarote donde había muerto Judith. No parecía ser gran cosa. Una cama doble, un escritorio y un sofá. Un armario empotrado y un pequeño baño privado, aquello era todo. No daba la sensación de que hubiese mucho espacio para que un asesino pudiese esconderse sin que nadie fuese capaz de detectarlo. ¿Tal vez en el armario, en el baño? El agente Zubizarreta, que también observaba el camarote con detenimiento, de pronto dejó de mirar el plano y regresó a su sitio ante la mesa de la sala de juntas. Mantuvo el ceño fruncido y la mirada concentrada en el techo, logrando sin querer que los demás lo observasen con curiosidad. Sabadelle chasqueó la lengua.

—Hostias, que está el poeta pensando. A ver, chaval, ¿qué te pasa?

—Sabadelle... —le reprendió Valentina con tono de amonestación.

El joven guardia miró tímidamente a su jefa. Carraspeó sin necesidad, como si buscase tiempo para encontrar el valor de exponer sus pensamientos en alto.

—¿Y si...? ¿Y si le clavaron un cuchillo de hielo? Eso explicaría por qué no encontraron el arma.

El silencio duró solo dos segundos de reflexión colectiva, porque la risotada de Santiago Sabadelle inundó el cuarto como si fuese una carcajada de azúcar derretido que se hubiese quedado pegada por todas partes.

—Hostia puta, pero ¿tú de qué universo paralelo vienes, chico? ¡Hielo derretido! ¿Y no has pensado que entonces la víctima tendría que tener la ropa mojada?

—Aún no tenemos el informe detallado de la autopsia ni del SEMAR, quizás...

—No creo que esa teoría sea posible —atajó Riveiro, pensativo— porque un cuchillo de hielo, aun siendo extraordinariamente sólido, dudo que pudiese atravesar el esternón para llegar al corazón.

Valentina miró al sargento con gesto admirativo. La teoría del cuchillo de hielo era fantasiosa, pero que Riveiro aplicase conocimientos de anatomía resultaba una novedad. Él se encogió de hombros.

—¿Qué pasa? —preguntó, conteniendo una sonrisa—. De tantas charlas con Múgica algo se me ha quedado.

—De todos modos —añadió Valentina—, volveríamos al principio, porque para acuchillarla con lo que fuera tendría que estar el asesino dentro del camarote, y salvo que podamos demostrar la teoría de Torres de la puerta secreta, eso es imposible. Ya habéis visto que en el informe dice que el capitán y parte de la tripulación revisaron el camarote al entrar y no encontraron nada.

—Podrían estar implicados —sugirió Camargo, releyendo de nuevo y en silencio los nombres de la tripulación.

—Puede ser —concedió ella—. De momento no podemos descartar nada, pero no olvidéis que declararon haber registrado el camarote con parte de los invitados presentes.

La teniente se mostró reflexiva y caminó unos pasos por la sala, hasta que por fin alzó la mirada de nuevo hacia el plano del barco y, después, hacia su equipo de investigación.

—Bien, hasta que no tengamos más información todas nuestras teorías son papel mojado. Vamos a ponernos en marcha. Camargo, quiero que tú, Torres y Zubizarreta investiguéis todo lo posible sobre la víctima y el club de tenis, además de sobre su empresa de eventos, Smart. Parece que su familia más próxima eran su madre y su hermana, echad un vistazo a su historial y verificad si hay algo raro en la residencia familiar de Mataleñas.

—¿Algo raro como qué?

—Como cargas hipotecarias nuevas, embargos... Lo que sea, Torres. Y sobre su exmarido, informaos de cuánto tiempo llevaban separados y de dónde estaba anoche. Y averiguad especialmente lo que podáis sobre las últimas relaciones de la víctima, si había habido algún cambio en su vida en los últimos meses... Ya sabéis.

—Sí, teniente.

—Ah —añadió Valentina, frotándose suavemente la sien derecha con los dedos, como si se ayudase con ello a dar las instrucciones adecuadas—, y organizaos para repartiros el trabajo e investigad toda la información que podáis sobre pasajeros y tripulación, ¿de acuerdo?

La pregunta había sido retórica, porque la teniente continuó hablando mientras los demás asentían y anotaban las indicaciones.

—Tú, Sabadelle, quiero que contactes con el astillero y con el responsable de la restauración de la nave y que consigas todos los planos de los camarotes. Y habla con el SEMAR, porque quiero su informe completo y no este que han enviado; quiero también el detalle sobre todos los barcos que estuviesen anoche cerca de *La Giralda*, y sobre el avistamiento de buzos o incidencias marítimas en el arco temporal de al menos tres horas antes y después de la comisión del homicidio... Para esto el SEMAR no podrá ayudarte, así que tendrás que hablar con Salvamento Marítimo, ¿conforme?

—¿Todo eso yo solo? Pero si...

Valentina lo miró y alzó solo una ceja, dándole a entender que las órdenes no eran cuestionables.

—Confío en ti, Sabadelle —replicó ella seria—. No dudo que como responsable de patrimonio serás el más adecuado para estudiar un barco histórico.

Si hubo ironía, nadie la apreció ni en el tono ni en el gesto de la teniente, que se volvió hacia Riveiro.

—Sargento, ¿nos vamos ya a ver esa goleta?

Riveiro asintió, y ambos salieron de la Comandancia de Peñacastillo solo unos minutos más tarde. ¿Cómo iba a imaginar Valentina que aquel extraño crimen iba a volcar su vida de nuevo, logrando que su cuerpo y su alma volviesen a ser escupidos por el viento?

La imponente goleta estaba atracada en uno de los pantalanes del Real Club Marítimo de Santander. El ambiente en toda la zona era extraordinario, a pesar de que el Mundial de Vela no comenzaría oficialmente hasta dos días después. La teniente y el sargento Riveiro avanzaron por el paseo de Pereda, pasando a la altura de las evocadoras esculturas de bronce de los raqueros, hasta llegar al singular edificio del Club Marítimo. Lo habían construido en la primera mitad del siglo xx, simulando ser parte de un trasatlántico blanco atracado en el muelle de Santander. Sus ventanas de marcos rojos y sus toldos azul marino terminaban de dibujar su silueta en la bahía, sobre la que parecía estar en suspensión, pues se sustentaba en sólidos pivotes que permitían la incesante danza del mar bajo su base.

Dos compañeros del SEMAR y el secretario del Real Club Marítimo recibieron a Valentina y a Riveiro justo en la pasarela de entrada al edificio del club. Debían de llevar ya un rato esperándolos. Ella declinó la invitación para tomar un café en el interior, y solicitó visitar directamente la goleta donde había muerto Judith. Mientras caminaban hacia los pantalanes de acceso, ella se interesó por la seguridad de las instalaciones.

—Oh, ¡tenemos un sistema de videovigilancia! —se apuró a explicar Diego Pichel, el secretario del club—. Y vigilantes desde las ocho de la mañana hasta las doce de la noche.

—¿Y le consta que ayer hubiese alguna incidencia?

—Ninguna.

—¿Y a lo largo de la semana?

El hombre negó sin mucha convicción y llamó a un empleado, que se acercó a paso rápido, a pesar de una cojera que le hacía arquear visiblemente el cuerpo a cada pequeño avance que realizaba. Le preguntó sobre el asunto y el hombre, que ya debía de estar a punto de jubilarse, negó convencido.

—No, no. Aquí ha estado todo controlado. Comprobamos quién entra y quién sale, y más ahora que hay tanto jaleo de gente —añadió, señalando con la mirada a los curiosos que desde el paseo del puerto admiraban los barcos, pues ya habían comenzado a llegar los que iban a competir.

—¿Y la goleta? —preguntó Valentina—. ¿Alguien pudo tener acceso a ella sin que ustedes lo viesen?

—Como no fuese nadando... Desde los pantalanes, si no está autorizado, difícil.

—¿Y ayer no vio nada inusual, algo que le llamase la atención?

El hombre arrugó la barbilla y frunció los labios, negando con seguridad.

—Señora, ayer estuvo la tripulación sacando brillo a la goleta durante todo el día, si alguien hubiese querido entrar en ella sin permiso lo habrían visto los marineros.

Valentina asintió, todavía sin descartar la posibilidad de que alguien se hubiese colado en el barco, aunque fuese nadando. Nadar... ¿Y si ese hubiese sido también el método para huir? Si hubiese algún tipo de puerta oculta, el asesino podría haber salido del cuarto tras apuñalar a Judith y tirarse al agua para llegar después nadando a algún punto de la costa. ¿Sería posible? Le pidió a Diego Pichel que conservase las imágenes de las videocámaras, pues con suerte el juez sí consideraría conveniente su revisión y en consecuencia su requerimiento.

Por fin, llegaron a la imponente embarcación. En cubierta, justo ante el acceso a la nave, los esperaban el capitán y el primer oficial, además de un agente del SEMAR que hacía guardia en el pantalán; su misión de custodia terminaría cuando el SECRIM finalizase definitivamente de inspeccionar la nave. La teniente accedió a la goleta con paso firme, como si ella misma fuese un marinero acostumbrado a flotar sobre el mar gran parte de su tiempo. Le sorprendió el buen estado de la nave, y tras saludar a Alan Alonso y a Timoteo Comesaña, admiró el gran trabajo de restauración que sin duda había supuesto que el club deportivo rehabilitara *La Giralda*. Por dentro, la goleta olía a mar, a madera repintada y a vida. El guiso de la noche anterior de Makoto todavía ofrecía en el aire el tibio recuerdo de su aroma, y con él se impregnaba el ambiente de algo parecido a una bienvenida.

Sin embargo, los semblantes del capitán y de la tripulación no guardaban ningún ánimo festivo. Alan Alonso les mostró la nave al completo, incluyendo el camarote donde había muerto Judith, de donde tuvieron que retirar el precinto policial; allí les relató lo sucedido la noche anterior tal y como lo recordaba y como constaba en el informe provisional del SEMAR.

—Si no le importa, volveremos a hablar con usted cuando mi compañero y yo terminemos de registrar el camarote. Dígale al resto de la tripulación que los entrevistaremos esta misma mañana y que necesitaremos que estén disponibles, por favor.

—Pero ayer ya les dijimos a sus compañeros lo que...

—Lo sé, pero ahora tendrán que decírnoslo a nosotros. Comprendo que es una molestia, pero hágase cargo de que ha muerto una mujer, y de que lo ha hecho en circunstancias con grandes evidencias de criminalidad.

El capitán asintió, y ya no se molestó en preguntar por qué aquella teniente tan extraña de ojos con dos colores quería volver a registrar un compartimento que ya habían puesto patas arriba la noche anterior aquellos guardias civiles vestidos con monos blancos que habían espolvoreado todo y hecho fotografías como para una docena de álbumes de recuerdo. Dejó solos a Valentina y a Riveiro, que cerraron la puerta del camarote y se quedaron dentro en silencio, estudiándolo.

Ambos se pusieron guantes y la teniente escudriñó paredes, suelo y techo. Cada recoveco, cada ángulo. Tal vez se les hubiese escapado algo. De hecho, y por lógica, resultaba estrictamente necesario que en efecto no hubiesen caído en algún detalle revelador. Únicamente las dos diminutas manchas de sangre sobre la alfombra desvelaban que alguien había perdido allí el alma solo unas horas antes.

—¿Qué piensas? —preguntó Riveiro sin mirarla y mientras toqueteaba las paredes, buscando puertas y huecos escondidos.

—Que no tiene sentido. Hay algo que se nos escapa. Esto parece un búnker, y solo hay dos huecos al exterior... El ojo de buey, cerrado por dentro. La puerta, bloqueada desde el interior. ¿Cómo iba a escapar el asesino? A menos que...

—A menos que... —la animó Riveiro.

Ella frunció el ceño y lo miró.

—¿Y si Clara se equivoca? ¿Y si la víctima se suicidó?

—Es posible —asintió él, pensativo—, pero nos falta el arma.

—A lo mejor la tenemos en este cuarto y no nos damos cuenta.

Valentina caminó despacio por el camarote. Dio varias vueltas, entró y salió del baño privado, se agachó y puso su mejilla pegada al suelo, buscando algo indeterminado en el cuarto de aquella nave. Inspeccionó al detalle la base del armario, sólido como una piedra. Después, se levantó y se puso sobre una silla, acariciando el techo con sus manos y procurando observar aquel espacio desde otra perspectiva. Toqueteó techo y paredes buscando cambios en la acústica que le desvelasen algún hueco oculto, sin resultado. Observó e inspeccionó la cama, que era como un enorme nido bajo el que solo había espacio para almacenaje con cajones de tamaño pequeño.

La teniente se acercó al ojo de buey y revisó su mecanismo de cierre; una bisagra y dos clavijas para ajustar la ventana a presión, sin hueco para que se colase allí dentro ni una gota de océano. Las clavijas estaban tan fuertemente apretadas que, según le había explicado el capitán, hasta el equipo del SECRIM había tardado un rato en poder abrir aquel ventanuco circular, por el que apenas podría pasar un gato grande. La teniente suspiró, pero no como si estuviese acudiendo a ella la desesperación, sino como si tuviese ante sí misma un reto, una provocación a la que responder. Se acercó a la cama donde habían encontrado a Judith y miró en dirección opuesta, hacia la entrada del camarote.

—Tal vez la víctima gritó, ahuyentó al asesino y este, al cerrar la puerta con fuerza, provocó que con el impacto se cerrase solo el pestillo. Una de esas cosas que suceden fortuitamente una de cada millón de veces.

Riveiro la miró con aire escéptico, desacostumbrado a que Valentina plantease teorías tan frágiles. Comprobó en el gesto de la teniente que ni ella misma tomaba en serio aquella hipótesis, que había lanzado al aire como si se tratase de un pensamiento sobre el que aún debían trabajar. Valentina señaló con decepción el fuerte pestillo de hierro que aún decoraba la puerta ahora desgarrada, y que habría exigido mucho más que un simple movimiento fortuito para cerrar aquel compartimento.

—No... —negó Valentina, adelantándose a Riveiro—. Está claro que la víctima echó el pestillo y se aisló en este camarote, cerrando incluso con llave. Pero ¿por qué?

—¿Por qué? Querría intimidad.

—Puede ser —concedió ella sin convicción.

Aquel caso, sin duda, requeriría más imaginación de la habitual. El sargento se aproximó a la puerta y la observó con detenimiento. No era estanca ni tenía características exclusivas de la vida marinera, sino que era una preciosa y sólida puerta de pino albar con una cerradura similar a la de cualquier hotel antiguo, en la que la llave todavía estaba puesta por dentro.

Aquel era el escenario del crimen, pero a Valentina no le decía nada. Allí no parecía que se escondiesen las claves ni las respuestas. Para dar con el método del crimen, antes tendría que comenzar a trabajar con las personas, con sus finalidades y motivaciones. ¿A quién beneficiaba que Judith Pombo estuviese muerta? Y, sobre todo, ¿quién era ella? Por experiencia, sabía que para conocer a un asesino resultaba fundamental estudiar quién era la víctima. Qué la inspiraba, cuáles eran sus gustos, hábitos y preferencias. Qué la hacía feliz e infeliz, cuáles eran sus fracasos y pérdidas, y averiguar qué había hecho con ellas. ¿Esconderlas, potenciarlas para hallar el lado bueno de las cosas?

Y era preciso estar atento, porque el propio asesino, una vez que cometía el crimen, también cambiaba. Descubría un poder dentro de sí que lo volvía más temerario, más audaz. El poder de cambiar las cosas, de hacer daño. Y el miedo. El terror primitivo a ser atrapado, descubierto: aquello agudizaba su ingenio e inteligencia. Valentina miró hacia el suelo.

—¿Qué dijo el capitán que había bajo el camarote, la bodega?

—Sí. Y ya viste que no había trampillas ni nada parecido.

—O no las detectamos —dudó ella—. Así que... bajo el suelo una bodega, sobre el techo el cielo, a la derecha el mar y el resto de las paredes lindan con los demás compartimentos del barco... Voy a llamar a Lorenzo, a ver qué han hecho exactamente.

—Si hubiese habido algo relevante, ya te habría avisado.

—Sí, pero el SECRIM pudo limitarse a tomar huellas y a sacar fotografías, y yo quiero aquí un sensor térmico y otro volumétrico, un georradar o lo que haga falta para verificar que este camarote no tiene entradas ocultas.

La teniente telefoneó y habló durante unos minutos con Lorenzo Salvador, jefe del SECRIM, que le aseguró que habían revisado el camarote concienzudamente, palpando el perímetro del compartimento al completo, pero que ya habían pensado regresar aquella misma mañana al barco para verificar mediciones y hacer más pruebas con un escáner de radiografía estructural, porque el propio juez Marín había ordenado un estudio más minucioso. Por aquel motivo había todavía un agente del SEMAR custodiando la nave, para confirmar que esta se mantenía a salvo de manipulaciones e injerencias de terceros.

—Con este juez nos ha tocado el gordo —replicó ella al teléfono, sorprendida.

—Ah, ¡juventud, divino tesoro! Qué quieres, el crío viene con ganas.

—Mientras le dure, por mí perfecto... Gracias, Lorenzo. También habrá que echar un vistazo en las oficinas de la víctima, en el club de tenis y en su empresa, por si allí hubiese material que pueda aclarar algo.

—¿Y en su casa?

—También. Pero vamos paso a paso, deja que hable primero con la familia; sobre la víctima, ¿crees que pudo haber alguna clase de escenografía en el cadáver, algún tipo de conciencia forense del homicida?

—No, no me lo pareció; la víctima murió donde fue hallado el cuerpo, y no había marcas de arrastre ni similar. Las dos gotas de sangre que había en la moqueta del camarote tenían un tamaño medio de un milímetro, y tampoco me parecieron propias del impacto del arma homicida, sino gravitacionales.

—¿Qué quieres decir?, ¿que la herida, simplemente, goteaba...?

—Exacto. No puedo asegurarlo, claro, pero desde luego no hay marca de salpicadura por impacto inmediato de una lesión; creo que la víctima comenzó sencillamente a sangrar después de que la hiriesen, y que terminó por desmayarse sobre la cama.

—O la ayudaron a tumbarse.

—Puede ser. Solo te digo lo que se desprende de la inspección ocular. También pasamos el luminol por todo el camarote, y te aseguro que no había nada más —añadió Salvador, aludiendo al compuesto químico que podía detectar evidencias de sangre aun cuando esta se hubiera intentado eliminar.

—De acuerdo, gracias. Vamos a terminar de echar un vistazo. Infórmame, por favor, tan pronto como tengáis el resultado de las pruebas estructurales.

Satisfecha, Valentina se despidió y colgó el teléfono; cuando ya iba a salir del compartimento tuvo una idea. Se puso tras la puerta y la abrió hacia el interior del camarote, quedando oculta tras ella.

—Se te ven los pies —observó Riveiro, que al instante comprendió qué otra teoría navegaba ahora por la cabeza de la teniente.

—Pero imagina que soy el asesino. Elimino a la víctima, pero esta grita y escucho cómo vienen en tropel la tripulación y gran parte de los invitados, por lo que no tengo tiempo para salir. Cierro con llave la puerta por dentro, buscando ganar tiempo, pero compruebo que pretenden echar la puerta abajo. Consiguen hacerlo a medias porque revientan la puerta, y al abrir de golpe me permiten quedarme oculto en esta posición. La cama donde encuentran a Judith está ahí, en el ángulo opuesto, y es el centro de atención de todos los que entran... Cuando hay un nutrido grupo de gente y esto parece el camarote de los hermanos Marx, salgo de mi escondite sin apenas moverme, haciendo ver que he sido de las últimas personas en entrar, y me giro de inmediato hacia la parte posterior de la puerta para fingir que busco si había algo o alguien oculto en ese punto.

—No sé... —dudó Riveiro—. Eran muchos ojos dentro y fuera del camarote como para que se colase algo así, ¿no?

Valentina empujó la puerta suavemente con su dedo índice y esta chirrió, como si aún le doliese el maltrato que había sufrido solo unas horas antes, tras haber sido prácticamente derribada por el robusto jefe de máquinas.

—Tal vez el asesino se había escondido en el baño, y salió solo cuando vio que había gente en el camarote, usando la misma estrategia de confundirse entre la multitud.

—Olvidas al chino y a la camarera —le rebatió el sargento, mirando los apuntes de su libreta—. Dijeron al SEMAR que se habían quedado ante la puerta todo el tiempo, desde que la reventaron hasta que salieron todos, sin que viesen nada raro y habiendo revisado ya el capitán el camarote.

Valentina sonrió y miró al sargento. A veces tenía la impresión de que trabajaba con un hermano mayor, no porque fuese paternalista ni tuviese más años que ella, sino por su previsibilidad. Lo conocía bien; su calma, su inseparable libretita y su aplastante lógica y prudencia en todo lo que hacía y decía. Era un alivio contar con alguien así en su Sección de Investigación, alguien que equilibrase la balanza hacia el sentido común.

—No me olvidaba de ellos... ¿Quién sabe?, como dijo Camargo, podrían ser cómplices del asesino. Además —añadió, mirando la libreta del sargento y dando un toque a su cubierta—, ya puedes corregir ahí que el cocinero no es chino, sino japonés... Venga, vámonos.

—¿Ya? ¿Adónde?

—A buscar respuestas. A hablar en serio con ese capitán y su tripulación. Todavía tenemos que saber quién era Judith Pombo.

4

> Siempre es peligroso sacar deducciones a partir de datos insuficientes.
>
> ARTHUR CONAN DOYLE,
> *La banda de lunares* (1892)

La mayoría de los días del mundo transcurren solo para ser olvidados, pero hay instantes que lo cambian todo, que desdibujan lo que somos para obligarnos a ir por otros caminos. Tal vez, quién sabe, estos momentos reveladores sean cosa del destino y resulte completamente imposible esquivar el hachazo que ha de romper lo que éramos. ¿Cómo saber si podríamos haber evitado los giros drásticos que han volcado nuestras vidas? Llegar tarde a una cita, llegar demasiado pronto, cruzar la calle en el peor momento, tomar una mala decisión, tomar una buena. ¿Cómo saber si somos nosotros los que decidimos nuestro destino o si este, independiente a nuestra tenacidad, ya está inexorablemente marcado? Porque ¿es posible evitar una tragedia? Cuando le sucedió a Valentina no hubo señales previas, y tampoco amaneció entre sombríos y pegajosos presagios.

La jornada había comenzado como un día más, aunque fuese a ser el último de aquella vida que ella conocía.

Valentina estaba embarazada de casi cinco meses, y aunque apenas se notaba en la curva de su vientre su estado de gravidez, aquella misma semana iba a darse de baja temporalmente en el servicio de su sección para pasar a otro tipo de asistencia, supervisando las escuchas telefónicas. No resultaba una tarea especialmente apasionante, pero teniendo en cuenta que ella dirigía una sección de investigación de homicidios, no era prudente que estuviese mucho más tiempo al mando. La única actividad que se había empeñado en mantener era la del tenis, para la que el médico de momento le había dado permiso, dado que solo practicaba una vez a la semana y eran entrenamientos suaves. Desde luego, la salud y fortaleza de Valentina eran entonces espléndidas, y nunca había estado tan bonita ni tan feliz, con todas aquellas hormonas revolucionando su cuerpo.

Aquella tarde en que cambió todo, la teniente iba a terminar su turno y a dirigirse directamente a Suances, donde tendría una de sus últimas clases de tenis junto a Oliver. Sin embargo, un compañero le pidió que lo acompañase a una diligencia. Sería breve, sería fácil. Ella no llevaba asuntos de drogas, pero el teniente Silva, del EDOA, le había solicitado apoyo para supervisar un caso en un asunto contra la salud pública que gestionaba su Equipo de Delincuencia Organizada Antidroga. Solo necesitaba que ella lo acompañase a la reconstrucción de un crimen múltiple en un domicilio de la zona de La Albericia; aquel chalet unifamiliar, desde luego, había sido la tapadera perfecta, porque no daba lugar a sospechas a pesar de haber sido utilizado como punto de distribución de hachís y de drogas sintéticas para toda la zona norte, con destino final en Francia e Italia. Habían intervenido en la casa un pequeño laboratorio, balanzas de precisión, más de doscientos kilos de hachís, una pistola eléctrica, equipos radiotelefónicos y unos treinta teléfonos móviles, que pertenecían a una banda de tráfico de drogas cada vez más poderosa, conocida como la banda del Junco, en honor al apellido del jefe del clan.

Aquel tipo de instrucción judicial para reconstruir un crimen con presencia del sospechoso no era muy frecuente, pero habían asesinado a tres personas de una misma familia y a un chico que era el hijo pródigo de alguien muy importante en la ciudad. Todo lo que había declarado el principal sospechoso, un toxicómano con un largo historial de delincuencia, estaba lleno de contradicciones. La reconstrucción no llevaría mucho tiempo, y las medidas de seguridad eran las protocolarias y habituales. El detenido había bajado del furgón debidamente esposado y con dos guardias de custodia mientras Valentina y Silva llegaban detrás en otro vehículo junto con otros dos agentes.

En menos de una hora ya habían terminado y salido del inmueble, y el detenido era llevado de nuevo al furgón. ¿Cómo iban a suponer que estaban en el escenario de una ejecución inminente?

La ráfaga de disparos llegó por sorpresa, y no fue dirigida contra ellos, sino contra el detenido, que en un primer segundo y por pura fortuna esquivó los proyectiles del fusil semiautomático del francotirador. Valentina y el teniente Silva se agacharon e iniciaron la búsqueda inmediata de refugio al tiempo que sacaban sus armas, pero al tercer paso ella comprobó que su compañero no la seguía. Había caído a descubierto, sin conocimiento, de un tiro certero entre el hombro y el cuello. Una nueva ráfaga de disparos hizo que todos se echasen definitivamente al suelo, y Valentina no pensó, no dudó un segundo en ir a por su compañero, y lo arrastró hasta llegar a la parte posterior de un vehículo que les podía hacer de parapeto. Cuando se sintió a cubierto, notó que se había cortado con algo en la cara, tal vez algún cristal de los que habían salido volando con los disparos. Se sintió mareada, pero tras taponar como pudo la herida de su compañero a la altura del cuello, intentó estudiar la situación con frialdad, examinando en la distancia el estado del resto de los agentes.

El detenido yacía ahora en el suelo con varios tiros en el torso, y los guardias que se habían tumbado a cubierto a su lado parecían estar ilesos. Valentina no daba crédito. ¿Tan importante sería aquel testigo para la organización del Junco? Matar a uno de los suyos para evitar que hablase, y sobre todo para que no testificase, estando custodiado por la Guardia Civil... Aquel toxicómano debía de tener una información excepcional, desde luego. Asumir aquel riesgo resultaba brutal e inimaginable. ¿A qué distancia estaría el francotirador? Valentina calculó que tranquilamente a un kilómetro, pero ¿dónde?

Hubo un silencio que duró la eternidad de unos treinta segundos, y la teniente se asomó de la forma más prudente que pudo. De pronto, hubo otra ráfaga de disparos y, a lo lejos, escucharon las sirenas de los coches de apoyo. Tal vez hubiese una persecución. Valentina se inclinó sobre sí misma dolorida, y empezó a pensar cada vez más despacio, como si la adormeciese un inesperado sueño, y se palpó el vientre pensando en su bebé, al que esperaba no haber lastimado al haberse arrastrado por el suelo. Cuando retiró la mano para llamar de inmediato por su teléfono y pedir más refuerzos, sintió que perdía la audición, porque vio cómo le intentaban hablar los guardias desde el otro lado del patio de aquella casa, pero era incapaz de escucharlos.

Uno de ellos, todavía gritando y dando instrucciones a otros compañeros, se levantó y se dirigió corriendo hacia ella, tocándole también el vientre. ¿La habían herido? ¿Cuándo? Tal vez al acudir en ayuda del teniente Silva, o quizás en el último tiroteo, por el rebote de algún proyectil. ¿Por qué había perdido la sensibilidad en su cuerpo, por qué todo a su alrededor comenzaba a desvanecerse? Cuando Valentina bajó la mirada y vio la enorme cantidad de sangre que salía de su abdomen sintió un pánico inenarrable, un terror y una culpa que la llevaron a gritar como si le arrancasen la vida con unas afiladísimas garras y la vaciasen en el abismo.

Valentina era fuerte, pero ni su inteligencia emocional ni su pragmatismo podían lograr que olvidase lo que había sucedido en La Albericia. Ni aquel día ni sus consecuencias. El suyo era ahora un dolor que, cuando lo creía dormido, remontaba el vuelo y volvía a posarse diariamente sobre su línea principal de pensamiento. Por fortuna, también en su trabajo encontraba el caos necesario como para prestar atención a algo que no fuese su propia miseria.

Y allí estaba, todo para ella. Un crimen insoluble. Un asesinato de *habitación cerrada* como los de aquellas novelas de principios del siglo xx, que entretenían a los lectores jugando a imaginar cuál podía ser en realidad el límite de lo imposible. ¿Era aquel el tipo de misterio al que se enfrentaba ahora Valentina? ¿Qué mundo habría estado encerrado en aquella goleta la noche anterior?

La teniente se sentó en el gran salón del barco y, con Riveiro a su lado, entrevistó primero al capitán Alan Alonso. Era un hombre alto, bastante bien parecido. Leyó en el informe que tenía su domicilio muy cerca, en El Astillero. Mujer y dos hijas. Apenas hacía unas semanas que había tomado el mando de *La Giralda*, pues hasta entonces había estado siendo restaurada. El capitán les relató una vez más todos los detalles de la velada de la noche anterior, y Riveiro y Valentina se miraron, aceptando que al menos aquel hombre no había incurrido en ninguna contradicción. No le habían pedido que les contase la historia de nuevo por capricho, sino como ejercicio de veracidad. Siempre había que dejar hablar a los sospechosos: cuanto más lo hacían, más recovecos tenían sus historias y más fácil resultaba encontrar a los que mentían, incapaces de mantener íntegra su versión.

—¿Y cuál era el itinerario previsto, capitán?

—¿El itinerario? Ah, pues dar una vuelta por la bahía y regresar a puerto cuando ordenase doña Judith.

—Ajá. Y salieron de aquí, del Club Marítimo.

—Nosotros sí. La tripulación, me refiero. Después teníamos que recoger a los invitados en el embarcadero Real.

—¿Dónde?

Valentina miró a Riveiro, buscando confirmación visual. Ella ya llevaba varios años en Cantabria, pero era gallega y desconocía los recovecos de la zona. Sin embargo, Riveiro era de Polanco y llevaba toda la vida viviendo en Santander, así que se suponía que él conocía mejor el terreno; pero el sargento negó con la mirada, mostrándole a Valentina que tampoco tenía claro a qué embarcadero concreto se refería el capitán.

—¿Se refiere al palacete, el embarcadero que está en el paseo de Pereda?

—No, sargento, eso ahora es una sala de exposiciones y conferencias, y pertenece al Puerto de Santander. Me refiero al que está en la Magdalena, el que utilizaba Alfonso XIII.

—¡Ah! Pero ¿eso no estaba abandonado?

—Un poco sí. Es muy antiguo, ahí ya había hasta un mareógrafo antes de que llegase el rey...

—¿Un qué? —Riveiro hizo la pregunta frunciendo el ceño—. ¿Se refiere a un medidor de mareas?

—Más o menos. Un medidor de los niveles medios del mar; creo que, de hecho, ese mareógrafo era el más antiguo de España. El caso es que el Club de la Bahía pidió permiso para rehabilitar el embarcadero y disponer de su uso, porque era el punto de embarque más próximo a sus instalaciones.

—¿Puede marcarlo en este mapa, por favor? —preguntó Valentina, ofreciéndole un mapa turístico de los que estaban a bordo del barco.

Alonso lo marcó con precisión y, en efecto, la teniente comprobó que aquel embarcadero estaba muy próximo al club.

—Bien, y después de recoger a los invitados, ¿cuál era el itinerario?

—Ah, pues adentrarse en la bahía hasta el Centro Botín y volver al anochecer hacia la Magdalena, para pasarla y virar rodeando la Isla de Mouro mientras cenaban y luego desembarcar a los invitados cuando se nos ordenase... En el embarcadero Real, claro.

—¿Y hubo alguna incidencia, algo que le llamase la atención cuando subieron los invitados o a lo largo de la velada?

El capitán Alonso negó convencido con gestos de cabeza, dando a entender que todo había ido según lo previsto. De pronto, alzó suavemente una mano, como si se pidiese permiso a sí mismo para decir algo que acababa de recordar.

—Bueno, como la señora Pombo llegó un poco tarde... Es que venía en avión de alguna parte, ¿saben? Pues ella no subió a bordo en el embarcadero Real, la recogimos después.

—No me diga. —Valentina miró cómo Riveiro anotaba el dato, aunque no sabía si sería realmente relevante—. ¿Y dónde la recogió?

—En el embarcadero que hay al lado del palacete que ustedes dijeron antes; llevó menos de cinco minutos, y entraba dentro del rumbo trazado hacia la panorámica del Centro Botín.

—¿Y sucedió algo entonces? Me refiero a algo extraño, violento o que le llamase la atención; durante el embarque o después.

—No, no, nada en absoluto... Salvo el enfado de la señora Pombo con Margarita, creo que por algo de protocolo en relación con la ubicación de la cena. Todos los invitados pudieron escuchar la bronca, si le digo la verdad. Después fue cuando ella entró en el camarote y ya no volvió a salir.

—Ajá...

Valentina pareció meditar unos instantes.

—¿Y cuál es la finalidad de este barco? Quiero decir... ¿Qué funciones debe realizar para los socios?

—Puro negocio, teniente... El club ya disponía de una zódiac que hacía traslados en verano desde la playa de la Magdalena hasta el Puntal, al otro lado de la bahía. Era un servicio muy demandado, no se crea, así que decidieron aumentarlo con *La Giralda* con seis viajes por jornada, también para no socios... Por otro precio, claro.

—Claro. ¿Y la cena de ayer?

—Ah, en este club hacen muchas fiestas; de los años veinte, ibicencas... En fin, ya sabe. Se supone que *La Giralda* va a dar cobertura a todos esos eventos. Y también podrá ser contratada para cenas privadas y reuniones... No se crea, si ya hemos recibido peticiones hasta para bodas.

—Vamos, que es un buen negocio.

—Promete serlo. Pero aquí quien manda es el club, nosotros solo llevamos el barco.

—Ya. ¿Y quién le daba a usted las instrucciones directas? Ya sabe, me refiero a quién dirigía sus actividades.

—Ah, la señora Pombo. Y cuando ella no estaba, su secretaria, Margarita.

—Perdone que insista, pero ¿no vio nada extraño en la señora Pombo anoche, algo que le llamase la atención?

El capitán se encogió suavemente de hombros.

—No sé, creo que venía cansada... Ya le digo que estaba algo cabreada con la secretaria, pero eso no me extrañó, porque siempre le estaba llamando la atención —añadió, con un tono que delataba que no aprobaba aquellas amonestaciones.

Valentina lo miró fijamente.

—¿No le caía a usted bien la señora Pombo?

El capitán Alonso se tomó unos segundos antes de contestar.

—Ni bien ni mal, qué quiere que le diga. Tampoco la conocía mucho. Digamos que era la típica jefa.

Valentina enarcó las cejas, invitándolo a ser más explícito. El capitán se pasó la mano por el rostro, como si con ello lograse apartar el cansancio y todo lo relacionado con la noche anterior y con aquel interrogatorio.

—Era ordeno y mando, ¿entiende? La típica jefa —repitió—. ¿Acaso hay jefe bueno?

—No, supongo que no —le sonrió la teniente, buscando su confianza.

Valentina habló un rato más con el capitán hasta que por fin llamaron a Timoteo Comesaña, el primer oficial. Era un hombre joven y delgado, con la piel curtida por el sol, a pesar de que el verano todavía no había comenzado. El muchacho les contó de nuevo todo lo que había sucedido la noche anterior, aunque en esta ocasión no pudo aportar nada que no constase ya en la declaración del capitán o en el relato previo que Riveiro y Valentina tenían descrito en el informe del SEMAR. La teniente, sin esperanza, intentó encontrar alguna información aún no desvelada.

—Y cuando se asomó por la cubierta para mirar por el ojo de buey del camarote, ¿no recuerda haber visto algún detalle que tal vez se le haya pasado comentarnos?

—Ya les expliqué que estaba oscureciendo y que tuve que dejar medio cuerpo colgado fuera de la nave para poder asomarme un poco; ni siquiera puede ver a la señora Pombo, el ángulo no me daba para ver la cama.

—Y el camarote le pareció que estaba vacío.

—Sí, señora. Desde mi ángulo parecía vacío y sin movimiento alguno. Al menos cuando yo miré.

—¿Ninguna sombra, brillo o reflejo? Piénselo y tómese su tiempo. Con calma.

El joven no lo dudó un segundo y negó convencido, y no hubo mucho más que pudiese aclararles en relación con los hechos, aunque a Valentina también le dio la impresión de que no lamentaba especialmente el fallecimiento de Judith Pombo. Lo cierto era que aquella tripulación llevaba poco tiempo trabajando para ella, pero la teniente ya tenía la fuerte sensación de que no era especialmente apreciada.

La entrevista con Mikaël Dubach tampoco resultó especialmente fructífera. El robusto suizo miraba directamente a los ojos y contestaba con un marcadísimo acento francés que construía contundentes frases cortas, pero nada de lo que les relató a Riveiro y Valentina desveló información que no supiesen ya. El jefe de máquinas le pareció a la teniente de esa escasa estirpe de hombres cuya presencia se hace siempre notable y sólida, que inunda la habitación con la franqueza propia de los que no tienen nada que ocultar.

—Entonces estuvo usted en la sala de máquinas todo el tiempo.

—Hasta que escuché el grito, *madame*. Entonces subí y ayudé a derribar la puerta.

Valentina repasó con un plano la trayectoria del suizo dentro de la nave, y verificó que su relato concordaba con el del capitán y el del primer oficial.

—¿Y cuánto tiempo lleva trabajando con esta tripulación?

—¿Cuánto? Ninguno, *madame*. Los conocí hace un mes, cuando me contrataron para el trabajo a través del astillero. Son buena gente.

—Sí, buena gente —asintió Valentina, mirándolo con curiosidad—. Y Judith Pombo... ¿le parecía también a usted buena gente?

Mikaël sonrió con malicia, y sus ojos claros decían que sí, que aceptaba jugar a aquel juego.

—Solo vi dos veces a *madame*. Cuando me contrataron y anoche. Dentro de lo malo, no era lo peor.

—¿Dentro de lo malo?

El hombre se encogió de hombros, aunque con su gran musculatura el gesto fue casi imperceptible. Su sonrisa se volvió más descarada.

—Era... una de esas señoras presumidas que no hablan de dinero.

—¿Qué? ¿Que no hablaba de dinero? ¿Y quiénes no hab...? —Valentina, de pronto, se dio cuenta de lo que el mecánico quería decir. Asintió con un suspiro—. No habla de dinero quien sí lo tiene, ¿verdad?

Mikaël Dubach esbozó una mueca afirmativa y se cruzó de brazos, como si con el ademán mostrase que ya no consideraba tener nada más que aportar ni que decir. Y en efecto, el resto de la charla fue meramente formularia, un refrendo de lo que había sucedido la noche anterior. Con el cocinero y la camarera japoneses no hubo mucha más suerte, y además tuvieron que esperarlos un rato, pues no se encontraban dentro de la plantilla estable del barco, sino que eran subcontratados para eventos concretos. El capitán Alonso le explicó a Valentina que para los viajes diarios tenían solo a un camarero en los trayectos, y que para cenas o eventos subcontrataban el personal a una empresa de catering.

En consecuencia, ni Makoto Usui ni la bella Suki Ito tenían más conocimiento de aquel caso que lo que habían visto la noche anterior, que había sido más bien poco. Corroboraron, sin embargo, todo lo que había sucedido en la nave desde el grito de Judith dentro del camarote. Un grito y una negación, un «No» casi apagado, a punto de desfallecer. Ambos empleados se habían quedado ante la puerta hasta que el jefe de máquinas la había derribado, y sin saberlo habían ejercido de guardianes de la verdad, confirmando las versiones de la tripulación de *La Giralda* en relación con aquel extraño crimen.

Valentina estaba cada vez más desconcertada. Si la puerta del camarote de Judith estaba a la vista de todos,

¿cómo era posible que alguien hubiese entrado y salido a través de ella sin ser visto? Cuando Judith había gritado, todos los invitados estaban en el salón, incluyendo al capitán. El cocinero y la camarera, en la cocina. Solo quedaban Timoteo Comesaña, el primer oficial, en cubierta; y Mikaël Dubach en la sala de máquinas. ¿Serían ellos la única posibilidad para encontrar explicación a lo imposible? No, aquello tampoco podía ser. Tras el grito de Judith nadie había salido del camarote cerrado.

Valentina se convenció de que, salvo que hubiese una trampilla secreta por alguna parte, el primer oficial y el jefe de máquinas debían ser también descartados. De momento, y mientras no tuviese todos los informes de los expertos de Criminalística sobre la estructura del camarote, ella solo podía confirmar lo insólito de la situación. Hizo un par de llamadas para verificar dónde se encontraban a aquellas horas de la mañana los invitados a la trágica cena de la noche anterior.

Al parecer, Basil Rallis y Pablo Ramos estaban en el club de tenis, junto con Marco Fiore y Rosana Novoa. El resto se encontraba prácticamente al lado, en la Magdalena, asistiendo a las jornadas deportivas. Los que no pudiese localizar en un sitio, supuestamente, debían de estar en el otro. Curiosamente, ninguno se había excusado de asistir a sus compromisos, a pesar del drama de la noche anterior. Ni siquiera Margarita, la asistente principal de la fallecida. Tal vez aquel punto dijese más sobre Judith Pombo que ningún informe, por detallado y concienzudo que fuese.

La teniente consideró imprescindible hablar con los miembros de la familia de la víctima, pero le constaba que ya les había tomado declaración el SEMAR, por lo que podría dejarlos a solas con su dolor hasta el mediodía; así podría comenzar por los invitados que se encontraban en el club de tenis, que estaba muy cerca. Además, eran ellos los que conformaban el círculo de sospechosos.

Hizo cuentas con Riveiro: si eliminaban de la lista a la tripulación, tachaban de golpe cinco posibles homicidas. De forma provisional, claro. Tras aquel barrido inicial, solo les quedarían ocho sospechosos. El muchacho paralítico tenía pocas posibilidades de moverse de forma ágil por un barco, pero no podía descartarlo. ¿Quién, de aquellas ocho personas, tendría motivos para querer matar a Judith Pombo?

Llegaron al club deportivo en apenas diez minutos, a pesar de lo bullicioso que comenzaba a ser el tráfico. La entrada del club estaba muy cerca de la verja de acceso a la península de la Magdalena, y se adivinaba nada más aproximarse que tras aquel perfecto encalado blanco y unas puertas verdes se guardaba un complejo deportivo no apto para todos los bolsillos. Había sido fundado en 1906 sobre el antiguo velódromo, y en el mismo año ya había recibido la visita de la familia real. Sin embargo, aunque la decoración interior era agradable y cuidada, también ofrecía una imagen sencilla y funcional, sin la presumible ostentación que Valentina imaginaba. Fotos antiguas en blanco y negro enmarcadas en verde, raquetas de tenis expuestas por las paredes y mobiliario manido pero de calidad.

Valentina y Riveiro fueron atendidos en la recepción por un joven de gesto despistado, que se puso colorado y comenzó a hablar atropelladamente en cuanto supo que se encontraba ante la policía. Los condujo directamente desde la entrada hasta una amplia terraza, desde la que se veían a la izquierda varias pistas de tierra batida y a la derecha una cafetería; sus puertas estaban abiertas de par en par y Valentina pudo atisbar en su interior paredes repletas de placas y trofeos.

En la terraza, rectangular y alargada, los rodeaban decenas de mesas donde varios socios tomaban cafés y refrescos mientras miraban el juego sobre las pistas, que estaban casi a una planta de altura bajo sus pies y al lado del mar. Sin duda, aquel enclave deportivo era asombroso y privilegiado. Les rogó que esperasen allí y bajó él mismo a una de las pistas, donde practicaba un muchacho moreno y bien parecido; daba la sensación de entregarse al máximo, y aullaba cada vez que martilleaba la bola contra su adversario. Su juego era idéntico al de cualquier profesional del tenis, salvo que en su caso la pelota podía botar en dos ocasiones y no solo una, pues él jugaba en silla de ruedas.

Valentina comprendió al instante que aquel era Pablo Ramos, el jugador internacional que la noche anterior había acudido a la cena en la goleta. Observó cómo el muchacho de recepción hablaba con un par de personas a pie de pista y regresaba acompañado de una de ellas: un hombre de mediana estatura de unos sesenta años, de cabello canoso y cortado al cepillo y rostro bronceado. Los pliegues de su piel en el rostro eran como un mapa de su vida, y sus arrugas eran pocas pero profundas.

—Buenos días, soy Julián Ramos, el padre de Pablo —los saludó, mientras el recepcionista se escurría discretamente e iba a avisar a quienquiera que fuese su superior de que estaba allí la Guardia Civil.

Por su parte, Valentina y Riveiro saludaron al hombre, que les pidió solo unos instantes para que su hijo pudiese darse una ducha rápida antes de atenderlos.

—Serán solo unos minutos, antes de que se enfríe. Debe ser cuidadoso, volverá a competir en breve y en fin... llegar hasta donde ha llegado no ha sido fácil.

—Me lo imagino —asintió Valentina, que contuvo su impaciencia—. ¿Cinco minutos?

—Se lo juro. Se lo agradezco de verdad, será solo un momento. Mire, ¿ve? —dijo el hombre, señalando a Pablo, que salía ya de la pista—. Le acompaña su entrenador, que también ha venido con él desde Barcelona... Estará con ustedes enseguida.

—Está bien, tranquilo... ¿Viven en Barcelona?

—Él sí, desde hace un par de años. Su madre y yo somos de aquí y vivimos en Santander.

—Ah. ¿Y qué llevó a su hijo a Barcelona?, ¿el tenis?

—Sí... Es que el pobruco lo pasó muy mal, ¿sabe? Hace cuatro años le sucedió lo del accidente en la nieve... En fin. Que se nos quedó minusválido, ya ven; y se puso a jugar al tenis, que hasta ahora nunca en la vida, ¿eh?

—¿No? Pensé que en su familia también jugarían al tenis, que habría aprendido desde pequeño.

—¡Qué va, para nada! —rio, como si le divirtiese la mera posibilidad de aquella idea—. Nosotros nunca habíamos jugado al tenis, como mucho a la flor o a la brisca —añadió como una broma, aludiendo a simples juegos de cartas—. No lo creerá, ¡pero Pablo solo jugaba al fútbol, se lo juro! Y como mucho me ayudaba a mí de chico en la carpintería, el pobruco...

—¿Es carpintero?

—Ya no, estoy jubilado hace años, aunque aún hago alguna chapucilla aquí cerca, en un pequeño taller que tenemos detrás de la plaza del Cuadro —sonrió con nostalgia, para retomar con orgullo la ocupación de su hijo—. Pero Pablo, ya ve, ahí lo tienen... Trabajando en la Federación Española de Tenis y número cinco en el *ranking* nacional.

—Qué bien, ¿no?

El hombre se encogió de hombros.

—Bien, sí —reconoció—. La pena es que no esté más cerca de nosotros, pero en fin...

—¿Y por qué no vuelve a Santander?

—Porque aquí no hay delegación de la Federación Española —intervino de pronto un hombre que estaba sentado detrás de ellos y en el que antes Valentina y Riveiro no se habían fijado, pues solo lo habían visto de espaldas— y porque Judith era una tocapelotas.

Valentina y Riveiro se volvieron y, atónitos, reconocieron tras una visera y unas gafas de sol al mismísimo Basil Rallis. ¿Quién no había oído hablar de aquella leyenda? Un hombre que, antes de retirarse, lanzaba sus servicios a doscientos diez kilómetros por hora, y que se había hecho famoso por sus asombrosas bolas con efecto *liftado* y de retroceso. A pesar de enfrentarse a lo largo de su carrera a oponentes que lo superaban en forma física, sus desesperantes e inesperados cambios de ritmo habían descentrado a muchos de ellos, logrando que perdiesen los partidos. A Valentina, a pesar de que estaba sentado, aquel legendario jugador le pareció más alto de lo que imaginaba; el hombre se quitó las gafas y Valentina pudo comprobar que su mirada azul era pura astucia. Rallis los observó con interés, contemplándolos con un gesto a medio camino entre la diversión y la curiosidad.

—Disculpe, es usted...

—Sí, señora, yo soy. Basil Rallis, para servir a las fuerzas del orden en lo que sea necesario... ¿No tendrían que vestir ustedes uniforme?

«Lo que faltaba, un listillo», pensó Valentina, que hizo caso omiso a la pregunta. Se presentaron y saludaron convenientemente, aunque la teniente fue directa al asunto.

—¿Por qué ha dicho lo de Judith?

—Oh, ¿lo de «tocapelotas»? No se ofenda. Se debe hablar bien de los muertos, pero Judith era una vieja zorra. Y mire que lo digo con todo mi cariño y admiración por los cabrones desalmados y sus perfidias, pero no vamos a negar la evidencia.

—Le agradeceré que no lo haga... Y que nos cuente todo lo que sepa.

Valentina se acercó y se sentó en la misma mesa que Rallis, y acto seguido fue imitada por Riveiro, que sacó directamente su libreta. El padre de Pablo Ramos pareció dudar sobre si marcharse o no.

—Siéntese, hombre... —le invitó Basil Rallis—. Si lo que yo digo no es ningún secreto. ¿No es verdad que Judith se negaba a organizar en Santander un open para silla de ruedas? ¡Y no digamos ya entrenamientos ni formación para juego en silla!

—Sí, bueno, yo... —El hombre comenzó a ponerse nervioso—. No insinuará usted que mi hijo...

—No, hombre, no, qué voy yo a insinuar. Dudo mucho que su hijo matase a nuestra Judith, aunque todos tuviésemos motivos para hacerlo.

«¿Todos?» Valentina miró a Riveiro sin perder una sílaba de la conversación. Al final, había resultado providencial aquella pequeña espera por Pablo Ramos mientras acudía al vestuario, porque Rallis hablaba con la insolencia y franqueza de los que se saben en buena posición y que parece que no tienen nada que ocultar. Por su parte, Julián Ramos se sentó tímidamente en la esquina más alejada de la mesa, y a Valentina le suscitó ternura ver cómo aquel hombre escuchaba inquieto a Rallis, con la preocupación de que cualquier cosa que dijese la estrella del tenis pudiese implicar a su vástago en el extraño crimen de la noche anterior.

—Empecemos por el principio, señor Rallis. Que yo me aclare... —cortó Valentina en tono serio, para dejarle claro al veterano jugador que a ella no le impresionaba su currículum deportivo y que aquel asunto no debía tratarse con ligereza—. Si Judith Pombo solo era presidenta de este club de tenis, ¿cómo iba a tener poder para decidir que se celebrase o no en Santander un torneo determinado? En Cantabria hay más clubs de tenis, que yo sepa.

—Ah, pero ninguno como este, teniente —rebatió él, incidiendo en la graduación de Valentina—. Aunque Judith no era relevante por presidirlo, sino por ser miembro del comité ejecutivo de la ITF.

—¿De la qué? —preguntó Riveiro, que estaba anotando todo.

—De la Federación Internacional de Tenis... ¿No lo sabían? Pues Judith llevaba ya tres años en el comité ejecutivo —reiteró.

Hubo un silencio que duró solo unos segundos, en los que Valentina midió con otra mirada al señor Rallis. Era insolente pero no estúpido, hablaba con propiedad y contenido. Tendría que aprovechar aquella conversación al máximo.

—Ha dicho usted que todos tenían un motivo para matar a Judith... ¿Cuál era el suyo, señor Rallis?

Él se echó a reír.

—¿El mío? Oh, mucho más sólido que el de ese pobre muchacho —dijo señalando las pistas, como si Pablo Ramos todavía estuviese jugando en ellas.

Julián siguió la mirada de Rallis con preocupación, y en su gesto Valentina adivinó la indecisión sobre si debía intervenir o no para eliminar cualquier sospecha infundada sobre su hijo.

—Yo confieso, teniente —continuó Rallis—, que estoy hasta un poquito contento. Gracias a este fatídico desenlace de Judith tal vez podamos salvar de momento la Copa Davis.

—¿La Copa Davis?

Valentina no ocultó su sorpresa; no era ninguna experta en tenis, pero incluso ella conocía aquel torneo, que era la competición de tenis por equipos más grande del mundo.

—¿Y cómo cree usted que Judith Pombo iba a poder perjudicar un torneo semejante? —preguntó con marcado descreimiento.

—Ah, teniente... Verá, yo colaboro en la elaboración del *ranking* ATP, pero también trabajo para la ITF administrando la Copa Davis en España. ¿No ha visto las últimas noticias deportivas en la prensa?

Valentina negó con gestos de cabeza y miró a Riveiro con ademán interrogante, pero él, que solo visitaba las páginas deportivas para consultar noticias sobre fútbol, también le ofreció una mueca negativa en cuanto a sus conocimientos sobre materia tenística. Ni siquiera sabía qué era el *ranking* ATP al que había aludido el exjugador, que en realidad se refería al posicionamiento de los jugadores en la lista de la Asociación de Tenistas Profesionales, que se actualizaba casi cincuenta veces al año. Basil adoptó un tono más formal y se inclinó sobre la mesa hacia sus interlocutores, creando un ambiente de confidencialidad.

—¿No saben que no solo se están modificando las normas del torneo, sino que pretenden que las eliminatorias se dejen de jugar ante público local?

Valentina arrugó los labios y alzó las cejas, dejando claro que aquello no le aclaraba nada en absoluto.

—Dios bendito, no tienen ustedes ni idea de tenis, ¿verdad? —preguntó Rallis sonriendo con incredulidad; resopló como si se armase de paciencia e intentó explicarse mientras gesticulaba ampliamente con las manos—. La Copa Davis se celebra desde 1900, y es un campeonato por equipos en el que participan más de cien países, ¡qué digo cien! Casi ciento cincuenta, ¿saben? Y mueve un negocio económico de más de treinta millones de euros; hasta ahora sus distintas fases se iban jugando ante el público local del país que las fuese albergando, y así se movía por todo el globo, pero ahora pretenden que se haga en una única sede europea, lo que acarrearía unas pérdidas económicas considerables para la Federación.

—Pero si el cambio supone pérdidas, ¿por qué no lo dejan tal y como está?

—Por personas como Judith, teniente. Y porque las pérdidas de unos son ganancias para otros. La Copa Davis, su formato, parece haberse ido quedando obsoleto, ¿entiende? Ya no es una competición interesante, y los jugadores importantes han dejado de acudir a las primeras rondas, por lo que le han dado una patada en el culo a sus valores y a su tradición centenaria para agradar a los grandes inversores, que pretenden que ahora se juegue en una sola semana una final con dieciocho equipos. ¿Se imagina? ¡Como si fuésemos un maldito mundial de fútbol!

—Disculpe, pero sigo sin ver en qué les perjudica el cambio.

—En la magia, teniente, ¡en la magia! La Copa Davis era extraordinaria porque se jugaba en casa, cada equipo tenía a un público completamente entregado y vivo en las gradas. No era Wimbledon, con toda su formalidad y todos sus espectadores callados como estatuas, ¿entiende? Era el campeonato en el que no se respetaban los silencios, en el que el jugador latía con la gente... Porque el tenis es un deporte de cabeza, ¿saben? Se juega con la cabeza, pero cuando el público te jalea de esa forma, o te descentra o te hace jugar con el corazón y rompes la pista. Se trata de un espectáculo deportivo único, ¡único!

—No lo dudo, señor Rallis. Pero que Judith Pombo quisiese modernizar el sistema de juego no parece un motivo razonable como para querer matarla.

—Se equivoca. No solo es la tradición a lo que ataca, sino a la economía de las federaciones locales. Si solo hay una sede para la final, las federaciones locales pierden los ingresos de las entradas para ver las competiciones. Y no digamos las empresas satélites de hostelería, restauración y todo lo que pueda imaginar vinculado a un evento como la Davis. En el 2000 la final se jugó en Barcelona, y España fue el país campeón, pero las semifinales se disputaron aquí, en Santander. ¿Tiene idea de los puestos de trabajo que generó el evento, del dinero que dejaron en la ciudad los visitantes, de la publicidad local y de la ventana al mundo que supuso para Santander un campeonato seguido por la prensa de todo el planeta? Ah, bueno, ¡y otra cosa son los patrocinios!

—¿Los patrocinios?

Valentina miró de reojo a Riveiro, que apuntaba todo sin dejar que se escapase una sílaba.

—Claro, si la Copa Davis se juega en una única sede europea, la visibilidad y el mejor posicionamiento va a ser para los patrocinadores fuertes, y van a quedar fuera las empresas locales, que por tanto dejarán de participar. Esto no sucederá si sigue con el formato que hemos tenido hasta ahora, ¿comprende?

—Es decir —reflexionó Valentina—, que el cambio puede favorecer la pervivencia de la Copa Davis y su solvencia, pero perjudicar a las federaciones pequeñas y a las economías locales.

—Exacto. Por no hablar del ambiente, de la magia —insistió—. ¿No se da cuenta? Todo lo traducimos en números, en rentabilidad... No me crea un estúpido, sé que los cambios son necesarios, las innovaciones... Pero ¿qué dejamos por el camino? Mire. —Señaló hacia una pareja de una mesa a unos veinte metros de distancia, que manipulaba sus teléfonos móviles mientras ambos dejaban enfriar sus cafés sobre la mesa—. ¿Los ha visto? Ni se miran. El avance que ha supuesto la tecnología es el mayor retroceso social de la historia.

—Pero, si lo que usted dice es correcto, en caso de que la Copa Davis no se actualice dejará de ser interesante y terminará por desaparecer.

—Podrían innovar de otras maneras, estimular el torneo reestructurándolo, no reinventándolo para conservar solo el nombre. En fin, el cambio, tarde o temprano, será inevitable...

Basil Rallis se mostró por primera vez reflexivo, como si hubiese asumido con cierta pena aquella verdad. Se quedó callado unos segundos, y en su mente revivió por un instante una de sus discusiones con Judith Pombo, meses atrás, en una reunión informal en la sede de la Federación en Barcelona:

—Ah, Rallis, ¡te vence la nostalgia! Sabes que la Davis necesita este empujón, cada vez perdemos más fuelle.

—Perder los espectadores locales sí que es un error, Judith. Los jugadores no compiten solo por ellos mismos, sino por su país, ¿no lo entiendes? Se pierde esa emoción, ese ambiente que...

—Sí que te estás volviendo un viejo melancólico... Cualquier tiempo pasado no fue mejor, ¿sabes?

Ella había sonreído con afecto, aunque en su mirada él había detectado la frialdad inerte de un cuchillo.

—¿No ves cómo funcionan los nuevos modelos, Rallis? Mira, ahí tienes la Laver Cup.

—Acaba de comenzar su camino, veremos si aguanta más de cien años como la Davis —le refutó él, aunque en realidad sí le agradaba aquel nuevo torneo creado por Roger Federer, en el que competían una vez al año y en una única sede, durante tres días, los mejores jugadores europeos contra la élite del resto del mundo.

—De momento creo que ya han conseguido que los puntos se incluyan en la ATP.

—Veremos cuánto dura —se había limitado a insistir entonces Rallis, malhumorado.

Ahora recordaba aquella conversación con extraordinaria nitidez, y aunque sabía que Judith llevaba parte de razón en la necesidad de los cambios, él insistía en la posibilidad de evolucionar de otra forma.

Valentina observó el gesto pensativo del veterano jugador, cuyo semblante les resultó indescifrable, y decidió sacarlo de su abstracción.

—Por todo lo que nos ha contado, deduzco que entonces las motivaciones para eliminar a Judith no serían solo sentimentales, sino económicas. ¿Era tan importante su voto en la ITF?

—Ah —reaccionó Rallis, retomando su semblante de suficiencia—, no se trataba solo de su posicionamiento, sino de su influencia de voto. Judith manejaba muchos hilos y relaciones comerciales, teniente. Hablamos de mucho dinero en juego.

—Ninguna motivación es suficiente para matar.

—Cierto. Eso no puedo negárselo... Mire, yo amo este deporte. Judith amaba el dinero, el éxito de los números y de caja, porque sabía que esa era la fórmula para mantener el poder, pero ella desvirtuaba conscientemente el concepto deportivo. ¿Era ese un motivo para matarla? Para mí no, desde luego. Otra cosa es que vaya a lamentar menos su pérdida, ¿por qué iba a engañarlos?

—Porque tal vez esa pérdida económica sí le afectase directamente a usted, que se ha encargado en solo cinco minutos de apuntar como sospechoso a Pablo Ramos y de paso, sin nombrarlos, a todos los demás invitados anoche a la goleta.

—Ah, ¡por Dios bendito! —exclamó él con una carcajada—. Sí que es usted suspicaz. Mire, a Pablo Ramos, si le digo la verdad, lo he conocido realmente aquí, en Santander; y es curioso, porque podríamos habernos cruzado en la sede en Barcelona, pero ya ve, no coincidimos, y le aseguro que no tengo nada contra este muchacho... Al revés, lo admiro. Y le aseguro que mi situación económica está resuelta para mí y para varias de las próximas generaciones de mi familia que me sobrevivan. Y no soy tan iluso como para pensar que por la falta de una persona fuese a dejar de girar el mundo; quizás lo hiciese de forma más lenta, más recta, pero el cambio en la Davis terminará por llegar. Que Judith haya desaparecido de la ecuación solo supondrá ganar algo de tiempo.

—¿Y quién la sustituirá en la ITF, lo sabe?

El jugador alzó ambas manos suavemente en gesto de duda, aunque acertó a dar un par de nombres norteamericanos.

—¿Y esas personas estarían a favor o en contra de los cambios en la Davis?

—Nunca se sabe. Ya imaginará usted que los ideales

más altos caen cuando hay economía de por medio, aunque me aventuro a decir que se posicionarán en contra.

—Qué casualidad.

Valentina se giró hacia Riveiro y este le devolvió la mirada. Ambos comprendieron que Rallis les había dado un motivo sólido para eliminar a Judith: el dinero. Que la Copa Davis no volviese a celebrarse en Santander supondría un duro golpe para la Confederación de Empresarios de Cantabria. Cuántas oportunidades de negocio y publicidad perderían. Sin embargo, aquel evento en la ciudad era ocasional y muy espaciado en el tiempo, por lo que tampoco parecía realmente relevante para la patronal.

¿A quién podría afectar de forma más incisiva que se modificase la Copa Davis? Tal vez a la Federación Cántabra de Tenis, cuyos presidente y vocal también habían asistido a la cena. Félix y Victoria. En cuanto a los socios de honor del club, Marco y Rosana... ¿les supondría algún tipo de lucro cesante? Debería investigarlo. Basil Rallis, sin embargo, no parecía preocupado en absoluto por el dinero; si sus ganancias de la época de sus logros deportivos habían sido razonablemente administradas, tendría asegurado un retiro razonable.

Pero daba la sensación de que a Rallis no le movía un interés parcial e interesado, sino su amor incondicional por el deporte y por las tradiciones. Valentina observó con curiosidad a aquel inteligente monstruo deportivo. La astucia suficiente como para planear un crimen imposible como el de Judith, y los ideales tan altos como para justificarlo. Sin embargo, él estaba en el salón cuando ella gritó herida de muerte dentro del camarote. ¿Cómo podría haberle clavado un puñal en el corazón?

La llegada de Pablo Ramos alejó a Valentina de sus pensamientos y conclusiones. La teniente observó que no había rampas desde las pistas, así que supuso que alguien le habría ayudado a superar las escaleras. Había estado tan concentrada en la conversación con Rallis que se había olvidado por completo de aquel joven jugador de tenis, que ahora le pareció que la miraba con desconfianza. Su padre se inclinó sobre él y le murmuró algo, hasta que el muchacho asintió y se acercó extendiendo la mano.

—Así que son ustedes los investigadores. No tengo mucho más que añadir a lo que ya les expliqué ayer a sus compañeros, pero si puedo ayudarlos en algo...

Valentina y Riveiro le dieron las gracias y estrecharon la mano del jugador. La teniente apreció un brillo en Pablo Ramos que difícilmente podría pasar inadvertido. Su sonrisa era confiada, y manejaba sus gestos con una humildad que contrastaba con la exagerada solvencia de Rallis. Destacaba su amabilidad y evidente cariño por su padre, que nada más verlo entrar en la terraza había sonreído. ¿Sería Pablo Ramos, quizás, un soñador al que todavía nada le había rasgado por dentro? Imposible. Aquel hombre se había quedado parapléjico en plena juventud, tenía que haber bregado ya con unos cuantos demonios. Valentina admiró la capacidad de rehacerse de aquel joven, su valentía para sonreír.

Basil Rallis se despidió afablemente del joven, confesándole que solo había asistido al club aquella mañana para verlo entrenar. Le hizo un par de comentarios sobre el tensado de las raquetas y sobre sus jugadas, y se despidió con la excusa de su participación en las jornadas de la Magdalena, para las que ya habían ido a buscarlo.

Cuando se marchó, Valentina detuvo su mirada en la silla de Ramos. Era muy diferente a la que había utilizado en sus entrenamientos. Esta también era moderna y ligera, pero la que había empleado para jugar tenía las ruedas inclinadas hacia dentro en su parte superior y era de titanio. Que ahora hubiese liberado sus piernas del correaje que las sujetaba en los entrenamientos le daba al chico una apariencia más relajada. La teniente hizo que Ramos, en presencia de su padre, les volviese a contar toda la velada de la noche anterior. Como ya había supuesto, no logró rescatar ningún nuevo dato ni incongruencia alguna en su declaración. Decidió investigar por donde Rallis había marcado el camino de la duda.

—Hemos tenido conocimiento de algunos desencuentros por su parte con Judith Pombo.

—¿Desencuentros, yo?

—En relación con la gestión de un campeonato para silla de ruedas aquí, en Santander.

—Ah, eso. Sí, Judith no estaba mucho por la inclusión ni por la normalización, qué quiere que le diga. Se suponía que si la ITF había absorbido la federación internacional de silla de ruedas era para darle apoyo, y no para hacer como si no existiese. Pero solo hablé del tema un par de veces con ella, poco más.

—Pero si ella hubiese cedido, usted podría haber regresado a Santander. ¿Puede ser?

—Supongo. Me habría gustado organizar algo grande y estable en la ciudad, o una fundación como la de Emilio Sánchez Vicario... Pero no fue posible.

—Tal vez quien sustituya a Judith sí esté a favor... ¿No?

—Ya veo por dónde va, teniente. —Pablo sonrió con completa tranquilidad—. Quiere buscar motivos para comprender quién... En fin, para saber qué le ha pasado a Judith. Pero mire, la verdad es que no sé quién va a sustituirla en la presidencia del club, pero su relevancia y financiación provenían de su puesto en la ITF, y ya le digo que tampoco tengo ni idea de quién ocupará su puesto.

—Mi hijo ya les explicó que ni siquiera salió del salón cuando gritó la señora Pombo en el camarote —intervino Julián, preocupado—. No sé qué demonios insinúa.

Valentina se volvió hacia el padre del joven con completa tranquilidad.

—No insinúo, busco a quién le podría beneficiar la muerte de Judith. Pero tampoco acuso, señor Ramos. Esto es protocolo y rutina, preguntas que debemos hacer, ¿entiende? Que hagamos bien nuestro trabajo supone velar como es debido por su seguridad. ¿Me explico?

El hombre asintió, impresionado por la dureza de la mirada de Valentina, que se había expresado con frialdad. Ella realizó unas cuantas preguntas más y dio por concluida la entrevista, con la extraña sensación de que lo que habían ido descubriendo por la mañana no tenía peso ni valor alguno pero de que, en realidad, desvelaba en gran medida la causa de todo lo que había sucedido. ¿Qué habría, en todo lo que había escuchado, que no había sabido ver?

Pablo Ramos

Pablo se frotó la sien con la mano derecha, cansado por el esfuerzo. La noche anterior se había acostado tarde y apenas había dormido, y el entrenamiento de aquella mañana había sido tan exigente como de costumbre. Y después, aquella teniente que parecía un témpano de hielo y que lo había radiografiado en un solo vistazo. La mirada del sargento había resultado menos intrusiva, pero él no había dejado de sentirse cuestionado y en cierta medida acusado por aquellos dos investigadores. Ahora tenía solo un rato en casa para comer y descansar, antes de volver al Palacio de la Magdalena para la clausura de las jornadas de tenis.

—Ese Rallis es un liante —le había dicho su padre, contándole la conversación que había tenido el jugador con la Policía Judicial—, pero tú en el barco no habrás hecho... Vamos, quiero decir que ya imagino que no habrás dicho nada raro, ¿no? Porque prácticamente ni te cruzaste con la señora Pombo, ¿verdad?

—Que no, papá. Joder, ¿no pensarás...? ¿Estás dudando de mí?

—No, hijo, por Dios. Es que ese Rallis abre tanto la boca que no quiero que te impliquen a ti en algo con lo que no tienes nada que ver.

—No te preocupes, papá. Que yo duermo tranquilo, con la conciencia limpia, ¿de acuerdo?

Su padre le había sonreído con el afecto infinito de costumbre y se había marchado cabizbajo, directo a la cocina para ayudar a su madre con la comida mientras el joven descansaba en el salón. Ah, sus padres. ¿Qué habría hecho sin ellos desde el accidente? Médicos, viajes, consejos, psicólogos. Siempre habían estado ahí, también cuando su novia lo había dejado, meses después del accidente. No la culpaba. Él no había sido la persona más agradable del mundo los primeros meses. Pero ahora había emergido de aquel pozo en el que había caído y estaba listo para respirar. Ojalá pudiese regresar a Santander y gestionar desde allí, y con el respaldo de la ITF, una fundación, o una buena escuela de tenis en silla de ruedas, y un open... Ah, cómo lo disfrutaría. Pero siempre había obstáculos, y Judith había sido uno de ellos. Nunca olvidaría la última reunión en la que habían coincidido en Barcelona, tres meses atrás:

—Qué pesado te pones, Pablito —le había dicho ella negando con una sonrisa maliciosa y atusándose su rubia cabellera—. Un open nada menos... Ya tienes el open de El Astillero...

—Pero no es para silla de ruedas.

—Ah, pues vete a las competiciones autonómicas, ¿a mí qué me cuentas? ¿Te crees que la Federación va a sobrevivir haciendo de buena samaritana en todas las ciudades del país?

—¿Samaritana? Jugamos a un nivel altísimo, lograríamos patrocinadores que...

Ella había resoplado y entornado los ojos, simulando un bostezo e interrumpiéndolo.

—Dios, cómo me aburren estas historias, de verdad. ¿Qué quieres?, ¿darme pena? Ya tienes torneos en silla de ruedas en Logroño, en Burgos, en Marbella... Hasta en Valencia. Y una copa del mundo, joder. ¿Qué más quieres?

—Sabes lo que quiero. Una escuela especializada en Santander, y que el campeonato de las autonómicas no solo lo convoquen clubs pequeños y federaciones nacionales; quiero que tú, desde el club, también lo apoyes. Hay muchas personas que...

—¡Ah, por favor! Tienes que estar tan acostumbrado a dar lástima, Pablito... ¿Ese discurso te funciona?, ¿de verdad?

Ella resopló con hartazgo y volvió a entornar los ojos.

—Qué egoísta eres.

—¿Cómo? —Él se había puesto rojo de la indignación—. ¿Egoísta? ¿Pero tú...?

—Yo nada —lo interrumpió ella, poniéndose seria—. Yo solo me limito a buscar el bien común. Se os apoya lo que se puede, Pablo. ¿Te crees que andamos tirando el dinero por ahí?

Ella se puso en jarras, logrando que su elegante vestido, entallado hasta la altura de las rodillas, se le ajustase todavía más al cuerpo.

—El señor Pablo Ramos quiere que la Federación le cree un trabajo a medida en su casita —dijo, exagerando la formalidad de su tono, para volver a su estilo mordaz al instante—. ¿Sabes? Yo también me voy a pedir una oficina en el Caribe, ¿qué te parece?

—Eres injusta, Judith —se quejó él, muy enfadado—. Solo pido un poco más de apoyo.

—¿Quieres mi apoyo? Ah, pues claro que sí. Todo el mundo quiere algo, ¿verdad? Ser más feliz y estar siempre en la cresta de la ola, ¿algo más? Y piden, piden, piden... Pero no hacen nada. Que hagan otros, ¿no?

—Yo no...

—No, tú no. Tú lo que tienes que hacer no es pedir, es jugar. Tienes más de ciento setenta torneos dentro del circuito oficial. ¿Qué esperas? Participa, entrena y rómpete el alma, joder. Tienes los Juegos Paralímpicos, tienes la copa del mundo y los cuatro open, pero no, tienes que tocarme los ovarios con Santander.

La mirada de ella había sido severa, pero de pronto parecía haberse dulcificado, tal vez al comprobar que lo había dejado desarmado y sin argumentos.

—Ah, venga, Pablo... No te me vengas abajo, coño. Si como quien dice acabas de llegar a esta jungla, y ya quieres todo el safari para ti solo...

Ella se había inclinado sobre la silla y le había ofrecido con malicia la vista de su generoso escote, que por lo ajustado del vestido resaltaba más de lo habitual. Comenzó a hablar con un tono más meloso.

—No te me enfades, Pablito. Un chico tan guapo... —añadió, acercando su rostro a los labios de Pablo, que la miró con repulsión—. Me han dicho que tu lesión medular no es completa... ¿Es verdad que no tienes todo estropeado por ahí abajo?

Él, incrédulo y asqueado, se había apartado de inmediato y había girado la silla de ruedas con agilidad, saliendo rápidamente de la habitación. A su espalda, y mientras todavía sopesaba cuántas verdades habría en lo que aquella horrible mujer le había dicho, Pablo pudo escuchar cómo ella cerraba la puerta y, con el gesto, ahogaba el sonido de una carcajada.

5

> Creo que matar es una necesidad ineludible del mundo en el que vivimos, el abominable, sentimental y masificado mundo de periódicos baratos y mentes aún más baratas donde se promociona a los imbéciles y se tolera a los necios, donde las artes están agonizando y el intelecto se desprecia [...]. La muerte de cualquier idiota es un avance y un beneficio: ¡al demonio la humanidad, la virtud, la caridad y la tolerancia cristiana!
>
> EDMUND CRISPIN,
> *El misterio de la mosca dorada* (1944)

A veces, ante la desgracia, mostramos una estoicidad y una templanza tan heroicas que podrían parecer consustanciales a nuestro propio carácter. Sin embargo, y aun a pesar de nuestra resistencia, ¿quién no ha caído de rodillas alguna vez? En ocasiones, la grieta que termina por romper el hielo es diminuta, poco relevante. Una de esas cosas de la vida que suceden, que hay que superar, porque así son las cosas. Pero el barómetro de las almas es voluble y caprichoso. Un día podemos soportar con razonable resolución la catástrofe más grande, para sucumbir al día siguiente a una pequeña.

Si alguien pierde a una persona que todavía no ha conocido, ¿es posible caer? ¿Supone una debilidad patética el hacerlo, o solo constata que en su vida ha acumulado, quizás, demasiada tristeza? El bebé de Valentina apenas tenía dieciocho semanas cuando perdió sus latidos y, con ellos, todas sus posibilidades. Qué cruel e inhumano resultó saber que no podrían enterrarlo, porque por su tiempo de gestación y peso «solo era un residuo biológico». No hubo por tanto enterramiento ni incineración, y a su autopsia, por no haber llegado a las veintisiete semanas de gestación, la denominaron simplemente biopsia. Sin embargo, para ella, aquel diminuto y desdibujado bebé fue un precioso niño de ojos azules y cabello oscuro, igual que su padre; fue el niño que había soñado escalando estanterías para atrapar chocolate, el que la apremiaría a bajar a la playa con muchos y absurdos bártulos y al que le contaría cuentos por las noches.

Y lo curioso era que ella nunca había pensado en tener hijos. Solo se había dejado llevar por la arrolladora ilusión y seguridad de Oliver. Había dejado de tener todo controlado, como era su costumbre. Las pastillas anticonceptivas habían tenido un descanso menos cuidadoso de lo habitual, y había sucedido: un diminuto trozo de ilusión en su vientre, un pequeño milagro hecho entre dos. Cuando lo supieron, la felicidad de Oliver fue tan brillante y contagiosa que Valentina comprendió hasta qué punto él deseaba crear una familia. Oliver siempre estaba con sus bromas, con su humor inglés que iba y venía, dejándola a veces con la duda de si hablaba o no en serio. Pero aquel embarazo le mostró a Valentina cómo su prometido había suavizado ante ella sus sinceras ilusiones, tal vez por miedo a presionarla. Sí, Oliver la amaba y deseaba aquel niño y todos los que viniesen con todo su corazón.

Pero ahora ella ya no podía darle nada de aquello. Aquel primer hijo estaba muerto, y era por su culpa. Su vientre destrozado difícilmente podría volver a concebir, y en aquella verdad estaba la peor condena, porque eliminaba toda esperanza.

Cuando alguien querido muere, no solo la tristeza nos inunda. Es la desesperanza la que nos desviste, la que nos tumba, pues sabemos que ya todo es irremediable. No hay ya palabra o gesto que pueda cambiar la suerte del que se ha marchado. Tal vez por eso, y aun en el caso de que el muerto en cuestión nos resulte indiferente, solemos hablar de él con ese respeto cauto y discreto con el que con frecuencia recordamos a los difuntos.

Margarita Rodríguez los había recibido ahogando un sollozo, y Valentina se había preguntado si aquel dolor sería real o solo una puesta en escena, una tribulación exagerada y fruto de los nervios y de lo irremediable de la situación. Le llevaron a la secretaria un vaso de agua, como si aquel remedio pudiese apaciguar su angustia por la muerte de Judith Pombo. Después, le llevaron una taza de té y ella repeinó su media melena con ambas manos, aunque ninguno de sus movimientos pudo domesticar su pelo encrespado.

Les mostró a Valentina y Riveiro el despacho de Judith, que les pareció bastante impersonal, como si fuese solo una estancia de paso. Si el juez Marín seguía en su línea de máxima eficiencia, no tardaría en enviar al SECRIM a registrar aquel despacho y el de la empresa privada de Judith, Smart.

Finalmente, Margarita llevó a Valentina Redondo y Jacobo Riveiro a un gran salón privado del club deportivo, que ahora estaba vacío; a pesar de su enorme tamaño, la estancia se dibujaba acogedora, pues su decoración mostraba travesaños de madera al aire, al más típico y antiguo estilo inglés y medieval. Los suelos de madera, el piano en una esquina, los colores suaves... Todo invitaba a la calma. Se habían sentado en unos sofás verdes situados al lado de una chimenea francesa, que estaba en el centro del salón y en un gran espacio rectangular semicerrado, a un peldaño de altura, que había creado con aquel sencillo efecto visual del escalón un ambiente independiente.

—Entonces —preguntó Valentina, una vez que Margarita les había relatado de nuevo todo lo sucedido el día anterior— no vio usted anoche nada extraño o que le llamase la atención en la señora Pombo.

—¿Extraño? No, no... Estaba como siempre. Un poco cansada, dijo. Ya les expliqué que nada más entrar en el barco me amonestó... Creo que lo escuchó todo el mundo; la verdad es que no sé cómo pude despistarme... En *La Giralda* solo teníamos que hacer el cóctel, ¿saben? La cena debería haber sido después aquí, en el club. Pero yo tenía tantas cosas que organizar, que supervisar... Y ella no estaba.

—Tenía usted mucho trabajo, por lo que veo.

—Oh, sí, siempre lo tengo. Piensen que aquí no solo se juega al tenis. Hay que gestionar el gimnasio, las fiestas, los campeonatos de hockey, de bolos, la piscina... Y las áreas juvenil e infantil, claro. Tenemos hasta coro, ¿saben? Y teatro, y escuelas de verano, que hay que tener ya preparadas porque comienza ahora la temporada...

La mujer suspiró, olvidando momentáneamente su congoja y llevándose ahora ambas manos a sus gruesos mofletes, mostrando con el gesto que el volumen de trabajo era abrumador.

—Veo que no tiene usted tiempo para aburrirse.

—¡Ya me gustaría! Y ahora con el verano también están las bodas, que en nuestro club son sonadas —añadió, sin disimular su complacencia.

—¿Y Judith? Sabemos que embarcó unos minutos más tarde porque acababa de llegar de viaje. ¿Puede detallarnos...?

—Ah, sí, por supuesto. Había ido a una reunión de la

ITF en Londres, pero vamos, que eso era relativamente habitual, ¿eh? Iba cada par de meses o así. Iba y volvía en el día o, como ayer, se iba la noche antes y regresaba al día siguiente por la tarde.

—Ajá... Y entiendo que no le comentó ninguna incidencia en relación con esa reunión, nada que la hubiese podido alterar.

—No, ya le digo que apenas hablé con ella a su regreso, la vi directamente en el barco. Pero al entrar en el camarote, si no recuerdo mal, ella dijo que iba a ver sus correos... Tal vez recibiese algo que la preocupase, yo ya no sé... —dudó, retorciendo sus manos.

—Dispondrá de correo en Smart y en el club, ¿no?

—Sí, teniente.

—¿De acceso corporativo o privado?

—Ah, el del club es abierto, pero el de Smart es privado. Cada cuenta tiene una clave. Pero desde ya les aseguro que pueden revisar su correo, por supuesto, no hay nada que ocultar.

Valentina se figuró que, aunque hubiese impedimentos, no supondrían ningún obstáculo para el diligente juez Marín, que libraría los oficios necesarios para llegar a todos los vectores de aquel asunto. Anotó mentalmente encomendar al Departamento de Ingeniería y Nuevas Tecnologías del SECRIM la supervisión de los equipos de Judith. La teniente miró a Margarita intentando escudriñar en ella algo más allá de aquella aparente imagen de mujer de mediana edad, sufrida y amable. Las personas nunca se mostraban del todo, siempre había una máscara. Riveiro pareció pensar lo mismo, e intervino en el interrogatorio.

—¿Y no tenía usted ningún problema con la señora Pombo? Alguna discusión aparte de la de anoche, quiero decir...

—No, no... —replicó nerviosa, volviéndose al sargento—. Cualquier desencuentro casi siempre ha sido culpa mía, ¡soy tan torpe! Claro que Judith tenía un carácter fuerte... Normal, ¿eh?, porque si no ella no habría llegado hasta donde llegó, ¿entienden? Yo, yo...

«Tú la admirabas», pensó Valentina en silencio, consciente de que, muy probablemente, Judith Pombo abusase indiscriminadamente de aquella mujer, que continuó hablando:

—Es que Judith era una mujer que... —Y se interrumpió con un nuevo sollozo, que sofocó en un par de minutos confortada por Riveiro, que le entregó un pañuelo de papel.

—¿Y los demás? —indagó el sargento, intentando reconducir la conversación—. ¿Sabe si alguno de los invitados a la cena tenía algún problema con Judith?

—Oh, bueno, no sé... —La mujer volvió a repeinarse inútilmente con una mano—. La verdad es que con quien siempre estaba riñendo Judith era con su hermana Melania, aunque ella venía muy poco por aquí.

—¿Sabe si por algún motivo en concreto?

—No, no, teniente... Yo tampoco tenía tanta confianza como para... En fin, eran hermanas, ya sabe. Pero los demás... Bueno, con Basil Rallis, Judith siempre tuvo un tira y afloja... Los dos trabajaban para la ITF, ¿saben?

—Sí, tenemos conocimiento de ello.

—Y bueno, Pablo, el chico en silla de ruedas... Ese está en la Federación Española, y le pedía ayuda a Judith para no sé qué de un torneo o una fundación, pero claro, Judith siempre lo decía, que ella no era una ONG. Era dura, ¿entienden? Pero no podía atender a todo el mundo, ¡no podía! Y con los de la Federación Cántabra lo mismo...

—¿Se refiere a Félix Maliaño y a Victoria Campoamor? —preguntó Riveiro revisando el esquema inicial de su libreta, que seguía la lista que Marta Torres había escrito en la pizarra de la Comandancia.

—Esos, esos... Exactamente. —Margarita abrió mucho los ojos, serenándose ya por completo y mostrándose indignada—. Sobre todo ella. Va de republicana y libertadora... No se lo creerán, pero ¿saben que le pidió a Judith que eliminase a sus majestades los reyes de la presidencia de honor del club?

—Oh, no me diga que los reyes son los presidentes de honor.

—Ah, ¡por supuesto! El rey Alfonso XIII y doña Victoria Eugenia, y también Juan Carlos de Borbón y Felipe VI... Saben que ya está en la ciudad, ¿no?

—Sí, lo sabemos.

—Pues Victoria siempre anda a vueltas con eso. Se cree muy rojilla ella, ¿entienden? Y se piensa que nuestro club es clasista, siempre le andaba a Judith con esa cantinela, para que hiciese más accesible la entrada al club, ¡como si para entrar aquí hubiese que pasar un examen, vamos!

—¿Por qué, cuáles son los requisitos? —se interesó Valentina, por simple curiosidad.

—Ah, pues deben avalarte dos socios... Ya ven ustedes qué requisito más tonto. Después tiene que aprobar el ingreso la junta directiva, naturalmente. Con eso y con pagar la cuota ya está.

«¿Y ya está? La entrada es completamente arbitraria», pensó la teniente, que no dijo nada mientras Margarita continuaba hablando.

—... Pero ya le aseguro yo que aquí no hay ni burguesía ni clasismo, ni nada. ¡Todo eso son conceptos rancios y pasados de moda! ¿Saben cuánto conseguimos recaudar hace un mes para los Hermanos de la Caridad? ¡Tres mil euros en alimentos! Pero, en fin, la gente habla sin saber...

—¿Y Félix Maliaño? —preguntó Riveiro—. ¿También tiene esas, digamos, sugerencias antimonárquicas?

—Ah, no... —Margarita suavizó el tono—. Su tío tiene más juicio. Porque son tío y sobrina, ¿eh? Que es lo que pasa, que uno no puede decidir su familia política... Pero él también llevaba una temporada pidiéndole a Judith inversión en medio ambiente.

—No me diga.

Valentina alzó las cejas.

—Parece que aquí todos tenían algo que pedir.

—¡Ah, ni se lo imagina! Es que Félix tiene una empresa de reciclaje, ¿saben? Greenplanet, creo que se llama. Pues quería reciclar y represurizar las bolas del club. Pero Judith, la verdad, le daba largas. Imagino que no le veía tanto ahorro a la cosa.

Riveiro, concentrado, miró primero a Valentina y después a Margarita, que ahora retorcía con sus manos un borde de una falda que, aun estando sentada, le tapaba sobradamente las rodillas. Tanto él como Valentina acababan de comprender que el caso de Judith Pombo comenzaba a tener muchos frentes abiertos, y todos muy diferentes. Ahora fue la teniente la que tomó la palabra.

—Y Marco Fiore y Rosana Novoa... ¿Sabe si ellos tuvieron algún problema o enfrentamiento con Judith?

—Ah, no, no... —negó alzando una mano y negando con ella—. Ahí es al revés. Con Marco, Judith se llevaba *demasiado* bien, diría yo. ¿Me entienden? Que esto no salga de aquí... Porque él y Rosana están casados, aunque se lleven casi veinte años de diferencia, ¡veinte!

De pronto, Margarita posó su mano sobre el brazo de Valentina, acercándose a ella.

—Él no me gusta, no me gusta nada.

—Ah. ¿Por algún motivo concreto?

—No soy yo de ir acusando a nadie, que yo solo me meto en lo mío, pero ese no tiene negocios limpios, se lo aseguro.

Se abrió un silencio de unos segundos, porque la acusación era ambigua pero marcada. Valentina sopesó el cariz que tomaba aquel teatro: Judith y Marco, ¿amantes? ¿Y él, además, con negocios turbios?

—Si tiene algún tipo de información relevante es el momento de contárnosla, Margarita... Todo lo que nos diga es confidencial.

—No sé, teniente, es que a lo mejor son solo impresiones mías... Él maneja el centro de bienestar y salud que colabora con el club, ¿saben? Una clínica que tiene fisioterapia, *spa* y esa clase de cosas. Bekandze se llama, es un nombre budista o algo por el estilo.

—Espero que ahora no vaya a decirnos —intervino Riveiro— que Judith pensaba rescindir el contrato con ellos.

El sargento resopló haciendo anotaciones. ¿Sería posible que todo el mundo tuviese allí una razón, más o menos cuestionable, para eliminar a Judith Pombo?

—No, no. Además, si así fuese a Rosana le daría lo mismo, tiene dinero como para comprar media ciudad. La clínica no sé si la tendrá para que Marco esté entretenido o para que él lave ahí sus cosas, sus negocios... Pero ya le digo que no sé nada, nunca se me ocurriría acusar a nadie sin pruebas.

—Por supuesto —atajó Valentina, procurando no mostrarse irónica—. ¿Y qué negocios cree usted que...?

—Ah, ya le digo que si no estoy segura no puedo decir nada. Pero vamos, que yo creo que Marco anda metido en el tema de las apuestas.

—Vaya —replicó Valentina con cierta decepción—. Pero tal vez esa circunstancia no tenga mucho que ver con Judith, ¿no le parece?

Margarita abrió de nuevo mucho los ojos, sorprendida quizás por no haberse hecho entender de forma adecuada.

—¡Apuestas deportivas! El tenis es muy apetecible para el sector, ¿no lo sabía? No es preciso comprar a todo un equipo, sino a un solo jugador. Y tampoco hay por qué perder todo un partido, puede apostarse un set, o un punto... Son apuestas muy difíciles de detectar.

—¿Y cree que Marco...?

Valentina comenzó la pregunta con cautela, porque si aquello fuese cierto y Judith estuviese al tanto, la situación sí podría haber supuesto un peligro para ella. El resto de los conflictos con la víctima no le habían parecido hasta ahora tan relevantes como para querer matarla.

—Teniente —atajó Margarita—, no puedo decirle más, la verdad. Ya le digo que a lo mejor son cosas mías, frases sueltas que una escucha sin querer y saca sus deducciones... ¿Entiende?

—Entiendo.

Valentina cruzó la mirada con Riveiro. En aquel asunto desde luego los sospechosos se estaban encargando de levantar dudas sobre los demás sin vacilar un segundo. Margarita, a pesar de su aspecto desvalido y poco favorecido, había resultado mucho más agresiva en aquel sentido que Basil Rallis, que a su lado se quedaba como un amable revelador de secretos sin malicia. La teniente bajó la mirada y respiró profundamente. Después, miró a Margarita a los ojos.

—Dígame... Al fallecer Judith, entiendo que habrá cambios aquí, en el club.

—¿Cómo? Ah, pues no sé, supongo.

—¿Quién tomará su puesto en la presidencia? Imagino que tendrán un sistema para bajas, un proceso de jerarquías o similar.

—Bueno...

Margarita se puso colorada y fue incapaz de disimular su nerviosismo:

—Pues el vicepresidente tomará el cargo de Judith, claro.

—Claro. ¿Y usted?

—¿Yo? Pues... Quizás, tal vez... Es posible que pueda acceder a la vicepresidencia. Pero tendrá que reunirse la junta directiva, por supuesto, esta misma tarde hay una reunión convocada tras el trágico suceso de anoche.

—Entiendo.

Valentina ni se inmutó cuando Margarita, presa de los nervios, rozó la taza de té sobre la mesa y esta cayó al suelo, destrozándose y esparciendo sus trozos diminutos sobre la alfombra del inmenso salón.

Margarita Rodríguez

¿Es posible idolatrar a alguien, venerarlo, y odiarlo al mismo tiempo? Margarita no sabía cómo podía convivir con ambas sensaciones. Judith siempre la humillaba, y no le importaba hacerlo en público. La sobrecargaba de trabajo mientras ella se iba a atender sus negocios en Smart, para los que ella también prestaba asistencia.

«Ah, Margarita, ¿te importa pasarte mañana por la tintorería y recogerme el vestido para la gala? Mujer, si mañana es sábado y no tendrás ningún plan, ¿a que no? ¿Ves? Hija, yo es que tengo la comida con el inversor canadiense...»

Y era verdad que Margarita no tenía ningún plan más allá que el de estar en su apartamento con su gata, que parecía una mascota muy adecuada para su estatus de solterona. Así que Margarita iba a buscar el vestido. Y luego lo llevaba a la finca de Mataleñas, que era como un palacio, y lo envidiaba todo. El jardín, la ropa elegante arrojada sobre la cama con descuido, la resolución de Judith al hablar, su perfecta manicura y su impecable cabello. ¿Cómo era posible que, aun siendo mayor que ella, Judith pareciese mucho más joven? Su cuerpo de gimnasio, su agenda siempre llena, sus amantes. Su oratoria y su inteligencia perversa, sus bromas picantes y maliciosas, su habilidad para los negocios. Y Margarita se sentía afortunada de poder tomar un café en su casa, de poder verla desnuda mientras se cambiaba y se probaba trajes para sus cócteles y compromisos. Porque a Margarita no le atraían las mujeres, pero sí le cautivaba Judith. Habría hecho lo que ella le pidiese. Lo que fuera.

Pero también la odiaba con un odio efervescente y extraño;

por hacerla sentir siempre diminuta y ridícula, por no lograr ser alguien importante en su vida. Y por sus encuentros secretos con Marco Fiore. Los había visto, ¡oh, sí, los había visto! Aquel vividor en el despacho de Judith en Smart, sobándola por todas partes, masturbándola mientras ella gemía sobre la mesa, mientras Margarita observaba la escena desde una rendija de la puerta en la sala de al lado. No había sido capaz de apartar la mirada, se había quedado estática hasta que habían terminado. Al día siguiente, había prevenido a Judith sobre Marco.

—El napolitano anda en asuntos oscuros.

—Qué miedo.

Judith se había llevado una mano a la boca, fingiendo un gesto de temor; después, había mirado con cierto recelo a su secretaria.

—¿A qué asuntos te refieres, exactamente?

—Apuestas, apuestas ilegales. Me han llegado comentarios de que en Italia...

—Ah, ¡por favor! Querida, ¿estás con la menopausia? No me digas más... Te has montado una película con las series esas de *streaming* que te ves los sábados por la noche. Pobrecita mía.

—Judith... —Margarita se había sentido a punto de llorar—. Te digo que no es una broma. Creo que ha tenido incluso algún problema con la justicia italiana por lo mismo, habría que revisar sus movimientos en el club y denunciarlo a la TIU si vemos que...

—Joder, ¡a la TIU nada menos! Margarita, no seas pesada, que es uno de nuestros socios de honor, y su mujer se deja aquí un dineral. Anda, tonta —le dijo, tomándole la barbilla con la mano y zarandeándola suavemente—, ¿te crees que no sé que nuestro *italianini* es un sinvergüenza? Pero aquí no mete mano y además da gusto verlo, al cabrón.

Y aquella había sido la última vez que habían hablado del asunto, quedando en saco roto la amenaza velada de Margarita de denunciar a Marco a la Tennis Integrity Unit. Pero ya nada había vuelto a ser lo mismo. Al principio Margarita no había sabido identificar qué le quemaba tanto por dentro, qué le golpeaba el pecho como un tambor. La imagen del encuentro sexual la tenía grabada en la memoria, y le provocaba incluso una depravada y fascinante excitación, pero no, no era aquello lo que le oprimía el alma. Con el paso del tiempo comprendió que lo que le crecía dentro era furia, una furia rabiosa y amarga que amenazaba con inundarlo todo.

Valentina y Riveiro se reunieron con Marco Fiore y Rosana Novoa por separado, y lo hicieron en otra sala del club, animados por el vicepresidente, y ahora presidente en funciones, que les había rogado máxima discreción, asegurándoles que la prensa ya había comenzado a presentarse a las puertas del club. «Tenemos las líneas colapsadas», les informó, abrumado por la situación. Los llevó a un despacho en la planta superior de las instalaciones, que más bien parecía una gran sala de juntas, con una mesa para al menos veinte personas y sofás de cuero. Desde sus amplios ventanales enmarcados entre acogedoras cortinas podían verse las pistas de tierra batida y hasta las viejas caballerizas de la Magdalena.

La teniente y el sargento escucharon allí, de nuevo, la narración de lo que había sucedido la noche anterior, esta vez en boca del italiano. Y, de nuevo, ninguna fisura, ni la más leve contradicción ni añadido impropio. ¿Acaso todos decían la verdad? Entonces, ¿quién había matado a Judith Pombo?

—Señor Fiore —preguntó Valentina, yendo directamente al asunto y calculando mentalmente cuánto costaría la elegantísima ropa deportiva que vestía el italiano—, ¿quién cree que podría estar interesado en la muerte de Judith?

—Oh, ¡nadie en absoluto! Era una mujer increíble, y yo soy el primero en lamentar su pérdida.

«En efecto, eres el primero», murmuró Riveiro para sí mismo, sorprendido de que por fin alguien aparentase al menos lamentar de verdad aquella extraña muerte, porque las lágrimas de Margarita no lo habían convencido, y el italiano parecía realmente triste. Valentina, sin embargo, no daba la sensación de fiarse del testimonio de nadie, y se mantuvo firme y poco empática. Sus preguntas guardaban aún la delicadeza precisa para los asuntos sensibles, pero hasta Riveiro se había dado cuenta de la nueva frialdad que se había apropiado de ella.

—Vayamos a los puntos más relevantes —comenzó la teniente, consciente de lo nervioso que se estaba poniendo Marco al aguantarle la mirada—. ¿Diría que su relación con Judith era *íntima*?

—¿Íntima? No sé en qué sentido pretende usted...

—En el sentido carnal, señor Fiore.

—¿Qué? *Cazzo*, ¿cómo se atreve? ¡En absoluto, estoy casado!

Valentina suspiró con cierto hastío y ante el asombro de Riveiro, que nunca la había visto hacer preguntas tan directas sin disponer de pruebas fiables ni contundentes.

—De todos modos, señor Fiore, lo que nos diga no saldrá de aquí y evitaremos mencionárselo a su mujer salvo que resulte absolutamente necesario, tiene mi palabra.

—¿Su palabra? Perdone, pero no la conozco de nada, y su insinuación es intolerable. De hecho no sé de dónde habrá usted podido sacar una majadería semejante.

El hombre se levantó y comenzó a caminar en círculos, visiblemente alterado.

—Ah, Margarita... *Porca puttana!* La secretaria, ¿verdad? —especuló, apretando los nudillos—. ¿Ha sido ella?

—Señor Fiore —intervino por fin Riveiro, pues Valentina miraba al italiano en silencio, analizándolo y esperando a que terminase de explotar—, solo queremos saber la verdad. Si ustedes tenían algún tipo de relación más íntima, tal vez pueda ayudarnos a entender quién pudo querer hacerle daño. Sabemos que usted no ha sido, ya que estaba en el salón de la goleta cuando ella gritó.

El gesto de Marco pareció relajarse un poco, tal vez por la exculpación del crimen que Riveiro le acababa de ofrecer. Su bronceado rostro difuminó de pronto parte de su preocupación.

—Sí, yo... Bueno, por supuesto que entiendo que tengan que preguntar, pero no, no tenía ningún tipo de relación con Judith. A veces nos reuníamos, por supuesto, porque gestiono la clínica de bienestar que colabora con el club, pero nada más. Y les ruego —insistió, mirando especialmente a Valentina— que no le digan nada a mi mujer. Me ocasionarían graves problemas, y más por rumores infundados sin pies ni cabeza. Si ha sido su secretaria, *per l'amor del cielo* no le hagan caso, es una solterona loca que iba detrás de Judith babeando por todas partes.

—¿Tiene usted antecedentes, señor Fiore?

Valentina continuaba inalterable. Había dado por zanjadas las preguntas sobre la relación personal de Marco y Judith, convencida de que el italiano les mentía y que continuaría haciéndolo salvo que dispusiesen de alguna evidencia que mostrarle.

—Me refiero a antecedentes penales —aclaró—, y le ruego concreción y franqueza, porque lo estamos verificando en estos momentos.

—¿Yo? No entiendo...

El hombre se puso muy colorado y comenzó a toquetear el elegante reloj que llevaba en su muñeca izquierda.

—Si ya saben que yo no pude matar a la pobre Judith... ¿A qué vienen estas preguntas? Si esto continúa así, me obligarán a llamar a mi abogado para que esté presente.

—Hágalo, está en su derecho. Podemos ir a la Comandancia y hacer esto más formal, si lo desea.

El rostro de Valentina se mantuvo indescifrable, aunque rebajó el tono.

—Solo le estamos tomando manifestación como testigo de un homicidio. Comprenda que revisaremos el historial de todos los que navegaban anoche en la goleta.

El italiano volvió a sentarse y bajó la cabeza, rindiéndose.

—Fui imputado en un asunto de apuestas ilegales en Roma, pero hace ya siete años de eso, ¡siete años! Fue desestimado por falta de pruebas, así que no entiendo qué tendrá aquello que ver con...

De pronto Marco Fiore se envalentonó.

—¿Por qué no se centran en investigar qué le sucedió a Judith, eh? —preguntó, volviendo a levantarse—. Miren, alguien la mató y no sé por qué. Yo la apreciaba sinceramente, tenía más ovarios que todas las mujeres de esta ciudad juntas, ¿entienden?

Valentina se levantó y lo miró con seriedad. Sí, aquel hombre lamentaba de verdad la muerte de Judith. Pero ella ya sabía que había asesinos que mataban a quienes amaban, como si el virus de la maldad y la locura se hubiese instalado en sus cabezas. Decidió dar por terminada aquella toma de manifestación, que era como su sección de la Guardia Civil denominaba normalmente a las declaraciones de los testigos. Cuando tuviese el historial completo de Marco sería mucho más interesante realizar una segunda ronda de preguntas.

En realidad, al no practicar los interrogatorios en la Comandancia, después tendrían mucho más trabajo para transcribir todo aquello en el ordenador, pero a ella le gustaba visitar a los testigos en su ambiente. Los lugares también contaban causas y objetivos, ambiciones y fracasos. Aquel hombre estaba casado con una mujer rica, veinte años mayor, y a él le gustaba el lujo, no había más que ver su atuendo. ¿Sería capaz de matar por mantener su exigente nivel económico y social? Era una posibilidad dentro de lo plausible. Pero no veía, de momento, nada que hilvanase la muerte de Judith con Marco Fiore, que no había podido enmascarar su sudor nervioso ni su miedo a que todo aquello le hiciese regresar al agujero de donde había salido.

Valentina y Riveiro despidieron al italiano e hicieron entrar en la sala a Rosana Novoa, que fue dejando a su paso un denso perfume y cierto aire de aristócrata no acostumbrada a encontrarse en aquellos trances. Riveiro le solicitó que les contase otra vez, y con detalle, lo que había sucedido la noche anterior en la cena de *La Giralda*. La versión de la señora Novoa fue muy similar a la que constaba en el informe del SEMAR.

—... Y eso es todo lo que sucedió anoche. No entiendo a qué vienen de nuevo estas preguntas, agente.

—Sargento. Sargento Jacobo Riveiro —le corrigió Valentina con tono autoritario e interviniendo por fin, porque hasta aquel momento había estado callada.

Riveiro la miró y disimuló su extrañeza; ella no solía ser tan puntillosa. Desde luego, lo que le había sucedido a Valentina con su bebé justificaba su rabia con la vida, pero su nueva personalidad guardaba dentro un punto oscuro, una rabia contenida que lo inquietaba.

—Ah, perdón. Sargento. —Rosana evidenció con el gesto que le resultaba indiferente el cargo de cada uno, aunque se molestó en verificar el de Valentina—. ¿Y usted era...?

—Teniente. La teniente Redondo.

Antes de continuar hablando, Valentina dejó unos segundos de silencio, y miró con descaro a Rosana: su elaborado maquillaje, su ropa elegante y sus joyas superpuestas. ¿Habría manejado aquella mujer la posibilidad de que su marido le fuese infiel? Probablemente. No le parecía estúpida.

—Quisiera que me aclarase un detalle de ayer por la noche.

—Usted dirá. Pero le ruego que abrevie, porque tengo clase de tenis en veinticinco minutos.

—Vaya. Veo que no le ha afectado especialmente el fallecimiento de Judith.

—Oh, no, se equivoca. Lo lamento mucho, dirigía muy bien este club, al que ya pertenecían mi padre y mi abuelo. Me gustaba su gestión, de verdad —insistió, con abierto reconocimiento—. Pero, en fin..., la vida sigue —resolvió, mirándose la manicura—. Y hoy por la tarde tendremos la clausura de las jornadas de tenis, de modo que tengo la agenda bastante completa. Dígame, ¿qué detalle deseaba aclarar?

—Quería saber por qué no fue usted al camarote de Judith junto con el resto de los pasajeros. Me refiero al instante posterior a que la escuchasen gritar.

—¡Ah, eso!

Rosana alzó una mano y la volvió a bajar restando importancia y haciendo bailar las pulseras de su muñeca.

—Fue un gesto de cortesía.

—¿Cortesía?

—Oh, no sabe lo que me molesta la vulgaridad. Todos allí apelotonados, como si fuesen a ver algo extraordinario. Judith era perfectamente capaz y autosuficiente, no consideré que pudiese estar en problemas graves... Y, por supuesto, estaba ese pobre inválido.

—¿Se refiere a Pablo Ramos?

—Supongo, no recuerdo su nombre. El chico que juega al tenis en silla de ruedas. Me parecía una desconsideración dejarlo allí solo, en sus *circunstancias*, mientras aquellos buitres iban pasillo adelante buscando chismes.

—Su marido también estaba en el grupo.

Ella suspiró y esbozó una sonrisa llena de suficiencia.

—¡Ah, Marco! No es mal muchacho, mi Marco. Pero tiene ese espíritu callejero de buscavidas, ¿entienden? Es normal que quiera estar en todas partes, saberlo todo.

—Ya... ¿Y sucedió algo de interés mientras usted esperaba con Pablo Ramos en el salón?

—¿De interés? No —negó convencida—, esperábamos solo a que volviesen todos para que nos contasen lo que había sucedido. Escuchábamos sus comentarios, claro... Pero aunque yo misma hubiese querido acercarme lo habría tenido complicado, con aquellos dos chinos en la puerta y los demás dentro del camarote...

Valentina estuvo a punto de corregir a Rosana Novoa y decirle que el cocinero y la camarera eran japoneses, pero contuvo con esfuerzo su cada vez más exagerada necesidad vital de orden y corrección.

—Entonces, desde el salón podían escuchar claramente lo que sucedía en el camarote.

—Sí, teniente.

—Y antes de que Judith gritase y exclamase ese «No» que todos han relatado, ¿no oyeron nada extraño?

—Nada en absoluto, se lo aseguro. Claro que estábamos pendientes de las presentaciones que estaba haciendo Margarita... Que la mayoría ya nos conocíamos, ¿eh? Pero el señor Rallis era la primera vez que venía al club, una figura legendaria como él... Ojalá mi padre estuviese vivo para haber venido a conocerlo.

Valentina asintió y se mostró un poco más cercana, porque iba a entrar en terrenos más delicados.

—¿Cómo veía usted la relación de su marido con Judith?

Por primera vez, Rosana Novoa pareció perder su aura de intocabilidad y suficiencia.

—¿Perdone? No entiendo a qué se refiere.

—Me refiero a la clínica de bienestar, la que colabora con el club.

—Ah, eso. —Su gesto se recompuso—. Una relación profesional perfectamente correcta. No entiendo su vínculo con lo que nos ocupa.

—Solo quería verificar que entre su clínica y el club no hubiese ninguna incidencia... —se explicó Valentina con gesto inocente—. Debemos comprobar todos los posibles vínculos de Judith con los asistentes a la cena, compréndalo.

—Entiendo —murmuró Rosana con rictus digno y abiertamente molesto.

—¿Y las apuestas?

—¿Las apuestas? No entiendo a qué se refiere.

—A las apuestas deportivas, señora Novoa. Tengo entendido que su marido es aficionado.

Rosana Novoa se puso muy seria y estudió a Valentina con detenimiento antes de contestar.

—No sé de dónde ha sacado esa información. Hace tiempo que mi marido no participa en esa clase de apuestas. ¿Quién...?

De pronto, la mujer abrió más los ojos, como si hubiese tenido una revelación.

—¿Ha sido Margarita?

—La fuente no es relevante, señora Novoa. Pero sí resulta fundamental que verifiquemos que tanto usted como su marido no tuviesen ningún problema con el club ni, por ende, con su presidencia.

Rosana estalló en una carcajada, histriónica y algo nerviosa.

—¿Problemas? ¿Yo? Usted no tiene ni idea de con quién está hablando, ¿verdad? Podría comprar este club y cinco más como este sin pestañear... ¿Cree que necesito jugar a las apuestas?

—No lo sé, por eso se lo he preguntado.

Valentina sonrió a la señora Novoa con gesto descreído. Como carecía de cualquier otra información o prueba alguna, continuó haciéndole preguntas sobre el negocio y su vínculo con el club, pero no obtuvo mayor información, o al menos no más interesante que aquella de la que ya disponía.

En cuanto a Judith Pombo y su plano personal, desde luego, si Rosana Novoa intuía algo de las posibles aventuras de su marido lo disimulaba a la perfección. Una mujer de evidente buena posición económica, con la vida resuelta... A Valentina no se le ocurría ningún móvil para que Rosana atacase a Judith, salvo el de los celos. Pero con un marido como aquel ella debía de estar acostumbrada a sufrir por amor. ¿Qué clase de pareja serían? ¿Una por interés, de las de manual? Él por su dinero, ella por su juventud, su belleza y energía. ¿O una pareja inusual, de esas que se amaban sin importar sus cuerpos, sus envoltorios ni sus fracasos?

Marco Fiore y Rosana Novoa

Rosana se había encaprichado de Marco seis años atrás, mientras realizaba un crucero por la costa italiana, que había comenzado por Sorrento y ascendido hacia Roma con deliberada parsimonia. Se había llevado a dos amigas únicamente por no hacer sola el viaje. Y era difícil resistirse a su compañía cuando todos los lujos y gastos estaban pagados.

Ella, que no había trabajado en toda su vida, disponía de propiedades, rentas y patrimonio familiar como para vivir el resto de su existencia sin preocuparse ni un segundo de las facturas. Las empresas químicas y farmacéuticas de su familia aseguraban, en realidad, que varias generaciones pudiesen permitirse vivir de rentas durante muchos años. En su juventud, y solo por hacer felices a sus padres, se había casado con un primo al que apenas soportaba, por lo que consideraba que aquella penitencia había sido suficiente para el resto de su vida. El matrimonio había durado nueve años, hasta que un accidente automovilístico la había dejado viuda y con un patrimonio todavía mayor. Después había tenido relaciones intermitentes, pero nunca había deseado volver a casarse; tenía otras inquietudes y no se consideraba una frívola millonaria sin aspiraciones: amaba la belleza, el arte y la cultura. Por eso asistía sin cesar a conferencias y exposiciones, y por eso había decidido entonces irse varias semanas a las costas de Italia, para llenar su espíritu de aquella delicia visual y no solo de las bondades estéticas de la bahía de Santander, que veía a diario desde su gran terraza en el barrio del Sardinero.

Sin embargo, fue la noche napolitana la que la envolvió por completo. Ni los monumentos, ni los museos, ni los impresionantes farallones y acantilados de la costa. En Nápoles conoció a Marco, que gestionaba un bar en Chiaia. Le gustó, no solo porque se hubiese detenido a mirarla, a pesar de que ella no llevase encima ninguna de sus joyas ni nada que creyese que pudiese delatar su abultada cuenta bancaria, sino por su masculinidad, por sus bromas picantes y, sobre todo, porque la hacía sentir viva.

Resultaba evidente que, tras un rato de conversación, él habría podido deducir que ella no era exactamente pobre. Una viuda que viajaba en un crucero privado durante casi un mes por la costa, que estaba bronceada y con ganas de fiesta. Rosana era consciente de que él podía haberse acercado por la promesa de que ella fuese una solución de futuro, pero ¿y qué más daba? Aquella noche él le había hecho el amor en un hotel de lujo al borde del mar, y para ella aquel calor, aquella carne y aquel deseo eran suficientes. No sabía cuánto podría durar, pero, ah, ¡imaginarse realmente deseada y codiciada era tan delicioso!

Cuando algunas de sus amigas supieron que se había casado en Roma, y que lo había hecho en régimen de separación de bienes, no habían faltado comentarios maliciosos. «Di que sí, que te trabaje la cama pero no el billetero», «Ya tienes un *toy boy*», «Agárralo en corto, que este vuela», «¡Si te cansas de él mándamelo a casa, querida!»... Pero Rosana había visto en Marco algo más que su masculinidad y belleza. Había atisbado una esperanza, una posibilidad de que, si alguien le daba una oportunidad, pudiese hacer algo productivo con su vida. ¿No era increíble que ella, Rosana Novoa, se hubiese enamorado por fin, a su edad?

—Ven aquí —le dijo a Marco nada más terminar con Valentina y Riveiro, tomándolo del brazo y llevándolo a un pequeño despacho del club—. ¿Qué les has dicho?

—¿Qué? ¿Qué quieres que les diga? Les he contado lo que pasó anoche, nada más.

—No me jodas, Marco.

—¿Cómo? ¿Pero qué...?

Él la miró extrañado, sin comprender que ella estuviese tan alterada.

—¿Se puede saber por qué me han preguntado por tu relación con Judith?

—Ah, *mia cara*, ¡no seas tonta! Me preguntaron por mi relación profesional, pro-fe-sio-nal —insistió, marcando la cadencia de cada sílaba con golpes de su mano al aire—. Querían saber si Bekandze iba bien o si tenía problemas con el club, ¿entiendes? Están buscando a alguien que tuviese motivos para matar a Judith, nada más.

—¿Y cómo demonios pensaban que tú podrías tener algo que ver si estabas conmigo en el salón cuando esa zorra se puso a chillar?

—No la llames así.

—La llamo como me da la gana, Marco.

—No estés celosa, *amore*. Sabes que solo te quiero a ti. Te amo tanto... —insistió, acercándose a ella e intentando besarla.

—No me vengas con tonterías —se apartó ella, enfadada—, esa teniente no da puntada sin hilo, daba escalofríos solo mirarla.

Marco asintió dándole la razón y miró hacia el suelo, como si no se atreviese a hacer una difícil confesión final. Rosana lo tomó de la barbilla y le obligó a alzar la mirada.

—Di, qué pasa.

—Me preguntó por mis antecedentes. Saben lo de las apuestas. Estoy seguro de que ha sido la secretaria, ya sabes que me odia, siempre me mira mal.

—¿Margarita? Sí, también me lo comentaron a mí, ya supuse que había sido esa dichosa secretaria.

—Estuvo hablando con los policías justo antes de mí. Salió llorando como si le hubiesen matado un hijo, la muy falsa. Habrá criticado a todo el mundo con tal de quedar como la mosquita muerta de costumbre... ¡Lo que no haría por medrar!

—Pero será el vicepresidente quien...

—No, *amore* —la interrumpió él—, Jorge no quiere el puesto, me lo ha dicho esta mañana. Es posible que dadas las circunstancias pospongan la junta de esta tarde, pero cuando la hagan te aseguro que va a haber sorpresas.

Rosana tomó aire y se mostró reflexiva. De pronto, su ataque de celos parecía haberse esfumado. Se acercó a su marido y lo miró con preocupación. Después, lo besó en los labios.

—Hablaremos después, necesito pensar. Voy a cambiarme para ir a mi clase de tenis. Recógeme después.

Marco la miró desconcertado, aunque sabía que ella en aquellos ratos de deporte se abstraía de los problemas, los desmadejaba y recomponía hasta que encontraba una solución. Para Rosana, jugar al tenis significaba ir a su oficina imaginaria para resolver asuntos. Y Marco admiraba a su mujer. Era cierto que nunca habría terminado con ella de no ser millonaria, pero el dinero y el poder formaban parte de la personalidad de Rosana, de su pragmatismo y de su forma de manejarse en la vida. A su manera, Marco amaba a su esposa.

Pero no podía evitar desear la belleza y se le iban los ojos detrás de todas las mujeres bonitas que se cruzaban a su paso. Y el sexo, ¡oh, sí!, el sexo, ¡cómo le gustaba! Y no solo con jovencitas, sino con mujeres interesantes, fuertes y arrolladoras, como Judith. Cuando se acostaba con ella imaginaba dominarla por un breve lapso de tiempo y esto lo excitaba terriblemente. Al terminar, ella se despedía sin dedicarle ni una mirada: lo utilizaba sin más, al igual que él se valía de ella para sentirse poderoso por un instante, para ser un hombre completo y no solo el mantenido de su esposa.

¿Qué haría Rosana si se enterase? Lo echaría de casa. Se quedaría sin nada y tendría que volver a Nápoles con el rabo entre las piernas. Pero Marco no podía evitarlo, el deseo era como una enfermedad, era imparable y construía su idea de masculinidad mal entendida, de hombría. Y él no quería hacer daño a su mujer, pero tampoco quería ser un simple mantenido. Por eso había retomado el asunto de las apuestas deportivas, porque era dinero fácil, porque conocía el terreno y porque había sentido una satisfacción indescriptible cuando había podido regalarle una joya decente a su mujer con su propio dinero.

Rosana había hecho preguntas, pero él había negado cualquier irregularidad, asegurándole que había tenido un golpe de suerte con las apuestas. Que todo era legal, y que él sería prudente. Que solo era un juego. Y Rosana, sorprendentemente, no había hecho más indagaciones; no que él supiese, al menos. Pero Judith sí las había hecho unos meses atrás, porque en la ITF no eran idiotas, pero especialmente porque, cuando se había enterado de los negocios del italiano, ella también había querido sacar una buena tajada del asunto. Llevaban ya muchas semanas coordinando movimientos.

—¿Estás haciendo las cosas bien, Marco?

—¿Qué? ¿A qué te refieres?

Él la había mirado con curiosidad, mientras ella sostenía una copa de vino blanco en la terraza del club y no apartaba la vista de las pistas de tierra batida, fingiendo estar concentrada en el juego de varios socios.

—Me refiero a que me han llegado rumores de que andas en negocios turbios. ¿Me quieres explicar cómo es posible que ya se haya corrido la voz?

—Pero ¿quién...? —preguntó, enfadado—. Esa secretaria lameculos, ¿eh? ¿Ha sido ella?

—Da igual quién haya sido. Debes ser más discreto. Si los comentarios llegan hasta ella es que están llegando a todas partes, y mi protección tiene un límite.

—Ah, *cazzo!* No me vengas con esas, Judith. Si caigo yo, también caes tú... —le espetó, conteniendo la rabia—. Las comisiones bien que te las has llevado.

—¿Qué comisiones? —preguntó ella al cabo de un rato y con fingida inocencia, mirándolo por fin.

Él comprendió que no tenía ningún movimiento bancario ni documento escrito que pudiese incriminarla. Solo iban y venían sobres llenos de billetes de un lado a otro. Si hubiese sido listo la habría grabado planeando estrategias, cobrando comisiones y hasta practicando sexo, pero no tenía nada. Se había confiado. ¿Y quién le iba a creer a él, con su historial? Ella pareció tener compasión y le hizo una confidencia.

—Ha habido movimiento en Barcelona. El Equipo de Fraude Económico y Blanqueo de Capitales ha visitado la Federación. Hay abierta una investigación en la Audiencia Nacional y llevan casi dos años de pesquisas de toda clase, ¿entiendes? Dos putos años. ¿Has seguido el protocolo de seguridad?

—Sí, sí... —Él desvió también la mirada a las pistas, intentando no sudar—. Todas las cuentas que hemos abierto en las casas de apuestas han sido hechas con identidades robadas, no hay rastreo posible.

—Pues ya ves que parece que sí. Tienen a varios sospechosos en el punto de mira.

Él la miró con desesperación.

—Tranquilo, no eres tú. De momento. Van a acusarlos a todos de integración en organización criminal dedicada a la estafa, de corrupción entre particulares en el ámbito deportivo, de usurpación de identidad, de blanqueo de capitales y de no sé cuántas cosas más.

—¿Qué más sabes? —se atrevió a preguntar tras un breve silencio.

—De momento, nada. Pero la Federación Española de Tenis ha firmado un convenio con la policía para controlar el asunto, así que ándate con cuidado. Ahora sois prioridad.

—¿Cómo que prioridad? *Mio Dio*, ni que fuéramos asesinos...

—No, querido, claro que no. Pero han dicho que estáis sustituyendo el mercado del tráfico de drogas, ¿lo sabías? Ya movéis más dinero que ellos, cabrones.

Ella dio un sorbo a su copa y paladeó con detenimiento el vino albariño de O Rosal que contenía, para después abandonarla sobre la mesa y levantarse. Antes de irse, le dedicó a Marco una última observación.

—Si caes, caes tú solo.

Marco Fiore se quedó mirando las pistas sin ver nada, sintiendo cómo una gota de sudor frío le resbalaba al fin desde el cuello a lo largo de la columna vertebral y cómo comenzaba a dolerle el estómago, presa del miedo. «Calma, Marco, calma», pensó.

El setenta por ciento de las apuestas en red no eran legales, y la gran mayoría se cerraban desde el tercer mundo, el mercado asiático y el latinoamericano, así que, ¿por qué operando desde Santander, un punto europeo sin relevancia, le iban a pillar a él, precisamente?

El italiano había tenido cuidado de no repetir los errores del pasado: había espaciado las operaciones y había sido muy discreto en cuanto a cantidades y contactos. Sin embargo, y por un brevísimo instante de enajenación, Marco creyó ver *carabinieri* por todas partes, arrastrándolo a una celda mientras el bello perfil de la bahía de Nápoles se diluía en la oscuridad.

Tras terminar la entrevista con Rosana Novoa, la teniente y el sargento hicieron un par de llamadas. Lorenzo Salvador, responsable del SECRIM, estaba ocupado con las pruebas en *La Giralda*, pero parte de su equipo confirmó a Valentina desde la Comandancia que ya habían estado estudiando el teléfono móvil de Judith Pombo. Aquel aparato guardaba no solo información de los contactos, últimas llamadas y mensajes de la víctima, sino también acceso directo a sus correos electrónicos, tanto de Smart como del club de tenis. Aunque el rastreo todavía había sido muy superficial, le confirmaron no haber detectado todavía ningún dato que les llamase la atención, ni ningún mensaje especialmente comprometido, profesional o personal. En todo caso, le aseguraron a Valentina que todavía les llevaría muchas horas, e incluso días, investigar todo aquel contenido.

—¿Y los últimos mensajes?

—¿Los últimos?

—Sí, en sus últimas horas de vida —había incidido Valentina.

En realidad, quería saber si, tal y como había insinuado Margarita, tal vez Judith hubiese recibido una información trascendental tras encerrarse en el camarote. Sabía que era prácticamente imposible que se hubiese suicidado, pero ¿cómo explicar si no aquel caso, que no había por dónde enfocarlo con lógica y racionalidad?

—No, teniente. Los últimos mails son de proveedores, citas para eventos... Tampoco hizo llamadas a la hora de la defunción, la última parece corresponder al momento en que salió de su casa hacia el paseo de Pereda, y hemos verificado que corresponde a la central de taxis.

Valentina asintió y se supo afortunada de disponer de aquella información tan rápido, porque normalmente tardaban mucho más tiempo en poder acceder a los teléfonos móviles, que en los últimos tiempos guardaban toda la vida de los usuarios en su interior. Se despidió del informático del SECRIM asegurándose de que este le prometiese llamarla tan pronto como encontrasen cualquier información relevante.

Tras otra llamada para informar de las novedades al capitán Caruso, y después de un brevísimo tentempié en la cafetería del club de tenis, Valentina Redondo y Jacobo Riveiro se dirigieron directamente al Palacio de la Magdalena. Desde la puerta del club hasta la entrada formal a la península donde se ubicaba el palacio había solo unos metros. Valentina conocía bien la zona, y por eso le sorprendió el amplio despliegue de seguridad; aquella verja de entrada solía estar vigilada, pero no con tantos efectivos. Después lo consultaría en Comandancia: ¿sería la visita del rey a la ciudad lo que había motivado la adopción de aquellas medidas en aquel punto concreto?

Antes de vivir en la evocadora Villa Marina de Suances con Oliver Gordon, cuando la teniente todavía residía en su viejo apartamento frente a la playa del Camello en

Santander, solía visitar una zona apartada de la Magdalena que estaba justo sobre los suaves acantilados de piedra caliza, y allí se quedaba mucho tiempo, mirando cómo el mar golpeaba la pequeña isla del Faro, la Isla de Mouro. En lugares como aquel le resultaba posible sentirse diminuta, más consciente de su propia intrascendencia, y eso le daba una paz extraordinaria. Que no todo dependiese de ella, que el mal pudiese ser vigilado por otros mientras ella cerraba los ojos para descansar. La teniente recordó aquellos tiempos sin nostalgia, y pasó sin detenerse por delante de aquel enclave que antes tanto la confortaba.

Por el camino, dejaron a la derecha el acceso al embarcadero Real, al que ella misma estaba sorprendida de no haber bajado nunca. «Después, si tenemos tiempo, lo visitaremos», le había dicho a Riveiro. Según terminaban de subir la colina, el gran y bello Palacio de la Magdalena se dibujó progresivamente ante sus ojos. Aquel aire entre británico y montañés, entre palacio y casa de verano, rodeado de mar casi por completo. Tejados eclécticos y curiosos, unos como torreones de castillos y otros a dos aguas con entramados de madera roja a la vista, en un viaje visual al Medievo.

Era el último palacio real construido en Europa, en una península que antes estaba cubierta de matorrales, encinas y arbustos, y que ahora disponía de toda clase de especies florales extraordinarias: robinias, tamarindos, avellanos, plátanos, laureles... Y hasta bosquecillos de pinos traídos por Alfonso XIII desde El Pardo. Aquel rey había hecho de la Magdalena su refugio estival desde 1913 hasta 1930, practicando allí las regatas a vela y la caza, sus deportes favoritos; pero también había jugado al polo y al tenis, tal vez solo como fórmula contra el aburrimiento.

La teniente y el sargento se dirigieron directamente hacia el imponente, mastodóntico y pétreo Pórtico de Carruajes, pues ambos sabían que era por allí por donde en la actualidad entraban visitantes y alumnos de los cursos. ¿Cómo iba Valentina a imaginar que la primera persona que vería nada más acceder a aquel sueño arquitectónico sobre el mar sería el mismísimo Oliver Gordon?

6

Adiós, días de sosiego,
hay que volver a la brega
que juega mal el que juega
nada más que a un solo juego.

Miguel de Unamuno,
Cuaderno de la Magdalena (1934)

El Palacio de la Magdalena no fue un palacio, fue un hogar. Cualquier visitante puede adivinarlo cuando entra y percibe su opulencia rotunda pero práctica, su lujo adaptado a niños, adultos y sirvientes. A pesar de las reformas y del tiempo, que ya solo permite conservar el envoltorio, se atisba en algunos de sus rincones una antigua felicidad ajena. Porque el palacio todavía habla imponiendo su voz al olvido, y recuerda con sus cientos de flores de lis repartidas por escaleras, chimeneas y escayolas que el dueño de aquel poderoso lugar no era el rey de España en su calidad de rey, sino de hombre. ¿Por qué, si no, iba aquí a imponerse uno de los ornamentos más marcados de los borbones, la flor de lis, sobre cualquier otro símbolo evidente de la Corona?

Oliver Gordon se tomaba un descanso de su trabajo mientras paseaba su mirada azul por el interior del inmenso edificio, y admiraba con cierta indiferencia las flores de lis y las composiciones geométricas de los suelos, con combinaciones de hasta tres tipos de madera diferentes. Deambuló por la sala de la entrada principal, con su impresionante escalera de castaño, y terminó por sentarse cerca de la recepción actual, al lado del Pórtico de Carruajes.

Oliver era licenciado en Filología Hispánica por la University College de Londres y ahora, además de regentar en el pueblecito costero de Suances el pequeño hotel en que había convertido el caserón de Villa Marina, colaboraba con la Universidad de Cantabria y participaba en los seminarios de traducción de la Universidad Internacional Menéndez Pelayo. Aquello había hecho que fuese respetado y conocido, y por eso estaba allí, trabajando; se lo habían pedido como un favor, porque uno de los traductores que iba a asistir a las jornadas deportivas internacionales sobre tenis había causado baja en el último momento.

Llevaba en el palacio cinco días y ya había escuchado toda clase de charlas y ponencias. Le había llamado la atención no solo el gran despliegue de profesores de tenis, médicos y traumatólogos que había en aquellas jornadas, sino el de psicólogos y entrenadores que fomentaban el pensamiento positivo, la resistencia mental. ¿Tan duro y solitario era aquel deporte? Hasta ahora, ni siquiera se había parado a pensar en las grandísimas diferencias que podía suponer el jugar sobre pista dura, tierra batida o hierba.

Oliver no era muy bueno en ningún deporte en particular; no hacía mucho lo había intentado incluso con el surf, pero su impericia había resultado hasta exagerada, a pesar de que su constitución era ligera y de que aún estaba en ese momento vital del cuerpo en que un treintañero todavía puede darlo todo de sí. Sin embargo, ahora Oliver no tenía ganas de nada. Sabía que debía mantenerse ocupado, pero su falta de sueño y de ilusión había hecho que incluso abandonase sus clases de tenis, que meses atrás habían sido su último intento por encontrar un deporte en el que fuese razonablemente resuelto.

—¡Oliver, esa raqueta! —le instruía tiempo atrás su profesor—. ¿Qué es, una sartén? Vamos, ¡dale con efecto!

—¿Con efecto? *No way*, ¿y eso cómo demonios se hace?

A pesar de su impericia, al principio a él las clases le habían divertido; que sus compañeros de entrenamiento se metiesen con él le había hecho reír, y que su resabiado profesor se desesperase le había compensado el perder siempre los partidillos a veintiún puntos y los golpes de revés que le resultaba imposible alcanzar.

Habían sido días ligeros, desenfadados y alegres. Pero la felicidad nunca ha sido una amiga de la que uno pueda fiarse. Se había instalado a su lado descuidadamente y sin ruido, ocupando Villa Marina y la cabaña en la que él vivía con su perrita beagle y con la que hasta entonces había sido su novia y prometida, Valentina Redondo; la fortuna le había arropado por las noches y se había molestado en recordarle solo las cosas buenas de esa otra familia que tenía entre Inglaterra y Escocia. Sí, la felicidad había estado entonces de su lado. Pero siempre llegaba un momento de caída, porque él sabía que nada se mantenía inalterable demasiado tiempo. Si no sucedía ninguna circunstancia relevante, lo que siempre terminaba llegando era la muerte.

Había sido su abuela quien le había contado las viejas leyendas de las Highlands escocesas; se creía en la existencia de Cu-Sith, un enorme perro lobo al que algunos llamaban el perro de las hadas y otros el mensajero de la muerte, porque su aparición solo podía significar que alguien iba a morir. Y daba tres avisos. Un aullido, dos, tres. Y tras aquella advertencia definitiva se llevaba a alguien a la sombría sepultura de los bosques.

El primer aullido había llegado aquella tarde en la que Valentina no había aparecido en el entrenamiento que, junto con otros alumnos, ella y Oliver compartían en el complejo deportivo municipal de Suances. La esperaron un rato y él la llamó por teléfono, extrañado. Sintió un grito sordo dentro de sí, una angustia exagerada y casi inexpresable. ¿Por qué, qué sentido tenía aquella preocupación extrema ante un simple retraso? Quizás el capitán Caruso hubiese reunido a toda la Sección de Investigación para darle uno de aquellos discursos interminables sobre la puntualidad, la integridad y la patria.

Ya habían comenzado a calentar cuando Oliver había visto acercarse a su pista al cabo Antonio Maza, destinado en Suances. Su rostro estaba pálido y desencajado, su cabello pelirrojo más brillante que nunca, y su eterna mirada de niño había desaparecido. Ambos se conocían desde hacía ya tiempo, y Oliver había comprendido al instante que había sucedido algo grave. Bramó al cielo un segundo aullido, tan inaudible para todos como invisible es el aire, que sin embargo entra en nuestros pulmones. Cada segundo estaba plagado de señales; la forma de apretar la mandíbula del cabo, su sudor nervioso.

Aunque Oliver fue corriendo hasta el joven guardia civil, todo transcurrió en su memoria a cámara lenta. A cada paso notó cómo algo lo rasgaba por dentro, apuñalándolo. Y mientras el cabo Maza comenzaba a hablar y él lo escuchaba horrorizado, sintió cómo aquella felicidad que se había instalado sin permiso en su cabaña lo miraba ahora desde la distancia con desprecio, sin molestarse en decir adiós.

Valentina, la mujer de tierno corazón y rígida coraza, siempre luchando contra el mal. La sangre en aquel milagroso y bello vientre. El bebé. La promesa de su alegría, de sus carcajadas infantiles. Prácticamente imposible que ninguno de los dos saliese con vida de aquella carnicería.

Fue Oliver quien, horrorizado, gritó de puro dolor y sin saber que el suyo era el tercer y definitivo aullido de la bestia.

Después llegó la carrera desesperada hasta el hospital y se sucedieron las operaciones de Valentina, que habían durado hasta las tres de la madrugada. La noticia de que su hijo había muerto y la felicidad de saber que a ella la habían salvado. La incredulidad sobre lo que había sucedido, la rabia y la estupefacción. El teniente Silva, gracias a la intervención de Valentina, se había salvado; el detenido no había tenido tanta suerte, y la banda del Junco había logrado, en aquella arriesgadísima e inesperada acción, eliminarlo del mapa judicial.

Aunque el EDOA consiguió desmantelar en gran medida el núcleo de la organización, tanto en España como en Italia y Francia, y a pesar de que se montó un operativo sin precedentes en Santander, no lograron atrapar al francotirador que tanto daño había provocado. Al parecer, no pertenecía a la banda: era uno de aquellos sicarios de leyenda, infalibles y sanguinarios de los que nadie conocía su verdadero nombre ni paradero, ni siquiera quienes los contrataban. Pero Oliver sabía que Valentina lo había buscado y que nunca dejaría de hacerlo. Quizás no como venganza estrictamente personal, porque ella sabía que para los sicarios las víctimas no suelen ser más que objetivos fríos como números, pero sí como misión ineludible. Valentina y su enfermizo ánimo de lucha contra el crimen, aun sabiendo que el lado oscuro del mundo nunca dejaría de existir. En ella había comenzado a habitar la rabia, la determinación del «golpe por golpe» como fórmula para mantener el equilibrio. Y con aquella oscuridad había comenzado el fin de la esperanza, de la ilusión y de todas las cosas que vale la pena recordar.

—¡Oliver! Vaya... ¿Cómo estás?

—¿Qué...?

Oliver había estado tan ensimismado en sus recuerdos y pensamientos que no se había dado cuenta de quién había entrado por la puerta inmediata al Pórtico de Carruajes del Palacio de la Magdalena. El sargento Riveiro, siempre amable, le seguía hablando, preguntándole qué hacía allí y preocupándose por su salud, extrañado tal vez al observar su aspecto: su moreno cabello tibiamente enmarañado, la palidez de su rostro.

Pero Oliver no lo escuchaba. Oliver la miraba a ella, y Valentina se había quedado quieta, incapaz de moverse. Llevaban prácticamente un mes sin verse y entre ambos viajaban preguntas, dudas y secretos. A él le pareció que estaba más delgada, pero también más fuerte y musculosa. Apenas se le notaba la reciente cicatriz de la mejilla, que iba desde la oreja derecha hasta la barbilla. ¿Y el resto de su cuerpo? ¿Cuántas de sus cicatrices permanecerían para siempre entre los pliegues de su piel?

Valentina sintió cómo un calor intensísimo le subía desde las tripas hasta el pecho, como si una corriente eléctrica hubiese arrasado su arrugado corazón. Allí estaba Oliver Gordon, tan guapo y vital, tan alegre y bromista, y que ahora parecía haber envejecido de repente, como si hubiese sumado muchos años en un solo día y se le hubiese escapado aquella irresistible chispa. ¿Era ella quien le había hecho eso? No, imposible. Al terminar con su relación, ella lo había salvado. Tal vez él aún estuviese en la fase de duelo, de tránsito. Después la olvidaría y viviría una vida completa y feliz. Con una mujer sin recovecos, alejada de la oscuridad, y con un montón de niños poniendo la casa patas arriba.

—¿Estás bien? —Oliver se había levantado y se había acercado a ella—. Me alegro mucho de verte. Te he llamado varias veces estas semanas...

—Ah.

Ella apenas podía hablar, incapaz de dejar de mirarlo.

—Pues... Es que tenemos mucho trabajo. Ya sabes.

—Ya sé.

—Y creo que no debemos... En fin. Ya lo hemos hablado.

Ella tomó aire y se recompuso, buscando desesperadamente volver a su papel de teniente de la Guardia Civil.

—Estamos aquí por lo de la presidenta del club de tenis.

—Claro, claro... —asintió él, fingiendo normalidad y rehaciendo su tono, al que intentó dar firmeza—. Aquí ha estado revolucionado todo el mundo desde esta mañana. Ha venido la prensa, pero los de seguridad no les han dejado pasar.

—¿Y tú, aquí...?

—¿Yo? Ah, llevo toda la semana asistiendo a las jornadas deportivas como traductor —respondió él, con jovialidad impostada y nerviosa—. Hoy ya terminan. De hecho Judith Pombo estuvo aquí a diario, salvo ayer.

Riveiro se mostró interesado e intentó romper la tensión del aire.

—¿Y viste alguna cosa rara? ¿Algo que te llamase la atención?

—¿En la señora Pombo? No sé... —dudó él, desconcertado todavía ante la presencia de Valentina—. Ahora mismo no sabría decirte.

—Si recuerdas alguna cosa y te enteras de algo no dudes en avisarnos, ¿de acuerdo?

—Lo haré... ¿Es verdad que murió estando encerrada en la bodega del barco?

—¿En la bodega? —se extrañó Riveiro—. No, fue en un camarote normal.

—Un asesinato, ¿no? En el periódico de esta mañana dicen que fue un accidente pendiente de esclarecer, pero yo creo que...

Valentina intervino.

—Oliver, comprende que es un asunto confidencial.

—Sí, claro.

—Bien. Pues, en fin...

Ella intentó sonreír, pero solo logró bajar la mirada. De pronto, comenzó a sonar su teléfono móvil y tuvo la excusa para terminar la conversación.

—Ya... Ya nos veremos, Oliver.

Y se despidieron con una sensación extraña, de pérdida y de encuentro, de inquietud. Él por no saber si ya la había perdido definitivamente y ella por la duda. Oliver no tenía buen aspecto. Valentina solo quería que fuese feliz. No, no podía pensarlo más, era solo cuestión de tiempo que él se rehiciese. Ella solo tenía que diluirse en el agua, desdibujarse en el olvido y dejarse ir con la marea, que se llevaría su dolor, su terrible sensación de fracaso y de pérdida. Pero ¿y si lo que ella había hecho después de vivir las consecuencias del tiroteo en La Albericia no había sido más que otra terrible, estúpida y dolorosísima equivocación?

Valentina tomó aire y, tras alejarse de Oliver, dejó que Riveiro se identificase en la entrada mientras ella buscaba un rincón discreto donde poder atender la llamada, que provenía de la Comandancia.

—¿Teniente? Soy Camargo. ¿Puede hablar?

—Sí... Se escucha regular.

—Ah, es que tenemos puesto el manos libres.

—Vale —suspiró ella sin hacer ruido, todavía con el corazón bombeando a mil por hora tras haber visto a Oliver, al que todavía intuía cerca—. Dime, ¿qué pasa?

—Hemos terminado de verificar el historial de todos los de la cena y están limpios, aunque aún estamos esperando información del italiano y los japoneses. La víctima tenía unas cuantas multas de tráfico, nada más.

—Marco Fiore puede tener antecedentes por apuestas ilegales, centraos en esa vía. ¿Habéis averiguado algo de los demás?

—Nada relevante... Margarita, la secretaria, soltera y

sin hijos. Por no tener, no tiene ni coche, y vive de alquiler en un apartamento del centro. El italiano y Rosana Novoa están casados desde hace casi seis años, y ella está forrada, tiene varias propiedades en el Sardinero, todas sin cargas.

—Joder con la señora.

—Sí, no le va mal. A ver... —El cabo pareció revolver papeles—. Basil Rallis, un poco de lo mismo, la verdad. Debe de tener una pequeña fortuna, porque ya solo en la avenida Diagonal de Barcelona es el propietario de un par de pisos sin cargas... Tiene dos hijas ya emancipadas, una vive en Grecia y la otra en Frankfurt, y su mujer parece que se dedica solo a acompañarlo a viajes y a atender fundaciones, obras de caridad y cosas así.

—Solo los ricos pueden entretenerse con actividades tan filantrópicas —murmuró Valentina, sarcástica.

—Supongo... El otro que vive en Barcelona, Pablo Ramos, es más modesto. Está de alquiler cerca de la Federación Española de Tenis... La verdad es que de momento no le hemos encontrado nada raro; sigue empadronado aquí, en Santander, en casa de sus padres.

—Perfecto —suspiró la teniente con cierto hastío—. ¿Y los demás? Si no me has dicho nada es que poca cosa, ¿no?

—Sí —reconoció el cabo—. El presidente de la Confederación de Empresarios, Emilio Rojas... Un piso en el centro con hipoteca, tres hijos y su mujer trabajando de contable, autónoma... Nada de antecedentes, igual que los de la Federación Cántabra de Tenis. Félix Maliaño también está casado y su mujer es profesora en un instituto... ¿Qué más? Ah, sí, este tiene dos hijos adolescentes y una empresa de reciclaje.

—Greenplanet... —se adelantó Valentina, sorprendiéndolo—. ¿Le habéis echado un vistazo?

—Sí. No parece un negocio muy boyante, pero no está en listas de morosidad ni nada parecido. Tiene un local alquilado en El Astillero, pero sin orden del juez no podemos verificar las cuentas bancarias...

—Ya, ya —volvió a atajar la teniente—. ¿Y la chica?

—Victoria Campoamor... Nada, está limpia. Vive todavía con los padres, aunque Torres dice que tiene pareja.

—¡Sí, teniente! —exclamó la guardia, incorporándose a la conversación—. Lo sé porque la conozco, ¡la conozco! No me di cuenta por la mañana, pero la he reconocido, es bibliotecaria en la Menéndez Pelayo, le he devuelto libros justo a ella varias veces, y alguna vez he visto que iba un chico a buscarla. Y, vamos, que se ve que son novios... Que se nota, quiero decir.

—Hostias, Martita... —intervino Sabadelle, por lo que Valentina se los imaginó a todos reunidos alrededor del teléfono—. ¿Y tú qué coño haces tantas horas en la biblioteca?

—Estudiar...

—Quiere ser teniente —añadió con cierto cariño fraternal el cabo Camargo, dejando a Valentina sin saber qué decir.

El subteniente Sabadelle chasqueó la lengua y comenzó a hablar con tono de suficiencia.

—Yo ya tengo lo mío prácticamente hecho... Que no ha sido fácil, ¿eh?, aquí toda la mañana dándole al teléfono sin parar... —Tosió un instante, como si necesitase aclararse la voz—. Teniente, por tener, hasta tengo ya los planos de la puta goleta.

—No me digas —se limitó a contestar Valentina con tono descreído—. Pensaba que esos ya los teníamos gracias a Camargo.

—Ah, joder, claro, pero yo digo los de verdad, los oficiales.

—¿Y son diferentes?

—Eeeh... No, pero ahora sabemos que son los correctos. Y tenemos más información, porque construyeron parte de las piezas en Vinuesa, pero en los ochenta lo unieron todo en el astillero de Lequeitio y más tarde...

—¿Lequeitio? ¿Eso no es el País Vasco?

—Sí, Vizcaya.

—Pues abrevia.

—Yo no sé para qué hace uno el trabajo si después... —farfulló, sin atreverse a decirlo en un tono audible para Valentina—. El caso es que en los planos no se detecta ninguna compuerta ni hueco oculto, y he hablado no solo con el responsable del astillero de Lequeitio, sino con el de Santander donde restauraron el barco este año.

—¿Y?

—Y nada, que los planos de ambos coinciden, que el de *La Giralda* es un camarote normal y corriente, sin salidas secretas ni nada... Que, a ver, que eso es lo lógico y normal, digo yo, que esto no es Harry Potter.

—¿Y el material?

—¿Cómo que el material? ¿Qué le pasa al material? ¿De qué está hecho el barco?

—Exacto.

—Pues de madera, que imita una goleta del XIX; ¡no lo iban a hacer de plástico!

—Madera de pino albar —dijo Alberto Zubizarreta, que hasta ese momento había estado callado—, fresno, elondo y roble. Viene detallado en los planos que nos mandaron por correo electrónico —se justificó, evidenciando con ello que Sabadelle no había hecho él solo el trabajo.

—Total —se apuró el subteniente en explicar—, que es madera y que, por supuesto, puede ser traspasada por multitud de fuerzas y formas, pero según el informe preliminar del SECRIM aquello estaba impoluto y como nuevo, así que nadie reventó nada para entrar ni salir del camarote.

—Vale. El SECRIM iba a regresar esta mañana a la goleta para hacer más pruebas, así que después veremos qué dice Salvador. ¿Has hablado con los de Salvamento Marítimo?

—Sí, y tienen grabaciones de la zona portuaria, pero no han detectado nada. Ni buzos ni nadadores ni barcos que se aproximasen a la puñetera goleta en ningún momento.

—¿De qué zona son las imágenes, solo del Club Marítimo?

—Eeeh... —dudó Sabadelle, que chasqueó la lengua, intentando ganar tiempo para pensar—. Supongo que de toda la zona. Además han sido muy exhaustivos, las medidas de seguridad eran más altas de lo normal por lo del campeonato de vela, y sobre todo estando el rey por aquí.

—Bien... Necesitamos también información del viejo embarcadero Real, que está al lado del faro de la Magdalena, que ahí es donde subieron los invitados; y también del antiguo palacete, porque Judith Pombo accedió allí a la goleta.

—¿En el paseo de Pereda?

—Exacto. De todos modos, que os pasen las imágenes de todo lo que tengan para que podamos revisarlas. En cualquier caso debemos abrir el arco visual... Camargo, por favor, revisad las videocámaras que pueda haber en los tres puntos de embarque: el embarcadero Real en la Magdalena, el Club Marítimo y el palacete en el paseo de Pereda. Rastread las de tráfico, comercios... Y la del propio palacete, que ahora es una sala de exposiciones o algo parecido; tal vez tenga videovigilancia. Necesitamos imágenes desde tierra, y no solo marítimas.

—Pero sin una orden... —comenzó a objetar Camargo.

—Antes de pedir nada necesitamos verificar qué pedir, cabo. —El tono de Valentina fue tajante, aunque de su firmeza no se desprendió ninguna amonestación—. Sabemos que muchas cámaras no graban, y que su objetivo es de mera vigilancia y disuasión. Pero tal vez algún vigilante pueda darnos alguna pista... Poneos con eso, ¿de acuerdo?

—Sí, teniente.

—Y, chicos... —añadió, dirigiéndose de nuevo a Camargo pero incluyendo a Torres y Zubizarreta—. ¿No tenéis nada más de Judith?

—Sí, sí... —se apuró Marta en responder—. Se divorció hace ocho años y el exmarido vive ahora en Maine, Estados Unidos, así que por ahí no vemos ningún vínculo con lo que sucedió anoche. Es profesor de español en la universidad y precisamente estos días ha estado dando conferencias en Washington y están colgadas en las redes, así que creo que podemos cerrar esa vía.

—Bien, ¿y la hermana? Porque Judith vivía con su madre y su hermana Melania.

—Sí, parece que Judith vivía con ellas en su casa de Mataleñas, de la que es la única propietaria... Y la oficina de su negocio de eventos también es suya, la tiene cerca del paseo de Pereda.

—Smart.

—Sí, pero sin orden judicial no tenemos acceso a cuentas ni demás... Por la web y los comentarios en redes sociales se deduce que es un negocio solvente, pero eso no podemos asegurarlo. Judith tenía además otros bienes: un piso en Tenerife y dos apartamentos aquí, en Santander. Hemos hecho un par de llamadas y parece que están alquilados.

—Ningún problema económico, por lo que veo.

—No lo parece.

—Bien, seguid investigando y... Sabadelle, has hecho un gran trabajo.

—Gracias —replicó él al otro lado del teléfono, sonriendo con suficiencia a sus compañeros.

Su gesto se desmontó cuando Valentina continuó hablando.

—Pero hasta que Salvamento Marítimo nos pase las imágenes portuarias, no quiero que te aburras.

—Quién, ¿yo? Pero si yo...

—Tú te vas hasta Mataleñas ahora mismo y te llevas a Torres, quiero que averigüéis todo lo posible sobre la familia de Judith, cómo respiran esa hermana y esa madre, que además me imagino que serán sus herederas universales. Necesitamos saber a quién beneficia la muerte de Judith. Yo todavía tengo que interrogar aquí a los de la Federación Cántabra de Tenis.

—Pero no puedo, si estoy con lo de las imágenes de Salvamento Marítimo y...

—De eso se encargan ya Camargo y Zubizarreta.

—Teniente, con todos mis respetos, yo...

—No me jodas, Sabadelle, que no estoy para historias. Sin peros. Y atentos a los cambios.

—¿Qué... qué cambios?

—Los que hubiese en la vida de Judith en los últimos tiempos. Tal vez lo que le sucedió se viniese fraguando desde hace mucho, pero quizás haya un punto de inflexión que nos haga mirar hacia el lado correcto. Alguna nueva actividad de ocio que realizase, el reencuentro de alguna vieja amistad, un cambio de rutina, lo que sea. En su familia tendréis la mejor fuente de información.

Valentina se despidió de sus compañeros y tras colgar el teléfono respiró profundamente. Aquel caso, sin duda, la intrigaba y la llevaba a caminar hacia delante, a investigar. Pero el suyo era también un trabajo extraño. ¿Y si no lograba encontrar al asesino? ¿Qué pasaría? Nada en absoluto. De hecho, a nadie parecía importarle realmente que hubiese muerto Judith. ¿Tan odiosa sería aquella mujer? ¿No era dramática la vida, de la que te podías marchar sin que a nadie le importase?

Valentina intentó sacudirse la tristeza y alzó su brillante mirada, encontrándose con los enormes espacios del Palacio de la Magdalena, y no pudo dejar de sentir un calor nervioso dentro de su cuerpo. Oliver estaba allí, en el mismo edificio, y sintió que si volvía a mirarlo a los ojos él sabría que ella, en sueños, sobrevolaba los tejados para contemplarlo en soledad.

Victoria Campoamor sabía que, en el otoño de 1937, la ciudad de Santander había llegado a ser el presidio más grande del mundo, con más de cincuenta mil personas en campos de internamiento y en otras muchas instalaciones utilizadas como edificios carcelarios. Su abuela Matilde se había encargado de recordárselo desde niña, relatándole cómo a ella la habían metido en la cárcel cuando apenas era todavía una adolescente. Uno al que llamaban «el Domador» llevaba una fusta en la mano y a ella y a otras las obligaba a obedecer y, a veces, a alguna cosa más. Eran republicanas, de las Juventudes Libertarias, y su abuela sabía que ya habían fusilado a algunas de sus compañeras en el muro del cementerio de Ciriego, por lo que, a pesar de su juventud, había soportado todas las humillaciones con estoicidad, incluso cuando la habían obligado a beber aceite de ricino.

Aunque hacía ya tiempo que la abuela Matilde había fallecido, aquellas historias y discursos habían hecho que en Victoria anidase un espíritu libertario y rebelde, para el que ningún signo de autoridad debía ser respetado si antes no había hecho méritos para ello. En su trabajo como bibliotecaria en la Menéndez Pelayo de Santander había tenido acceso a todo tipo de documentación y artículos sobre la República, la mujer y sus derechos. ¿No era una feliz casualidad que ella misma se apellidase como la abogada del Partido Republicano Radical que había logrado el voto femenino en diciembre de 1931?

¡Cuántas más cosas había que cambiar! El clasismo, la rancia burguesía... Y ahora allí estaba, en la antigua sala de audiencias de la reina del Palacio de la Magdalena, dando explicaciones a dos guardias civiles rarísimos. Uno se había presentado como sargento Riveiro; era bastante alto y bien parecido, aunque quizás rozase ya los cincuenta años. Le había resultado desquiciante que anotase casi todo lo que ella decía en una minúscula libretita, siempre con el gesto sereno e imperturbable. Y luego estaba ella; si no recordaba mal, se había presentado como teniente. Era delgada pero parecía fuerte, y caminaba casi a paso marcial. Sin embargo, no era masculina. Su femineidad viajaba en sus movimientos y en su mirada gatuna, que era dura y escrutadora. Y aquellos ojos. El izquierdo, negro como la noche, y el otro, del verde más bonito que había visto en su vida. Una suave cicatriz bajaba desde su oreja derecha hasta casi la barbilla, siguiendo el camino lineal del borde de la mandíbula. A pesar de aquellas particularidades, la teniente Redondo era un extraño y bello animal al que era difícil dejar de admirar.

—¿Mira algo en particular?

Valentina se lo había preguntado sin inmutarse, con una frialdad casi hiriente, pero Victoria sabía que la había cazado observándola y sin atender a sus preguntas.

—No, no, perdone. Es que no sé por qué insisten tanto en mis posibles problemas con Judith. Imagino que ha sido Margarita quien les habrá dicho que yo... En fin, es cierto que discutimos por lo de la presidencia de honor del club, que no veo por qué tiene que ser del rey, pero tampoco era un tema tan relevante. En Santander hasta el Club Marítimo tiene de presidente de honor a Alfonso de Borbón. ¿Se lo creen? Increíble, ¿verdad? Pues condes y duques como socios de honor...

—¿Tanto le molesta? Son títulos simbólicos.

—En efecto. Simbolizan el estatus indebido por derecho de vagina, y no el verdadero honor de ser alguien por sí mismo.

—Derecho de vagina... —murmuró sonriendo Valentina y mirando de reojo a Riveiro. Le caía bien aquella chica—. ¿Y no es cierto que usted quería eliminar esos... *símbolos* en el club de tenis? Supongo que no contaría con la aceptación de la señora Pombo.

—¿Judith? Oh, no. Ella era de ideas fijas y desde luego conservadoras. Y sí, discutimos el asunto muchas veces, especialmente en los últimos tiempos, porque una cosa es la tradición y otra, los homenajes que no vienen a cuento.

—¿A qué se refiere?

—Al dichoso barco... Por Dios, ¿cómo se le ocurrió llamarle *La Giralda*? ¡*La Giralda*! —La joven dudó un segundo mirando alternativamente a Valentina y a Riveiro—. Oh... ¡Ya veo que no se habían dado cuenta! ¿Saben por qué ella decidió llamar así a la goleta? ¡En homenaje a Alfonso XIII! Era el nombre de su barco antes de tener el yate real. Pero vamos, no iba yo por eso a matar a Judith, no vayan por ahí. ¡Si ni siquiera pertenezco al club!

—¿No?

—No. Mi familia no es de clubs —añadió, con tono despectivo—, sino de polideportivo municipal. Trabajo como vocal en la Federación de Tenis sin cobrar un euro, solo me interesa promover el deporte y fomentar su vertiente femenina.

—Ya veo.

—¿Sí? ¿Y qué ve? Republicana y feminista, eso es lo que ha pensado, ¿verdad? Pues sepa que la única forma de hacer accesible la libertad a todos es caminar dentro de ella.

—Ah... —Valentina lo meditó unos segundos—. Y hacerlo con las ideas de Humboldt, por lo que veo.

—¿Qué?

Victoria no pudo disimular su asombro. Aquella teniente, desde luego, era algo más que un extraño animal militar. En efecto, lo de caminar dentro de la libertad como única vía para evadir el sometimiento provenía de

Humboldt, y el concepto lo había utilizado Clara Campoamor en su discurso en las Cortes para lograr el voto femenino; aquel posicionamiento había sido particularmente interesante, porque hasta entonces la mujer, aunque fuese políticamente elegible, carecía de derecho de voto. La joven se revolvió en su asiento.

—Mire, teniente, yo no sé adónde quieren ir a parar. Ya les he contado hasta dos veces todo lo que sucedió anoche. Mi tío Félix y yo fuimos los últimos en bajar al salón de *La Giralda*, y le aseguro que solo estábamos rodeados de mar. No tengo ni idea de cómo pudo morir Judith, y desde luego no tengo nada que ver, por mucho que ella y yo tuviésemos *desacuerdos* en algunos aspectos.

—¿Alguno más, aparte de la monarquía y la república?

Victoria acomodó con un gesto su salvaje e hipnótica melena e hizo caso omiso al suave sarcasmo de la teniente. Tomó aire y volvió a hablar con resolución.

—Pues mire, creo que Judith, dado su puesto en la ITF, debería haber apoyado más el papel de la mujer en el tenis.

—Vaya. ¿De alguna forma en concreto?

Victoria Campoamor negó frunciendo los labios y con gesto suspicaz.

—Ya sé qué pretende.

Valentina se la quedó mirando sin decir nada, con una expresión inalterable que Victoria no supo descifrar.

—Usted lo que quiere es que me autoincrimine en lo que le pasó a Judith, pero le juro que no tengo nada que ver. De hecho, no tengo ni idea de lo que le sucedió, y sigo dándole vueltas a cómo pudo morir si estaba sola en aquel camarote.

—Alguien la apuñaló en el corazón.

—¿Qué? —La joven no ocultó su sorpresa ante la revelación—. Pero, pero... ¿Apuñalada? Tenía una pequeña mancha de sangre en el pecho, es verdad, pero yo estaba allí y vi cómo prácticamente echaron la puerta abajo para poder entrar... Le digo que Judith estaba tumbada en aquella cama con los ojos tan horriblemente abiertos como si hubiese visto al diablo, pero estaba completamente sola, ¿entiende? ¡Estaba sola! Y cuando gritó los demás estábamos todos en el salón, ¿quién demonios iba a apuñalarla?

—Eso es lo que estamos intentando averiguar, señorita Campoamor.

—Y por eso quieren saber si yo tenía algún motivo para matarla. Pues mire, no. ¿Qué quiere que le diga, que me caía bien Judith? Lo cierto es que me parecía una mujer soberbia, clasista y prepotente, y no me da ninguna pena que se haya muerto, aunque tampoco me alegre por ello.

«Un poco de sinceridad, para variar», pensó Redondo.

—Antes nos dijo que Judith debería haber apoyado más el papel de la mujer en el tenis. ¿Puede concretar esa observación?

—Ah, es algo sabido por todos... Judith supervisaba, como miembro de la ITF, el comité de la Fed Cup...

—¿Qué es eso? —preguntó Riveiro, que anotó el dato en su libreta sin alzar la mirada a la testigo.

—Es algo así como la Copa Davis pero en femenino, una competición mundial de tenis en la que hoy día participan casi cien naciones.

—Pero si Judith lo supervisaba podemos entender que apoyaba el deporte femenino —apuntó Valentina, interesada.

—No lo suficiente. ¿Sabe cuál fue el presupuesto para la última competición mundial masculina? Veintitrés millones de euros. Adivinen cuánto se dedicó a la femenina.

La joven miró primero a Valentina y luego a Riveiro, como si esperase a que apostasen una cantidad, aunque se limitaron a mirarse el uno al otro sin decir nada, volviendo a posar la atención sobre ella.

—¡Siete millones y medio de euros! ¿Se dan cuenta? Menos de la tercera parte de lo presupuestado para los hombres. ¡No me digan que no es inadmisible! Pero Judith no hacía nada, aceptaba la situación establecida, sin más.

Valentina asintió sin pronunciarse. En realidad, no reflexionaba sobre las desigualdades salariales del mundo del tenis, sino sobre su caso de homicidio. Tal vez Judith, desde su puesto en la ITF, hubiera podido ayudar a mejorar el posicionamiento femenino en el tenis, pero que no lo hiciese tampoco debería haber supuesto un motivo para matarla. Eran instituciones demasiado grandes e importantes como para que una sola persona tuviese tanto poder de decisión, como para que su influencia decantase radicalmente el futuro por un camino u otro. No, aquellas desavenencias no podían haber provocado que la joven Victoria Campoamor idease un plan para matar a Judith.

Tal vez ella misma y Riveiro estaban pensando en grande, y tenían que hacerlo en pequeño, volviendo a lo básico. ¿Quiénes eran los principales e inmediatos beneficiarios de aquella muerte? Presumiblemente, la familia. De forma secundaria, y a más largo plazo, los asistentes a la cena en la goleta. Margarita, mejorando de puesto en el club y librándose de una mujer que, al parecer, la humillaba en público con alarmante naturalidad. Un supuesto error organizativo de aquella solterona, de hecho, había sido el motivo de cenar en la goleta y no en tierra firme. Basil, Pablo y Victoria obtendrían tal vez con el deceso algunos pequeños logros en sus respectivos campos tenísticos, aunque la muerte de Judith no aseguraba en ningún caso sus objetivos.

Marco Fiore y Rosana Novoa, sin embargo, sí despertaban sus sospechas de forma más marcada. Tal vez Judith había descubierto apuestas deportivas ilegales de

Marco en su fugaz viaje a la ITF de Londres, y él había ideado cómo matarla la misma noche de su regreso. O quizás Rosana había averiguado que ambos mantenían una relación y la había asesinado por despecho.

Todos podían tener algún motivo, más o menos endeble, más o menos razonable. Pero ¿cómo podía cualquiera de ellos haber matado a Judith, encerrada en aquel camarote? Solo se le ocurría que todos fuesen cómplices, pero para aquella posibilidad tendrían que haberse puesto de acuerdo no solo los invitados a la goleta, sino también toda la tripulación. Algo improbable y prácticamente imposible. Demasiadas personas, que ni siquiera se soportaban, coordinándose para llevar a cabo un asesinato en mitad del mar.

Valentina observó cómo Victoria Campoamor se ponía en pie y les solicitaba permiso para despedirse, al tener que participar en otra ponencia. La vio marcharse con su paso coqueto y resuelto, mientras su cabello rebelde bailaba por los pasillos del Palacio de la Magdalena con el vaivén despreocupado que, desde luego, nadie podría imaginarse en una asesina.

Victoria Campoamor

Judith Pombo no sabía que iba a morir en solo un par de meses, y observaba con actitud indolente a la joven Victoria, que se había presentado en su despacho del club con su indomable cabello suelto y con una ropa sencilla de aire bohemio. Ella, en cambio, vestía su acostumbrado atuendo ejecutivo, ajustado y provocativo, como si siempre estuviese preparada para asistir a un elegante cóctel.

—Dime, querida, ¿para qué me has pedido esta cita? Tengo un montón de trabajo.

—Solo quería saber qué medidas va a adoptar la ITF en las próximas reuniones en cuanto al tenis femenino.

—¡Ya estamos con lo de siempre! ¿Quién te crees que eres, Billie Jean King? Ah, no me digas que también eres lesbiana —añadió, con una mirada maliciosa y llena de lascivia.

Victoria no hizo caso a la provocación.

—Billie Jean, al menos, logró la igualdad salarial en el Abierto de Estados Unidos. La lucha por la igualdad de género merece que...

—Bah —negó Judith, restando importancia con un gesto de su mano y acomodándose en el respaldo de su silla; cruzó las piernas y apoyó el rostro en su mano derecha, haciendo que su perfecta manicura destacase de forma particular y adoptando una posición falsamente reflexiva—. Los tiempos cambian, pero los motivos siempre son los mismos, y sigue siendo el dinero el que mueve el mundo. Si los hombres venden más entradas, cobran más. Pasa lo mismo en el fútbol y en el baloncesto, ¿qué quieres que haga yo?

—¿Que qué quiero? Promover unas políticas más integradoras, hablar con más patrocinadores, llegar a acuerdos con los medios de comunicación para que...

—¿Y qué crees que estamos haciendo, cachorrito? —le preguntó con condescendencia, interrumpiéndola—. Hace dos años la Fed Cup tuvo un presupuesto de menos de cuatro millones de euros, y el año pasado ya llegó a siete y medio.

—No es suficiente. Los hombres compitieron por más de veinte millones.

—Ah, ¡poco a poco, querida! Además, verlos jugar a ellos es mucho más interesante que veros a vosotras, ¿para qué vamos a negarlo?

—No sé cómo puedes... —negó Victoria, enfadada—. Ahora también se han inventado la Laver Cup y, qué casualidad, solo para competición masculina. Con tu posición podrías promover cambios que...

—¡Mi posición! Ahí está la clave, en mi posición. ¿Sabes cómo la he logrado, niña? —preguntó, abandonando ya cualquier atisbo de burla en su rostro—. ¡Trabajando! Ni discriminación positiva, ni facilidades ni favoritismos de ninguna clase, ¿entiendes? Las feministas habláis mucho, pero hacéis poco.

De pronto las interrumpió Margarita, que entró en el despacho sin llamar.

—Ah, perdón, no sabía que estabas reunida. Solo venía a dejarte los contratos de la tripulación de *La Giralda*.

—Tranquila, si Victoria y yo ya estábamos terminando —aseveró Judith con una amplia sonrisa, que mostraba una dentadura perfecta—, ¿verdad, querida?

—¿Cómo que *La Giralda*? —La joven no daba crédito—. ¿A la goleta la vais a llamar como al barco de Alfonso XIII?

Judith la miró con un sensible gesto de admiración.

—Vaya, ¡qué agradable sensación estar con alguien que se da cuenta! ¿Has visto, Margarita? Tú pensabas que era en honor de la torre de Sevilla, pobrecita.

—Judith, no entiendo por qué has escogido ese nombre.

Victoria no disimulaba ni su enfado ni su asombro, mientras Margarita apretaba los labios y se sonrojaba al haber quedado en evidencia.

—Este club debiera acercarse más a la sociedad común, a la gente de la ciudad, y no homenajear constantemente a la realeza.

Judith Pombo fingió preocupación, llevándose la mano a los labios cuidadosamente pintados de rojo, pero sin llegar a tocarlos. Después, suspiró con gesto de aburrimiento.

—¡La realeza! Deberías dar las gracias por su existencia. Nos ofrece permanencia y estabilidad, que es algo que no podría garantizar un jefe de Estado electo... ¿No ves que es una figura neutral necesaria?

—Es una institución anacrónica, antidemocrática, de ética cuestionable y de...

—Tienes razón —la interrumpió Judith, levantándose y acercándose a ella, logrando con el gesto que su carísimo perfume se posase sobre Victoria.

—¿Qué?

—Que tienes razón —aseguró, con aparente franqueza—.

La monarquía es antidemocrática y anticuada, pero ¿sabes qué pasa, cachorrito? Que funciona. La tienen en los países más avanzados del mundo, que por cierto son los menos corruptos del planeta; Suecia, Japón, Bélgica, Noruega, Reino Un...

—¡Qué absurdo!

Victoria la interrumpió poniéndose a su vez frente a ella, mientras Margarita las miraba a ambas con la boca abierta.

—¿Y el dinero que nos cuesta? —continuó la joven—. ¡Tenemos el equipo de relaciones públicas más caro de la historia!

—Ah, cachorrito...

—¡Deja de llamarme así!

—Si es que me das pena, querida, con todas esas ridículas ideas en tu linda cabecita —le dijo, recuperando el tono malicioso—. ¿Acaso no sabes que la monarquía española es la más barata de Europa? ¿Cuánto crees que costaría mantener el patrimonio nacional si hubiese una república? Y no sé si has analizado la calidad de los políticos en los últimos tiempos... ¿Quién crees que cuando llegue el caos será el que mantenga la cordura y la independencia política?

Por un instante, Victoria pareció dudar, aunque recuperó la firmeza en solo un par de segundos.

—Aunque eso fuese cierto, la soberanía debe residir en el pueblo, no en individuos por su simple línea familiar.

—Qué pena que una chica tan guapa esté tan ciega.

Judith suspiró y entornó los ojos.

—¿Acaso crees que el Ayuntamiento de Santander le regaló el Palacio de la Magdalena al rey porque el pueblo fuese monárquico? Claro que no. Hasta los periódicos republicanos de principios de siglo reconocieron la necesidad del gesto por pura conveniencia. ¿O crees acaso que habrían sido construidas las mismas avenidas que tú aún puedes disfrutar si los reyes no hubiesen veraneado aquí durante casi dos décadas?

—No niego su conveniencia en determinado momento, pero estamos en pleno siglo XXI, y tenemos otras muchas necesidades como para que el Estado invierta en...

—¿En qué? ¿En infraestructuras, en arquitectura de calidad? Qué estúpida eres, niña. Sin los reyes ni siquiera habrían instalado aquí hace cien años el club de tenis. Y cada vez que hay competiciones de vela y viene el rey a la ciudad, ¿tienes idea del impacto hostelero que eso supone?... Pero, en fin, no hay nada que hacer contra los cachorros aleccionados desde la cuna, está visto. Oh, perdón por lo de cachorro —añadió, frunciendo los labios y simulando disgusto—. Pero de todos modos no veo a cuento de qué tanto drama, si tú ni siquiera perteneces a este club.

—Pero este club sí pertenece a la Federación Cántabra de Tenis.

—¿Y? ¿Nos vais a decir ahora cómo tenemos que trabajar, después de un siglo de funcionamiento? Ah, por favor, mírate... Esa falsa pinta de hippie que llevas, tú, que eres tan comunista y solidaria. ¿Dónde han cosido esa ropa unas pobres niñas, en Bangladesh? No eres más que otra hipócrita.

—¿Yo? ¿Qué tiene que ver lo que lleve puesto con el club? —Victoria estaba atónita y se sentía realmente violenta—. ¡No eres más que una manipuladora!

—Y tú una hipócrita —insistió Judith casi con desgana, como si de pronto le aburriese la visión de la joven—. Este club puede tener de socio de honor a quien le plazca y cobrar la cuota que quiera, y no por eso será políticamente reprobable. Ah, no, ¡espera! Que todos aquí van engominados, son burgueses de derechas y llevan bigote y trajes caros... A ver...

Judith se aproximó a la ventana de su despacho y señaló hacia las pistas.

—¿Has visto?

—No sé qué quieres que mire, Judith.

—A las personas, Victoria, ¡a las personas! —insistió, mostrando grupos de deportistas en chándal y con actitud despreocupada cerca de las pistas—. ¿Es posible que haya algún fascista por aquí? Hum, es posible. En tu polideportivo de mierda también, ¿sabes? Aquí la gente paga una cuota sabiendo que no todo el mundo puede hacerlo, sí, pero es un filtro basado en el poder adquisitivo que también hay en colegios, restaurantes y hoteles. Ahí no te parece tan raro, ¿verdad? El que puede siempre intenta seleccionar un poco al de la mesa de al lado, aunque nadie pueda asegurarle que no sea un cabrón hijo de la gran puta, tenga dinero o no.

—No entiendo a cuento de qué viene que ahora...

—¿No lo entiendes? —Judith se había puesto seria—. Pues otra vez, antes de venir a tocarme los ovarios con el presidente de honor o con lo que hago o no hago por las mujeres en la ITF, mejor te lo piensas; lo meditas un poquito, ¿eh, guapa?

De pronto, Judith respiró profundamente y esbozó una amplia sonrisa.

—En fin, querida Victoria, si no te importa ya nos hemos entretenido bastante y tengo muchísimo trabajo...

Y Judith Pombo terminó por despedir a Victoria con otro par de frases falsamente amables, sin que la joven supiese muy bien cómo habían acabado hablando de la monarquía, cuando ella solo había pretendido hacer una consulta sobre el ámbito deportivo femenino. ¡Qué mujer tan odiosa era Judith Pombo! Aquella ropa, aquellos aires de superioridad. Victoria había salido de aquel despacho realmente molesta, y cuando abandonó el club deportivo no pudo dejar de pensar que el mundo sería mucho mejor con algunas personas bajo tierra.

Bip, bip, bip.

«¿Y ahora quién demonios es?», se preguntó Valentina, mirando su teléfono móvil. Enseguida le cambió el gesto al ver que la llamaba el jefe del Servicio de Criminalística, Lorenzo Salvador.

—¿Valentina?

—Dime, Salvador. ¿Ya habéis terminado?

—Sí, hace unos minutos. Hemos hecho un diagnóstico estructural completo de la goleta, y te puedo asegurar que en ese camarote no hay ni entradas ocultas ni huecos invisibles.

—¿Seguro? ¿Podemos certificarlo al cien por cien? En un rato tendré que hablar de nuevo con Caruso y...

—Sí, ya me imagino —se anticipó él—, pero no hay duda. Hemos hecho una radiografía estructural de tres dimensiones mediante un escáner HiHi X-Radar P51000, que tiene una tecnología GPR...

—¿GP qué?

—*Ground Penetrating Radar*, que permite detectar absolutamente todo lo no apreciable a simple vista, generando imágenes a escala con vista superior y trasversal, de modo que sabemos la profundidad a la que está cada elemento y su posición, y te aseguro que ahí solo había clavos, aislantes y tablones bien gruesos de madera, sin orificios, ni puertas ni cavidades ocultas.

—¡Vaya!

—Sí, la verdad es que esta tecnología es cojonuda. Hemos utilizado también un dispositivo de tecnología 3D portátil, para explorar más profundamente todas las estructuras existentes, así que en un par de días tendremos la topografía digital completa de la goleta, pero ya te aseguro que no hay nada, que es un barco normal.

—Esto complica el caso, porque que hubiera algún mecanismo oculto de entrada y salida era lo único que podía explicar que hubiesen apuñalado a una mujer encerrada ahí dentro sin que ahora quedase rastro del arma ni del asesino.

Valentina sintió cómo Salvador, al otro lado de la línea, carraspeaba suavemente.

—Ya... Pues te daré otra información que no sé si va a empeorar el asunto.

—A ver.

—Me acaban de llamar del laboratorio y ya tenemos el contraste de las huellas que tomamos anoche, tanto del camarote como de la tripulación y los invitados.

—Pues suéltalo, que la cosa difícilmente puede empeorar.

Valentina resopló, esperando cualquier resultado extravagante que enredase todavía más aquel caso imposible. El jefe del SECRIM sonrió al otro lado de la línea, aliviado en cierto modo por no ser él mismo el responsable de aquella investigación.

—Hemos detectado huellas de la propia víctima, todas cerca de la cama donde fue encontrada.

—O sea —dedujo Valentina, tras un segundo de silencio—, que no llegó al servicio.

—No lo parece.

—Pues se supone que esa era su intención inicial al encerrarse en el camarote, ir al baño... Sin embargo, entró, se cerró por dentro, se quedó ahí sola unos diez minutos y luego gritó, para morir prácticamente al instante... ¿No hay huellas de nadie más?

—Solo de la tripulación, en este caso del capitán y del primer oficial.

—Alan Alonso y Timoteo Comesaña.

—Sí. Hay más rastros, por supuesto, pero de nadie que estuviese anoche en la goleta.

—Es factible que haya huellas de esos dos, del capitán y el oficial... —razonó Valentina—. Era su barco y fueron ellos quienes registraron el compartimento cuando encontraron a Judith. ¿De los de la cocina y de Mikaël, el jefe de máquinas, nada?

—Nada en absoluto. Al menos no en el camarote ni en la puerta. El jefe de máquinas ni la tocó con las manos al reventarla.

—Tal vez... Tal vez quien asesinó a Judith se había puesto guantes.

—Es posible.

—¿Y el ojo de buey?

—¿El ventanuco pequeño?

—Ese. ¿Ahí tampoco había huellas de Judith?

—No, ni siquiera del capitán ni del primer oficial. Había algunas huellas, pero no parecían recientes, y desde luego no pertenecían a nadie de nuestra lista.

—Entonces es verdad, Judith murió apuñalada en una habitación completamente cerrada por dentro, puerta y ventana. ¿Cómo es posible?

—Eso, querida teniente Redondo, es lo que tú tendrás que averiguar.

7

> Dijo que era el caso más sorprendente e increíble que se le había presentado desde que presidía aquel tribunal. Una mujer había muerto (y podía descartarse la idea del suicidio o del accidente) en el aire, en un espacio reducido y cerrado. No podía pensarse que el autor del crimen fuera una persona situada en el exterior del aeroplano. El asesino había de ser necesariamente uno de los testigos que acababa de escuchar.
>
> AGATHA CHRISTIE,
> *Muerte en las nubes* (1935)

Clara Múgica estaba ahora en su despacho, que se encontraba en el edificio donde se ubicaban los juzgados de Santander. Era una habitación muy amplia, con grandes ventanales que daban a un breve campo de césped semiinterior. La forense era incapaz de concentrarse en los informes que tenía que preparar, y su mirada se escabullía de su ordenador hacia la gran mesa de juntas color haya que tenía enfrente, para terminar perdiéndose en las sencillas vistas del exterior. Había algo en la autopsia que había hecho aquella mañana que se le escapaba. En el cuerpo de Judith Pombo existía una evidencia indeterminada que su mente se empeñaba en asociar a algún tipo de información que no acababa de ubicar. ¿Dónde demonios habría visto ella algo parecido?

Y además, estaba el arma. Le fastidiaba terriblemente no haber podido ser más concisa en cuanto al arma blanca que se había utilizado para matar a la víctima. Y en aquello tenía una amplia experiencia, porque en la sala de autopsias era mucho más frecuente encontrar heridas causadas por cuchillos que por armas de fuego. Con Judith Pombo habían utilizado un instrumento punzante en forma de uve... ¿Qué sería? Lo más parecido que se le ocurría era un estilete, que era una daga con una hoja larga y aguda que permitía una penetración muy profunda. Sin embargo, no era un arma muy usual, sino más propia de la Alta Edad Media, cuando se la llamaba *misericorde* por ser muy frecuentemente utilizada para rematar a los caídos en batalla. Clara se frotó los ojos, y sintió cómo su curiosidad vencía a su cansancio. Buscó *estilete* en internet, y en tiempos más recientes solo pudo encontrar un instrumento similar en la primera guerra mundial, utilizado como arma de trinchera para combates cuerpo a cuerpo, pero aquella especie de daga era más gruesa y ancha. No, aquello no podía ser. ¿Habrían matado a Judith Pombo con un arma del Medievo, dándole una última misericordia?

Bip, bip, bip.

La forense miró sin especial interés la pantalla de su teléfono móvil. Lucas, su marido, estaba trabajando a aquellas horas, pues ejercía de médico en un centro de salud de la ciudad, y desde luego, con la cantidad de pacientes que tenía, no esperaba que dispusiese ni de un minuto libre para llamarla. Y no, no era él, sino Oliver Gordon. El joven y encantador Oliver, al que la unían vínculos familiares que había descubierto muy recientemente, y al que trataba de forma protectora y maternal. Los duros acontecimientos de los últimos meses los habían unido todavía más.

—¡Oliver! Qué bien que me llames, hacía ya días que no sabía de ti, y te dejé recado en Villa Marina para que...

—Ella está aquí.

—¿Qué? ¿Ella? ¿Ella quién...?

—Valentina. Está aquí, en el Palacio de la Magdalena.

—¿Y qué rayos haces tú en la Magdalena?

—Llevo toda la semana, de traductor en unas jornadas de tenis.

—Ah. De tenis...

A Clara le llevó solo medio segundo entender por qué Valentina debía de estar allí, teniendo en cuenta que Judith Pombo era la presidenta del Club de la Bahía. Sin duda, debía de hallarse inmersa en las investigaciones del caso de homicidio en el que ella misma se encontraba pensando justo antes de que Oliver la llamase.

—¿Y la has visto? Perdona... Claro que la has visto, quiero decir, ¿habéis hablado?

—Sí, aunque solo un momento.

—¡Fantástico! —replicó la forense, emocionada—. ¿Y qué tal, qué tal?

—Distante. Ya sabes. Pero he tenido la sensación de que... No sé, de que todavía es posible, ¿entiendes? De que le ha emocionado verme.

—Sabes que ella te quiere. De lo contrario no habría... En fin, ya lo hemos hablado muchas veces. Pero si Valentina se mantiene en sus ideas, no veo cómo vas a hacerla cambiar de parecer, Oliver. Ella es muy fuerte... Y muy lista. Hoy hasta se las ha ingeniado para evitarme en un caso de homicidio.

—Entonces no es tan fuerte.

—¿Cómo?

—Si evita hablar contigo es que sabe que sus argumentos no son tan buenos y que la vas a debilitar.

—Ah, Oliver... Yo ya no sé si incluso ella tiene razón, si es mejor este respiro para que cada uno busque su propio camino, ¡el shock ha sido tan fuerte! Si volvieseis a estar juntos, vuestras vidas probablemente no serían nunca como antes.

—Es que yo no necesito que sean como antes, Clara. Lo que sucedió también tuvo que ver conmigo, te recuerdo que también fue mi hijo el que murió.

—Lo sé, Oliver, perdona... —La forense se maldijo por su falta de delicadeza—. Es que ya no sé si Valentina tiene razón, ¿comprendes? Tal vez sí necesitáis pasar página.

—No puedo creer que digas eso. No pienso abandonarla, aunque ella se empeñe.

—Yo no he dicho que...

—Tengo que colgar —zanjó él de forma abrupta, visiblemente enfadado—. Ya hablaremos.

Y Oliver cortó la comunicación, dejando a Clara Múgica con la sensación de haberle fallado, aunque su misión no era decirle al joven inglés lo que deseaba escuchar, sino lo que ella pensaba realmente. El sacrificio que había hecho Valentina era inusual, pero estaba cargado de lógica. Una manzana estropeada podía pudrir el resto de la fruta de un cesto. Y Valentina se había roto, sabiendo con certeza que su compañía ya no podía aportar luz a nadie. Que, de hecho, su propia oscuridad podía ser expansiva, ruinosa y demoledora. Su dolor era suyo y no quería compartirlo. Sabía que podía convertirse en un ser amargado y gris, pero si lo hacía debía estar sola y no arrastrar a nadie en su naufragio. Y nadie podía obligarla a ir por un camino que ella no deseara. Por mucho que Oliver se obcecase, ¿quién podría domar el espíritu de aquella teniente hermética, de inusual y extraño coraje?

Tras caminar por un largo pasillo de la planta baja del Palacio de la Magdalena se llegaba a una pequeña sala llena de sillones y sofás de primeros del siglo xx, que funcionaba como antesala y distribuidor. A su derecha, daba acceso a la antigua sala de audiencias del rey; a la izquierda, a la de la reina. En la práctica, y durante los cursos universitarios de verano, aquellos despachos eran utilizados respectivamente por el rector y por su secretaria, pero ahora el viejo recibidor de visitas de la reina estaba haciendo las funciones de discreto cuarto de interrogatorios para que Valentina Redondo y el sargento Jacobo Riveiro tomasen manifestación, tal y como ya habían hecho con Victoria Campoamor, a su tío Félix Maliaño, presidente de la Federación Cántabra de Tenis.

—De verdad que no sé qué más puedo contarles —se excusó el hombre acariciando su tripa.

Estaba sentado en un sofá tapizado con finas rayas verticales, de estilo rococó.

—Ya les he detallado todo dos veces, sin contar la de anoche a sus compañeros... Lo que ha sucedido es una desgracia, pero me temo que no les puedo ayudar —concluyó, encogiéndose de hombros y mostrándoles una sonrisa bonachona.

Valentina pensó que, si aquel hombre tenía algo que ver con el homicidio de Judith, desde luego era un actor excelente, porque irradiaba franqueza y cercanía en cada uno de sus movimientos.

—Señor Maliaño, dígame... ¿Quién cree que podría tener razones para matar a Judith?

—¿Matar? Mire, teniente, yo no lo sé... ¿Seguro que la han matado? ¿No será un accidente? Mire que estaba ella sola en el camarote, ya se lo dije.

—Fue apuñalada.

—¿Qué? No, no... ¡Imposible!

El hombre pareció asombradísimo; se levantó negando con gestos de su cabeza, incrédulo, y paseó hasta el gran ventanal, desde el que se veía parte del verde y colorido jardín de la Magdalena, que hacía contraste con el azul indómito del mar Cantábrico; la ventana se ofrecía, realmente, como el marco de un cuadro que mostraba el horizonte infinito.

—Ella... Ella gritó, ya se lo expliqué. Luego soltó aquel «No» tremendo, como si se le fuese la fuerza, ¿sabe?

—¿Y está seguro de que era su voz? —intervino Riveiro, interesado.

—No se lo podría asegurar, pero creo que sí. El tono de Judith era un poco ronco, tenía la voz grave... Sí, me pareció que era ella —concluyó.

—Pero no podría asegurarlo —tanteó Valentina.

—No, supongo que no podría.

—Bien... Entonces, ¿no se figura quién podría tener problemas con Judith? Supongo que usted la conocía desde hace tiempo.

—Oh, sí, desde hace años.

Félix Maliaño, como si sufriese un tic del que no se daba cuenta, volvió a acariciarse la tripa mientras rebuscaba en su memoria.

—Y créanme si les digo que Judith no caía bien a todo el mundo, pero yo admiraba sus logros profesionales y desde luego la respetaba.

—¿Y su sobrina?

—Quién, ¿Victoria?

—Sí, Victoria. Tengo entendido que tenía algunos... —Valentina simuló intentar ser delicada, aunque impostó conscientemente cierto dramatismo en sus palabras—. Digamos que tenía algunos *desacuerdos* con Judith. Sobre el apoyo de la ITF al deporte femenino y sobre los símbolos monárquicos del club.

—Ah, ¡eso! —Félix negó, restándole importancia, con la mano—. ¿No ven que Victoria es una niña? Ve clasismo en todas partes, y han existido clubs y asociaciones toda la vida... El hombre es un ser social y busca a sus semejantes, siempre será así. Ahora también hay manifestaciones antimonárquicas por la ciudad, que ya es lo que faltaba...

—¿Sí? No me diga.

—Poca cosa, cuatro okupas y perroflautas que no tienen nada más que hacer, ya sabe, y como ha venido el rey... Ya le digo yo que si llega a acudir el presidente del país, del partido político que fuese, harían lo mismo. ¡El caso es protestar!

—Ya.

—Y la pobre Judith, que en paz descanse —añadió, santiguándose—, era una mujer de armas tomar, ¿sabe? Dura, inflexible, pero sí que apoyaba el tenis femenino... Lo que pasa es que no se puede cambiar el mundo en un solo movimiento, ¿entiende? Hay cosas que solo evolucionan plantando la semilla en las siguientes generaciones, en las mentes nuevas.

Valentina se limitó a asentir y miró a Riveiro, que en esta ocasión no había sacado su libreta y se limitaba a prestar atención. Habían escuchado ya tantas veces el relato de lo que había sucedido en la goleta la noche anterior que ya prácticamente se lo sabían de memoria. Aquel debía de ser uno de los pocos casos del mundo en el que todos los testigos coincidían, sin contradecirse en ninguna de sus versiones, sobre el transcurso de una cena que finalmente nadie había podido degustar. La teniente se acercó a Félix Maliaño, cuyo semblante era la viva imagen de la inocencia.

—¿Y usted?

—¿Yo?

—Sí. ¿Usted nunca tuvo desavenencias con Judith Pombo?

—Oh, no... Soy un hombre tranquilo. Bastante tengo con gestionar la federación y mi empresa.

—Greenplanet, ¿verdad?

El señor Maliaño no disimuló su sorpresa al comprobar que ya lo habían investigado, aunque se recompuso de inmediato.

—Sí —confirmó con cierto orgullo—. Gestiono una

empresa ecológica, de reciclado... Me gusta pensar que ayudo a proteger el medio ambiente.

—Pero Judith decidió no contar con sus servicios.

—¿Cómo sabe que...?

El hombre resopló y volvió a tocarse la barriga, esta vez solo por un segundo, para pasar después a frotarse la barbilla con cierta preocupación.

—Esa dichosa secretaria metomentodo, ya supongo que les habrá ido con el cuento...

—Cuéntenos —le animó Valentina.

—¿Qué quieren que les diga? En realidad no es para tanto, le ofrecí mis servicios a Judith y los rechazó, nunca llegamos a trabajar juntos. No niego que para mí habría sido fantástico entrar de su mano en un mercado más amplio con la ITF de por medio, pero ella nos recomendó ante la Federación Nacional de Tenis y en los últimos meses hemos cerrado unos contratos importantes con ellos. Pero, vamos, que ya funcionaba perfectamente sin Judith.

—Ajá —se limitó a replicar Valentina con tono descreído, confirmando a Maliaño que no resultaba creíble ni la bonanza incuestionable de su empresa ni aquel aire tan amable y desprendido por su parte.

—En todo caso, dígame, ¿en qué hubiera consistido su colaboración?

—¿En qué...? Oh, pues el campo del reciclaje es muy amplio...

El hombre ya había comenzado a ponerse nervioso, aunque, tras un suave carraspeo, rescató su discurso comercial habitual y logró no perder la compostura.

—A ver... ¿Saben cuántas bolas de tenis se producen al cabo de un solo año? ¡Trescientos millones, trescientos! Aunque claro, casi la mitad se utilizan en Estados Unidos... Suponen más de veinte toneladas de residuos de caucho difícilmente biodegradables, y en mi empresa las reciclamos para construir suelas de chanclas, revestimientos para instalaciones deportivas, raquetas...

—Vaya, ¿en serio?

Valentina y Riveiro se miraron sorprendidos.

—¡Y tanto! Con su reciclaje se reducen emisiones de dióxido de carbono, se optimiza la gestión de residuos...

—Qué raro que la señora Pombo no accediese a darle las pelotas estropeadas, entonces.

—Ah, ella las regalaba a los colegios; ¿saben para qué las usan? Las parten por la mitad y las ponen en las patas de las sillas de los niños, para que amortigüen y no hagan ruido, aunque yo a eso no lo llamaría reciclar en ningún caso —negó con firmeza, en un asunto que era evidente que había discutido otras veces—. Pero vamos, que sobre todo lo que yo le proponía a Judith era represurizar las pelotas para que así tuviesen una vida más larga y contaminasen menos en residuos, pero no quiso. Ella las regalaba a los colegios sin más.

—¿Y para qué las represurizan?, ¿para que boten bien? —curioseó Riveiro, interesado.

—Claro. Una pelota nueva bota a una altura de casi dos metros y medio, y el rebote debe alcanzar el metro treinta y cinco o el metro cuarenta, pero tras un partido ya pierde fuerza. Que, claro, una cosa es para entrenar o aprender, y otra para jugar en competición.

—Pero a Judith no le interesaba el servicio, por lo que veo.

—No, ella quería todo el material nuevecito —suspiró Félix, acomodándose en el sofá con dificultad, porque aquel canapé no estaba desde luego diseñado para que sus usuarios dejasen de mantenerse erguidos—. Y eso sí que era una manía burguesa, ¿eh? Porque ella miraba bien la peseta, ¡vaya que si la miraba! Pero no... —se encogió de hombros, como si le resultase imposible explicárselo—, nunca accedió a reutilizar el material, y fue imposible hacerla cambiar de parecer al respecto.

Valentina miró a los ojos a Félix Maliaño, buscando cuánto había de verdad en lo que les había contado. Le dio la sensación de que era buena persona, pero algo en su nerviosismo final alertó sus sentidos. ¿Y si aquel hombre de gesto bonachón guardaba más odios que los que confesaba con sus ojos?

Félix Maliaño

—Pero, Judith, ¡piénsalo! Si hasta en el Roland Garros crearon un programa de reutilización de pelotas de tenis... ¿Sabes qué se hace con cada uno de esos cincuenta y tres gramos que pesa cada bola, eh? Revestimientos deportivos de gran calidad... ¡Hasta raquetas y alfombras!

Judith bostezó con desgana y dejó de teclear en su ordenador portátil. Miró a Félix Maliaño y se armó de paciencia. ¿Por qué la gente no solucionaba sus propios problemas de manera independiente? ¿Por qué siempre tenían que acudir a ella, como si fuese un salvavidas?

—Así que alfombras... —musitó, levantándose y dirigiéndose hacia el ventanal de su despacho en el club—. ¿Te importa que fume?

—¿Eh? Oh, bueno... No, claro, es tu despacho.

—Bien... Pues, querido Félix, déjame que te cuente algo —comenzó, tras encender el cigarrillo y apoyarse de medio lado en el marco de la ventana—. ¿Conoces el papel reciclado? Ya sabes, ese que parece una masa grumosa sobre la que ha pasado una puta apisonadora... Lo odio. Me obligaban mis padres a usarlo de pequeña, ¿qué te parece? Para que no fuese una niña mimada, para que me concienciase. Aquellos horribles folios acartonados... —insistió, con gesto de desagrado—. Pero ¿sabes qué?

Félix se aproximó y se puso también de medio lado y cerca de la ventana, quedando frente a Judith. No dijo nada y se limitó a esperar a que se contestase a sí misma.

—Que no era lo mismo, querido Félix. No —negó con un ademán que pretendió ser gracioso—, no, señor, no era igual.

—Pero eso, eso... —replicó él, poniéndose nervioso— sería en el reciclaje de antes. Las técnicas se han depurado muchísimo y apenas puedes distinguir un papel del otro.

—Ah... —dijo ella, haciendo un gesto que pretendía imitar el de alguien realmente compungido—. ¿Pretendes engañar a una princesa, que intuye el más mínimo guisante bajo cien colchones?

—Que no, ¡de verdad!, Judith, piénsalo... Si no quieres darme las pelotas inservibles, de acuerdo, pero ¿cuántas bolas usáis en el club al término de, por ejemplo, un mes? ¿Seiscientas, setecientas? Si tenéis algún tipo de competición seria, una pelota no puede utilizarse si ha estado en más de tres partidos. Con nuestra máquina de represurización podemos dejar hasta trescientas pelotas a la vez en su presión original.

Judith sonreía y lo escuchaba, aunque solo pensaba hacerlo mientras le durase el pitillo entre las manos. ¿Cómo explicarle a aquel hombre tan aburrido que ella solo quería cosas nuevas, pelotas recién sacadas de sus botes presurizados originales? Lo observó mientras le seguía explicando las maravillas del reciclaje, y se sintió como si ella misma fuese una leona jugueteando con un insignificante ratón.

—... Y si un bote nuevo de tres pelotas te cuesta, por ejemplo, vamos a ver... cinco o seis euros, yo puedo devolvértelo correctamente presurizado por solo uno. ¿Ves? Ganas tú y gana el medio ambiente. Disponemos también de una válvula en los botes que evita la humedad en su interior y que...

—No te esfuerces —le cortó por fin Judith, acercándose a un cenicero y apagando el cigarro—. Te agradezco la información, pero cumplimos con toda la normativa y te aseguro que mi huella ecológica no va a ser la que permita que el planeta deje de ser verde y azul.

—Judith... —Félix se llevó las manos a ambos lados de la nariz en una postura que se asemejaba al rezo mientras buscaba nuevos argumentos—. Por favor... Greenplanet no va como yo esperaba, estos meses hemos tenido pérdidas. Sabes que tengo una familia que mantener. Si no quieres mis servicios para el club, de acuerdo, pero quizás a través de la Federación o incluso de la ITF, si nos recomendases...

—¿Me pides trato de favor?

—¿Yo? No, no... Esto no es una competición, no me consta que otras empresas te hayan ofertado lo que yo te ofrezco.

—¿Y por qué me cuentas milongas? ¿Acaso os estáis muriendo de hambre en tu casa? No, ¿verdad? Tu mujer trabaja de funcionaria como profesora y gana una pasta, ¿te crees que no lo sé? Claro, que se me ocurre otra explicación... —fingió dudar, caminando por el despacho con gesto reflexivo—, y es que cierto caballero haya dejado su trabajo porque se haya creído empresario, creando un tinglado de reciclaje sin tener ni idea. Y sin formación, ni curso especializado ni nada, se olvidó el caballero de uno de los principios comerciales básicos, que se resume en buscar clientes, pero no en acosarlos. Y mucho menos con historias penosas de familias a las que mantener.

—No te consiento que...

—¿Qué? ¿No me consientes... tú a mí? Creo que quien no te va a consentir es tu mujer, Félix, cuando sepa que los ahorros que has metido en esa mierda verde se han ido por el desagüe.

—Qué hija de puta eres.

—Esa boquita.

Ella lo miró a los ojos, y sonrió ante la rabia de su mirada y su desesperación; no le molestó el insulto, al contrario: le agradó que le plantase cara.

—Qué mal perder tenéis los hombres, de verdad. Qué pena. Pero no me tomes nada a mal, ¿eh, Félix? Si yo solo te digo lo que otros callan esperando que tu negocio se vaya al traste.

—Lo sé —reconoció él, mirándola a los ojos.

De pronto, y como si le hubiese conmovido aquella inesperada franqueza, Judith suspiró profundamente.

—En fin, si es que al final soy una blanda. Mira, me has cogido en un buen día... Dale las gracias al patrón de los pusilánimes y de las causas perdidas: le hablaré de tu empresa a la Federación, ¿de acuerdo? Pásame por correo todo lo que me has contado, pero bien bonito, ¿eh? Una presentación en condiciones. Y yo se lo reenvío con una buena recomendación.

—¿Lo harás?, ¿en serio?

El gesto de Félix se suavizó, pero su tono se mantuvo abiertamente desconfiado.

—Que sí, hombre. En este club no necesitamos reciclajes, pero a lo mejor en algún otro de veganos y ecologistas *millennials* te compran la idea.

Ella se acercó a él y le palmeó en la espalda.

—Y sin rencor, ¿eh? Que en los negocios siempre hay idas y venidas, ya sabes.

—Gr... Gracias —contestó él, apretando los labios—. Perdona por lo que te dije antes.

—Tranquilo.

—Te mandaré un archivo hoy mismo.

—Perfecto. Y ahora, si me disculpas, tengo bastante jaleo. Acabamos de comprar una goleta para que preste servicios en el club, y coordinar a los ineptos del astillero para la restauración me está llevando una vida.

—Ah, no sabía que... ¡Una goleta!

—Sí, espero que esté disponible para mayo o junio; va a venir Basil Rallis a Santander por las jornadas de tenis, y quiero darle un paseo por la bahía.

—¡Basil Rallis, aquí!

—El mismo... Tranquilo, hombre, que los de la federación local estaréis invitados.

Judith miró a Félix con una sonrisa forzada, que indicaba claramente que su tiempo de visita había terminado. De hecho, su buena acción como intermediaria del reciclaje había cubierto su conciencia para una larga temporada, y hasta el propio Félix sabía que no debía tentar en ella un cambio de opinión.

Se despidieron de forma artificialmente cordial, y al marcharse Félix pudo observar que Margarita, desde el despacho anexo, los observaba con atención. Sin duda, habría escuchado todo. Qué humillante había sido. Y qué mala persona le parecía Judith. ¿Cómo era posible que existiesen seres tan crueles, tan venenosos? Salió del edificio del club deportivo con una sensación agridulce. Por una parte, si Judith le echaba una mano lograría recuperar las últimas pérdidas de Greenplanet; era una mujer horrible, pero desde luego le constaba que tenía palabra. Sin embargo, por otra parte, ¿había valido la pena la degradación, la vergüenza a la que se había expuesto? Félix disponía de un corazón que por naturaleza no era rencoroso, pero mientras caminaba por la acera contemplando la playa del Camello no pudo evitar pensar que, sin Judith Pombo, el mundo sería un lugar mucho mejor.

El subteniente Santiago Sabadelle llevaba mucho tiempo sin subir por la cuesta que llevaba al faro de Cabo Mayor. ¿Para qué demonios iba a subir allí, si siempre soplaba un viento de mil diablos? Las vistas, sin duda, eran espectaculares, pero lo cierto era que el mar se veía desde todos los rincones de Santander, y él estaba muy ocupado con su trabajo, su grupo de teatro y su novia Esther, a la que había conocido no muchos meses atrás gracias a su actividad como actor en su tiempo libre. Ah, ¡qué pereza aquello que le había mandado hacer Valentina! ¿Podía haber algo peor que visitar a una familia en su momento de duelo inmediato, cuando acababa de fallecer uno de su clan?

Sabadelle apreciaba las cualidades de la teniente Redondo y admiraba su indiscutible rigor y competencia, pero estaba convencido de que una sección de investigación de homicidios estaría mucho mejor dirigida por un hombre. ¿Por qué no él mismo? Disponía de experiencia de sobra. Además, lo que le había sucedido a la teniente desvelaba con claridad que las mujeres no estaban hechas para trabajar a pie de calle. El tiroteo en La Albericia había sido inesperado, desde luego, pero se habría desarrollado de distinta forma si la teniente hubiese sido un hombre. Al menos, y eso no se lo podía negar nadie, no habría muerto ningún bebé si ella hubiese sido un varón. ¿Por qué demonios habrían permitido a las mujeres entrar en los operativos de la Guardia Civil? En una oficina, aceptable, pero en las calles... Aquello era cosa de los nuevos tiempos, de descerebrados irresponsables que se dejaban presionar por un par de manifestantes *feminazis*. Y ahora qué, ¿qué pasaría con Valentina? Él dudaba seriamente que se hubiese repuesto. La conocía, y sabía cómo era capaz de enmascarar sus sentimientos y emociones.

—Sabadelle, creo que es aquí —le avisó Marta Torres, tocándole el hombro desde su puesto de copiloto, porque era evidente que el subteniente iba a pasarse la lujosa finca de Mataleñas donde hasta ese momento había vivido Judith Pombo.

Sabadelle olvidó sus reflexiones y se centró en conducir un poco más despacio para acceder a la finca, cuyo portalón blanco estaba abierto. En la puerta se apostaban un par de fotógrafos y algún periodista, esperando que saliese la familia para lograr sus declaraciones o para al menos poder tomar alguna imagen luctuosa y dramática. Desde luego, la muerte de Judith Pombo había resultado lo bastante misteriosa y extraña como para suscitar curiosidad, y más tratándose de alguien tan importante en el círculo empresarial de la ciudad.

Un camino recto circundado de césped los llevó hacia el interior de la propiedad, girando a la izquierda a poca distancia; aquella curva se dirigía a un garaje cubierto con fachada de travesaños de madera al aire, que indiscutiblemente recordaba un antiguo estilo arquitectónico inglés. A la derecha, se alzaba imponente la casa, que casi parecía un castillo adornado con dos impresionantes chimeneas. Se componía de cuatro bloques diferentes, y uno de ellos se elevaba hasta tres plantas; una segunda estructura alcanzaba dos alturas, y otro par de edificaciones anexas, de menor escala, se habían conformado con solo un piso. Había que observar la vivienda durante un buen rato para hacerse una idea clara de su estructura. Deliciosos salientes, tejadillos y aleros por todas partes, tras los que cabía imaginar, en la fachada trasera de la vivienda, grandes ventanales para poder contemplar el ancho mar Cantábrico.

—Cuántos coches hay aparcados —observó Torres cuando se detuvo por fin su propio vehículo—, y casi todos de alta gama.

—Bah —se limitó a replicar Sabadelle, tras observar con desdén un Porsche último modelo—. Si total, para traerte y llevarte funcionan todos lo mismo.

—Lo digo por el nivel económico de las amistades que...

—¿Qué amistades? Ah, ¡juventud, qué inexperta! Torres, Torres, Torres... —le dijo con condescendencia a la joven mientras ya caminaban hacia la vivienda—. En nuestro trabajo somos como detectives, ¿entiendes? Como en las películas, igual. Y nunca podemos dar nada por sentado, ni siquiera un axioma que resulte muy evidente. Hay que contrastar, ¡contrastar! Quién te dice a ti que todos esos coches no son de la propietaria de la casa, ¿eh? ¿Puedes asegurarlo?

—Bueno, yo... —La joven guardia estaba un poco azorada—. Son estilos muy diferentes, y alguno creo que no tiene matrícula de aquí; si te fijas en aquel —señaló un moderno todoterreno—, por ejemplo, tiene muñecos infantiles en la parte trasera, y la víctima no tenía niños, de modo que...

—Ah, joder, ¿quién eres, Poirot? Una cosa es trabajar como detectives y otra es creerse Agatha Christie. Olvídate de los coches, suponen información insustancial. Un buen guardia civil tiene que distinguir qué es relevante y qué no, jovencita. ¿Cómo crees que llegué yo a ser subteniente?

Marta Torres contuvo el aire en sus pulmones, y soportó otros y variados comentarios displicentes con la mayor estoicidad posible. Al llamar a la puerta, les dejó pasar al instante una joven del servicio, que vestía como si fuese una asistenta de principios del siglo xx. En el interior de la vivienda, pudieron comprobar que se sucedían las visitas, los pésames rápidos y las preguntas ágiles: que qué había pasado, porque nadie lo sabía, y que qué pena. ¡Pobre Judith! Tenía que haber sido un desafortunado accidente, sin duda. En todo caso, una desgracia terrible. Unos se miraban a otros, queriendo saber y tomando cafés y licores que traía el servicio. Marta Torres contabilizó al menos una docena de personas, que debían de ser las propietarias de algunos de los coches que estaban en el exterior. Los rostros eran serios y las voces bajas, pero la joven guardia observó que nadie parecía especialmente desconsolado. A pesar de que ella y Sabadelle no iban vestidos de uniforme, algo en ellos parecía descubrirlos como elementos ajenos a aquella elegante fauna, y las miradas se posaron sobre ambos rápidamente.

A través de un salón sorprendentemente minimalista pero lleno de cuadros enormes y jarrones orientales, Sabadelle y Torres vieron cómo se les acercaba con paso suave una mujer delgadísima y vestida de forma clásica, en tonos discretos. Se alisó la falda innecesariamente antes de ofrecerles la mano derecha, reservando la izquierda para sostener un pañuelo.

—Buenos días, soy Melania, la hermana de Judith. Me han dicho que son de la Policía Judicial.

A pesar de que Sabadelle y Torres nunca habían visto a Judith con vida, ambos pudieron apreciar que Melania debía de ser algo más joven que Judith; no era una mujer tan atractiva como su hermana, ni en físico ni en actitud, pero sus ojos se vestían de cierta bondad, de una dignidad apagada y discreta que ofrecía cercanía.

—La acompaño en el sentimiento —se apuró a replicar Sabadelle a modo de presentación y con un rictus de exagerada gravedad; después, se presentó a sí mismo y a

Marta Torres y confirmó su pertenencia a la Policía Judicial—. Disculpe que la molestemos en estos momentos tan dolorosos, pero es nuestra obligación investigar las circunstancias del homicidio de su hermana lo más prontamente posible para que...

Melania mostró un gesto de extrañeza, y Sabadelle pudo intuir por las marcas de su rostro que había estado llorando, por lo que el pañuelo de su mano, aparentemente, no constituía un artilugio decorativo para una falsa puesta en escena.

—Perdone... ¿Ha dicho homicidio? Pero si todavía no sabemos qué ha pasado. Yo creía incluso que un infarto, tal vez...

—Oh.

Sabadelle comprendió que había sido imprudente, porque en efecto sus compañeros habían informado la pasada noche del fallecimiento de Judith a la familia, pero la autopsia todavía no había sido notificada por conducto oficial, y la información de que ellos mismos disponían era una novedad de la que en principio solo tenían conocimiento la propia Clara Múgica y la Sección de Investigación de Valentina Redondo. El subteniente tomó a Melania con delicadeza por el brazo y le pidió hablar en un lugar más discreto, porque ella ya había comenzado a respirar de forma agitada. A Marta Torres no le pasó desapercibido cómo la mujer retorcía las manos: ¿estaría tan delgada por ese estado de constante inquietud o sus nervios se deberían a la tragedia familiar que había sucedido aquella noche?

Melania Pombo los llevó a un lateral de la gran mansión, y los hizo pasar a una especie de apartamento independiente, que se revelaba como una vivienda aparte, no por su ubicación, sino por su estilo decorativo, que era completamente distinto al que habían visto hasta el momento. Aunque al fondo estaba oscuro, el ambiente era mucho más cálido y acogedor que el del inmueble que acababan de atravesar. Aquí los sofás se vestían de tela en tonos suaves y los cuadros se dibujaban con paisajes de tintes ocres, amarillos y azules, mientras que las cortinas de color crema tamizaban la luz, abrazándola.

—Creo que aquí podremos hablar con la discreción debida —les dijo apurada Melania, retorciendo incansablemente el pañuelo entre sus manos—. Es mi apartamento privado, y ninguno de los invitados se acercará hasta aquí. Disculpen, pero hasta en la prensa se hablaba de un lamentable accidente... Díganme, por favor, ¿qué ha pasado?

Sabadelle le explicó con el mayor tacto del que fue capaz las conclusiones iniciales de la forense, y lo extraño que resultaba el caso al encontrarse Judith en un camarote completamente cerrado de *La Giralda*.

—Pero, entonces... —Melania no salía de su asombro—. ¡Lo que usted me está explicando supone un crimen imposible! ¿Cómo iba nadie a apuñalar a mi hermana en ese camarote? Tiene que haberse golpeado allí dentro con algo, tiene que... Dios mío, ¡tiene que haber sido un horrible accidente!

—Me temo que no, señora Pombo —le aclaró Sabadelle, inamovible en su gesto de perfecto caballero, aunque no pudo evitar chasquear su lengua antes de volver a hablar—. Si hubiese sido un accidente tendríamos el objeto con el que se habría golpeado su hermana, que además debería estar manchado de sangre... Y en el camarote no había nada.

—Tal vez todavía no han revisado bien lo que...

—Señora, el Servicio de Criminalística de la Guardia Civil es prácticamente un cuerpo de élite, le aseguro que no se les ha pasado la supervisión de un solo milímetro de ese compartimento.

Marta Torres entornó un poco los ojos ante la pomposa aseveración del subteniente. ¿Cuerpo de élite? Le constaba que el trabajo de sus compañeros era excelente, pero el discurso de Sabadelle era un poco pedante, especialmente en aquellas circunstancias.

—Insisto —repitió Melania, incrédula—, no dudo de la profesionalidad de la Policía Judicial, pero si es cierto lo que me ha explicado, mi hermana ha muerto por culpa de una terrible herida en el pecho, y no por causa de un asesino fantasma.

—Tal vez le haya estallado el corazón.

La voz rasgada sonó desde la zona más oscura del apartamento, y su modulación grave y cavernosa sorprendió a todos, incluso a la propia Melania Pombo, que dio un pequeño saltito por el sobresalto.

—¡Mamá! Dios mío, ¡qué susto me has dado! ¿No estabas descansando?

—¿Cómo voy a descansar con el jaleo que están haciendo todos los imbéciles de ahí fuera?

Sabadelle y Torres buscaron con la mirada de dónde provenía exactamente la voz, pero solo pudieron intuir a alguien sentado en una sombra al final de un breve pasillo. Al instante, escucharon el sonido sordo de una especie de motor que a Torres le pareció de juguete, y que hizo que aquella silla se acercase progresivamente hacia ellos.

«Hostia puta...», masculló Sabadelle, viendo paulatinamente quién salía de la oscuridad. Era una anciana de cabello blanquísimo recogido en un moño suave y abombado en su cabeza, que le daba un aspecto antiguo; se parecía de forma extraordinaria a Judith, aunque con muchas más arrugas y con el cutis moteado en tonos rojizos y blanquecinos. Vestía elegantemente, aunque con ropa holgada y cómoda. Al llegar a su altura, la anciana frenó su silla de ruedas automática con un gesto rutinario y desenvuelto, aunque ella parecía extraordinariamente frágil.

—Perdone —reaccionó Sabadelle—, no sabíamos que estaba usted ahí. Lamentamos su pérdida.

—¿La lamenta? —Su tono sonó afilado—. Qué educada se ha vuelto la Guardia Civil.

—Mamá, tendrías que descansar, déjame que...

—Quita, quita... —negó la anciana con la mano, viendo que Melania se aproximaba—. No estoy cansada.

La mujer miró con afabilidad a su hija, aunque hasta el propio Sabadelle percibió en el gesto cierta condescendencia. Después, se dirigió hacia él.

—Soy Eloísa Montes, la madre de Judith. Descuiden —alzó la mano viendo que Sabadelle iba a hablar—, ya he escuchado lo que le han explicado a mi Melania. Alguien ha apuñalado a Judith, pero ustedes no tienen idea de por dónde tirar, ¿cierto?

Se abrió un breve silencio, en el que Sabadelle y Torres se miraron, desconcertados por la determinación y la falta de pesadumbre de la anciana. Fue Marta Torres la que se atrevió a hablar.

—¿Por qué... por qué ha dicho que a Judith tal vez le había estallado el corazón?

Eloísa Montes sonrió sin ganas, como si estuviese harta de sí misma y de sus propias ironías.

—Mi hija Judith no era una santa precisamente, ¿saben? En el fondo no era tan terrible como ella misma pensaba, pero en la superficie estaba llena de veneno. Si hubiese sido una serpiente, se habría muerto al morderse la lengua.

De pronto, abrió mucho los ojos y comenzó a reír a carcajadas, para después mostrarse pensativa.

—¡Una serpiente! No, no... He sido injusta. Mi pobre niña. Judith no era una serpiente venenosa... Ella era como una preciosa y enorme anaconda que asfixiaba a sus presas. Pero sabía hasta dónde apretar —matizó, sonriendo en un gesto de pretendida beatitud, que resultó terrorífico—. Mi preciosa niñita... —murmuró, perdiendo la mirada y comenzando a llorar.

—¡Mamá! Se acabó.

Melania se acercó decidida a la silla de ruedas de su madre y la giró hacia el fondo del pasillo; antes de llevársela, se volvió hacia Sabadelle.

—Vuelvo ahora mismo, mi madre no está para interrogatorios, como puede ver. —Melania se agachó hacia el oído de su madre para reconvenirla según iba empujando la silla hacia un cuarto del fondo, donde se pudo escuchar claramente cómo llamaba a alguien del servicio para hacerse cargo de la anciana.

—Joder con la vieja, está como una puta cabra —le confió Sabadelle a Torres en tono bajo y sosteniendo una sonrisa abrumada.

—Parecía demente, ¿viste qué ojos, cómo los abría? No tengo claro que quisiese mucho a su propia hija...

—A esa ahora le dan una pastillita y querrá a todo el mundo, ya verás.

Pasaron solo unos segundos y regresó Melania Pombo con gesto preocupado.

—Les ruego que me disculpen. Mi madre no está bien, como ya han comprobado. En los últimos meses también ha sufrido varios ataques de los suyos —comentó, bajando el tono y sin especificar la dolencia que aquejaba a la anciana—. No hagan caso a las barbaridades que ha dicho, los dementes suelen atacar más a quien más quieren —manifestó con resignación, como si ella tuviese que conformarse con agresiones más suaves y con un amor menor.

Sabadelle asintió con gesto comprensivo, y charló durante un rato con Melania de las circunstancias de su madre, hasta que consideró llegado el momento de profundizar un poco más y adentrarse en el entorno de Judith; a pesar de que insistió en la posibilidad de que alguien pudiese anhelar algún mal a la empresaria, su hermana negó que pudiese haber persona alguna que le desease la muerte, porque tal odio hacia Judith le parecía inconcebible. Le dieron vueltas a aquel asunto durante un rato, hasta que Sabadelle comprendió que por aquel camino no obtendría información de interés y cambió de estrategia.

—Entonces, la última vez que vio a Judith fue cuando llegó ayer desde Londres...

—Sí, señor. El avión había aterrizado con retraso, así que vino corriendo en un taxi, se cambió y se arregló a toda prisa y se marchó al evento en la goleta. Esa fue la última vez que la vi —añadió, conteniendo la emoción.

—¿Y se fue en su propio coche?

—Oh, no. Llamó a un taxi. Llegaba tarde y aparcar en el centro es un horror si vas con el tiempo justo.

—¿Y no le comentó nada de su viaje? ¿O algo que, en fin, le llamase a usted la atención? —preguntó Sabadelle sin esperanza y cansado de no lograr ir hacia ninguna parte.

—No, de verdad, apenas cruzamos unas palabras... Ya le digo que iba muy apurada, y estaba enfadada por el retraso del vuelo, y mi hermana enfadada era terrible —explicó la mujer, con una sonrisa que ya reclamaba con cierta nostalgia aquellos exagerados ataques de cólera.

—Comprendo, comprendo...

Sabadelle se sintió cansado, y por primera vez en meses consideró la posibilidad de hacer ejercicio y disminuir el volumen de su barriga, porque trabajos rutinarios como aquel lo agotaban y aburrían a partes iguales.

—Y dígame, ¿no hubo ningún cambio de rutina, ninguna novedad en la vida de Judith en los últimos meses?

—No, no... —negó Melania, profundamente pensativa—. Aunque Judith era muy suya, entraba y salía sin decir nada, a veces ni venía a dormir a casa. Pero vamos, era lo habitual.

—Entiendo. ¿Y vive aquí toda la familia?

—Sí... Mi madre, Judith y yo misma. Cada una tenemos un ala de la casa reservada.

—Como este apartamento —puntualizó Torres.

—Exacto. Este es mi apartamento y al fondo tengo una gran sala que es mi taller, soy restauradora de arte.

—Ah.

Sabadelle la miró con curiosidad. Supuso que aquella mujer restauraría objetos por puro pasatiempo, porque parecía evidente que no necesitaba trabajar para poder vivir holgadamente.

—¿Se dedica a eso profesionalmente? A la restauración, quiero decir.

—Sí, colaboro con una galería de Santander.

—Ya veo. Y esta casa... ¿Pertenece al patrimonio familiar?

—Pertenecía a Judith.

—Y, por un casual, no sabrá si su hermana había ya otorgado testamento...

Marta Torres volvió a entornar los ojos, asombrada por la falta de delicadeza de Sabadelle. «Joder, pregúntale ya directamente si se ha cargado a su hermana y si se lo ha encomendado a un buen sicario para multimillonarios.»

—¿De veras me está preguntando por su testamento? Por Dios bendito, ¡ni siquiera sé todavía cómo ha muerto mi hermana!

Sabadelle chasqueó la lengua.

—Señora, en este caso aún no tenemos el cómo, pero ya disponemos del qué, así que precisamos determinar el porqué y el para qué. Es importante saber a quién podría beneficiar la muerte de Judith.

Marta Torres cerró los ojos y respiró profundamente, avergonzada con el galimatías de los *porqués* y los *para qué* con los que Sabadelle había dejado sin palabras a la compungida Melania. La hermana de la víctima sonrió con tristeza.

—Vaya, esto es como en las novelas. Motivo y finalidad, ¿cierto? —Suspiró—. Pues mire, ni Judith ni yo misma tenemos hijos, y hace mucho tiempo que ambas hicimos testamento aconsejadas por nuestros abogados. Precisamente está fuera el responsable del bufete, que es amigo personal de la familia, puede hablar con él si lo desea. Y sobre el testamento, yo...

Melania pareció dudar, y se quedó callada unos instantes.

—¿Usted...?

—Sí, yo... Perdone. Yo soy la heredera universal. Pero le aseguro que anoche estuve en casa y que no navegué en ninguna goleta. Puede verificarlo con el servicio —añadió, en un tono que evidenciaba que cualquier insinuación sobre su posible interés en la muerte de su hermana sería tomada como una ofensa.

Sabadelle asintió, indiferente al malestar añadido que había causado a Melania siendo tan directo. Se ofendiese o no aquella mujer, comprobaría dónde había estado la noche anterior, sin duda.

—Disculpe la insistencia, pero sería también interesante saber si su hermana disponía de alguna póliza de seguros o de algún tipo de garantía para el caso de que falleciese.

—¿Pólizas de seguros? —Melania negó sin mucho convencimiento—. No puedo confirmárselo, pero que yo sepa no tenía nada de eso. Aseguraba sus propiedades, pero por mera formalidad y para cubrir el precio de mercado, porque algunos inmuebles los tenía alquilados. Es un asunto que también podrá corroborar con Diego Rueda, el abogado que les comentaba; está fuera.

Todos se quedaron callados durante unos instantes, hasta que Marta Torres sugirió la posibilidad de ver el apartamento de Judith, por si allí hubiese algo que les ofreciese alguna pista. Melania accedió, y los guio a través de un retorcido pasillo que esquivó a las visitas curiosas y los llevó escaleras arriba hasta una pieza elegantísima, de muebles modernos y bien distribuidos. Sabadelle y Torres se pusieron guantes y registraron superficialmente el cuarto de Judith, que era completamente azul y disponía de unas vistas extraordinarias sobre el jardín de la vivienda y el mar abierto.

No encontraron nada de interés, más allá de un ropero enorme, lleno de vestidos elegantes y zapatos caros perfectamente ordenados; pero no había ni documentos ni objetos que pudiesen llamar la atención de forma marcada, ni apenas fotografías familiares, sino solo de sí misma: Judith montando a caballo, Judith con actores famosos en una fiesta, Judith en su mejor recorte visual, con su sonrisa más estudiada, a juego con ambientes elegantes y exquisitos vestuarios.

—Sería conveniente que cerrase este cuarto de forma provisional, tal vez la teniente de nuestra sección ordene que el Servicio de Criminalística lo registre. Por pura rutina y protocolo, por supuesto, y en caso de que lo decida el juez.

—Descuide. Yo misma lo cerraré con llave cuando se marchen —accedió Melania, en un gesto resignado que a Marta Torres le pareció más una actitud habitual en ella que no un modo puntual de conducirse. Descendieron a la primera planta y allí Sabadelle conversó unos minutos con el abogado de la familia, que confirmó al subteniente lo que Melania le había detallado sobre el testamento y los seguros de Judith Pombo, aunque intercambiaron tarjetas para un posible y ulterior requerimiento de documentación.

Antes de marcharse, Torres se atrevió a hacerle a Melania una pregunta que le rondaba en la mente desde hacía varios minutos.

—Señora Pombo, perdone la indiscreción...

Torres obvió la mirada de Sabadelle, que la conminaba a callarse, pues era él quien dirigía las preguntas en aquella visita.

—¿Cree usted que si a Judith le hubiese sucedido algo importante en las últimas semanas... quiero decir, algo grave, se lo habría contado?

Melania perdió su mirada en el infinito, quizás buscando ser franca consigo misma.

—No lo sé. Si le digo la verdad, mi hermana Judith era a veces para mí una extraordinaria desconocida.

Melania Pombo

El olor a disolvente se colaba por las fosas nasales como si fuese un veneno alertando de su toxicidad. La cocina estaba impoluta, y solo dos pequeños recipientes ocupaban el fregadero, descolocando la imagen de completo orden y perfección.

—¿Qué mierda es esta que has dejado en la cocina, Melania? Ah, ¡por Dios! ¡Huele que apesta!

—Ay, ¡perdona, Judith! —Melania había entrado corriendo en la cocina—. Olvidé recoger los botes de disolvente, ya me los llevo ahora.

—¿No tienes tu propio taller? ¿No es lo bastante grande esta casa?

—Sí, sí, perdóname, Judith —insistió Melania conciliadora, advirtiendo por el tono de su hermana que ya venía enfadada desde antes de llegar a casa—, ahora mismo me lo llevo todo.

—Joder, si hasta me lloran los ojos, no sé cómo lo aguantas. Ni siquiera puedo descansar tranquila cuando llego a mi cocina, ¡es que es increíble! —añadió, abriendo la nevera y buscando lo que el servicio le hubiese dejado preparado para la cena.

—Pensé que hoy ya no ibas a venir, es tan tarde que... No volverá a suceder.

—Oh, ¡por Dios! Eres increíble, Melania. Con esa carita de buena para aquí y para allá... —le recriminó, desdeñosa y sirviéndose una copa de vino blanco—. Que si «perdón», que si «lo siento», que si «no volverá a suceder». ¿No te cansas de ser tan meapilas?

Melania miró a su hermana con desesperación. Sin decir nada, salió de la cocina y se llevó los botes, en los que había dejado varios pinceles con disolvente. Al llegar a su taller, se maldijo al darse cuenta de que había olvidado un par de utensilios. Regresó a la cocina para recogerlos imaginando ser invisible y procurando hacerlo rápido para evitar a Judith.

—Hombre, ¡mira quién ha vuelto! La *revientacenas*...

—Judith, no sé si habrás tenido hoy un mal día, pero yo no tengo la culpa de que...

—¡Ah, querida, por supuesto que no! Tú nunca tienes la culpa de nada en absoluto, ¿verdad?

Judith alejó con la mano el plato con un guiso de pollo que le habían dejado preparado, y se concentró en servirse más vino y en observar a Melania.

—Ya ves, tus disolventes de los cojones me han quitado el apetito.

—Ya te he pedido perdón, no sé qué más quieres que haga.

—Nada. No quiero que hagas nada. Solo pido respeto para las zonas comunes, que para algo la casa es mía y vives gratis en ese apartamento de Pinypon que te has montado.

—Me he ofrecido a pagarte un alquiler, Judith. —Melania apretó los labios, indignada—. Y sabes bien por qué vivo aquí.

—Ah, es verdad, que sin ti mamá no podría soportar cada amanecer —replicó Judith, llevándose la mano al corazón y fingiendo dolorosa preocupación—. Aunque con las dos auxiliares de enfermería que le pago creo que podría apañarse. No te ofendas.

—Al menos estoy en casa y le hago compañía.

—Sí, bueno, tengo entendido que no tienes mucho más que hacer.

—Yo también trabajo, Judith.

—Es verdad, esa porquería que haces con los disolventes. —La dueña de la casa sonrió con gesto de inocencia, como si se hubiese acabado de dar cuenta de que con el comentario podría haber ofendido a su hermana—. Puro arte, perdona. A veces creo que a Mario le dio el infarto solo de respirar todo ese aguarrás, joder.

Mario. El difunto marido de Melania, que había muerto hacía ya dos años y medio, dejándola viuda. Había sido la propia

Judith la que había insistido en que viviesen juntas desde entonces, porque así ambas podrían disfrutar aquel caserón enorme manteniendo cierta independencia y cuidando a su madre de forma más cálida, sin internarla en una residencia. Normalmente la convivencia era correcta, pero cuando Judith había tenido un mal día se volvía tiránica, cruel e insoportable. Y Melania podía aguantarlo casi todo, pero no que Judith mencionase de aquella forma a su difunto marido. Tragó saliva y miró a su hermana fijamente a los ojos. Tomó aire antes de hablar.

—Mañana mismo haré las maletas. Fue un error venir a vivir contigo. Vendré a visitar a mamá cuando tú no estés en casa.

Judith cambió la mirada, suavizándola inmediatamente, y abandonó su copa de vino para acercarse a su hermana.

—Perdona, de verdad, perdóname —le pidió, tomándola de la mano—. No sé qué me ha pasado ni por qué he dicho esa bestialidad. A veces me odio a mí misma... Estoy acostumbrada a ser una apisonadora, ¿entiendes? Todos esperan eso de mí. —Miró hacia el suelo, reflexiva—. A veces se me olvida quitarme el abrigo de bruja al llegar a casa. Lo siento.

Melania suspiró. Quería a su hermana, pero a veces la ponía tan al límite que ya no le importaba la familia, ni su trabajo ni la posibilidad de tener que malvivir de sus actividades como restauradora si no fuese por el soporte de Judith.

En realidad, Melania a lo que tenía verdadero terror era a quedarse sola, a esa agonía de estar día a día solo consigo misma y sus recuerdos; sin embargo, todavía disponía de dignidad, de cierto orgullo norteño.

—De acuerdo, no pasa nada —declaró, suspirando y perdonando a Judith—, pero desde este mes te pasaré una cantidad por los gastos de mantenimiento de mi apartamento.

—No digas tonterías. Iba a pagar la luz y el agua igualmente. De verdad, perdóname —insistió, haciendo un puchero y sabiendo que Melania ya se había ablandado—. He tenido un día horrible. Reuniones y más reuniones, organizar lo de la botadura de la goleta del club, que será en dos semanas... Un evento interminable de Smart con ejecutivos nuevos ricos que han ido en deportivos con sus familias, enlatándolas en los coches... De verdad que no he visto palurdos más grandes en mi vida.

Melania sonrió imaginándose la estampa.

—¿En serio?

—Te lo prometo. Ricos gilipollas que podrían conducir todoterrenos de lujo de diez plazas, pero que llevaban a la prole en Ferraris y Lamborghinis diminutos de segunda mano. Me pregunto cómo nuestro país no ha explotado todavía siendo un hombre el presidente, la verdad.

Ambas hermanas rieron y tras un rato más de anécdotas y de conversación, Melania accedió a beber también una buena copa de vino blanco. La familia a veces era la que más duramente hería, pero ella se sentía afortunada por poder compartir tiempo con Judith. La conocía bien, y no era tan fiera como se mostraba a los demás; aunque en ocasiones, como aquella misma noche, experimentaba durante unos segundos deseos viscerales de matarla con sus propias manos.

Mientras ambas hermanas hablaban bajo la tenue luz nocturna de la cocina de Mataleñas, su madre escuchaba y sonreía desde la oscuridad de un cuarto cercano de la planta baja, creyendo que sus cachorros, a pesar de ser tan diferentes, siempre sobrevivirían.

8

> En lo que ahora me propongo prescindiremos de los ocultos móviles del drama y concentraremos nuestra atención en su apariencia.
>
> EDGAR ALLAN POE,
> *Los crímenes de la calle Morgue* (1841)

Hay esperas de un minuto que se hacen demasiado largas, y eternidades que se abrevian con un solo gesto y por causa de alguna inesperada revelación. Oliver Gordon había descubierto, justo en aquel preciso instante, que se había cansado de esperar, de tener paciencia y ser comprensivo. Las recomendaciones de psicólogos, de amigos y familiares... todas eran bienintencionadas, y en cada comentario se guardaba un soplo de tibia sabiduría, pero solo eran términos, voces, palabras. Y él era carne, sangre y huesos; era vida, era rabia y decisión, y no pensaba permanecer durante más tiempo en aquel dique seco, esperando un milagro. Tras colgar el teléfono a Clara Múgica, Oliver se dirigió a buen paso hacia su puesto de trabajo en el comedor de gala del Palacio de la Magdalena, pensando qué podría hacer para citarse con Valentina y hablar seriamente con ella. Y no sería fácil, porque no buscaba conquistarla, sino convencerla: ¿acaso había existido alguna vez un amor sin desperfectos, sin ruinas que cubrir con tupidas hiedras?

—¿Señor Gordon? Por aquí, le toca ahora.

—Sí, por supuesto.

Oliver miró al ujier con gesto profesional e intentó concentrarse en su trabajo. Durante aquella semana había asistido como traductor en otras muchas salas habilitadas como centro de conferencias: desde el antiguo salón de baile hasta la vieja biblioteca, que ya no albergaba ni un solo libro. Su puesto en el comedor de gala le agradaba especialmente, porque gracias a un ingenioso sistema oculto de cableado, micrófonos y altavoces, podía trabajar sin ser visto en unos habitáculos escondidos de la entrada, donde antiguamente el rey Alfonso XIII exponía algunas de sus piezas de caza.

Según se acercaba a aquellos espacios secretos habilitados para los traductores, por la mente de Oliver pasaban fugazmente imágenes de meses atrás, rápidas como disparos. Después del drama vivido el día del tiroteo en La Albericia, había llegado el ruido. La prensa, el revuelo mediático. Y en un mundo más pequeño, la explosión familiar. Los padres y la hermana de Valentina habían viajado hasta Santander desde Galicia, y Arthur Gordon, padre de Oliver, desde Escocia. Los atendieron psicólogos y les facilitaron técnicas para asumir la pena, el dolor. Aunque Valentina nunca decía nada, asentía a todo sin contradecir ni contraargumentar, en una mansedumbre impropia. Resultaba inquietante aquel silencio.

Se sucedieron las semanas en el hospital, y más tarde en casa, en completo reposo. Se respiraba en el ambiente una tristeza silenciosa, en la que el miedo se rumiaba, se tragaba y se regurgitaba constantemente, masticándose con dureza. Hasta que por fin se quedaron solos. Oliver y Valentina lloraron a su hijo, a lo que no pudo ser y a lo que ya nunca tendrían, y ambos volcaron fuera de sí toda su rabia, asimilando su nueva situación. Pero así como él asumió el golpe esperando que el tiempo cumpliese su función sanadora, ella no obtuvo con su llanto ni desahogo ni esperanza. Porque Valentina no quería ser una víctima; ella quería ser la condena de los malvados.

Una tarde, mientras aún estaba de baja, se levantó de la cama y, enredada en una manta, se acercó a Oliver, que trabajaba con su portátil y con un humeante café sobre la mesa del porche de su cabaña en Villa Marina. Ella se apoyó en una de las columnas de madera que sostenían el tejadillo y miró hacia el mar, fijando la vista en la Isla de los Conejos y manteniéndola allí clavada un buen rato antes de comenzar a hablar.

—¿Sabes cómo se elige un amor?

—¿Qué?

Oliver la llevaba observando desde hacía un rato; al principio, contento de que se hubiese levantado; después, preocupado por el gesto de ella, triste pero frío, lleno de determinación.

—¿Cómo se elige? No lo sé, *baby*, supongo que no es una elección, que sucede sin más. Química y afinidad.

No se atrevió a levantarse, a aproximarse para abrazarla, porque había intuido que ella se preparaba para decirle algo importante.

—Química y afinidad —repitió ella, sin mirarlo—. Y geografía, ¿no crees?

Oliver no respondió y se limitó a esperar. Resultaba muy inquietante verla hablar así, mirando a la nada y con aquella serenidad, como si de pronto Valentina fuese capaz de caminar sobre la niebla y dispusiese de un conocimiento que a él se le escapaba.

—¿No te parece raro que, casualmente, el gran amor en la vida de alguien suela vivir en su misma ciudad, en su barrio?

—Yo soy inglés y tú española, no veo la casualidad.

Ella se volvió hacia Oliver y lo miró a los ojos.

—Ya me entiendes.

—No. No sé adónde quieres ir a parar.

Oliver comenzó a sentir un desagradable hormigueo en el estómago. Ella no se mostraba irónica, ni enfadada ni devastada por el dolor. A él le resultó indescifrable. Valentina volvió a mirar hacia el mar y continuó hablando.

—Buscamos la afinidad en nuestro entorno, y casi siempre la terminamos encontrando. Cuestión de química —añadió, sonriendo y concediéndole la razón en aquello— y de azar.

Él se levantó de golpe y se acercó a ella salvando el par de metros que los separaban. La tomó de las manos, que ella le cedió como si no le perteneciesen.

—Me estás asustando. ¿Qué pasa?

—Voy a marcharme, Oliver —le dijo mirándolo por fin de nuevo, con su único ojo verde más oscuro que nunca.

—¿Cómo? ¿Marcharte adónde?

—A Santander. Buscaré un piso... Debes seguir tu camino sin mí.

—¿Qué estás diciendo?

Oliver notó cómo se le iban deshaciendo el control, la paciencia y la calma.

—¿De qué coño de camino me hablas? Es nuestro camino, Valentina, ¡nuestro! Superaremos esto juntos, te lo prometo.

Por primera vez ella alteró el tono, tal vez para darse fuerzas ante lo que iba a hacer. Su dureza e ironía sorprendieron a Oliver.

—No te cansas, ¿eh?

Lo observó como si fuese la primera vez que tenía la oportunidad de examinarlo.

—¿No te mata ser siempre el perfecto caballero, el eterno tipo simpático y optimista? ¿De verdad no te harta tener que llevar siempre a la espalda las mierdas de los demás?

—¿Qué...? —Él no terminaba de comprender—. No estás bien, *baby*, tienes que descansar, llamaré al médico y...

—No llames a nadie, Oliver. Los médicos ya nos han dicho todo lo que nos tenían que decir. No puedo darte hijos, no podré hacerlo nunca. He perdido el bazo y tengo dañado el páncreas. ¿Cuánto tiempo de vida saludable crees que me queda? Eres joven y encontrarás una mujer increíble, lo sé. Me iré mañana y después de un tiempo comprenderás que es lo mejor.

Oliver no daba crédito.

—¿Qué dices? ¡Pero... pero qué dices! ¿No ves que te quiero? ¿Es que no lo ves?

Se separó de ella un par de pasos mientras Duna, la pequeña beagle, ni siquiera se atrevía a juguetear a sus pies, como si hubiese intuido la gravedad de la escena. El joven inglés volvió a acercarse y a tomar a Valentina de las manos, incapaz de disimular su asombro y apenas de contener las lágrimas.

—¿Es por eso, por los niños? ¡Me da igual, joder! Si queremos tenerlos los adoptaremos, ¡a quien quiero es a ti! ¿No lo entiendes?

—Lo entiendo todo, Oliver —contestó ella con una serenidad irritante—. Es más sencillo de lo que parece. Solo tenemos una vida y debemos hacer con ella lo que nos salga del corazón. Y a ti te sale tener una familia, y me parece maravilloso. No porque ahora quieras hacer lo correcto vas a dejar de sentirte así.

—¿Sentirme cómo? ¿Estás ciega? Solo quiero estar contigo, no necesito más.

—Hoy no, es cierto. Hoy es suficiente. Pero ¿y mañana? ¿Y dentro de un par de años, cuando nada en nuestras vidas haya evolucionado y veas los críos de los demás en los parques?

Oliver se puso muy serio y habló con vehemencia.

—Estaría mal de la cabeza si mi felicidad dependiese

de tener hijos o no, Valentina. No niego que me gustaría muchísimo, pero los hijos nacen y luego se van, la familia somos tú y yo. Y si los quisiera, los adoptaría y punto.

—No sería lo mismo.

—¿Por qué no? —Su voz sonó desesperada—. A quien más queremos en la vida, la pareja con quien formamos una familia, no es de nuestra sangre, precisamente. ¡Hay muchos modelos de familia, *for heaven's sake*!

—Mi trabajo no es seguro y no me puedo comprometer a cuidar una familia, del tipo que sea. Y te recuerdo que mi pronóstico de vida ya no es tan extenso como debiera. Vivir con alguien enfermo puede llegar a ser una condena, y yo te fallaría muchas veces... En horarios, en compromisos y cuidados.

—¿Y cómo hacen el resto de las mujeres policías del mundo, me lo explicas?

—No lo sé —se limitó a replicar ella, con la mirada perdida—. Supongo que otros les criarán los hijos, o algunas trabajarán en las oficinas; pero yo no puedo limitarme a pasar informes, Oliver.

—No te pido ningún sacrificio, no lo necesito. Te quiero sana o enferma, con o sin bazo, joder. Tú haz lo que tengas que hacer en tu trabajo, que yo estaré en casa y me encargaré de todo, ¿qué más quieres? ¡Dime!

Ella fortaleció de nuevo su tono y volvió a mirar con fijeza al frente, hacia el horizonte infinito que le ofrecía el mar.

—Cuando pasen los años me lo agradecerás.

—No estás bien.

Él intentó acercarse y abrazarla, pero Valentina tomó aire profundamente y lo rechazó con suavidad. Oliver no desistió.

—¿Y si fuese yo el estéril?

—¿Qué?

—Sí, si fuese yo quien no pudiera tener hijos, ¿me dejarías?

—Por supuesto que no.

El gesto de incredulidad de Oliver fue evidente.

—¿Entonces?

—Es distinto. Yo nunca he sentido ese instinto familiar que tú tienes, esa necesidad. Nuestro hijo me hizo feliz porque era nuestro, no porque yo desease ser madre como un objetivo en mi vida.

—Ser padre tampoco es una meta fundamental en la mía.

—Mientes. Te engañas a ti mismo.

La mirada de Valentina se volvió gélida.

—Lo siento, pero ya he tomado esta decisión.

—*Are you kidding me?*

Oliver comenzó a alterarse y a elevar el tono hasta casi el grito, desesperado.

—¡No es tu decisión, Valentina! ¿Desde cuándo decides tú por mí?, ¿me lo explicas? Crees que eres muy sabia y muy generosa, pero no tienes ni idea, joder, ¡ni idea!

Valentina lo miró a los ojos muy seria, con una tristeza serena.

—A veces el amor no lo es todo. No es suficiente.

—Claro que no, la vida está llena de putadas, ¿te crees que no lo sé? Y te sientes culpable, y te quieres imponer un castigo, como si no fuese suficiente ya todo lo que nos ha pasado.

Él tomó aire y se sintió más fuerte al comprobar cómo a ella le había sorprendido el comentario.

—Qué te crees, ¿que no he hablado yo también con los psicólogos? —La tomó de nuevo de las manos y la apretó con fuerza—. No fue culpa tuya, ¿entiendes? ¡No lo fue! Y tampoco mía, ¿por qué quieres castigarme a mí?

Valentina pareció dudar un segundo, pero al instante negó con la mirada. Discutieron durante casi dos horas. Lágrimas, argumentos, dudas y certezas. Ella no pensaba permitir que él renunciase a aquella fortísima ilusión por ser padre. Lo había visto en sus ojos. Y se amaban, sí, pero ¿qué importaba? ¿No era el amor algo que sucedía todos los días? Química, afinidad, azar y geografía. Pero por parte de Valentina había más. El recuerdo, el mirarse y saber que habían vivido juntos aquel pozo insondable de tristeza en el que ella había sido la causa de la oscuridad. Porque Oliver tenía razón, se sentía responsable. Lo que había sucedido había sido culpa suya, de su imprudencia. De su ánimo por trabajar hasta el último instante, de su inconsciente acción por salvar al teniente Silva, olvidando a su propio hijo y a sí misma. ¿Cómo podía haber sido tan estúpida, tan egoísta? Aquella culpa iba a corroerla por dentro y a convertirla en un ser absurdo, amargado y despegado. Oliver no lo merecía.

Durante varios días, Valentina atendió las llamadas de su familia desde Galicia, que la animaba a recapacitar. Su hermana Silvia había sido especialmente insistente, pero no había logrado que cambiase de opinión. Las visitas de la forense Clara Múgica, que aunque ya estaba a punto de comenzar la menopausia nunca había podido tener hijos por culpa de unos miomas intrauterinos, tampoco lograron grandes avances; ni siquiera su propia experiencia por su imposibilidad de acceder a la maternidad o sus sabios consejos vitales habían hecho rectificar a la teniente Redondo.

Oliver, incansable, había aparecido varias veces por la Comandancia de la Guardia Civil y en la puerta de su hotel, pero las visitas inesperadas se habían ido espaciando. Valentina pensaba que, como sospechaba, no era más que cuestión de tiempo que el corazón de Oliver la olvidase, se curase y pudiese comenzar una nueva historia con alguien. Una historia limpia, fresca y blanca, no teñida de tristeza ni de sombras.

Pero ella no sabía que Oliver no había tirado la toalla ni por un segundo. Solo le estaba dando tiempo. Él, siguiendo el consejo de los psicólogos, confiaba en que el paso de los días, y tal vez la cordura y la lógica, debilitasen los argumentos de Valentina y emborronasen las tristezas del pasado.

Y ahora, delirios de la vida, ambos volvían a encontrarse gracias a un extraño crimen. Pero la situación iba a cambiar, porque a Oliver se le habían agotado la paciencia y la confianza en aquella cordura que no terminaba de llegar y asentarse.

El joven inglés llegó por fin a la entrada principal del gran comedor de gala, y se vio obligado a abandonar sus pensamientos y recuerdos, porque le tocaba trabajar. Pudo ver ya a muchos deportistas y médicos alrededor de la enorme mesa rectangular, con capacidad para más de treinta personas, y con discreción entró en una de las dos pequeñas salas habilitadas para traductores.

Cada salita disponía de espacio hasta para cuatro traductores, conectados con los usuarios a través de sofisticados micrófonos que llegaban hasta la enorme mesa, bajo la que estaba camuflada una extraordinaria cantidad de cableado. En todo caso, los traductores podían observar todo lo que sucedía en el antiguo comedor a través de una enorme ventana, camuflada con un espejo de marco barroco que permitía que los intérpretes pudiesen ver la habitación sin que los que se encontraban en ella pudiesen hallar en él nada más que su reflejo.

Oliver tomó aire y miró el comedor de gala desde detrás del espejo, como si fuese un espía invisible, dispuesto para traducir lo que fuera que dijese el médico americano sobre la patología de los nervios supraescapular y de Charles Bell en los tenistas. Le resultaba difícil recomponerse tras haber visto a Valentina. Deseaba tanto terminar con todo aquello y volver a su vida de antes. Entendía la nobleza de la actuación de Valentina, pero él no quería aquel gesto liberador, más propio de héroes dramáticos que de personas de carne y hueso.

Oliver intentó centrarse y se puso los auriculares mientras observaba a los que entraban en el comedor de gala. Una joven muy guapa de ropa bohemia y cabello rizado y voluminoso charlando con un chico en silla de ruedas, a los que ya había visto otros días. Le sonaba que ella tenía un puesto en la Federación Cántabra de Tenis y que él era Pablo Ramos, el jugador del que todos los traductores hablaban por sus últimos méritos.

Unos segundos después, accedió al antiguo comedor el famoso Basil Rallis, y tras él, aunque Oliver no sabía sus nombres, fueron entrando junto con otros asistentes, y por separado, Margarita Rodríguez, Rosana Novoa y Marco Fiore, que tomó a su esposa por la cintura y le dio un breve beso en los labios. A Oliver le pareció la típica actitud de redención: quizás aquel hombre había hecho algo para disgustar a su mujer y ahora se mostraba más solícito de lo habitual. La diferencia de edad no le llamó la atención. Sin embargo, pasados unos segundos, su memoria comenzó a conectar historias dormidas a las que no había prestado atención, preocupado con sus propias pérdidas y recuerdos. Aquella semana había visto a todos aquellos invitados, que ahora escuchaban al médico y que en unos minutos atenderían la nueva ponencia de Rallis en razón de su experiencia personal en cuanto a lesiones tenísticas y tratamientos.

Había algo en todo aquel grupo de invitados que le chocaba. ¿Qué sería? De pronto, le vino a la mente una imagen y una conversación suelta que había oído desde su puesto secreto en la sala de traductores. ¿Qué... qué era aquello que habían dicho? Y no solo eso, ¡sino lo que habían hecho! El corazón de Oliver comenzó a latir a mucha velocidad. Tenía que hablar con Valentina inmediatamente.

Valentina Redondo miró la pantalla de su teléfono móvil. Oliver. No, ahora no era el momento. No solo se sentía incapaz de hablar con él para rechazarlo de nuevo, sino que además estaba trabajando. No habría podido atender ninguna llamada en aquellas circunstancias, pero saber que era Oliver quien estaba al otro lado la obligó a tomar aire para tranquilizar sus nervios. Tenía sentado a solo unos metros a Emilio Rojas, presidente de la Confederación de Empresarios y último de los invitados a *La Giralda* que le quedaba por entrevistar. El hombre era corpulento y de ademanes algo toscos, que contrastaban con la pulcritud de su escaso cabello repeinado con gomina hacia atrás, dejando bien despejada una frente que ahora se arrugaba por pura perplejidad.

—De verdad que no comprendo para qué necesitan de nuevo mi declaración, ya les dije anoche a sus compañeros todo lo que había sucedido.

Valentina lo miró inexpresiva y un tanto hastiada de escuchar con tanta frecuencia aquella redundante queja; sin duda, si quien hubiese muerto hubiese sido un familiar o alguien querido, aquellos que tanto se quejaban serían los primeros en exigir investigaciones exhaustivas.

—Seguimos un protocolo rutinario, señor Rojas. Comprenda que ha fallecido una persona.

—Por supuesto, pero repetir lo que ya he dicho es un absurdo.

—Si no le importa, en este asunto yo decido lo que es o no es absurdo —le cortó Valentina con tono autoritario—. Y si no quiere colaborar cordialmente, podemos tomarle manifestación en la Comandancia, ¿le parece?

—Señora, no se ponga usted así, que...

—Teniente.

—¿Qué?

—No soy señora, soy teniente de la Guardia Civil y dirijo una sección de homicidios. Y no tengo tiempo que perder, señor Rojas, porque mis minutos son tan valiosos como los suyos. ¿Le parece que nos centremos en este asunto para terminar lo antes posible?

—Me... Me parece. Disculpe si...

Emilio Rojas se había puesto muy colorado, y Riveiro miraba a la teniente sin disimular su gesto de asombro: la antigua Valentina no solía ser tan cortante, pero ahora ya tenía claro que tendría que acostumbrarse a aquella nueva dureza. La teniente no pareció interesada en regodearse en aquella victoria de preeminencia de poderes, y no permitió que el presidente de la Confederación de Empresarios terminase de disculparse.

—Bien, centrémonos —insistió—. ¿Hacía mucho que conocía a Judith Pombo?

—No, no... En alguna ocasión yo ya la había visto en algún evento, pero ni me la habían presentado ni había hablado con ella. De hecho, anoche fue la primera vez que la saludé en persona.

—¿La primera vez?

—Sí, hace solo unas semanas que soy el presidente de la Confederación, y hasta la fecha no habíamos coincidido.

—Vaya. ¿Ni siquiera habían hablado por teléfono?, ¿nada?

—No, se lo juro.

—¿Y qué sensación le dio al conocerla?

—¿Sensación? No sé, un poco distante y fría, la verdad. Nos saludó a los invitados de pasada antes de bajar directamente al camarote, y todos pudimos escuchar la bronca que le echaba a la pobre secretaria... Después se encerró y cuando la volví a ver estaba muerta, ya se lo he contado.

—Sí, ya me lo ha contado. Pero aquella cena era en honor a Basil Rallis, no entiendo aún muy bien por qué estaba usted invitado.

—Viniendo una vieja gloria como Rallis, supongo que lo que se procuró fue acogerlo con una representación básica de las personalidades del club con un poco de peso en la ciudad —explicó con abierto orgullo—. La Confederación de Empresarios colabora con el club en razón de las empresas satélites vinculadas a la organización. Ya sabe, suministros, limpieza, salud, vestuario, fiestas... Este último punto iba a comenzar a ser importante, y con esa cena prácticamente lo inaugurábamos.

—¿Importante? ¿Por qué?

—Porque Judith pensaba utilizar la goleta no solo para fiestas lúdicas, sino para negocios, realizando eventos en ella y en el club que atrajesen a Santander a empresarios de distintos puntos nacionales e internacionales. Piense que ella siempre salía ganando, porque por poco que se hiciese, Smart siempre iba a ser la encargada de organizarlo todo.

—Ya entiendo.

Valentina pensó que Judith Pombo, desde luego, no daba puntada sin hilo y, más allá de los pocos o muchos afectos que generase, debía reconocer que era una gran mujer de negocios.

—Y si nunca había hablado directamente con Judith, ¿cómo dispone usted de esa información?

—Me la facilitó mi predecesor, por supuesto. Acaba de jubilarse.

—Bien, ¿y su predecesor le comentó algo respecto a la Copa Davis y a su nuevo formato?

Emilio Rojas se encogió de hombros y negó con la cabeza. Valentina midió su expresión durante unos segundos, y decidió que le parecía sincero; además, la Davis era un evento importante, pero, aún con su viejo formato, la última vez que se había jugado alguno de sus partidos en Santander había sido hacía ya varios años. Sin duda, su impacto económico en la ciudad sería relevante, pero tan espaciado en el tiempo, tan puntual y anecdótico que difícilmente podría importar a la Confederación de Empresarios. No, aquel hombre ni siquiera conocía a Judith, y desde luego, de todos los invitados a la goleta, era el que menos motivos podría haber tenido para asesinarla. Valentina miró a Riveiro como si al hacerlo pudiese inspirarse, pero no encontró nuevas ideas, pues él solo le devolvió una mirada seria y reflexiva.

—Dígame, para terminar... ¿Cuál es el motivo de su presencia aquí, en las jornadas de tenis?

—¿El motivo? —El hombre se mostró profundamente sorprendido—. Pues ¿cuál va a ser? La clausura, ¡el rey!

—¿Cómo que el rey?

Valentina frunció el ceño y miró de nuevo a Riveiro, esta vez de forma inquisitiva, pero él negó con el gesto, mostrándole que no sabía de qué hablaba el empresario.

—A ver, que no es seguro que esté durmiendo aquí, pero a la clausura de las jornadas de tenis me han dicho que va a venir. No es oficial, por supuesto, pero como ha venido a lo del Mundial de Vela me consta que los de la organización han hecho sus gestiones.

Valentina tomó aire.

—Disculpe... Vamos por partes, a ver si nos aclaramos. Lo primero, ¿cómo iba el rey a venir a dormir aquí, a la Magdalena?

—Pues... Vendría a sus habitaciones reales, digo yo.

Valentina se acercó a Riveiro, atónita, y habló con él en un tono bajo, de confidencia, que impidió que Emilio Rojas los escuchase.

—A ver, joder, que yo no soy de aquí... ¿Este palacio no era un puto museo?

—Sí, sí, lo es, pero conservó unas habitaciones por si alguien de la familia real quisiese alojarse en Santander.

—¿Y cómo no se me ha informado de eso?

—No tenía vínculo con el caso... Aquí es algo sabido, ¿entiendes? Tranquilízate, Valentina.

La teniente llamó inmediatamente a la Comandancia

para verificar la información de que se disponía en cuanto al rey y a las medidas de seguridad adicionales que sin duda habrían solicitado a todos los cuerpos de seguridad del Estado en Santander por causa de su visita. Sin embargo, todo parecía concentrarse en lo vinculado al Mundial de Vela y a los actos relacionados, sin que constase una necesidad de cobertura especial en la Magdalena. Valentina colgó el teléfono sin estar convencida. ¿Por qué había, entonces, tanta seguridad a la entrada de la península de la Magdalena? Ella sabía distinguir también perfectamente a los policías de paisano. ¿Sería solo por la presencia del rey en la ciudad, o por el rumor no confirmado de que podría aparecer en la clausura de aquellas jornadas de tenis?

—No me diga que no sabía que los reyes tenían aquí reservado el derecho de hotel —se atrevió a intervenir el empresario, como si disfrutase de un pequeño triunfo por disponer de una información de la que la teniente no parecía tener la menor idea.

—Pues no, no lo sabía —reconoció ella, acercándose—. Pero parece que usted está muy bien informado.

—Ah, bueno, yo... Supongo que sé lo que todos —dijo, repeinándose sin necesidad su engominado y raleado cabello, que no se había movido ni un milímetro—. Mire, seguro que el cóctel de clausura va a comenzar en un rato, ¿puedo irme ya...? ¿Hemos terminado?

Valentina resopló.

—Sí, hemos terminado. De momento. En todo caso, por favor, manténgase disponible en su teléfono móvil.

—Por supuesto —se apuró en contestar Emilio Rojas, levantándose con sorprendente agilidad, a pesar de su corpulencia.

Cuando salió de la antigua sala de audiencias de la reina, Valentina se dirigió a Riveiro.

—Explícame mejor eso del rey.

—¿Por qué te preocupa?

—No sé, me da mala espina.

—¿Es por Victoria Campoamor?

—Sí, supongo... —asintió la teniente, concentrada—. Seguramente no tendrá nada que ver, pero tenemos a una antimonárquica radical en el edificio, y ayer estaba en una goleta en la que murió una persona.

—Bueno, radical...

—Ya me has entendido. Ella parece inofensiva y sus ideas son tan lícitas como las de cualquiera, pero ya sabes, en deportes, política y religión...

—Sí, mucho loco suelto —reconoció Riveiro, con gesto pensativo.

Cruzó su mirada con la de Valentina, que también pareció dudar sobre su propio planteamiento de una posible implicación de Victoria en algún asunto turbio. Sin embargo, la teniente sabía que no podía descartar a ningún sospechoso hasta estar segura; las motivaciones de los asesinos eran siempre más que cuestionables, pero a veces no atendían a lógica alguna y se asentaban en criterios que solo eran válidos en sus mentes.

—A ver, explícame eso del rey —insistió ella—. ¿Cómo es que tiene aquí habitaciones? Siempre pensé que esto era del Ayuntamiento de Santander —reconoció Valentina, alzando las manos y señalando hacia la amplia habitación de techos altos en la que se encontraban.

—Y lo es, pero que yo sepa en los setenta lo vendió el conde de Barcelona al Ayuntamiento para que lo disfrutase el pueblo.

—¿El conde? Ah... El hijo de Alfonso XIII.

—Juan de Borbón, exacto.

—Entonces, fue una cesión de esas simbólicas...

—Bueno —sonrió Riveiro con ironía—, todo lo simbólico que sea pagar ciento cincuenta millones de las viejas pesetas.

—¡Joder! ¿En serio?

—Y tan en serio. Y estoy seguro, porque mi hijo acaba de venir aquí con el colegio de excursión y nos lo ha cantado todo, así que te aseguro que lo tengo bien fresquito.

—No entiendo —dudó Valentina—. Pero ¿este palacio no se lo regaló el pueblo de Santander a la Corona? ¿No tendría que ser ya patrimonio del Estado o algo?

—No, porque no fue un regalo a la Corona, sino a Alfonso XIII a título particular.

—Pero si lo vendieron, ¿cómo es que la casa real tiene aquí habitaciones?

—Creo que fue una exigencia de Juan de Borbón para cerrar la compraventa; pidió que siempre se guardasen dos cuartos para la familia real en caso de visita.

Valentina abrió mucho los ojos, mostrando su asombro. Después, negó con suaves gestos de su barbilla y echó a andar.

—Ven, vamos a verificar si el rey va a venir o no a la clausura. Tenemos aquí a todos los invitados de anoche a *La Giralda*...

—... Y uno de ellos puede ser un asesino —completó Riveiro, siguiéndola—, pero nada nos hace sospechar que...

—Ya lo sé, ya lo sé —asintió Valentina con ambas manos—. Pero es mejor prevenir.

La teniente se acercó a un ujier, que la llevó hasta un pequeño despacho fuera del circuito turístico, donde estaban uno de los organizadores del evento y algunos de los miembros del personal fijo del palacio. Allí le confirmaron que, en efecto, había dos amplios cuartos reservados siempre para la familia regia, pero que nadie les había solicitado su uso para aquellos días. De hecho, desde que el conde de Barcelona había vendido el palacio en 1977, aquellas habitaciones habían sido utilizadas solo en dos ocasiones, porque en sus visitas a Santander la familia real solía alojarse en el Hotel Real. Y en cuanto a la posible asistencia del rey a la clausura, era poco probable. La habían solicitado, pero las ocupaciones de su majestad en relación con el Campeonato de Vela harían prácticamente imposible su presencia en el evento, que además no constaba tampoco en su agenda oficial.

—Piense que el Mundial de Vela ha supuesto no solo la concentración de representantes del Real Club Marítimo —le explicó a Valentina uno de los organizadores—, sino de la Delegación del Gobierno, del Ayuntamiento, de las federaciones cántabra y española de vela, de la International Sailing Federation...

—Entiendo, entiendo —le frenó la teniente, alzando la mano—. Me hago cargo de las múltiples ocupaciones del rey, descuide.

Valentina agradeció la información y se sintió un poco más tranquila.

—Bueno, una preocupación menos.

—Sí, lo que nos faltaba era un atentado a la realeza, ¿te imaginas?

—A Caruso le daría algo —replicó ella, con gesto cansado.

En su semblante podía apreciarse que a la teniente le resultaba ya completamente indiferente lo que le pareciese o no al capitán Caruso el desarrollo de los acontecimientos. El sargento la miró con preocupación.

—¿Estás bien?

La mirada era tan intensa, tan llena de significados, que Valentina supo que le preguntaba por todo. Por su estado de ánimo, por Oliver, por su fortaleza, por su cordura. Era imposible evitar el interés de Riveiro todo el tiempo.

Valentina sonrió para tranquilizarlo, pero en realidad sentía que el mundo no perdería gran cosa si ella desapareciese de una vez, llevándose ese velo de tristeza y de torpe mala suerte con ella. ¿Acaso iba a dejar de amanecer si ella se desvaneciera? Sí, cada día pensaba con mayor recurrencia en que lo más fácil sería dejarse ir con la marea, desaparecer y descansar, no sufrir con cada recuerdo y pensamiento. Aniquilar el dolor como cuando te anestesian en un quirófano y ya no existe nada más que una cálida e inerte oscuridad. Pero ahora estaba allí, estaba viva y debía resolver aquel extrañísimo caso.

—Estoy bien, de verdad —resolvió decirle a Riveiro.

—No.

—¿Qué?

Ella lo miró, extrañada.

—Que no estás bien.

Riveiro se acercó y le posó ambas manos sobre los hombros.

—Somos amigos, Valentina. Y ya sé que te habrán dicho que ese dolor que sientes se irá con el tiempo, pero no es verdad. Se quedará para siempre dentro de ti, pero tú decides en qué forma.

Valentina lo miró con curiosidad. Riveiro era un hombre cabal y tranquilo, casado con una encantadora mujer canaria y con dos niños por los que se desvivía, pero no solía darle consejos a nadie, ni inmiscuirse en asuntos ajenos. Tal vez aquello fuese el más sencillo y sólido ejemplo de amistad: considerarla a ella como un asunto propio, como alguien por quien tomarse la molestia. Riveiro intentó explicarse con claridad, y la miró muy seriamente a los ojos.

—He hablado con los del EDOA.

Hubo un breve silencio, en el que el sargento pareció buscar las palabras adecuadas para continuar. Valentina se mostró inalterable.

—¿Y?

—Te dijeron que te mantuvieses al margen, y has seguido investigando al francotirador. Y sé que la información que has conseguido puede ser peligrosa. Deberías dejarlo.

—¿Qué? ¿Quién te autoriza a ti a inmiscuirte en lo que no...?

Valentina se alejó unos pasos, furiosa. De pronto, se

encaró al sargento y se deshizo de su repentino gesto de enfado, adoptando un semblante sobrio y serio. Apretó los dientes antes de volver a hablar.

—Mira, te agradezco tu preocupación y tu puto interés, pero puedo investigar lo que me plazca mientras mis objetivos no interfieran en mi trabajo.

—Y te entiendo, pero esos objetivos tuyos sí que interfieren en tu trabajo.

—No me jodas, Riveiro.

A pesar de la tensión que se estaba creando entre ambos, él no cedió ni suavizó la firmeza de su tono.

—¿Tú te has visto? Todos los días haciendo ejercicio como si te fuera la vida en ello... No quedas con nadie, te vas a ese hotel a vivir como una ermitaña y no duermes.

—¿Y tú qué demonios sabes si duermo o dejo de dormir? —preguntó, atónita—. ¿Te crees que eres mi padre?

Riveiro se acercó a ella, que comenzaba a caminar de un lado a otro sin dejar de mirarlo, con pequeños pasos llenos de indignación. Parecía furiosa.

—No hay más que verte la cara, Valentina. Pálida, ojerosa. Sabes que por ahí no vas a acabar bien.

Ella se rio con amargura.

—¿No voy a acabar bien? ¡No me digas! —exclamó, apretando los labios y conteniendo las ganas de llorar—. ¿Y crees que espero que algo termine con final de cuento feliz? ¿Me crees tan gilipollas? Ah, ¡por favor! No espero nada mejor de lo que tengo, no lo dudes, pero si consigo cazar a ese hijo de puta, mejor para todos.

—Mejor para ti, quieres decir.

—Para todos. Uno menos en el bando de los malos. ¿No se trata siempre de eso? ¿Qué coño hacemos si no en la Guardia Civil, me lo explicas?

Riveiro tomó aire y apoyó las manos en las caderas, rebuscando dentro de sí las palabras más útiles y la paciencia más perseverante.

—Buscamos la justicia, Valentina, pero no a título

personal. Sabes que el EDOA y la UCO están trabajando en el asunto. Deberías hacer lo que se te ha ordenado, mantenerte al margen e intentar seguir con tu vida.

Valentina comenzó a llorar, pero en su rostro se mantuvo la dureza y la determinación, como si no se diese cuenta de su propio llanto, que caía sereno y ajeno, como si no le perteneciese.

—Yo ya no tengo vida con la que seguir.

—Porque no quieres.

—Porque no puedo.

Riveiro volvió a posarle las manos sobre los hombros. Le habló ahora con tono suave, de confidencia.

—Hay una pena, una tristeza, que cuando es muy profunda se nos queda dentro y nos recuerda quiénes somos. Y no pasa nada, se puede convivir con ella y ver salir el sol. No pasa nada, ¿entiendes? —insistió—. Pero si ese dolor lo dejas entero dentro, si permites que se pudra, te transformarás en un monstruo.

Ella le aguantó la mirada unos segundos, hasta que esbozó una sonrisa con solo la mitad de su boca.

—¿Has leído eso en algún libro de autoayuda?

—Valentina.

Ella se apartó y miró de reojo al sargento mientras comenzaba a alejarse hacia la salida.

—Así que un monstruo, ¿eh?... Con lo blandita que me he vuelto.

Él la siguió y no le mantuvo el juego de hacer de aquello una frivolidad, una broma. Ella se dio cuenta de que no podía esquivar el asunto, y de que Riveiro tampoco merecía que lo hiciese. Volvió a hablar sin mirarlo, concentrando su interés en los dibujos del suelo del palacio, a los que en realidad no estaba prestando atención.

—Lo llaman el Estudiante —le dijo, concentrada—. Colombiano. Uno de los mejores francotiradores de las FARC, ¿qué te parece?

—¿Qué? Pero si las FARC ya no están operativas

—se extrañó el sargento, que sabía que las Fuerzas Armadas Revolucionarias de Colombia habían firmado un acuerdo de paz con su gobierno en 2016.

—No, no creas. Unos cuantos disidentes anunciaron no hace mucho que volvían a tomar las armas. Pero este no es de esos, dejó las FARC con el acuerdo de paz.

—Ah, pero... ¿Entonces?

—Entonces, que esa joya que tú quieres que deje pasar de largo se metió en el narcotráfico, como otros cuantos disidentes de las FARC. Y terminó por venirse a España para controlar una de sus oficinas de cobros.

—Joder. Pues me das la razón, Valentina. Si los narcos lo han puesto a la cabeza de una de sus delegaciones de cobro, tiene que ser muy peligroso. Y sabes que debe de estar detrás de él la Brigada de Crimen Organizado de la Policía Nacional, ¿qué más quieres? Deja que ellos se encarguen del asunto.

—Llevan años encargándose y no consiguen cogerlo nunca. Es un mercenario, ¿entiendes? Y ya sabes lo que hace, ¿no? Un día sirve a unos y mañana a otros; asesinatos, palizas y mutilaciones.

—Pero sabes que ya hay agentes siguiendo su pista —insistió Riveiro—, y tú no puedes responsabilizarte de todos los criminales del país, y menos de este.

—¿No? ¿No puedo? —El tono de Valentina se volvió de nuevo desafiante—. ¿Tú no irías a por él si hubiese matado a tus dos hijos?

—No, no... —Riveiro dudó—. No es lo mismo.

—No me digas.

—¡Y no es sano, joder! No estás bien, ¿entiendes? Primero debes recuperarte y después...

—Después, cuando tenga una vida ideal y perfecta, voy a por ese hijo de puta, ¿es eso?

—Por Dios, Valentina. Sabes que el francotirador ni siquiera te disparó, que lo que te hirió fue el rebote de un proyectil. Simplemente estabas en el lugar y en el momento equivocado, nada más.

—Claro. Pobre mercenario, que encima mata a la gente sin querer. Y que es muy peligroso porque los buenos no podemos serlo y tenemos que respetar sus derechos.

Riveiro suspiró profundamente, negando con gestos de cabeza.

—¿No has dicho que venía de las FARC? ¿Quién te dice a ti que no fue uno de esos niños secuestrados para alistarse? ¿Y si no tuvo otra opción?, ¿lo has pensado?

—Si te parece le damos una palmadita en la espalda por haberse criado en la selva —resopló Valentina cargada de ironía, casi riendo. Después, miró a Riveiro con una serenidad y una firmeza irrevocables—. Tener excusa no es lo mismo que tener justificación.

Valentina iba a decir algo más, pero justo en aquel instante comenzó a sonar su teléfono móvil. La llamaban desde la Comandancia.

—¿Camargo? Sí, dime.

—Teniente, ya tenemos lo de las cámaras. En el embarcadero Real me temo que no había ninguna, y las del Real Club Marítimo ya las está revisando Zubizarreta. En el palacete del paseo de Pereda, donde subió la víctima al barco, sí que hay cámaras y tienen las cintas de ayer, nos las van a pasar los del Puerto de Santander.

—¿Así, sin requerimiento judicial ni nada?

—Sí, nos van a hacer firmar lo de la protección de datos y no sé qué historias más, pero ha dicho el responsable que su deber es colaborar con las fuerzas del Estado y tal... Y que ayer precisamente estuvieron muy atentos por las manifestaciones.

—¿Qué manifestaciones?

—Grupos de republicanos y antimonárquicos...

—Ah, sí, es verdad. Lo supe esta mañana... Hubo algunas revueltas, ¿no?

—Bah, poca cosa, teniente. Cuatro gatos con pancartas...

—Y sin permiso de manifestación, supongo.

—Exacto. Nos van a seleccionar el material por la franja horaria y a traerlo mañana a primera hora, así que al menos creo que podremos ver a la víctima antes de subir a la goleta. Dado que se murió en el camarote, no creo que sirva de mucho...

—Ningún trabajo es en balde, piensa que después tendremos que presentar un informe a Caruso con una investigación intachable, y debemos dejar todos los ángulos cubiertos. ¿Tienes algo más?

—Sí. Los japoneses parece que están limpios, y Marco Fiore en efecto tiene antecedentes por apuestas deportivas ilegales, pero el asunto quedó en nada por falta de pruebas, y fue hace varios años. De todos modos estamos ya en contacto con los compañeros de la Comandancia de Madrid, que están investigando una mafia italiana de apuestas ilegales en coordinación con la Audiencia Nacional. Si hay algo que implique a Fiore de alguna forma, nos avisarán.

—Perfecto, gran trabajo, Camargo. ¿Y Sabadelle y Torres?

—Ah, ¿no están ahí, en la Magdalena?

—¿Cómo? No, ¿por?

—Sabadelle nos avisó de que ya había terminado con Melania Pombo, la hermana de la víctima, y que al parecer no tenía nada especialmente relevante. Nos dijo que pararía en la Magdalena, que le quedaba de camino, para informarte directamente.

Valentina entornó los ojos. Sabadelle siempre con sus argucias para tener alguna excusa para acercarse a donde él consideraba que estaba el centro de la investigación. La teniente agradeció de nuevo a Camargo su trabajo y le animó a irse a descansar. El día había sido largo, y salvo por las imágenes del palacete que estaban esperando, en esa jornada poco más podrían hacer. Colgó el teléfono y miró a Riveiro.

—Y tú, ¿no te vas a descansar? Yo puedo seguir con un par de guardias de acompañamiento. En esta jornada no creo que vaya a haber mucho más que hacer. Y tranquilo —añadió, retomando la conversación que había sido interrumpida por la llamada telefónica—, hoy no tengo en mi agenda perseguir a ningún sicario que haya sido entrenado en la selva colombiana.

El sargento sonrió. Quizás Valentina no había cambiado tanto. Siempre preocupada de que los demás pudieran irse a horas decentes a sus casas, de que pudiesen respirar. Especialmente los que tenían familia esperándolos: no tan monstruo, después de todo; no todavía. Iba a contestar cuando llegó corriendo a su lado el ujier con el rostro desencajado.

—¡Rápido, rápido! ¡Vengan, por Dios!

—¿Qué pasa?

Valentina y Riveiro cruzaron las miradas medio segundo, extrañados. Ambos echaron a correr cuando el ujier les explicó, terriblemente asustado, que Margarita Rodríguez, la secretaria del Club de la Bahía, acababa de morir en el salón de baile del Palacio de la Magdalena entre horribles sufrimientos.

9

—Creo que ha llegado la hora del segundo asesinato.
—¿Qué quieres decir con eso del segundo asesinato?
—Bueno, en los libros hay siempre otro asesinato, aproximadamente a estas alturas. Matan a alguien que sabe algo antes de que pueda hablar.

Agatha Christie,
La casa torcida (1949)

Valentina Redondo tenía conocimiento de que existía un legendario y viejo método chino para saber si alguien mentía. Se le daba al individuo un puñado de arroz crudo para que lo masticase y se esperaba un rato a que lo escupiese sobre un plato: si mentía, el arroz estaba seco; si decía la verdad, húmedo. Los nervios, la intranquilidad de la mentira y de que esta fuese descubierta eran capaces de producir cambios fisiológicos medibles en las personas y, por supuesto, incidían en su salivación. En el antiguo salón de baile de la Magdalena, sin embargo, ella habría jurado que todos los asistentes tenían en aquellos instantes la boca seca, todavía impresionados por el espectáculo que había supuesto ver morir a Margarita, la secretaria del Club de la Bahía de Santander.

Valentina y Riveiro avanzaron con el ujier abriéndose paso entre la multitud, que les despejó progresivamente un pasillo humano a pesar de que no llevaban uniforme, como si hubiese algo en ellos que los delatase como miembros de la Policía Judicial.

—¿Han llamado ya a una ambulancia? —preguntó Valentina al ujier según avanzaban.

—¡Sí, sí, por supuesto! Está en camino.

El antiguo salón de baile no era tan grande como el comedor de gala, aunque guardaba también forma rectangular, y Margarita se encontraba casi al fondo, tendida en el suelo y retorcida sobre sí misma, como si en su último movimiento hubiese hecho un gesto desesperado por proteger su estómago. A su alrededor, multitud de mesas llenas de canapés y bebidas dotaban a la sala de un ambiente festivo, que ahora había enmudecido. Valentina asumió de inmediato que, sin duda, ya habría terminado la última ponencia y habría comenzado allí el cóctel de clausura de las jornadas de tenis.

Sobre Margarita se inclinaban varias personas sin realizar ya esfuerzos por reanimarla, señal de que posiblemente habían considerado agotadas todas las posibilidades para devolverla a la vida. La teniente se acercó al cuerpo de la secretaria del club y, sin perder un segundo, intentó verificar si disponía o no de pulso carotídeo en el cuello, pero no obtuvo resultado positivo. Riveiro se agachó también, girando el cuerpo de Margarita y posicionándola boca arriba para examinarla. Sus ojos estaban abiertos, y al moverla fue como si constatasen que estaban ante una muñeca rota. En aquella nueva posición, el cadáver parecía admirar los techos blancos adornados con molduras de flores de lis, pero cualquiera que se acercase podía comprobar que aquellos ojos tenían las pupilas completamente dilatadas y que se encontraban perdidos en una irreversible oscuridad. Riveiro llamó inmediatamente a la Comandancia de Peñacastillo, y Valentina alzó la mirada a su alrededor, buscando respuestas.

—¿Puede alguien explicarnos qué ha pasado?

Pablo Ramos se acercó con su silla de ruedas mostrando un gesto serio, acorde a las circunstancias.

—Comenzó a decir que le dolía mucho la cabeza, y luego que sentía náuseas, como vértigo... —explicó, sin apenas atreverse a mirar el cuerpo de Margarita—. Yo pensé que iba a vomitar.

—Y después comenzó a respirar muy agitada —añadió Victoria Campoamor, que estaba al lado del joven.

Valentina observó que ambos se habían aproximado juntos.

—Era como si le faltase el aire —siguió explicando Victoria, llevándose la mano derecha al cuello—, como si a ratos no pudiese respirar.

—Sí, ha sido un espectáculo horrible —confirmó Basil Rallis con gesto de disgusto y entornando sus astutos ojos azules—. Parecía un pez ahogándose fuera del agua. Después empezó a convulsionar... En fin, algo tremendo, la verdad.

—Yo misma he llamado a urgencias inmediatamente —intervino una desconocida de cierta edad, menuda y elegante, de piel tan fina y transparente que dejaba intuir el camino de sus venas en su rostro—, pero está claro que no había nada que hacer por esta pobre señora, Dios la tenga en su gloria.

Valentina miró a la mujer que acababa de hablar, y que era una de las personas que estaba inclinada sobre Margarita cuando ella había llegado; observó que, como el resto de los asistentes a las ponencias, llevaba una tarjeta identificativa: al parecer, era psicóloga. ¿No habían sido convocados a aquellas jornadas, además, un buen número de médicos? La teniente se levantó y miró a su alrededor. Por un instante, casi se quedó congelada al ver que Oliver la observaba desde una esquina del salón de baile. Se recompuso y deslizó la mirada al resto de los asistentes, que comenzaban a murmurar, e hizo la pregunta obvia.

—¿No hay aquí ningún médico?

—Sí, sí —se apuró a contestar un hombre delgado y de mediana edad al que, de forma exagerada, unas gruesas gafas de pasta le ocupaban gran parte del rostro; también pertenecía al pequeño grupo que la teniente se había encontrado junto al cadáver—. Bueno, en realidad yo soy solo fisioterapeuta... Y usted... Usted es policía, ¿verdad?

—Teniente de la Guardia Civil.

—Pues, mire, el doctor Costas y yo mismo intentamos ayudarla —explicó el hombre con grandes aspavientos, señalando en el suelo a Margarita y después al médico que había citado—, pero resultó imposible. No sabíamos qué le estaba pasando, e incluso intentamos realizarle la maniobra de Heimlich por si se había atragantado, pero no funcionó.

—¡Es que parecía que se ahogaba! —exclamó el doctor Costas, un médico muy joven y de aspecto anodino—. Pero, mire, a esta señora creo que le ha dado, sencillamente, una insuficiencia cardíaca.

—Yo no soy internista —dijo otra mujer, de cabello completamente blanco y que estaba cerca de ellos— ni especialista en la materia, pero observen esa midriasis, y el olor...

—¿Qué olor? ¡Yo no huelo nada! —exclamó Costas.

La mujer de cabello blanco, en cuya tarjeta podía leerse «Cristina Tubío, medicina ortopédica y deportiva», se acercó a Valentina y, casi en un susurro, le dijo algo aproximándose al oído, con toda la discreción posible.

La teniente la miró durante unos segundos, midiéndola y evaluando su credibilidad. Lo que le había dicho no resultaba descabellado. ¿Cómo era posible que en una sala llena de médicos, ninguno, salvo aquella doctora, pudiese identificar qué diablos le había pasado a Margarita? Sin duda, ninguno de los integrantes de aquel grupo de invitados estaría especializado en medicina forense, y mucho menos en envenenamientos. Valentina observó una pequeña taza de café sobre una mesa, cerca del cuerpo de Margarita; le llamó la atención porque estaba volcada, goteando todavía su líquido oscuro, como un presagio. La teniente se dirigió a todos los presentes y procuró hablar alto y claro.

—Soy Valentina Redondo, teniente de la Guardia Civil —explicó, mostrando su placa y girando sobre sí misma trescientos sesenta grados para confirmar su autoridad—. Les ruego calma, pero ha fallecido una persona, y aún no hemos podido determinar las causas. Es posible que se trate de un infarto, pero no podemos descartar la intoxicación alimentaria. Por favor, que nadie toque la comida ni la bebida, ¿de acuerdo? Lo que tengan déjenlo sobre las mesas. E insisto: por favor, no toquen nada.

En la sala había más de medio centenar de personas, que se alborotaron de inmediato cuando Valentina insinuó la posibilidad del mal estado de la comida. En realidad, la teniente había sido muy suave en su advertencia. Riveiro se aproximó a ella, alarmado, y le habló al oído.

—¿Por qué has dicho lo de la intoxicación?

—Esa doctora... —le explicó Valentina, señalando a la mujer del cabello blanco—. Me ha dicho que las pupilas tan dilatadas podrían ser síntoma de intoxicación, y que el olor del cuerpo le hacía sospechar de un posible envenenamiento.

—¿Eh? —El rostro de Riveiro se contrajo de extrañeza—. ¿Qué olor?

—Yo tampoco he notado nada, pero ella ha dicho que le ha olido a almendras amargas.

—Hostia.

Ambos se miraron medio segundo, porque sabían por experiencia que aquel aroma era propio de los envenenamientos por ácido cianhídrico, que si no se disolvía en agua era comúnmente conocido como cianuro. Valentina tomó aire, se subió a una silla y alzó los brazos pidiendo calma, pues el murmullo en algunos de los invitados comenzaba a elevarse al nivel del más primitivo histerismo.

—¡Cálmense, por favor, cálmense! Si alguno de ustedes se encuentra indispuesto, le ruego que se acerque y nos lo comunique, los servicios sanitarios llegarán enseguida. Entretanto, les ruego que no salgan de este salón y que mucho menos lo hagan del palacio. Antes de hacerlo, serán asistidos por el personal de seguridad.

Hubo un breve silencio de solo unos segundos, que interrumpió uno de los invitados.

—Eso ¿qué quiere decir?, ¿que nos van a registrar?

—Posiblemente.

Nuevos murmullos, esta vez de indignación, se elevaron entre varios de los asistentes, mientras otros parecían observar el espectáculo con más calma, como si lo que estuviese pasando fuese en realidad algo exótico y extraordinario que poder contar al día siguiente. Valentina hizo algunas recomendaciones más, y cuando bajó de su improvisado atril en forma de silla se encontró a Riveiro colgando el teléfono.

—La policía está ya aparcando fuera. La Magdalena es de su competencia, ya sabes.

—Ya sé.

Valentina suspiró, sobrepasada. No le parecía nada descabellado suponer que la muerte de Judith Pombo, apenas veinticuatro horas antes, pudiese tener algún vínculo con el fallecimiento de su inseparable secretaria. La primera víctima, apuñalada de forma inexplicable; y la segunda, quizás, envenenada. ¿Qué demonios estaba pasando? Miró a su alrededor y comprobó que Basil Rallis, Pablo Ramos, Victoria Campoamor y su tío, Félix

Maliaño, formaban un grupo que conversaba de forma sobria pero animada, intercambiando pareceres sobre lo que acababa de suceder. Desde luego, aquellas personas se habían encontrado con dos cadáveres en apenas dos días, por lo que ninguna de ellas olvidaría nunca aquellas jornadas en Santander.

Valentina buscó con la mirada al resto de los invitados de la noche anterior en *La Giralda*. Enseguida encontró su objetivo cerca de uno de los grandes ventanales que llegaban hasta el suelo y que estaban enmarcados en grandes cortinajes rosas, estampados y ligeros. Marco Fiore, Rosana Novoa y el presidente de la Confederación de Empresarios, Emilio Rojas, observaban la escena con gesto de asombro. Al empresario le agarraba del brazo una mujer de mediana estatura y algo corpulenta, que se había llevado una mano a los labios y la había dejado ahí de forma ridícula, como si se hubiese olvidado de ella, constatando así su estupefacción ante lo sucedido. Valentina supuso que sería la mujer del señor Rojas: había formas de tocarse que solo eran propias de aquellos que sienten que la piel del otro les pertenece.

La elegantísima señora Novoa, por su parte, negaba con la cabeza y fruncía el ceño, como si tampoco acabase de creerse que Margarita hubiese muerto ante sus propios ojos. Su marido, Marco Fiore, se había apoyado sobre el borde de la mesa y había guardado sus manos en los bolsillos, mientras observaba la escena como si esta perteneciese a un mal sueño, a un mundo ajeno e impropio. A Valentina le pareció que estaba realmente afectado.

—¿Alguien sabe con quién estaba esta mujer cuando comenzó a encontrarse mal? —preguntó la teniente en alto, mirando a su alrededor.

Volvió a ser Pablo Ramos el que se aproximó impulsando su silla de ruedas.

—Estaba con nosotros —reconoció—, aunque la gente iba y venía, y ella misma había caminado hasta el fondo para buscar un café...

Y el joven jugador señaló entonces una mesa con una gran máquina automática de bebidas, similar a las de los desayunos bufé de los hoteles.

—En realidad, estaba con todos —matizó Félix Maliaño, acercándose también y evitando mirar hacia Margarita, que había sido rodeada por personal del palacio, como si así pudiesen custodiarla o, al menos, darle el soplo de una última dignidad—. Íbamos y veníamos por la fiesta —confirmó, refiriéndose a aquel cóctel, que ya no tenía nada de festivo.

Alguien chasqueó la lengua de forma notable a sus espaldas, y todos se volvieron.

—Hostia puta... ¡Otra muerta!

El subteniente Sabadelle abrió mucho los ojos, evidenciando que, desde luego, no se esperaba encontrar aquella escena al llegar al Palacio de la Magdalena. La joven Marta Torres, a su lado, miraba fijamente el cuerpo de Margarita y era incapaz de apartar su atención, pues era la primera vez que veía un cadáver. En la Comandancia estaba acostumbrada a analizar fotografías, incluso informes de autopsias, pero nunca había tomado contacto con una realidad menos virtual. De pronto, se abrió paso Oliver Gordon, que se dirigió directamente a Valentina.

—¿Puedo hablar contigo?

—Oliver, no es el momento —replicó ella, sorprendida de que pretendiese tener una conversación con ella en aquellas circunstancias.

—Creo que sí. Es en relación con... —Y señaló el cadáver, del que no sabía el nombre.

—Este ¿qué?, ¿está en todos los saraos? —preguntó Sabadelle apuntando a Oliver y mirando a Riveiro buscando su complicidad, aunque en el sargento solo encontró una mueca de desaprobación.

El subteniente conocía personalmente a Oliver tras varios casos con los que había estado relacionado y, también, por haber sido la pareja de la teniente Redondo. Le caía bien, pero en aquellas circunstancias era lógico que todavía no encontrase explicación a su presencia. En cualquier caso, la intervención de Oliver quedó en suspenso ante la aparición de un nuevo personaje, que logró que la impresionable Marta Torres sintiese que se encontraba dentro de un oscuro y extraño vodevil.

—Buenas tardes, caballeros —saludó un hombre de unos cuarenta años, de aspecto saludable y jovial; iba vestido de paisano, pero le seguían varios policías uniformados. Enseguida se dirigió hacia la teniente—. Valentina —se limitó a decir con una amplia sonrisa a modo de saludo.

—Hola, inspector —correspondió ella haciendo un suave asentimiento hacia Miguel Manzanero, inspector de policía en Santander.

—Me alegro de verte —añadió Manzanero con una mirada intensa, que estaba llena de significados.

Aunque ambos pertenecían a cuerpos distintos, habían colaborado en otras ocasiones en el pasado, y cuando el inspector había sabido lo que le había sucedido a Valentina con su bebé, había contactado con ella de inmediato. Antes de ser padre, posiblemente, habría considerado el tiroteo de La Albericia como un terrible accidente que había afectado a un feto sin nombre, a una suma de músculos y huesos sin alma, pero ahora tenía a su pequeño Martín, de apenas dos años de edad, y sabía que el vínculo con los hijos era muy poderoso; como una corriente eléctrica de energía extraordinaria y atemporal que lo invadía y cambiaba todo. Manzanero miró el cadáver de Margarita y apretó los labios moviéndolos de un lado a otro, como si el gesto le ayudase a componerse un esquema del caso que tenía ante sus ojos. Él y Valentina sabían que la Magdalena era competencia de la policía y no de la Guardia Civil, por lo que el inspector miró a la teniente con gesto inquisitivo.

—Ya veo que habéis empezado la fiesta sin nosotros.

Valentina suspiró. Le explicó a Manzanero lo más brevemente posible la situación, y acordó con el inspector que irían desalojando el palacio ordenadamente y registrando a cada uno de los invitados, rogándoles de forma individualizada que les facilitasen información de cualquier hecho o incidencia que considerasen relevante, así como las imágenes que hubiesen tomado con sus teléfonos móviles a lo largo del cóctel. Llegaron refuerzos de ambos cuerpos en solo unos minutos, hasta que por fin pareció que aquello comenzaba a tomar algo de orden. Solo faltaba que se personase el juez con la comisión judicial, y así sabrían si se decidiría o no una inhibición de autos a favor de la Guardia Civil. Los sanitarios, por su parte, al llegar solo pudieron certificar la muerte de Margarita, aunque los que asistieron a la malograda secretaria no se atrevieron a aventurar ningún diagnóstico, y mucho menos por envenenamiento.

Por fin, y habiendo dirigido a aquel excitado y preocupado grupo de personas hacia la salida del palacio, Valentina pudo atender a Oliver. Ahora no solo ella y Riveiro lo escuchaban atentamente, sino también Sabadelle, Torres y el inspector Manzanero. Se habían alejado al menos una docena de metros del cadáver de Margarita, y la teniente procuró imprimir a su voz un tono neutro y profesional, como si su interlocutor fuese alguien que acababa de conocer y no su prometido hasta hacía solo unos meses.

—Dime, Oliver. ¿Qué tenías que comunicarnos?

—Es sobre ella... —explicó, señalando con la cabeza hacia donde estaba la gruesa cáscara de piel, músculos y huesos que antes había guardado el alma de la secretaria del club de tenis.

—Sí, Margarita... —le ayudó Valentina.

—Bien, pues Margarita. Lo que tengo que contar es en relación con ella y con un hombre que estaba esta noche en la clausura con su mujer... Me ha confirmado un traductor que se llama Marco Fiore y que es socio de honor del club de tenis.

—Sí, así es. —El corazón de Valentina comenzó a latir más rápido, intuyendo que se acercaban a un punto importante—. Cuéntanos.

—Bien, pues esta semana, creo que fue el martes, Alessandra y yo estábamos recogiendo nuestras cosas en la sala de traductores del comedor de gala y...

—¿Quién es Alessandra? —le interrumpió Valentina.

—La traductora de italiano.

—De acuerdo. ¿Está hoy también aquí?

—Eeeh, sí, supongo. Hoy no he estado con ella, pero por supuesto podrá corroborar lo que vimos.

El gesto de Oliver no escondió su extrañeza. ¿Por qué aquella desconfianza? ¿Acaso iba él a mentir? ¿Para qué? Tal vez Valentina estuviese haciendo un esfuerzo doble por ser puntillosa, exageradamente profesional ante una declaración que todavía no sabía si iba a tener o no importancia. Sí, tal vez Valentina estuviese intentando marcar las distancias ante la opinión de sus compañeros, o quizás estuviese algo celosa. Alessandra, un nombre precioso, aunque la teniente no sabía que pertenecía a una joven muy guapa, sí, pero que Oliver apenas soportaba, pues no cesaba de hablar y de interrumpir el trabajo de los demás traductores.

—Bien, por favor, continúa.

—El caso es que ambos, Alessandra y yo, fuimos testigos de una escena que al principio nos hizo gracia y que, la verdad, yo ya había olvidado hasta hoy, en que he sabido que ha muerto Judith Pombo... y ahora esta mujer.

—Dinos qué viste, por favor —le apremió Valentina, impaciente.

—Pues... —A Oliver comenzó a dolerle el estómago, quizás de los nervios y de la intensa emoción por haber vuelto a ver a Valentina—. Ellos no sabían que estábamos allí, pero nosotros pudimos ver claramente a Judith Pombo y Marco Fiore en el comedor de gala, en una posición, digamos, un poco íntima, y después llegó la mujer que acaba de morir, y se pusieron todos a discutir.

El inspector Miguel Manzanero alzó las manos solicitando que Oliver interrumpiese su declaración.

—A ver, a ver... Lo primero, ¿cómo podían la traductora y usted verlos sin que ellos los viesen a ustedes? ¿Y a qué se refiere con una *posición íntima*?

—Es que la sala de traductores se encuentra junto al comedor, y puede verse todo lo que sucede en la sala a través de un falso espejo. Vengan, se lo mostraré.

Todos siguieron a Oliver y salieron del salón de baile, llegando al comedor de gala, que estaba a solo unos metros. En efecto, había dos salas para traductores, una a cada lado del pasillo de entrada, y ambas tenían sus puertas camufladas en las molduras de madera de la pared. El inspector Manzanero se adelantó y comprobó cómo podía verse el comedor desde uno de los pequeños habitáculos, y acto seguido salió, se adentró en el comedor y se posicionó al lado de la enorme mesa de juntas. Desde allí, escrutó con intensidad los dos grandes espejos que escondían a los traductores, y comprobó que resultaba imposible ver nada en ellos que no fuese su propio reflejo. Manzanero hizo un gesto hacia Valentina confirmando su aprobación para que Oliver continuase su relato, por lo que ella miró al joven inglés y lo invitó con el gesto a que siguiese hablando.

—Judith estaba sentada, o más bien apoyada sobre la mesa, así...

Oliver se acercó a la mesa, escenificándolo en la medida de lo posible.

—Ya hacía un buen rato que había terminado la ponencia, y estaba ahí sola con Marco Fiore, porque los demás imagino que se encontraban en la otra punta del palacio, en el descanso para el café. Marco la estaba toqueteando y juraría recordar que hasta se dieron un beso, pero de verdad que no le di importancia, porque creí que eran pareja y yo estaba a lo mío. Ya nos íbamos a marchar Alessandra y yo cuando llegó Margarita y comenzó a discutir con ellos. Recuerdo que él la llamó *ficcanaso*, que Alessandra me tradujo como «cotilla», aunque la insultó bastante más... Al principio Alessandra y yo pensamos que Margarita sería la mujer de Marco, pero resultó que no, que era la secretaria de Judith; comenzó a decir algo sobre apuestas y sobre que iba a demandar a Marco, que iba a caer él junto con quienquiera que fuese que estuviese compinchado.

—¿Compinchado?

—Sí, recuerdo que dijo esa palabra —confirmó a Valentina.

Oliver dejó de hablar y todos lo miraron con gesto inquisitivo. El inglés, tal vez por culpa de aquel escrutinio visual, se había puesto incluso un poco pálido. Fue la teniente la que intentó retomar el relato.

—¿Y ya está?

—Mmm, sí. La señora Pombo le dijo a Margarita que no fuese estúpida, que solo decía tonterías y locuras, y la otra se calló, sin más. A mí me pareció que hasta le tenía miedo. Después la señora Pombo y Marco se fueron y ya no los volví a ver... Hasta hoy, cuando el señor Fiore llegó a la última ponencia acompañado de Rosana Novoa, que ahora sé que es su mujer. Fue entonces cuando me acordé de la anécdota, porque yo no sabía que él estuviese casado. Bueno, en realidad no conozco a nadie aquí, solo he venido a trabajar como intérprete, claro...

—Claro... ¿Y discutieron durante mucho tiempo?

—No, pasó todo muy rápido, fue cosa de un minuto, no le dimos importancia; al principio pensamos que era una escena de celos, y luego nos pareció un malentendido de trabajo. Lo de las apuestas nos sonó a película de sobremesa, la verdad... Y esa Margarita tenía aspecto de...

—¿Sí?

—No sé, como de desquiciada...

Todos se quedaron pensativos unos segundos, tal vez esperando por si Oliver tenía algo más que matizar, pero Valentina entendió que no tenía ya nada más que decir, y sopesó el valor de aquella información. La declaración podría no tener gran valor para el inspector Miguel Manzanero, pero para Valentina y Riveiro, que llevaban todo el día entrevistando a los invitados de *La Giralda* de la noche anterior, aquel testimonio era desde luego relevante, y apuntaba a Marco Fiore como directo sospechoso de la muerte de la secretaria del club. No solo porque Margarita pretendiese demandarlo por su supuesta implicación en apuestas ilegales, sino porque conocía su relación extramatrimonial con Judith Pombo. ¿Sería aquel bronceado y apuesto italiano el asesino que estaban buscando?

El juez Antonio Marín había estudiado en Salamanca y pertenecido a la tuna, y había cantado sus canciones en muchas e inolvidables madrugadas, en las que su delgada y menuda figura, bien acompañada y sentada en los portales, había terminado las noches cuestionando los misterios del universo. Supo que quería ser juez cuando leyó su primera sentencia estudiando la carrera de Derecho. En aquel instante había comprendido que no solo tendría que aplicar la ley, como si fuese un autómata, sino que debería interpretarla, adecuarla a cada caso y a sus únicos y personalísimos matices, como si fuese un dios menor al que atribuirle equidad, moral y sentido común. Había aprobado las oposiciones que a muchos les llevaban casi una década en solo dos años, logrando ser el más joven de su promoción en convertirse en juez.

Siempre se había imaginado en sala, escuchando partes, testigos y periciales, pero curiosamente nunca se había imaginado a sí mismo yendo a levantar cadáveres. Aquella parte de su trabajo, sin embargo, le gustaba. Lo sacaba de la monotonía, si es que en algún momento la había llegado a atisbar. Escuchó en el Palacio de la Magdalena todo lo que Valentina Redondo tenía que explicarle, y la observó con la curiosidad que siempre le suscitaba aquella mujer. Le habían contado que tenía cada ojo de un color por una agresión que había sufrido siendo niña, y que la había llevado a convertirse en Guardia Civil. Ahora sabía que ella tenía más cicatrices, y no solo aquella de la mandíbula, sino otras que ahora hacían mella en su abdomen y en su carácter, cada vez más inescrutable.

En aquel instante estaban reunidos en el palacio el juez, el inspector Manzanero, el sargento Riveiro y Valentina, pues habían ordenado que Sabadelle y Torres ayudasen a coordinar el registro y la salida de los invitados. Antonio Marín, toqueteando su abundante cabello castaño y esbozando su habitual gesto jovial, observó a la teniente y pensó que no, que a aquella mujer no la perseguía la mala suerte, sino que lo que le sucedía era que no esquivaba la vida. Asumía riesgos y tomaba decisiones, y las transitaba hasta el final. La admiraba por ello. Y porque no le parecía tan aburridamente predecible como el resto del planeta.

—Ya me he formado una idea bastante clara de la situación, teniente. Se procederá a inhibir estos autos para que tramite directamente la Guardia Civil el asunto. Es indudable que la muerte de la presidenta y de su secretaria con solo veinticuatro horas de diferencia tiene, como mínimo, un indicio muy sólido de vínculo criminal.

—Sí, señoría, aunque el método homicida ha sido muy diferente. Si estamos ante un solo asesino, desde luego es alguien que dispone de amplios recursos.

El inspector Miguel Manzanero, a pesar de que ya acababa de confirmar que no tendría que investigar la muerte de Margarita al cederle la investigación a la Guardia Civil, se mostró reflexivo sobre aquel asunto.

—Si a esta se la han cargado con cianuro, al menos el método no reviste gran complicación... Es un veneno relativamente fácil de conseguir —observó, volviendo a juguetear con sus labios, frunciéndolos y mirando ahora solo hacia Valentina—. Donde te las vas a ver canutas es con el asunto de la goleta. Si es cierto todo lo que me has contado, estáis jodidos; ¡es un crimen imposible!

—Yo confío plenamente en la teniente Redondo —replicó el juez, sin apartar la mirada de ella y arrugando su nariz, algo ganchuda, en un gesto amistoso.

Su aspecto no dejaba de resultar chocante: su pequeña estatura, su semblante de niño y aquella forma de hablar tan formal e impropia para alguien que, visto de lejos, parecía tan joven. El juez continuó hablando, enfocando su atención en la teniente e imprimiendo en sus palabras un sorprendente tono de seguridad y determinación.

—En su historial he podido comprobar que es una investigadora extraordinaria, por lo que resulta perfectamente adecuada para un caso igualmente fuera de lo común.

El gesto inalterable de Valentina se desdobló, mostrando en su rostro su sorpresa ante aquella inesperada manifestación de confianza. Apenas conocía a aquel joven juez, pero desde luego no se manejaba como un niño. Le habían contado que solía gastar bromas en sala y que no parecía tomarse nada especialmente en serio, aunque su forma de trabajar y de observar a las personas decía lo contrario. Ella respetaba al anterior juez, Jorge Talavera, pero con aquel siempre habían mantenido las distancias, no sabía bien por qué. Tal vez por su culpa, por ser siempre tan reservada, por no mostrarse. Sin embargo, aquel joven magistrado al que Valentina sacaba al menos diez años no la miraba con desconfianza, sino con curiosidad, otorgándole algo de esperanza.

—Gracias por la confianza, señoría —se atrevió a decir—, aunque es cierto que el asunto de la goleta se presenta difícil de explicar, y mucho más de resolverse.

Valentina se giró y apuntó hacia donde todavía reposaba el cadáver de Margarita.

—Y el caso de la secretaria no empieza mejor, porque si resulta ser cierto que ha sido envenenada, la han asesinado en un cuarto lleno de gente donde de entrada nadie parece haber visto nada.

—Es verdad —intervino Riveiro—, a una la han matado en un cuarto cerrado y vacío, y a otra en uno abierto y repleto de personas. Detrás de esto debe de haber un criminal con un sentido del humor muy particular.

—No son las formas, sino los métodos... —observó ella, concentrada—. Son muy diferentes. Tal vez estemos ante más de un asesino. O tal vez tengamos en realidad un único crimen, y lo que acaba de suceder ahora con la secretaria del club pueda explicarse con un simple infarto.

Manzanero frunció los labios de nuevo, dando a entender que aquello era poco probable y que dudaba de que Valentina lo hubiese dicho en serio. Sin embargo, ella se mantuvo firme.

—Hasta que no tengamos la opinión forense y el resultado del informe del Servicio de Criminalística no podemos dar premisas por sentadas.

—¿Lo ve, inspector? —preguntó con una sonrisa socarrona el juez Marín—. Nada de dar premisas por sentadas... Yo solo confío en los mejores —añadió, guiñándole un ojo a Manzanero con gesto malicioso.

El policía iba a contestar cuando escucharon unos pasos apurados a sus espaldas. Por fin habían llegado quienes faltaban en la comisión judicial para levantar el cadáver. No era usual que fuese el juez el primero en presentarse, pero con Marín nada parecía seguir el ritmo ordinario de las cosas. El secretario judicial y la forense Clara Múgica se acercaron a ellos directamente. La forense, a pesar de su discreta estatura y su más menuda figura, marcaba a cada paso una indudable autoridad. ¿Quién le iba a decir que justamente el día que le tocaba guardia iba a tener que atender un segundo caso de posible homicidio?

—Perdón por el retraso —se excusó Clara, saltándose el trámite de un saludo convencional—. Para entrar aquí hemos tenido un atasco de mil demonios, y hemos estado hablando con los sanitarios que atendían a algunos de los invitados. Además está la puerta de la Magdalena llena de prensa...

—Era de esperar... —Valentina miró a Clara con afabilidad—. Muchos de los invitados ya habrán enviado mensajes de lo que ha sucedido aquí esta tarde. Ahora mismo debe de estar medio Santander al tanto.

—Puede ser —concedió la forense, mirando a Valentina con detenimiento.

Al principio, a la teniente le pareció que la observaba como reconociéndola, tras varias semanas sin verse. Pero a los pocos segundos comenzó a preocuparse.

—¿Sucede algo?

Clara tomó aire y miró a todos los presentes, para terminar por volver a posar su mirada en Valentina.

—Algunos de los invitados se han encontrado mal al salir, los están atendiendo los sanitarios.

—¡Ah! Entonces a lo mejor sí que estamos ante una simple intoxicación alimentaria.

—No, no lo creo —negó la forense, convencida—, parecían más bien ataques de ansiedad, de nervios... Nada grave. Aunque tengo que informarte de que también estaban atendiendo a Oliver.

—¿Qué?

Valentina, de pronto, perdió parte del color en su rostro. Sintió que su corazón, de nuevo, comenzaba a golpear con rabia y con miedo, angustiado.

—¿Qué le pasa? Pero si hemos estado hablando con él hace solo un momento...

La teniente miró al inspector Manzanero, como si necesitase que él le confirmase visualmente que la vivencia no había sido un sueño. El inspector asintió, atento a lo que Clara Múgica tuviese que decir. La forense tocó a Valentina en el brazo, intentando transmitirle calma.

—Decía que le había comenzado a doler mucho el estómago, pero quizás sean nervios. En todo caso está siendo atendido, y ya me han confirmado que a los que no les puedan hacer un cuadro diagnóstico claro se los llevarán al hospital.

—Al hospital... —masculló Valentina, sin disimular su preocupación.

Resopló, procurando contener su rabia ante las circunstancias. Que al menos a Oliver no le pasase nada, que el mundo pudiese seguir girando con él dentro.

—Te informaré con lo que sea —le susurró Clara en un tono prácticamente de confidencia, acercándose a ella.

Después, volvió a alzar el tono lo bastante alto como para que todos la escuchasen.

—Bien, creo que tengo un cuerpo que examinar...

Abrió el maletín que llevaba y extrajo guantes y otros materiales que iba a precisar, y en aquel instante llegó el equipo de guardia del Servicio de Criminalística. Sin duda, el salón de baile iba a estar en unos instantes lleno de personal especializado tomando fotografías y huellas, estudiando cada rincón. Cualquiera podría suponer que se trataba de unas medidas exageradas, pues la muerte natural todavía no había sido descartada. Sin embargo, tan pronto como Clara Múgica se aproximó al cadáver de Margarita, frunció el ceño con gravedad. La forense habló en alto como si lo hiciese consigo misma, ajena a las personas que la rodeaban.

—Piel de tono rojo claro, casi rosa... Inicio de rigidez precoz e intensa, que se aleja de las leyes de Nysten...

—Diga, ¿qué le parece, Clara?

El juez Marín, contraviniendo lo habitual, se había también aproximado al cadáver y observaba a la forense con fascinación, quizás porque ella disponía de conocimientos que a él se le escapaban. Ella alzó la mirada, como si acabase de descubrir algo que no le había agradado.

—¿No lo huele?

—¿Qué? No... No huelo nada.

El juez inspiró profundamente por la nariz, que era el único elemento de su rostro que parecía acercarlo al perfil maduro de un hombre, y no al de un niño. Valentina se aproximó, intentando encontrar en el aire esa pista que ella tampoco acertaba a identificar. No fue capaz de oler nada extraño en el ambiente, salvo su propia inquietud. Clara se puso en pie y miró a la teniente.

—Es normal que no lo huelas. En realidad, ese característico olor del cianuro solo puede notarlo un veinte o un cuarenta por ciento de la población como máximo. Y no todos los cuerpos desprenden ese aroma amargo... No puedo confirmar nada, por supuesto, hasta que hagamos la autopsia.

—Otra que no da premisas por sentadas —comentó el juez encantado.

Clara lo miró como si tuviese delante a un individuo extraño y excéntrico. En realidad, no le caía mal el juez Marín, pero echaba de menos a Talavera; no solo porque fuesen amigos personales, sino porque con él sabía a qué atenerse. Sin embargo, aquel nuevo juez de cabello castaño y enmarañado se perfilaba para ella como un inteligente y extravagante superdotado al que todo le interesaba, como si hubiese estado demasiado tiempo sumergido en los libros y ahora pudiese por fin acceder a la vida real, a la que él parecía revestir de cierto halo literario, sin detenerse en su verdadera crudeza.

—Pero dígame, Clara —insistió Marín—, en confianza, si tuviese que dar una respuesta ahora mismo, ¿qué nos diría...? ¿Cianuro?

—Muy posiblemente —se vio obligada a reconocer.

El juez sonrió y se acercó a Valentina.

—Pídame los oficios y diligencias que necesite, querida. Cada vez me interesa más saber cómo va usted a resolver el asunto del puñal invisible de Judith Pombo y el del envenenamiento de esta pobre desgraciada.

Marco Fiore discutía ante la puerta de su coche con su mujer, aunque ambos lo hacían discretamente, sin alzar la voz. Cuando Riveiro, acompañado de otro guardia, lo invitó a volver dentro del Palacio de la Magdalena, se mostró abiertamente alterado.

—*Cazzo! Perché io? Perché?* ¿Por qué no interrogan a los demás, eh?

—Porque es con usted con quien queremos aclarar un par de puntos. Puede hacerlo aquí o en la Comandancia, como usted desee.

—¿De qué se me acusa?

—De nada, señor Fiore. De momento, de nada.

Rosana Novoa tomó aire de forma profunda y sentida, y su gesto de preocupación resultó evidente, a pesar de que las sombras del anochecer comenzaban a llegar y de que sus expresiones se camuflaban con aquella incipiente oscuridad.

—Ve con ellos, Marco. Voy a llamar al abogado, que venga enseguida.

—¿Qué? Pero yo no he hecho nada, ¡te lo juro!

—Claro que no, Marco. Tranquilo.

Ella se acercó y le tocó el rostro, acariciándoselo tal y

como haría una madre a un hijo al que le preocupa una fruslería.

—Tranquilo —repitió, intentando restar dramatismo a la escena—. Yo entraré contigo y te esperaré mientras estos caballeros te preguntan lo que quieren saber, ¿de acuerdo?

Marco no respondió, y se dejó guiar de nuevo al interior del palacio. Rosana, acompañada de dos guardias, recibió la recomendación de esperarlo en el recibidor, y la mujer aguardó a su marido mientras llamaba a su abogado.

A Marco lo llevaron directamente al comedor de gala, donde lo esperaban Valentina, Sabadelle, Torres y Riveiro. El juez, junto con el resto de la comisión judicial, acababa de salir al haber levantado ya el cadáver de Margarita, mientras que el Servicio de Criminalística rastreaba el salón de baile e inspeccionaba los vídeos e imágenes que ya tenían sobre aquel cóctel que había terminado de forma tan dramática. Por su parte, el inspector Manzanero había dado también por concluida su breve intervención, de la que estaría formalmente desvinculado a la mañana siguiente, y se había marchado casi aliviado de que no le hubiese tocado a él un caso que se presentaba tan enmarañado.

Valentina vio llegar a Marco al comedor de gala, lo saludó y procuró tranquilizarlo. Los testigos, e incluso los asesinos, a menudo se abrían más cuanto más cercana se mostraba. Sin embargo, la idea de que Oliver estuviese siendo atendido por los sanitarios, o tal vez ya ingresado en el hospital, no dejaba de darle vueltas en la cabeza. ¿Habría sido envenenado? ¿Serían simples nervios, o incluso agotamiento? Ella lo dudaba. Oliver era resistente y solía disponer de buen humor, de un carácter flemático y tranquilo con el que resolvía casi todo. La teniente suspiró y tomó fuerzas del misterioso punto oscuro e invisible de sus entrañas que la había sostenido en pie en los últimos meses.

—Marco, tenemos un testigo que asegura haberle visto en esta misma sala con Judith Pombo, hace solo unos días.

—¿Cómo? Pues... ¡Pues claro! Hemos coincidido en algunas de las ponencias de las charlas, como es natural. Pero yo no he venido a todas, ¿eh? Yo tengo una empresa que gestionar y tengo más que hacer que acudir a estas estupideces, como comprenderá. ¿A qué viene esto? ¿No me habían interrogado ya por Judith? ¡Exijo una explicación!

—Nuestro testigo le vio en esta sala en actitud íntima con Judith, señor Fiore. Y acto seguido comprobó cómo Margarita Rodríguez les sorprendía a ambos en esa intimidad, provocando una discusión.

El italiano se puso pálido, y tardó unos segundos en recuperarse de la sorpresa.

—Pero, pero... ¿Cómo iba a vernos nadie si estábamos solos?

Valentina alzó suavemente la barbilla y señaló los dos espejos de la entrada del comedor de gala.

—Son ventanas, no espejos. De la sala de traductores —se molestó en aclarar para mostrarle a Fiore que sí, que era cierto que los habían visto y que aquello no era una argucia para presionarlo.

El italiano comenzó a sudar, comprendiendo lo que había sucedido y sus implicaciones.

—¡Ah, por Dios del cielo! ¿Y ahora creen que he matado a Margarita? No, no, no... ¡Ni hablar! No tienen pruebas... ¿Han visto lo gorda que estaba? ¡Le habrá dado un infarto cerebral a esa maldita zorra!

—Tranquilícese, señor Fiore. Solo queremos saber qué sucedió aquella tarde en que Margarita los sorprendió a usted y a Judith aquí, en esta misma sala.

—Fue, fue... ¡fue un malentendido! ¿Me oyen? ¡Un malentendido! Yo no estaba haciendo nada con Judith, ¡nada en absoluto! Estábamos charlando, nada más... Y llegó esa secretaria metomentodo, que no tenía vida, ¡si es que no tenía vida, *cazzo*! Comenzó a decir tonterías y Judith le dijo que no hiciese el tonto, que si estaba loca, y luego ella se calló y no dijo nada más. Eso fue todo.

—No, señor Fiore —la mirada de Valentina era puro hielo—, eso no fue todo. ¿No le amenazó Margarita con denunciarlo por un tema de apuestas deportivas?

—¿A mí? No... No sé, no me acuerdo. Esa mujer amenazaba todo el tiempo con todo, ¿comprenden? Estaba obsesionada con Judith, yo creo que estaba enamorada de ella. Cualquiera que se le acercase estaba maldito y no hacía más que criticarlo, ¿entienden? Y mi pasado con las apuestas es pasado, estoy limpio. Compruébenlo —concluyó, con gesto desafiante.

Sabadelle chasqueó la lengua con gesto chulesco e intervino en la toma de manifestación.

—¿Seguro, amigo? Porque si no está limpio será cuestión de horas que lo averigüemos. Si tiene algo que decir —alzó las cejas de forma teatral—, este es el momento.

Valentina miró a Riveiro con resignación, recordando cómo era el armarse de paciencia cuando Sabadelle estaba presente. Le dirigió al subteniente una mirada de amonestación, ordenándole con el gesto que se mantuviese en silencio, mientras Marta Torres observaba la escena con un interés evidente, como si estuviese en una clase práctica de la academia.

Marco Fiore, con ademán resuelto, se levantó con determinación. En su gesto se adivinaba un destello de epifanía, de revelación de que la Policía Judicial no tenía ninguna prueba ni nada definitivo contra él, y constatar aquel hecho lo había revestido de una nueva fortaleza y dignidad. ¿Qué ridiculez era aquella del episodio en que Margarita le había pillado metiendo mano a Judith? Él no sabía quién sería aquel maldito entrometido que había chismorreado sobre sus movimientos tras el espejo, pero desde luego las dos mujeres que estaban con él en aquel instante estaban muertas, y podía contradecirlas cuanto le viniese en gana.

—¿Ya está? ¿Esto era todo? Si es así, me gustaría marcharme para descansar.

—No —le frenó Valentina—, no era todo, señor Fiore. Dígame, ¿dónde estaba usted cuando Margarita comenzó a encontrarse mal?

—¿Yo? Le aseguro que con ella no, porque no la soportaba, y cada vez menos.

—Ya. Pero le he preguntado dónde estaba y no me ha contestado.

—¿Dónde? ¡Era un cóctel, por Dios bendito! En un cóctel no se queda uno quieto como una estatua...

—Hemos comprobado que, aunque el evento no era grabado, sí había invitados tomando imágenes y vídeos, y que la organización de las jornadas también tomó algunas imágenes, de modo que le ruego franqueza y concreción, porque vamos a revisar cada segundo de los vídeos, se lo aseguro.

Marco pareció dudar un segundo, pero se recompuso rápidamente.

—Estuve casi todo el tiempo donde me vio usted la primera vez, cerca del ventanal. No me separé apenas de mi mujer. Eso es todo lo que tengo que decir.

El italiano preguntó a Valentina si tenían más preguntas para él o si ya podía marcharse, y a la teniente no le quedó más remedio que permitirle abandonar el palacio, con la recomendación expresa de no salir de la ciudad hasta que se esclareciese aquel asunto. Acompañó a Marco hasta la puerta, donde Rosana se mostró sorprendida de que hubiese terminado tan pronto. Su marido había recuperado la seguridad y la serenidad que no había encontrado cuando Riveiro había ido a buscarlo, y a Valentina no se le escapó la mirada de sorprendida admiración de Rosana Novoa hacia su marido cuando este la tomó del brazo y, con tono decidido, le dijo que se había terminado el espectáculo y que se iban a casa.

10

> Si no llegamos al fondo de este asunto, y rápido, claro, podría haber otro asesinato.
>
> Agatha Christie, *La ratonera* (1952)

Algunas noches nos llevan al más completo estropicio, a una deriva en la que sabemos que será casi imposible retomar el rumbo. Nos revolvemos en la cama sin encontrar descanso, incapaces de huir de nosotros mismos, de dejar de pensar. Valentina había sufrido una de aquellas noches interminables, envuelta en los edredones floridos de su habitación en el ático del hotel. Ella, que se había deshecho de todo convirtiéndose en una persona sin puntos débiles, sin nada que perder, ahora caía de rodillas ante la duda de qué le sucedería a Oliver Gordon, que permanecía hospitalizado.

Clara Múgica le había dicho que lo tenían en observación, que todavía no estaba claro qué le sucedía y que aún debían realizarle más pruebas. La forense había puesto sobre aviso a los médicos de la posibilidad de un envenenamiento, pero no había podido hacer más. Cuando Valentina había vuelto a llamarla más tarde, el teléfono de Clara no había cesado de comunicar, y después no le había devuelto las llamadas. Tal vez continuase de guardia. Aquella mañana, sin duda, tendrían por fin noticias. No sabía por qué le daba tantas vueltas: ¿acaso era ella médico o acaso podía hacer algo más por Oliver que todo el personal de un hospital? No, claro que no. Ya no estaban prometidos, ya no eran nada, y su recuerdo como pareja debía difuminarse, tal y como se pierden y olvidan las huellas en la playa cuando sube la marea. Además, era prácticamente imposible que lo hubiesen envenenado. ¿Por qué, quién? Cuando Oliver había revelado lo que había visto en el comedor de gala, los invitados ya habían comenzado a ser desalojados, y solo lo habían escuchado el inspector Manzanero, su equipo y ella misma. No, no podía ser. Lo que le sucedía a Oliver tenía que estar completamente desvinculado de aquel asunto. Además, había otro testigo, aquella tal Alessandra, y no le constaba que hubiese sido ingresada en el hospital ninguna otra persona de las que la tarde anterior habían acudido al cóctel de clausura de las jornadas de tenis.

Bip, bip, bip. Las siete y media de la mañana. Era el capitán Caruso.

—¿Redondo? Perdona las horas, pero ya sé que te levantas pronto.

Ella adoptó su tono profesional y se incorporó en la cama.

—Sin problema. Dígame, capitán.

—¿Hay alguna novedad en el caso de la Magdalena?

—Todavía no, señor.

Valentina contuvo un suspiro: ¿cómo iba a haber alguna novedad a aquellas horas? Sin embargo, continuó la conversación como si lo más habitual fuese recibir noticias extraordinarias de los casos en mitad de la noche.

—Le harán la autopsia a Margarita Rodríguez hoy por la mañana, capitán, aunque para las investigaciones vamos a partir de la base de que la secretaria fue envenenada, ayer hablé con Múgica y...

—Ya sé, ya sé, me lo dijiste anoche. ¿Pudisteis hablar al final con la familia de la víctima?

—Sí, señor. Solo pudimos localizar a un hermano, que vive en Burgos y que llegará hoy a Santander.

—Perfecto. Espero que hoy tengamos resultados, ¿eh, Redondo? Porque estando aquí el rey, en la ciudad tenemos liada la hostia en verso, no sé si me explico. El caos nivel máximum. En la prensa de esta mañana ya sale que si posible atentado y que si su puta madre.

—¡Pero si el rey no tenía previsto acudir a las jornadas de tenis!

—En efecto, pero a algún gilipollas se le ocurrió la brillante idea de hacer correr el rumor de que sí, y voy a tener el teléfono ardiendo toda la mañana. ¿Os vais a reunir?

—Sí, capitán, a primera hora. Anoche ya no había mucho más que pudiéramos hacer.

—Bien. Por eso te llamo, que yo voy a tener varias reuniones, a ver si calmo un poco a todo el mundo... Pero ante cualquier novedad, inmediatamente me llamas por teléfono, ¿estamos? Estoy operativo.

—Sí, señor.

—Y otra cosa más... Nos mandan a los del ECIO desde Madrid.

—¿Qué?

Valentina, si hasta ese momento había estado despegada de la conversación, de pronto comenzó a prestarle al capitán Caruso todo su interés. ¿Por qué iban a mandar al Equipo Central de Inspección Ocular? Era una unidad altamente especializada del Servicio de Criminalística, que supervisaba cada milímetro de los escenarios de un crimen.

—No entiendo... ¿Para qué vienen?

—Órdenes de arriba. El asunto se está complicando, y por si se nos muere alguien más quieren que al menos tengamos el trabajo hilado bien fino, ¿entiendes? A ver si al final sí que va a haber un puto atentado y la benemérita no ha sido diligente, ya sabes. Eso ya sí que sería el súmmum de los colmos. Lo de siempre.

—Pero ¿qué vienen a inspeccionar?, ¿la goleta?

—Todo, Redondo, todo. La goleta y la Magdalena. Ya sé que Salvador ha hecho un trabajo cojonudo con las radiografías esas en tres dimensiones, pero esto es lo que hay.

Valentina asintió, asombrada de la magnitud que estaba tomando el asunto, y tras despedirse de Caruso y colgar el teléfono se dirigió directamente al baño para darse una larga ducha.

En las últimas semanas había descubierto en aquellos largos aseos, que antes eran rápidos y prácticos, un paréntesis a toda su angustia: utilizaba el agua caliente como bálsamo, como una interferencia para la tristeza. Lo cierto era que justo hoy no se encontraba muy bien, agotada tras una noche sin dormir. ¿Qué demonios le estaba pasando? ¿Una vulgar depresión? No, una depresión podía tener muchos vectores, pero con frecuencia era el resultado de pensamientos inadecuados, de una distorsión cognitiva sobre uno mismo, sobre el mundo y el futuro, y ella había analizado cada aspecto de su vida con objetividad y raciocinio.

La teniente estaba doctorada en Psicología Jurídica y Forense, y consideraba que, si ejerciese como psicóloga de sus propias circunstancias, de sí misma, buscaría sus pensamientos negativos y los intentaría cambiar racionalmente, pero no era posible: ¿cómo asimilar racionalmente tanta culpa, tanto dolor, cuando uno se sabe responsable de todo lo que sucede en su vida?

Pero había que analizar todas las posibilidades. Tal vez sí, tal vez sufriese un trastorno depresivo mayor reactivo, porque conocía la causa que lo había generado. Pero ¿y las consecuencias? El mundo era el que era, por mucho que ella quisiera adornarlo de colorines y de buenas intenciones. Habría sido más fácil ser egoísta, manejarse como víctima para que la arropasen los demás, pero Valentina no era de ese tipo de personas.

La joven entró en la ducha y dejó que el agua caliente se deslizase por su cuerpo desnudo. Deseó, como tantas otras veces, dejar de cuestionarse y analizarse todo el tiempo. ¿Qué estaba haciendo mal? Si sus convicciones eran las adecuadas, si iba por el camino correcto, ¿por qué era incapaz de dormir, de sentir un poco de paz? Lo que tenía dentro era una bilis negra, una melancolía profunda, sosegada y asumida. Quizás fuese culpa de su altísimo sentido de la autocrítica, porque estaba llegando a considerar que su actitud era narcisista: era normal que estuviese triste, pero la suya no había sido la primera pareja en el mundo que había roto, ni su hijo el único niño no nato que había muerto. Sucedía todos los días, a cada instante, y ella no era especial. Al contrario, era afortunada por haber nacido en un lugar del mundo que le había brindado posibilidades.

Tras su conversación con Riveiro también había reflexionado sobre otro asunto; ¿valía la pena su esfuerzo y su ánimo de venganza contra aquel francotirador colombiano que a ella ni siquiera había pretendido herirla? El toxicómano al que había acribillado no podía considerarse una gran pérdida para la sociedad. Y aquel mercenario, aunque peligroso y esquivo, era como cualquier otro. Tras él, y con él, siempre vendrían más.

Valentina apoyó sus manos en la pared de la ducha, concentrada en sí misma. Necesitaba reubicarse, tomar el abismo en el que se encontraba como punto de inflexión para reestructurarse de nuevo, para fabricar una nueva y endurecida Valentina, una menos vulnerable. Sonrió, sintiendo lástima de sí misma. ¿Por qué rayos asumía ella siempre la culpa de todas las cosas? Era un sentimiento del que no podía escabullirse desde que era pequeña, cuando le había sucedido aquel otro drama con su hermano. La responsabilidad por lo que hacían otros. Había sido él quien la había golpeado, pero ella sabía que estaba enfermo y que tendría que haberlo frenado antes de que hubiera llegado su inevitable síndrome de abstinencia. Los drogadictos son en realidad bastante previsibles. Sin embargo, y aun habiendo sucedido aquel trágico episodio cuando era solo una niña, nunca había dejado de sentir que no había hecho lo suficiente. De aquella experiencia, como si se tratase de un oscuro recordatorio de su obligación de luchar contra la maldad, le había quedado un ojo completamente negro como recuerdo.

La suya era ya, en consecuencia, una tristeza degenerada, una costumbre de dolor, un estado insoportable de sufrimiento habitual. Y no, no podía ser. Tenía que seguir adelante. Tenía que resolver aquel maldito e imposible caso del club de tenis y, sobre todo, tenía que olvidarse de una vez de Oliver Gordon.

La sala de juntas de la Comandancia tenía la mesa cubierta de fotografías e informes, y parte del equipo de la Sección de Investigación de Valentina Redondo daba vueltas por la amplia estancia. En consideración a la teniente, y sabiendo que no soportaba el desorden, habían colocado los informes con exquisita pulcritud, y estaban listos para ser diseccionados.

Marta Torres revisaba las pizarras y los tablones, donde iba sujetando con chinchetas los planos de las localizaciones y las imágenes de las víctimas, colocadas sobre los escenarios donde habían fallecido. Zubizarreta observaba los mapas con concentrado interés, elaborando teorías, y el cabo Camargo estudiaba algo en su ordenador estrechando la mirada, como si le supusiese un gran esfuerzo distinguir exactamente lo que veía.

—¿Qué miras? —le preguntó Sabadelle, que acababa

de llegar con una bandeja en la mano, llena de cafés y bollos.

Camargo lo miró sin ocultar la sorpresa ante su amabilidad por el aprovisionamiento, pues aunque el día anterior el subteniente ya había traído el desayuno para todos desde la cafetería, el gesto había sido extraordinario y en honor a Valentina; desde luego aquel detalle no entraba en los parámetros de la normalidad establecida en aquel pequeño grupo. Sabadelle se dio cuenta de la mirada del cabo y de la de Torres y Zubizarreta, que cruzaban también gestos y sonrisas vestidas de asombro.

—¿Qué pasa? ¿No puede uno ser amable?

—Por supuesto —replicó Camargo con semblante desconfiado ante la generosidad y el buen humor de su superior—. ¿Celebramos algo?

Sabadelle dudó unos instantes, aunque tras unos segundos su gesto se tornó resuelto, como si acabase de decidir revelarles una valiosa información.

—Pues mira, chaval, sí. Iba a contároslo más adelante, pero ya que estamos...

Sonrió ampliamente y abrió un deliberado silencio durante unos segundos para generar la expectación que necesitaba.

—Voy a ser padre.

Todos se miraron entre ellos como si en cualquier momento el subteniente fuese a chasquear la lengua y decirles que no, que era una broma, pero viendo que no sucedía, le dieron la enhorabuena tímidamente, pues ni siquiera sabían que Sabadelle hubiese manifestado nunca deseos de formar una familia. Marta Torres, de carácter práctico, no pudo evitar curiosear.

—Pero... Tú y Esther ni siquiera vivís juntos todavía, ¿no? ¿Cómo lo vais a hacer?

—Hostia, como todo el mundo, hija mía. Nos casaremos rapidito en el juzgado y se vendrá a mi piso.

—Ah... ¿Y lo sabe ella?

Torres no disimuló una sonrisilla burlona.

—Lo de tus planes, digo.

Ahora, el subteniente sí que realizó su clásico y desagradable latigazo con la lengua, tal vez para ganar tiempo.

—¡A ver si te crees que con el trabajo que tengo me ha dado tiempo a organizarlo todo! ¿No ves que Esther acaba de decírmelo?

De pronto, su expresión se volvió extremadamente seria, incluso compungida.

—A la teniente ni pío de esto, ¿eh, chavalines? Que hay que tener cabeza, ser considerado. De momento, ni palabra de bebés ni de leches en vinagre.

Todos miraron a Sabadelle con seriedad, y el subteniente se sintió satisfecho al comprobar que sus palabras habían hecho mella, dando ejemplo de sentido común. Sin embargo, pasados un par de segundos sin obtener réplica, observó que sus compañeros miraban a algún punto concreto justo a su espalda.

—No te preocupes, Sabadelle.

Valentina estaba en la puerta, café en mano, acompañada de Riveiro, y por su expresión resultaba evidente que había escuchado parte de la conversación, quedándole clara la próxima paternidad del subteniente.

—Es necesario que se continúe repoblando el planeta, aunque sea con *pequeños Sabadelles*. Enhorabuena —añadió con una sonrisa amable y recuperando su antiguo sentido del humor, ahora aletargado.

La teniente se acercó a Sabadelle y le dio un abrazo, desarmándolo, porque las demostraciones de afecto entre él y Valentina siempre habían sido absolutamente mínimas. Como si aquel ejemplo hubiese abierto una puerta invisible, todos se acercaron a Sabadelle para felicitarlo, palmearlo en la espalda y preguntarle por sus futuros planes. Lo cierto era que el subteniente era con frecuencia paternalista e insufrible en el trabajo, pero aquel equipo pasaba tantas horas en obligada compañía que en circunstancias así era imposible no acudir a la llamada de los afectos.

Únicamente Riveiro, atento a Valentina, pudo captar un fugaz instante en que ella bajó la mirada para esconder el pequeño golpe que había supuesto la noticia. Desde luego, entrañaba una alegría la llegada de un bebé, aunque no fuese el suyo, pero su bienvenida era un recordatorio del que ya no estaba y de los que nunca vendrían. Novedades, cambios, evolución. Debía acostumbrarse, así giraba y funcionaba el mundo, y no podía dejarse herir por cada simbólico recordatorio de sus propias pérdidas. La teniente se sintió observada y al instante cruzó la mirada con el sargento Riveiro, al que sonrió con toda la naturalidad de la que fue capaz.

—Un niño criado por Sabadelle, ¿te imaginas? —le susurró, acercándose.

Después, se dirigió al subteniente.

—Oye, ni se te ocurra enseñarle al bebé a hacer esa porquería de ruiditos que haces con la boca, ¿eh? Es una orden.

Todos se rieron, aunque Valentina mantuvo la seriedad en la mirada, que enfocó ya hacia las pizarras y los corchos de la pared, dando un mensaje claro de que había que comenzar a trabajar. La teniente expuso a todo el equipo un histórico de lo que había sucedido desde la muerte de Judith Pombo hasta la de Margarita Rodríguez la tarde anterior, sin omitir detalles y dando por buena, de momento, la teoría de que la secretaria hubiese sido envenenada con cianuro.

—He pensado que debemos volver al principio —reflexionó la teniente, señalando el plano de la goleta— porque localizar a un sospechoso de homicidio en un palacio repleto de gente va a ser mucho más complicado que hacerlo en una goleta aislada en el mar. Debemos revisar detenidamente las imágenes de la fiesta en la

Magdalena para ver si localizamos alguna pista, pero lo que tenemos hasta ahora en ese sentido no es gran cosa.

La teniente respiró profundamente y habló señalando a la nada con el dedo índice, como si con el gesto estuviese ordenando la información en su cabeza.

—Si presumimos que ambos crímenes están vinculados, jugamos en consecuencia con la idea de un único asesino... Y aunque esta premisa no es firme, si la seguimos debemos centrarnos en los invitados a *La Giralda*, que casualmente estaban al completo en la misma habitación donde falleció Margarita Rodríguez.

—¡Pero el de *La Giralda* es el crimen más difícil de resolver!

—Lo sé, Torres, pero creo que es el camino más lógico, comenzar desde el principio; tal vez entre todos logremos darle un poco de sentido a este rompecabezas y encontremos una explicación a cómo pudo morir Judith Pombo dentro de ese camarote.

Valentina desplegó sobre la mesa un plano de *La Giralda*, y utilizó clips de colores para situar a la tripulación y a cada uno de los invitados en la posición en que se encontraban en el momento de la comisión del crimen, que se suponía que había sido cuando Judith Pombo había gritado.

—Este *brainstorming* no va a resultar, teniente —objetó Camargo, desesperanzado—. Cuando la víctima gritó estaban todos en el salón del barco, capitán incluido. El cocinero y la camarera en la cocina, el primer oficial en cubierta y el jefe de máquinas en las bodegas.

—Cierto —aprobó Valentina—, pero del primer oficial y del jefe de máquinas solo tenemos su declaración, y no el testimonio de un tercero.

—No importa —objetó Riveiro sin apartar la mirada del plano— porque el Servicio de Criminalística ya ha confirmado que el compartimento no tenía entradas ocultas, de modo que ninguno de los dos podría haber accedido al camarote sin ser visto desde el salón, que tenía visión directa sobre su puerta.

Todos guardaron silencio, coincidiendo con la observación del sargento, que volvía a situarlos en un callejón sin salida. Alberto Zubizarreta estiró una mano hacia el plano, dubitativo, y Valentina le animó con la mirada a que expusiese sus pensamientos. El tímido y joven guardia respiró profundamente, asimilando que lo que iba a decir sería posiblemente objeto de burla.

—¿Y...? ¿Y si tal vez...? ¿Nadie ha pensado en la posibilidad de un holograma?

—¿Un qué...?

Valentina lo miró, sorprendida y sin saber qué quería decir.

—Un holograma. Una visión gráfica en tres dimensiones... Sé que es difícil de encajar, pero se me ha ocurrido.

—Ah.

La teniente no sabía bien qué decir.

—¿Y cómo lo piensas aplicar a este caso?

—Pues, pues... He imaginado un holograma del acceso a la puerta del camarote que se superpusiese a la verdadera puerta y que fuese lo que se veía desde el salón, mientras la de verdad era abierta y cerrada por el asesino.

El silencio duró solo unos instantes y fue roto por Sabadelle, que hasta ese momento, inconscientemente y alucinado, había mantenido la boca abierta.

—Joder, macho, ¿tú fumas hierba? Lo digo en serio, ¿eh? Porque vamos, es que esa idea no hay por dónde cogerla... Primero nos sueltas lo del puñal de hielo y ahora esto. Además, ¿los hologramas no son transparentes? Para hacer fantasmas y cosas así, ¿no? Pero para tapar una superficie... ¿A quién se le ocurre?

—Sé que es improbable, casi imposible, pero no deja de ser una posibilidad —insistió Zubizarreta con una determinación que no era usual en él—. Quizás el asesino dispusiese de una tecnología muy avanzada... Me consta que en la actualidad se está estudiando incluso una futura televisión tridimensional.

—¡Una televisión tridimensional, tócate los huevos! —Sabadelle no daba crédito—. ¿Dónde has visto algo parecido?

—Pues... A ver, ya mismo en la copia de la cueva de Altamira.

—¿En la neocueva, la reproducción?

—Sí, exacto. Allí utilizan una especie de hologramas para reproducir a antiguos homínidos en escenas cotidianas de su vida.

—¡Ah! ¿Ves? ¡Lo que yo decía! Son transparentes, hombre, se nota enseguida que es una proyección, y no tapan lo que está detrás de una forma tan sólida como la que sugieres... ¿No ves que todos aquí hemos estado en Altamira, tío? —Sabadelle se echó a reír—. Joder, Zubizarreta, tendrías que ser guionista de la tele...

—Al menos ha tenido una idea —le cortó Valentina, que ya adivinaba cómo iba a continuar Sabadelle con sus burlas si ella no zanjaba el asunto de forma inmediata—. Y no es tan descabellada, la tecnología audiovisual avanza de forma extraordinaria.

La teniente se giró hacia Zubizarreta y suavizó el gesto antes de continuar hablando.

—Ha sido una idea interesante, aunque habría que investigar a fondo si existe la posibilidad de un holograma tan perfeccionado... Además, la camarera de *La Giralda* lo cruzaría constantemente para traer y llevar platos...

—Y faltaría el proyector —observó Riveiro— o algún sistema que emitiese las imágenes, y la goleta fue escoltada hasta tierra por el Servicio Marítimo, que mantuvo su vigilancia hasta la llegada de los de Criminalística, que ya fueron los que inspeccionaron toda la nave.

—Y he comprobado en el informe del Servicio Marítimo —añadió Valentina, negando con la cabeza y desechando ya definitivamente aquella loca idea del holograma— que tanto tripulación como invitados fueron registrados antes de salir de la goleta.

—Estamos entonces como al principio —se desesperó Camargo, que por mucho que mirase el plano del barco no encontraba una solución al enigma.

—A lo mejor tenemos que revisar las declaraciones de los testigos con más calma, para ver si hay contradicciones —sugirió Marta Torres, llevando ya su mano a un pequeño montoncito de folios, donde se agrupaban las declaraciones de la tripulación y de los invitados a *La Giralda*.

—Es posible —aceptó Valentina, no muy convencida y sin apartar la mirada del plano de la goleta—. Hagámoslo... Pero antes, solo una vez más, reproduzcamos los movimientos de todos estos clips dentro del barco.

El equipo asintió y cada cual se hizo cargo de varios de los personajes de aquel misterio para irlos moviendo con sus cuerpos en forma de clips dentro de la nave imaginaria, al tiempo que Valentina iba narrando la secuencia de los hechos.

—La goleta sale del Real Club Marítimo... Recoge a los invitados en el embarcadero Real, en la misma península de la Magdalena... Llegan al palacete del paseo de Pereda y sube Judith Pombo a la nave, donde riñe públicamente a Margarita Rodríguez antes de entrar en el camarote y encerrarse en él...

La teniente alzó la mirada hacia sus compañeros para verificar que hasta ahí todos estaban de acuerdo, y el equipo asintió al unísono, todos concentrados e inclinados sobre la mesa, manejando los clips como si aquellos elementos de metal fuesen pequeñas personitas de carne y hueso.

—... Tras el grito, el capitán corre hacia la puerta del camarote y comprueba que está cerrada, por lo que procede a llamar a gritos a Judith, sin resultado, y después intenta tirar la puerta abajo, también de forma infructuosa, por lo que le ayuda Timoteo Comesaña... Finalmente, solo con la ayuda de Mikaël Dubach se logra abrir la puerta tras un impacto corporal que...

Valentina se detuvo. No, había algo en el relato que no cuadraba. O sí lo hacía, pero no lo habían verificado convenientemente. El equipo la miró con curiosidad y expectación, intentando comprender qué pista había encontrado la teniente.

—El capitán corre hacia la puerta del camarote y comprueba que está cerrada...

Valentina repitió aquella frase imprimiendo deliberada cadencia a cada una de sus palabras. Fue Riveiro el primero en darse cuenta, y la expresión de su rostro brilló ante la idea que acababa de sugerir la teniente.

—¡La puerta! —exclamó, soltando sus clips y señalando en el plano la puerta del camarote—. Solo el capitán intentó abrirla, por lo que la idea de que estaba cerrada solo la tenemos por su testifical, y no es algo que pueda corroborar nadie —expuso, mirando a Valentina para verificar que aquella era la posibilidad que también ella tenía en mente.

—Exacto —confirmó ella—. Alan Alonso pudo fingir intentar abrirla, cuando en realidad ya estaba abierta, y sabemos que nadie más intentó girar ese picaporte...

Valentina miraba fijamente el plano del barco, como si la escena del capitán intentando abrir el camarote se estuviese desarrollando en aquellos instantes ante sus ojos. Frunció el ceño y comenzó a hacer gestos de negación con la cabeza.

—... Mierda.

—¿Qué? ¿Qué pasa?

—Nada, Torres. Que me acabo de dar cuenta de que esta posibilidad, de ser cierta, tampoco supondría gran cosa —alzó la vista, mirando a la joven guardia— porque aunque la puerta estuviese abierta nadie podría haber entrado ni salido de ese compartimento sin ser visto desde el salón.

—Es cierto —reconoció Riveiro, también decepcionado—, y cuando examinamos la puerta no solo estaba reventado el marco, sino también la cerradura, ¿recuerdas? Sí que estaba cerrada con llave desde el interior.

—Y además Judith gritó mientras el capitán estaba en el salón —añadió Zubizarreta arrugando la nariz y mordiéndose el labio, sin saber tampoco cómo resolver aquel misterio.

Valentina tomó aire y lo soltó muy lentamente, pensando. Miró a Zubizarreta.

—¿Ves? Yo también expongo mis ideas, por alocadas que sean. Nunca se sabe —añadió, guiñándole un ojo.

Después, cambió de posición y se alejó de la mesa, decidida a cambiar de perspectiva. Sabía que era mejor ver los problemas como los cuadros de los museos, guardando cierta distancia, intentando mantener un espacio mínimo de varios metros para poder captar su verdadero sentido y significado. Solo era viable aproximarse para apreciar los detalles, para indagar sobre los mensajes y las particularidades que el autor hubiese querido plasmar. Y exactamente eso era lo que tenía que hacer. Alejarse un poco, apreciar de forma global todos los hechos y circunstancias para después irse aproximando, con delicadeza, a los trazos del lienzo que requiriesen su interés. ¿Sería capaz de apreciar cuáles eran realmente los puntos clave en aquel extraño cuadro?

Las salas de autopsias siempre tienen mucha luz. Los cadáveres son colocados sobre mesas de acero inoxidable, con un desagüe directo para líquidos y diversos fluidos, por lo que Almudena Cardona siempre había pensado que, en realidad, parte de los cuerpos se perdía por las cañerías. En cualquier caso, aquella solución era mucho mejor que la que daban antiguamente las mesas de mármol, por donde se escurrían igualmente toda clase de fluidos, que terminaban goteando sobre los zapatos de los forenses y sobre el suelo; aquella imagen del pasado, desde luego, resultaba oscura y más propia de novelas góticas que del adecuado trato que se les debiera dar a los muertos.

Almudena bostezó en plena autopsia, aunque no por aburrimiento, sino de puro sueño. Llevaban dos días interesantes: primero, una mujer apuñalada con un elemento punzante no identificado, y ahora otra que parecía haber sufrido un envenenamiento. Su compañero Pedro Míguez, que era más joven e inexperto, la miraba con atención mientras abría el cadáver de Margarita Rodríguez.

—¿Ya sabes lo de anoche? —le preguntó él—. Parece que hubo movida... Primero lo de esta —dijo, señalando con la barbilla el cuerpo de Margarita— y después lo del accidente de un autobús.

—Sí, ya me dijo Luisa al entrar. Dos muertos... En Reinosa, ¿no?

—Sí; a Múgica le tocó una guardia de cojones.

—La verdad es que tuvo que tener la noche a tope, sí —reconoció Cardona, concentrada en el examen del cadáver—. Y es una pena que ahora no esté, porque le habría encantado hacer esta autopsia; hizo ella el levantamiento y dejó anotado que consideraba muy probable la intoxicación por cianuro, que el examen superficial ya era indiciario, incluso por el olor.

—¿Qué olor?

—Eso digo yo. Yo no huelo nada, pero creo que es normal. Poca gente puede detectarlo, es por un tema genético, ¿sabías?

—No me digas.

—Sí, me lo explicó Múgica hace ya unos meses, cuando tuvimos aquí a los fallecidos del incendio.

—¿Del incendio? ¡Ah, claro, por eso sabes lo del cianuro!

Almudena Cardona asintió. Ambos forenses sabían que la gran mayoría de las víctimas de los incendios no morían por culpa del fuego, sino del humo. Antiguamente se creía que la causa estaba en su alto contenido en monóxido de carbono, pero lo cierto era que en el humo resultaba especialmente letal el cianuro, que cada vez incrementaba más su presencia en los cadáveres de los intoxicados en los incendios. La razón de este incremento se hallaba en el aumento en los hogares de productos de plástico, nailon, poliamida y otro tipo de materiales parecidos, que unidos al fuego provocaban una combustión altamente tóxica y, con frecuencia, mortal.

—Mira, fíjate —le indicó Cardona a Míguez, mostrándole primero la tráquea y después los pulmones de Margarita Rodríguez—. ¿Ves? Congestión traqueal y hemorragia alveolar difusa...

—Sí, sí —apreció él, interesado especialmente en la hemorragia pulmonar.

—Esto es típico del envenenamiento por cianuro —le explicó Cardona sin alzar la vista y concentrada en su trabajo sobre el cadáver—. El edema pulmonar y las erosiones gástricas... Aquí, ¿ves? La intoxicación ha sido vía oral. Sí... Aunque el cerebro siempre es el más afectado, y muy posiblemente nos encontremos un edema cerebral. ¿Sabías que por causa del cianuro la actividad eléctrica del cerebro cesa antes de que el corazón deje de latir? Lo leí hace unos meses en un estudio americano.

—Joder. No, no lo sabía —reconoció el forense, que, sin embargo, sí había apreciado la congestión visceral generalizada y la fluidez de la sangre, en la que no había coágulos.

Míguez sabía que aquello, unido al color exageradamente sonrosado de vísceras y tejidos, era claramente indiciario de intoxicación por cianuro. Almudena Cardona resopló.

—Ya verás como nos llaman en nada de la Policía Judicial. Ayer ya telefonearon a Múgica a primera hora. Siempre lo mismo, se creen que somos puñeteras máquinas... Pero hasta que lleguen los análisis de tóxicos y de sangre no podremos confirmarles nada.

Pedro Míguez, que no sabía tanto de cianuro como Cardona pero que sí disponía de los conocimientos habituales mínimos, sabía que en los análisis de sangre se encontraría gran cantidad de oxígeno y de ácido láctico, por la fermentación realizada por las células carentes de oxígeno. Aquella desgraciada que tenían sobre la mesa debía de haber sufrido una muerte terrible, porque el cianuro impedía que el oxígeno que portaban los glóbulos rojos llegase a las demás células del organismo, logrando un nivel de hipoxia generalmente letal. El forense miró con sorna a su compañera.

—Pero algo le dirás a la Guardia Civil cuando llame. Porque van a llamar.

Ella se encogió de hombros.

—¿Sabes si es legal mandarlos a tomar por saco?

—No —negó él, riendo—, creo que no.

—Pues entonces les diré la verdad... —Ella se puso seria—. Creo que alguien envenenó a esta pobre desgraciada a conciencia, sabiendo que ella iba a morir retorciéndose de dolor y sin saber qué coño le estaba pasando.

Valentina Redondo miró sus propias anotaciones y, tras confirmar que nadie más de su equipo tenía ideas extravagantes para resolver aquel caso, intentó ser pragmática. Ya había decidido sobre qué punto iba a focalizar su atención: ¿quién o quiénes iban a ser los más beneficiados de la muerte de Judith Pombo y de la de Margarita Rodríguez?

—Hablemos de las motivaciones, de por qué y para qué podría resultar útil para alguien que muriesen Judith Pombo y, después, su secretaria.

—Con lo que sabemos hasta ahora —intervino Riveiro, moviendo las páginas de su libreta, donde guardaba sus esquemas y anotaciones tras todas las tomas de manifestación que habían realizado el día anterior—, en principio a la tripulación de *La Giralda* la dábamos por descartada, ¿no?

Valentina se acercó a la pizarra, donde estaban anotados todos los que habían navegado en la goleta la noche del crimen.

—Sí —confirmó—. De momento, aunque no de forma definitiva, podemos dejar de focalizar nuestra atención en este grupo. Vamos a revisar a los demás.

Y la teniente leyó los nombres de todos:

—Margarita Rodríguez, Basil Rallis, Pablo Ramos, Félix Maliaño, Victoria Campoamor, Emilio Rojas, Marco Fiore y Rosana Novoa.

El equipo al completo comenzó a discutir posibilidades, y fue Torres la que primero logró elevar el tono por encima del de sus compañeros. Se dirigió directamente a Valentina.

—¿A Margarita no la eliminamos?

—Si partimos de la base de un único asesino deberíamos hacerlo, en efecto, pero no vamos a dar esa posibilidad por sentada. Ella fue la última en estar cerca de Judith y hablar con ella, no debemos olvidarlo.

—¡Pero si estaba en el salón de la goleta cuando gritó la víctima!

—Ya lo sé, ya lo sé... —El tono de Valentina mostraba que estaba intentando tener paciencia—. Pero solo estoy manejando posibilidades. Imaginemos... Imaginemos que fuese ella quien acuchilló a Judith, dejándola desfallecer en la cama del camarote; pudo dejar una grabadora programada en el compartimento para que sonase un grito femenino diez minutos más tarde...

—Pero al derribar la puerta habrían visto la grabadora —objetó Camargo, pensativo.

—O no. Pudo dejarla en un lugar discreto y cogerla cuando entró en el camarote con todo el grupo, guardársela en el bolsillo y tirarla por la borda antes de que llegasen los del Servicio Marítimo.

Riveiro frunció el ceño.

—No, no puede ser.

—¿Por?

—Porque el camarote estaba cerrado por dentro, y ya me dirás cómo pudo cerrarlo Margarita...

—Es verdad... —reconoció Valentina con fastidio.

—Y, además —insistió el sargento, convencido—, cuando Judith entró en el camarote estaba presente el capitán. Recuerda que declaró que estaba al lado de Margarita... Él habría visto la agresión. No, no puede ser.

Valentina hizo una mueca, reconociendo que tenía razón, que aquella teoría tampoco encajaba.

—Este caso nos está haciendo buscar las soluciones más descabelladas, pero tal vez en alguna de estas ideas encontremos el rumbo adecuado, así que no dudéis en exponer todo lo que se os ocurra —sugirió, mirando a su equipo y posando la mirada especialmente en Zubizarreta—. Bien... Torres, vamos a dejar ahí a Margarita, en esa lista de sospechosos, ¿de acuerdo? Ya hemos visto que tampoco es probable su implicación, pero ella pudo participar de alguna forma en la muerte de Judith, para después ser asesinada por un tercero en discordia o por su propio cómplice.

—Sí, eso puede ser —reconoció Torres, que en sus propios apuntes comenzó a dibujar flechas en todas las direcciones, marcando sospechosos y teorías absolutamente heterogéneas.

—Vale —retomó Valentina, señalando los nombres de la pizarra—. Según lo que hablamos ayer Riveiro y yo con los testigos, ambos dedujimos que Judith no era muy querida, aunque sí temida y respetada. Todos podían tener motivos más o menos consistentes para quitársela de en medio... Y no solo por dinero, sino por rencor, envidia y hasta por causa de conflictos de poder. No debemos, en consecuencia, eliminar a ninguno de la lista, pero sí que podemos graduar nuestro interés en ellos, para ver quién nos parece el más interesado en la muerte de Judith y, por ende, en la de Margarita.

—Creo que al de la Confederación de Empresarios, Emilio Rojas, podemos ponerlo al final de la lista... O casi eliminarlo —sugirió Riveiro—. Apenas conocía a Judith, el tema ni le iba ni le venía.

—Sí, es verdad.

—Basil Rallis, Pablo Ramos, Félix Maliaño... No sé, tampoco vi motivos que resultasen muy sólidos para el crimen. —El sargento miró a la teniente—. Todo con poco peso, ¿no?

—Puede ser —concedió Valentina—, aunque tendríamos que estudiar con mucho más detenimiento el verdadero vínculo de cada uno con Judith.

—Victoria Campoamor —continuó el sargento, volviendo a posar la mirada sobre su libreta— tampoco me parece que se ajuste al perfil, aunque podemos dejarla marcada por todo el tema antimonárquico...

—¡Coño! —exclamó Sabadelle—. ¡Pero si al final el rey no estaba en ninguna parte!

—Ya lo sé, pero es mucha casualidad. Que si el rumor del rey en las jornadas de tenis, que si las manifestaciones cuando Judith entró en la goleta...

—Pero en ese caso —observó Zubizarreta—, el crimen sería ideológico, no atendería a ningún beneficio tangible.

Riveiro sonrió.

—Todavía no sabemos si estamos ante un asesino práctico y terriblemente inteligente o ante un fanático.

Valentina asintió, dándole la razón al sargento. Después, rodeó el nombre de Marco Fiore con un círculo de tiza sobre la pizarra.

—Creo que este es el hombre que tiene más papeletas... O, al menos, esa es hasta ahora la apariencia de las cosas. Sabemos que tenía una relación extramatrimonial con Judith, y que muy posiblemente esté vinculado al mundo de las apuestas deportivas. Quién sabe si Judith descubrió algo... Y nos consta que el italiano no soportaba a Margarita, que también sospechaba de él en ese sentido. Él pudo matar a ambas mujeres para que no lo denunciasen. Lo único que tendríamos que descubrir sería cómo pudo ejecutar el crimen contra Judith, porque el de Margarita parece fácil... Echar cianuro en la bebida de alguien tampoco es tan complicado, porque a fin de cuentas es un veneno inodoro y transparente.

—Pero no podemos olvidar a Rosana Novoa —observó Riveiro, dando pequeños golpecitos con su bolígrafo sobre la libreta— porque un crimen por celos sí podría encajar también en el perfil que estamos buscando. Es una señora con medios, y desde luego cuando hablamos con ella no me pareció nada tonta. Pudo matar a Judith por venganza, por desamor o como lo queráis llamar, y a Margarita por sus amenazas de denunciar a Fiore con el tema de las apuestas.

—Mucho tendría que querer la señora al italiano —comentó Sabadelle, dudando de aquella posibilidad—. Además, con esa teoría estaríamos como al principio, porque no tendríamos ni idea de cómo se habría cargado la vieja a Judith Pombo.

—Eso es cierto —observó Torres, sorprendida de sí misma por haberle dado la razón a Sabadelle— porque de hecho ella fue la única, junto a Pablo Ramos, que ni siquiera acudió al camarote cuando Judith gritó.

Valentina se pasó las palmas de las manos por el rostro como si se estuviese lavando la cara con el agua fresca de la mañana, algo agobiada al comprobar que las ideas y suposiciones del equipo no estaban llegando a ninguna parte.

—Bien —dijo, recuperando la compostura—, revisemos los datos que tenemos pendientes, porque tal vez en la información que nos falta es donde vayamos a encontrar las pistas que nos iluminen de una vez. Camargo, ¿te llegaron ya las imágenes del palacete del embarcadero?

—Sí, teniente. Las han traído por mensajería ahora mismo, las estaba revisando justo cuando llegó Sabadelle. No tienen mucha calidad, aunque ya he podido detectar el instante en que sube Judith Pombo a *La Giralda*.

—¿Y? ¿Alguna incidencia?

—No parece que haya nada relevante. Lo tengo aquí mismo —añadió, girando la pantalla de su ordenador portátil hacia la mesa para que todos lo viesen—. Minuto veintidós, segundo treinta y seis. Aquí está.

En el vídeo se podía apreciar a Judith Pombo bajando sola por una pasarela levadiza hacia la goleta. Llevaba aquel ajustadísimo vestido con el que resultaba imposible caminar normalmente, por lo que sus pasos eran cortos pero firmes. Agarraba con fuerza una especie de barandilla hecha con un cabo muy grueso, dando la impresión de que tenía miedo a caerse. Su cabeza estaba inclinada hacia el suelo, al que miraba quizás por pura precaución, pues, como la gran mayoría de los pantalanes, aquel disponía de numerosos espacios vacíos sin tablones, alternando su colocación para que pudiese entrar y salir el agua, lo que suponía un horrible trayecto para alguien que fuese en tacones. Al llevar inclinada la cabeza hacia el suelo, el cabello rubio de Judith impidió al equipo ver en la pantalla su cara, que quedó desdibujada como si la mujer fuese ya alguien sin rostro y, en definitiva, una premonición de que iba a morir.

Dado que la cámara del palacete solo enfocaba su punto inmediato de acceso y parte del pantalán, allí se perdió la imagen de Judith, justo antes de que la mujer diese un pequeño saltito para acceder a *La Giralda*. Aunque ninguno de los componentes del equipo de Valentina

Redondo hizo comentario alguno, si alguien los hubiese estado observando se habría dado cuenta de la leve pero firme impresión que en todos había producido ver a Judith Pombo con vida.

En las investigaciones, las víctimas eran individuos que había que estudiar y que analizar, pero siempre se hacía de la forma más aséptica posible, procurando no implicarse emocionalmente. Lo que hasta ese momento habían descubierto y deducido sobre la vida de Judith Pombo no la situaba precisamente en el perfil del clásico personaje popular conocido y querido en la ciudad, pero Valentina se preguntaba hasta qué punto las actitudes y comportamientos de Judith habrían sido cuestionados si quien los hubiese mantenido hubiera sido un hombre. Posiblemente, lo habrían asociado a la imagen de un empresario agresivo e inteligente, a un irresistible conquistador de todo tipo de féminas, a un triunfador. No sería Valentina quien juzgase los caminos que hubiese escogido aquella mujer, pero sí tenía intención de ser quien encontrase a su asesino.

—¿Y toda esa gente? —preguntó Valentina cuando Camargo paró la imagen.

—¿Qué gente, la del muelle?

—Sí. No se les ven bien las caras, pero hay casi un tumulto, y están tomando fotografías.

—Imagino que ver una goleta en el muelle les hizo sacar a todos sus teléfonos móviles —razonó Riveiro, acercándose a la imagen e intentando discernir exactamente lo que veía.

—Sí —admitió Valentina—, pero de todos modos es como mucha gente, ¿no?

—Bueno, recuerda que nos dijeron que había habido unas cuantas concentraciones por la estancia del rey en la ciudad. A lo mejor vieron la goleta y pensaron que venía ahí.

—Puede ser —concedió la teniente, no muy convencida—. A ver, pon la imagen un par de minutos atrás... Sí, ahí, páralo en ese punto y dale al *play*.

Camargo hizo lo que le ordenaba y pudieron ver una excursión organizada de un grupo de turistas visitando la ciudad, pero también, en un ángulo de la imagen, otro pequeño pelotón de gente con un cartel casero en el que se leía claramente VIVA LA REPÚBLICA. Sin duda, Judith tendría que haber atravesado aquellas pequeñas masas de gente para acceder al pantalán del palacete. Visionaron las imágenes dos veces más, y comprobaron que Judith había salido del tumulto de la manifestación, que había atravesado como única posibilidad y camino para llegar hasta la goleta, aunque con las pancartas y la multitud era prácticamente imposible verla en aquel tramo. Llegó un momento en que fue la propia Valentina quien paró la grabación, fijando su atención en los turistas.

—¿Alguien distingue los colores de la camiseta del guía? —preguntó, señalando al hombre que iba en cabeza del grupo de turistas.

—No sé —Torres fue la primera en reaccionar—, pero todo es ver los logotipos de las empresas turísticas de la ciudad... ¿Por qué?

—Porque esa gente está haciendo fotos sin parar, y quizás puedan darnos otro ángulo de visión, incluso de la goleta... Así veríamos, por ejemplo, quién estaba en cubierta y quién recibió a Judith al embarcar; que no es que signifique gran cosa, porque sabemos que murió después, pero quizás encontremos algo... A ver, vamos a organizarnos.

La teniente hinchó sus carrillos de aire, pensando, y cuando lo expulsó y devolvió a su rostro su aspecto normal, ya había diseñado las nuevas líneas de investigación.

—Camargo, quiero que reviséis al detalle estas imágenes y las que tengamos del Real Club Marítimo, de cuando embarcó la tripulación. Que en el departamento informático os echen una mano si hace falta para mejorar la calidad. Quiero también que investiguéis las empresas de servicios turísticos, a ver si podemos localizar al grupo que estaba anteayer haciendo fotos a la goleta... Y atentos a los del ECIO, que van a inspeccionar la Magdalena y *La Giralda*, y ya sabéis que se tiran horas; quiero que tengáis contacto constante con el responsable del equipo, y que os confirmen el mínimo indicio o novedad según van rastreando.

—De acuerdo —respondieron Camargo y Zubizarreta al unísono, al tiempo que anotaban las indicaciones.

—Bien... Torres, los de Criminalística ya estaban con el móvil y con los correos electrónicos de Judith Pombo, pero quiero que confirmes con ellos cómo va el rastreo y si encuentran o no algún dato relevante. Ayer el juez Marín me dio carta blanca para pedir oficios, de modo que...

—Joder, ¿carta blanca? —se sorprendió Sabadelle—. Hay que reconocer que con este chaval nos ha tocado la lotería.

—Creo que ha abierto la mano porque sabe que la vamos a tomar con mesura y sentido común —le frenó Valentina—, de modo que vamos a hacer honor a esa confianza y a no abusar para que luego no cierre el grifo de golpe, ¿de acuerdo? —La severidad del gesto de Valentina no dejó lugar a dudas de que hasta ella misma creía que el golpe de suerte que habían tenido con el juez Marín tendría, seguramente, una vida limitada—. Bien, pues, Torres, quiero que pidas en el juzgado que se realicen las diligencias debidas para revisar las últimas llamadas y mensajes del teléfono de Margarita Rodríguez... El juez ya habrá despachado indicaciones, pero podemos sugerirle alguna más. Ah, y el registro.

—¿El registro?

—Sí, de su piso, quizás haya algo interesante ahí. Ayer en casa de Judith no encontrasteis nada relevante, ¿no?

—Nada. Pero fue un registro superficial en su habitación. Ahí no hará falta orden, supongo, porque la hermana de la víctima no puso pega alguna en que echásemos un vistazo.

—Perfecto. A lo mejor tenemos la misma suerte con el hermano de Margarita, que llega hoy desde Burgos. Habla con él para entrar en el piso antes de pedir nada en el juzgado, y así ya eliminamos un trámite innecesario, porque quiero que tanto de Margarita como de Judith se libren oficios desde el juzgado a bancos y al colegio notarial para confirmar saldos, transacciones, movimientos extraños de capital... todo. Los testamentos y seguros, las últimas inscripciones notariales... Debemos determinar los beneficiarios principales de ambas muertes. Así que debes preparar y presentar las peticiones al juzgado, ¿de acuerdo?

—Ah —intervino Sabadelle—, en el caso de Judith nos dijo la hermana que ella era la heredera universal, así que por ahí lo tenemos claro.

—No está de más comprobarlo. Además, ¿la hermana tenía coartada?

—Sí, pero un poco floja —replicó Sabadelle con gesto desconfiado—. Dijo que estaba en casa la noche en que murió Judith, que el servicio lo podía corroborar. Cuando nos íbamos a ir —el subteniente miró a Torres como para confirmar su versión de los hechos— les preguntamos a dos de las asistentas y nos dijeron que sí, que *doña Melania* estaba en casa, que había cenado allí, pero que después se había metido en su apartamento y ya no la habían visto. A mí me pareció la típica tía rara, artista y tal.

—En todo caso —observó Valentina, abstraída por completo en el asunto—, no veo cómo habría podido subir y bajar de la goleta sin ser vista, ni siquiera teniendo un cómplice entre los invitados a *La Giralda*. No podemos saber todavía cómo se cometió el crimen —lamentó, asombrada del callejón sin salida al que habían llegado.

Redondo miró a Sabadelle con gesto reflexivo, evidenciando que su mente seguía dando vueltas al asunto, aunque de inmediato se recompuso para continuar dando instrucciones.

—Sabadelle, quiero que colabores con Torres en todas estas gestiones, incluyendo en tu parte y de forma marcada y especial todo lo correspondiente al nuevo crimen, el de Margarita Rodríguez. Debes investigarla a conciencia, hablar con su hermano cuando llegue hoy a Santander, estar completamente al tanto de los avances de los de Criminalística en relación con su muerte... Y, en especial, quiero que te encargues y responsabilices de supervisar todas las imágenes de ayer en la Magdalena. De particulares, de la organización... Todo. Me consta que ayer los del SECRIM ya hicieron barrido pero fue superficial.

—¡Pero eso me va a llevar horas!

—Igual que a los demás sus tareas —replicó ella, haciendo caso omiso a la queja, que esperaba ya de forma invariable en cualquier encomienda al subteniente—. Recuerda que buscamos especialmente imágenes de Margarita no solo en el salón de baile, sino incluso antes, porque el cianuro puede ocasionar muerte inmediata o puede demorarse más o menos minutos, dependiendo de la cantidad y de la forma de la ingesta.

Valentina hizo ademán de llevarse una mano a la cabeza en señal de que había olvidado algo fundamental.

—Ah, Camargo. Seguimos pendientes de los informes de Marco Fiore, haz una llamada al compañero de la Comandancia de Madrid con el que hablaste ayer, a ver cómo va el tema que investiga la Audiencia Nacional sobre las apuestas ilegales y si pueden o no vincularlo al italiano... Por cierto, ¿quién habla inglés aquí? Sabadelle, tú sí, ¿no?

—¿Eh? *Yes, yes. Of course* —respondió, transformando su gesto inicial de sorpresa por otro que pretendía ser simpático.

—Perfecto. Pues quiero que hables con Londres, con

la ITF. A ver si en la visita relámpago de Judith Pombo pasó algo que nosotros debiéramos saber.

—¿Algo como qué?

—Como que la alertasen de apuestas ilegales de miembros de su club en Santander, por ejemplo. No lo sé, la verdad —reconoció, desacostumbrada a estar tan desorientada en una investigación.

Sabadelle asintió con gesto resignado, mientras Zubizarreta y Torres se miraban sonriendo discretamente ante la duda del verdadero nivel de inglés del subteniente, que acostumbraba a exagerar sus facultades y conocimientos.

Riveiro miró a la teniente con gesto expectante, pues solo faltaba aclarar qué tendrían que hacer él mismo y la propia Valentina. Ella apoyó las manos con las palmas abiertas sobre la mesa, inclinando suavemente el cuerpo, como si este necesitase estar por un momento en posición de descanso. Levantó la cabeza y miró directamente al sargento, sabiendo que él también esperaba sus directrices.

—Riveiro, tú y yo vamos a tener dos tareas muy divertidas esta mañana —explicó, con marcada ironía—. La primera va a ser hablar de nuevo con todos los invitados a la goleta para que nos den su versión de lo que sucedió anoche con Margarita.

Riveiro asintió con gesto serio, previendo ya un día tan largo como la jornada anterior.

—¿Y la segunda?

—La segunda va a ser verificar con quien sea que esté haciendo la autopsia a Margarita el motivo del deceso... —Miró el reloj—. Sí, los forenses deben de estar con ella ahora mismo. Lo del cianuro, de momento, es solo una posibilidad. Así que Riveiro, tú y yo tendremos que pasar por el hospital o bien lograr un avance de la información telefónicamente.

—¿Cómo que «con quien sea que esté haciendo la

autopsia»? —preguntó Torres—. ¿No la estará haciendo Múgica?

Valentina se encogió de hombros.

—No lo sé, pero lo dudo, porque ayer estaba de guardia y me han asegurado que los forenses de vez en cuando duermen —le respondió, intentando con todas sus fuerzas recuperar a la antigua Valentina y ser afable—. De todos modos, vamos a llamar ahora mismo al hospital para confirmar que no haya habido ningún otro ingreso de quienes estaban ayer en la Magdalena.

—... Y para comprobar el motivo de ingreso de Oliver Gordon, supongo.

—Exacto —se limitó a contestar ella, con un gesto completamente ajeno y frío, como si aquella comprobación careciese de relevancia.

La teniente concluyó la reunión con una discreta sonrisa de ánimo a todo su equipo, pero justo cuando cada cual iba a ponerse con las tareas asignadas, sonó su teléfono. Era el capitán Caruso. Lo atendió y, mientras lo hacía, alzó una mano para que su equipo la esperase, para que no se moviese del sitio.

—Pero ¿cómo? Ya. ¿Cuándo ha ocurrido? Sí, sí. Por supuesto, señor. Descuide, capitán. El *display*, sí, estaré atenta.

Cuando colgó y explicó a todos lo que acababa de suceder, Sabadelle chasqueó la lengua, Torres se llevó una mano a la boca y Zubizarreta a la cabeza.

Eloísa Montes, la madre de Judith Pombo, había muerto aquella noche en la finca de Mataleñas mientras el aire marino sobrevolaba sus bucólicos tejados y el salitre se marcaba sobre sus piedras, tal y como se marca la muerte de quienes amamos en nuestra memoria.

II

> ¡Lo que realmente importa es que haya muchos cadáveres! Si acaso decae la acción, un poco de sangre vuelve a reanimar.
>
> Agatha Christie,
> *Cartas sobre la mesa* (1936)

Suele suceder que quienes viven en lugares extraordinarios apenas aprecian la belleza callada que los rodea. Se comportan como seres ajenos a su fortuna existencial, de la que con frecuencia solo se dan cuenta cuando más tarde deben habitar lugares más inhóspitos.

La primera vez que Valentina había visto Santander, recién llegada de su histórico y bello Santiago de Compostela, en Galicia, le había asombrado el contrapunto tan fuerte entre los dos colores principales de aquella tierra: el azul del mar, presente por todas partes, rodeando la ciudad; y después, el verde de los prados, extensos y tremendos, a apenas unos minutos del núcleo urbano. Aquel contraste se desparramaba con asombrosa armonía en una ciudad que se elevaba en progresivas cuestas sobre el mar, como si la urbe fuese un ente vivo con conciencia propia, un ser que se hubiese diseñado a sí mismo siguiendo aquel orden solo por asomarse mejor a la bahía.

La teniente Redondo también había comenzado a desdibujar su aprecio por aquella belleza, que hacía tiempo que le pasaba desapercibida. Ahora, dejando el mar a su margen derecho y estando sentada en el asiento del copiloto del coche, solo estaba concentrada en atender al teléfono al capitán Caruso, mientras el sargento Riveiro, tal y como había hecho Sabadelle el día anterior, conducía hasta la finca de Mataleñas. Sucesivas curvas en ascenso eran dejadas atrás progresivamente, y no había más paisaje que la voz del capitán, que estaba prácticamente histérico.

—¿Aún no habéis llegado? ¿Pero cómo va a ser esto, Redondo, cómo va a ser? ¡Que vamos a cadáver por día, joder! Si es que esto ya es el súmmum de los colmos, ¡si es que todo me tiene que pasar a mí! ¿Tú sabes la que hay liada con la prensa?

Valentina entornó los ojos. ¿Todo le pasaba a él? Aún no lo había visto salir del despacho para hacer nada en relación con aquel caso. Era cierto que lidiar con los medios de comunicación resultaba con frecuencia muy cansado, porque había que estar completamente alerta: cualquier frase sacada de contexto podía convertirse en un jugoso titular, por lo que la cautela resultaba imprescindible, pero a la teniente le habría gustado poder colgar el teléfono a su superior sin tener que soportar todas sus quejas. ¿Acaso podía ella hacer más de lo que estaba haciendo? Su Sección de Homicidios no solo había seguido estrictamente el protocolo de actuación, sino que lo había superado, poniendo en marcha todas las líneas de investigación factibles.

—Capitán, estamos haciendo todo lo posible para...

—No, no, ¡todo lo posible no! Porque mira, Redondo, un puto cadáver por día no es hacer todo lo posible, ¿me explico?

—Nos han dicho que parece muerte natural, capitán. La madre de Judith Pombo era de edad avanzada, y el disgusto por el fallecimiento de su hija pudo tranquilamente haber hecho que...

—Que sí, coño, que no soy tonto. Pero esto me lo confirmas, ¿eh? La comisión judicial al completo aún no está allí, pero me han dicho que el forense ya ha llegado y quiero tener todo bien claro en una hora como máximo, ¿estamos?

—No sé qué forense estará, capitán —dudó Valentina, armándose de paciencia—, pero sería extraordinario que en el levantamiento se nos asegurase ya la causa de la muerte sin ningún género de duda.

—Asegurar, esos nunca aseguran nada —reconoció el capitán, refiriéndose a los forenses; por su tono, Valentina apreció que parecía estar comenzando a tranquilizarse—, pero apuntar siempre apuntan, ¿eh, Redondo? Y yo quiero tener algo que apuntar como indiciario, como máxima probabilidad... Y si la causa por la que ha palmado la vieja es natural, mejor que mejor. Un drama menos.

—Por supuesto, capitán.

—No me des la razón como a los locos, joder.

—Señor, yo no...

Él suspiró, abrumado por la situación.

—Ya sé que no, Redondo. Pero con el rey aquí resulta que tenemos el triple de medios acreditados en la ciudad, ¿entiendes? Y ni noticias deportivas ni hostias, ahora todos hablan del asesino en serie del tenis.

—¿Qué? —La pregunta de Valentina sonó casi como una exclamación—. Pero si en ningún momento hemos estudiado la posibilidad de un criminal en serie, no se cumple ninguno de los perfiles que...

—Eso es —la interrumpió él—, no se cumple el perfil de un asesino en serie, pero a esta gente le da lo mismo. ¿Ves contra lo que tengo que lidiar? —El capitán respiró profundamente, y el sonido del aire saliendo de sus pulmones se escuchó claramente al otro lado del teléfono—. A ver, ¿ya estás en Mataleñas?

—Llegaré en menos de un minuto, capitán.

—Bien, pues cuando tengas algo me llamas. De inmediato, ¿estamos?

—Estamos.

Cuando colgó, Valentina cruzó una mirada con Riveiro, que le hizo una señal de resignado compañerismo.

—Vaya día nos espera —dijo él, volviendo a atender hacia la carretera.

—Ya.

Valentina miró al teléfono, como si dentro del aparato se guardase alguna respuesta.

—Voy a volver a llamar al hospital, a ver si ya me dicen algo de Oliver. Solo por confirmar que no fue envenenado.

—Claro.

En el tono de Riveiro la teniente pudo apreciar claramente una suave ironía, un reconocimiento tácito a que sí, a que aceptaba aquel juego de que ella solo se interesaba por la salud del inglés en lo estrictamente vinculado y relativo a aquel caso.

En realidad, ya habían telefoneado al hospital desde la Comandancia, pero solo habían podido confirmarles que finalmente Oliver había pasado por quirófano aquella noche y que estaba fuera de peligro, sin que pudiesen facilitarles más información si no lo autorizaba el médico, que estaba entonces en plena operación de urgencia. Al parecer, el accidente de autobús de la noche anterior no solo había dejado dos muertos, sino también un montón de heridos de diversa consideración que había sido necesario atender a contrarreloj, y en el hospital estaban completamente saturados. Valentina había vuelto a llamar a Clara Múgica para lograr información más detallada, pues al ser familiar de Oliver posiblemente pudiese acceder a algún dato adicional, pero el teléfono de la forense permanecía desconectado. Aquella desconexión no resultaba inusual, porque tras una noche de guardia agotadora como la que sin duda habría tenido que vivir, en aquellos momentos de la mañana la forense todavía debía de estar durmiendo.

Valentina, sin guardar ya apenas esperanza de que la atendiesen, marcó de nuevo el teléfono del hospital, y como si por fin lograse un milagroso golpe de suerte, le trasladaron la llamada al responsable en solo unos segundos. Mientras ella escuchaba, a Riveiro no le pasaron por alto sus gestos solapados de sorpresa y alivio. Fuera lo que fuese lo que le había sucedido a Oliver Gordon, no parecía tener nada que ver con el cianuro mortal que había eliminado del juego a la secretaria del club de tenis. La teniente colgó dando repetidas veces las gracias, y su rostro recobró algo de color.

—¿Y bien?

—No te lo vas a creer.

—Seguro que no —sonrió el sargento, poniendo ya el intermitente a la derecha para entrar en la magnífica finca de Mataleñas.

—Apendicitis. El muy idiota tenía apendicitis aguda —dijo ella, negando con el gesto, todavía incrédula.

—Joder, ¿en serio? —La sonrisa de Riveiro mostraba que él también estaba aliviado—. Qué cabrón. Solo a él podía ocurrírsele sufrir un ataque de apendicitis en el escenario de un crimen. Y nosotros considerando el envenenamiento...

El sargento terminó de aparcar el coche y le dio un suave codazo a Valentina.

—Qué bien, ¿no?

—Sí —se limitó a reconocer ella, incapaz de enmascarar una sonrisa—. Aunque va a estar ingresado unos días, pero me ha asegurado el médico que está bien.

El sargento la miró fijamente durante un par de segundos.

—Recuerda lo que te dije. El dolor permanece, pero no debes dejar que se te pudra dentro. Ese chico te quiere un montón, deberías reconsiderar que...

—Lo único que debo considerar es que sea feliz —le cortó ella—, y te aseguro que eso hago.

Valentina lo dijo con un tono calmado y consecuente, con cordialidad serena y sin mostrarse a la defensiva, como si aquella verdad fuese irremediable y ni siquiera ella misma pudiese ya cuestionarla. No era fácil de explicar, pero su sentimiento de que Oliver estaría mejor sin ella, sin su oscuridad, era ya una convicción y algo a lo que aferrarse. Solo era cuestión de tiempo que él terminase por olvidarla. Sin apenas darse cuenta, materializó sus palabras en voz alta.

—Es solo cuestión de tiempo. Me olvidará y comenzará de cero. Es lo mejor.

—Creo que no funciona así —negó el sargento, mirándola fijamente con su eterno gesto templado—. ¿O tú también lo olvidarás todo?

La teniente le sostuvo la mirada unos instantes, pero no contestó. Se limitó a salir del coche. El sargento, viendo que ella no le daba opción a decir nada más, hizo lo propio. Tuvo la sensación de que había dado con un argumento con el que ella no había contado, y que debilitaba su posición. Si estaba tan convencida de que Oliver podría empezar de cero, dejar atrás la tristeza, ¿por qué no iba ella a poder hacerlo? ¿Acaso unos olvidaban y otros no? ¿O quizás ella consideraba que su dolor era más oscuro, profundo e irremediable que el de los demás, pobres mortales? Valentina se dio cuenta de todo lo que englobaba el sencillo comentario de Riveiro y tragó saliva. No, no podía hablar del asunto en aquel momento. Era demasiado complicado. Miró a su alrededor y observó la cantidad de coches aparcados dentro de la finca de Mataleñas, y no pudo evitar pensar que aquella multitud, sin duda, debía de ser parte de esa extraña orquesta de vida y condolencias que, con frecuencia, sucede justo después de la muerte.

Julián Ramos observaba entrenar a su hijo con evidente preocupación. Pablo no había descansado lo suficiente desde la noche anterior, en que había llegado a casa contando lo que había sucedido en el Palacio de la Magdalena con la secretaria del club de tenis. Otro crimen. ¿No debería un padre intuir cuándo un hijo se encuentra en peligro? ¿Acaso sus energías, su carne y su alma no deberían estar siempre conectadas? A Julián le había resultado hasta extraño que él y su esposa hubiesen estado en casa viendo la televisión, tan tranquilos, mientras su hijo coincidía en una fiesta al lado de un asesino.

Cuando Pablo les había contado que parecía probable que Margarita Rodríguez hubiese sido envenenada, tanto él como su mujer se escandalizaron. Quienquiera que hubiera sido el responsable, también podría haber matado a su hijo. Su único hijo, que tantas atenciones requería. Al que había dejado su pareja cuando se había quedado paralítico, sin que hubiese vuelto a tener ninguna relación. Ninguna que ellos supiesen, al menos. Un hijo que, al principio, había coqueteado con la idea del suicidio. Él lo sabía. Un hijo que nunca les había dado un disgusto, que siempre había sido atento y considerado y, sobre todo, buena persona. Que ahora vivía solo en un apartamento en Barcelona, únicamente para poder dedicarse a algo en lo que sí se sentía válido y realizado. Él solo, tan lejos de casa. Ah, ¡si al menos aquella horrible Judith hubiese colaborado en los proyectos de Pablo! En ese caso, estaba convencido, su hijo habría podido regresar a Santander. Desde luego, Julián Ramos nunca lamentaría la muerte de Judith Pombo, y jugaba con la idea de que, por perversa que fuese la persona que la sustituyese, desde luego tendría más corazón y colaboraría con los planes de su hijo, que lo podrían traer de vuelta a Santander, a su hogar.

—Es increíble el revés que tiene su hijo, hay que reconocérselo.

Julián miró a su espalda buscando la voz que había hecho un cumplido a Pablo, que seguía practicando con su entrenador en la pista. Le sorprendió ver de nuevo a Basil Rallis, que otra vez llevaba gafas de sol y visera, en un intento inútil por pasar desapercibido.

—Gracias —contestó Julián, acercándose.

El contraste entre ambos hombres se hizo patente cuando Julián llegó a la altura de Rallis, mucho más alto y fornido.

—No sabía que aún estaba en la ciudad.

—Sí, mi avión no sale hasta esta tarde. Además, me han llamado de la Guardia Civil para volver a hablar conmigo, por lo que sucedió ayer con la secretaria del club, ya sabe.

—Sí, algo horrible.

—Si llego a saber que las jornadas de tenis iban a ser así, me habría hecho un puto seguro de vida —dijo Rallis, riéndose al instante de su propia ocurrencia—. ¿Y su hijo, no regresa también a Barcelona?

—Ah, no... Pablo va a aprovechar para pasar aquí lo que queda de semana, con nosotros... Entrenando, por supuesto.

—Es increíble que viviendo en la misma ciudad, y colaborando los dos con la Federación, nunca hubiera coincidido más de un par de minutos con él... —observó Rallis—. Me ha sorprendido cuando lo he visto entrenar. Es muy bueno —apreció el jugador con gesto sincero.

Su comentario llenó de orgullo a Julián, que cuando había conocido el día anterior al famoso Basil Rallis no se había llevado muy buena impresión; sin embargo, ahora comenzaba a considerar que quizás aquel no fuese tan mal tipo.

De pronto, Pablo se dio cuenta de quién estaba hablando con su padre, y se acercó a saludar.

—Vaya, señor Rallis, ¡buenos días!

—Buenos días, muchacho. Le estaba diciendo a tu padre que tienes un revés que es una puta maravilla.

—Oh, gracias —replicó el joven, riendo—. Viniendo de usted es todo un elogio.

—Reconozco que hasta ahora no le había prestado mucha atención al juego en silla, pero me has sorprendido, chico... Y tutéame, que todavía no soy un maldito carcamal —dijo, guiñándole un ojo—. ¿Ya has terminado el entrenamiento?

El joven se secó el sudor y con el gesto se peinó el cabello oscuro hacia atrás.

—Se supone que me quedan unos minutos, pero la verdad es que estoy hecho polvo... Estos días han sido raros, y más con lo que sucedió ayer —añadió con gesto de gravedad—. Primero lo de Judith y ahora lo de Margarita... No sé, es una locura.

—Sí —reconoció Rallis, que matizó su mirada con un brillo malicioso—, se nos están muriendo mujeres en este club por encima de nuestras posibilidades.

Pablo sonrió, más por la malicia del veterano que por la broma, ante la que su padre se había quedado tieso, sin saber qué decir. Rallis volvió a hablar, ahora en un tono más confidente.

—Verás, muchacho. Yo también he estado un poco sobrepasado con tanta defunción, desde luego inapropiada —se atrevió a comentar, manteniendo inalterable su tono mordaz—, pero hoy he venido aquí por otro motivo.

El joven alzó las cejas.

—¿Porque tenías la mañana libre y nada que hacer? —le preguntó, tuteándolo por fin y siguiendo el estilo cáustico del veterano.

—Un poco sí —replicó él, riéndose—, pero sobre todo porque creo que puedo ayudarte, chico. He decidido hablar en la Federación sobre tus proyectos para el juego en silla de ruedas... Ya sabes, los que me comentaste ayer en la fiesta, justo antes de que le sucediese eso a... En fin, antes de que muriese la pobre Margarita. Creo que no solamente son ideas interesantes, con potencial, sino que tienen mercado, ¿entiendes? Rentabilidad, chico, ¡rentabilidad! Aquí mismo podrías montar una fundación para el juego en silla, como me comentaste. Podríamos hablar de los detalles, pero con calma, ¿eh? Cuando regreses a Barcelona.

El rostro del joven, asombrado, se iluminó. No podía creer lo que escuchaba. ¡Sus ideas y proyectos le gustaban a una leyenda del tenis como Basil Rallis! Sin dudarlo, avisó a su entrenador para que se acercase, y le pidió al veterano que lo esperase unos instantes mientras se cambiaba para tomar algo juntos y hablar con calma. Pablo, completamente emocionado y nervioso, miró a su padre con una sonrisa amplia y rotunda, feliz. Y Julián Ramos no fue capaz de decir nada, pero sintió que todo su esfuerzo había valido la pena, que todavía cabía la esperanza.

El subteniente Santiago Sabadelle se sentía acalorado. Era verdad que tenía sobrepeso y que se había dicho a sí mismo que debería comenzar a hacer ejercicio, pero lo cierto era que él nunca había visto a nadie haciendo flexiones y manteniendo a la vez una expresión de felicidad en la cara, de modo que la idea no le resultaba nada atractiva. Pero que estuviese colorado no obedecía a un esfuerzo físico que hubiese terminado de realizar, sino al apuro de la llamada que la teniente le había solicitado que realizase a Inglaterra. ¿Por qué demonios no habría llamado ella misma, que hablaba inglés perfectamente? Seguro que lo había hecho por fastidiarlo, por ponerlo en evidencia. Y mira que él había sido considerado con su discreción ante su próxima paternidad.

Sabadelle se secó el sudor de la frente y se encerró en el despacho de Valentina para hacer la llamada, siendo plenamente consciente de las risitas y conspiraciones del resto de los miembros del equipo, que lo habían visto entrar. Y analizándolo todo un poco, ¿por qué demonios él no tenía despacho propio? ¿Por qué tenían todos que trabajar en una zona abierta salvo Valentina? Aquella idea de que abriendo el espacio se potenciaba mejor la comunicación entre compañeros no era más que una tontería barata y pretendidamente moderna. El subteniente resopló de forma fuerte y ruda, y justo antes de llamar buscó en internet algunas palabras clave para su conversación. Bendito traductor de Google. Por supuesto, él tenía conocimientos de inglés, pero quizás los hubiese exagerado *un poco* al entrar en el cuerpo. Por fin, se decidió a marcar el largo número de teléfono.

—*Hello? ... Yes. I phone you from Spain... Yes, Spain. From Guardia Civil... ¿Eh? Police, police... That's right. I want you to speak. You and me... Eeeh, no, I speak. About Judith Pombo... She is died. Yes, died. Absolutely died. She was this week in ITF... We want to know if something happens. What? Something bad. ... Ah, yes, yes... Sorry? Yes, yes... thank you!*

Sabadelle colgó el teléfono y se estiró en la silla de Valentina. Procuró dejar todo tal y como lo había encontrado, sabiendo de la obsesión de ella por el control y el orden. Salió del despacho y se dirigió directamente a Marta Torres.

—Bueno, ¡ya está, ya hablé con la ITF de Londres! Muy amables, ¿eh? Que vamos, que es normal, porque los ingleses ya se sabe que son de trato muy educado, todo *plises* y todo *cenquius*... Pero en fin, que tú sabías inglés, ¿no, Martita?

—¿Qué? —Ella enarcó las cejas—. Sí, estoy en cuarto curso de la Escuela Oficial de Idiomas.

—Ah, pues fenomenal, así repasas la gramática. Esto no se lo confiaría a cualquiera, ¿eh? Pero mira, que me dicen en la ITF que por favor les enviemos lo que queremos por escrito para pasárselo al responsable, porque, claro, ahora mismo no estaba y no va a contarnos nada la telefonista así como así, porque no puede identificarnos y porque no tendrá ni idea... Que imagino yo que también tendrán su política de protección de datos...

—Sabadelle —le atajó ella—, tengo que preparar las peticiones de oficios para el juzgado, y ahora estaba a punto de llamar al Servicio de Criminalística, porque Valentina fue muy clara cuando dijo que...

—¡Por supuesto, mujer! Llamo yo a Salvador del SECRIM, que somos amigos. Te hago el favor. Y tú mientras mándale el correo a la Federación de Tenis; con todos nuestros datos identificativos, escudo, firma y tal, ¿de acuerdo? Es que yo hablando en inglés me manejo perfectamente, pero de mamarrachadas de gramática no entiendo... Y así ya nos contestan por escrito, que hay que ser listo y pedir las cosas por escrito, ¿eh, chavales? —preguntó, alzando la voz y mirando hacia Camargo y Zubizarreta—, porque las palabras se las lleva el viento, y nosotros necesitamos pruebas, ¡pruebas!

Sabadelle palmeó con las manos, apremiando a la acción.

—Bueno, venga, que os voy a buscar a todos un café y vuelvo, ¿eh? Pero no os acostumbréis, ¿eh, chavales?

Y salió chasqueando la lengua, aliviado de haberse librado de aquella horrible tarea que le había encomendado Valentina. En realidad, la joven que le había atendido en la sede de la ITF de Londres se había puesto a dar grititos de angustia cuando él le había dicho que Judith Pombo estaba muerta, por lo que resultaba evidente que la noticia todavía no había llegado a Reino Unido hasta aquel preciso instante y gracias a su llamada; el hecho de que ella le hubiese pedido la información por escrito era solo algo que Sabadelle había deducido uniendo algunas de las palabras que había llegado a entender.

«Qué demonios —había pensado Sabadelle—, a

Martita le vendrá bien, ¿o qué se pensaba, que a mí no me pedían cosas mis superiores cuando empecé a trabajar en el cuerpo? Pues claro que sí, porque hay grados y grados. ¿No dicen siempre que somos un equipo? Hoy por ti, mañana por mí. Y yo ya voy a tener que investigar a la Margarita de los cojones durante toda la mañana... ¡Solo pensar en que tengo que ver los vídeos de la fiesta de pijos de la Magdalena!»

Mientras Sabadelle salía de la zona de trabajo, sus compañeros se reían. Hasta Torres había terminado asumiendo aquella pequeña tarea con una sonrisa burlona, asombrada de la eterna impericia de Sabadelle para casi todo. ¿Cómo era posible que aquel tipo tuviese una carrera universitaria y que hubiese llegado a ser subteniente? La joven guardia, antes de enviar el correo que le había pedido su superior, llamó por teléfono a la ITF. Se alegró de haberlo hecho, porque la telefonista se había quedado histérica. Solo había entendido algo de la policía y de la muerte de Judith Pombo, y había llegado a pensar que aquello podía ser una broma de muy mal gusto. Torres intentó clarificarle la situación lo máximo posible, informándola de que le enviaría un correo para que lo contestase aquella misma mañana el responsable, y poder saber si había habido alguna incidencia de cualquier tipo cuando los había visitado Judith aquella semana.

—Bueno —le dijo Camargo cuando ella por fin colgó—, yo ya he hablado con el responsable de los del ECIO, y me ha dicho que van a estar inspeccionando la goleta toda la mañana, pero me da que no van a encontrar nada... De momento, al menos, no me ha confirmado que hubiesen podido detectar ninguna nueva pista —añadió, decepcionado, para luego retomar en su semblante una expresión de esperanza—. Al menos, he podido localizar la empresa de servicios turísticos que estaba en el muelle cuando Judith embarcó en *La Giralda*.

—¿Sí? ¿Y cuál es?

—Una que se llama Dolce Vita, ¿te suena?

—Un poco. Creo que alguna vez he visto uno de sus carteles por ahí.

—La he encontrado por los logos de la camiseta del guía —explicó el cabo, satisfecho de su pericia—. He hablado con ellos y me han dicho que me pasarán ahora por correo un par de fotos que sacó el guía del grupo con la goleta de fondo, pero que de los turistas obviamente no tienen las imágenes... Así que como el grupo está hoy en Bárcena Mayor van a hablar con el compañero que ha ido con ellos, a ver qué puede hacer.

—Qué bien... Pero de todos modos, por muchas imágenes que nos pasen de la goleta, explicar cómo pudo el asesino entrar y salir del camarote me sigue pareciendo prácticamente imposible.

—Pues yo ya tengo algo de los compañeros de Madrid —intervino Zubizarreta con una expresión de satisfacción en el rostro—. Parece ser que sí, que a Marco Fiore lo acababan de empezar a vigilar por orden de la Audiencia Nacional, pero de momento no tienen nada contra él.

—¿Nada?

—No, Torres, nada de nada. Solo coincidencias, amistades que sí están claramente vinculadas a las apuestas ilegales... Pero lo tenían ya en el punto de mira e iban a comenzar las escuchas telefónicas.

—Vamos, que de momento estamos como al principio —suspiró Camargo.

—Tú siempre tan optimista —le pinchó Torres—. Pero mira, no, no estamos como al principio, porque nos acaban de confirmar que el italiano sí que podría estar en el ajo de las apuestas.

—Pero no hay pruebas.

—Pero lo iban a comenzar a investigar.

—Que sí, pero eso no vale nada ante un juez, ni para posicionarlo a él como infractor de delito penal ni para esgrimirlo como motivo no demostrado de causa y efecto para matar a nadie.

De pronto sonó el teléfono, y fue el cabo Camargo quien interrumpió su propio discurso y cogió el auricular con ademán apurado. Tras unos cuantos «ajá», «vaya» y repetidos agradecimientos, el cabo se dirigió directamente a Torres.

—Mira qué bien, Sabadelle ni siquiera tendrá que devolverte el favor y llamar a los de Criminalística.

—¿Por...? No me digas que eran ellos.

—Exacto. Hay dos noticias buenas, ¿cuál quieres primero?

—Vaya mierda de pregunta —se rio Torres. Cada día le gustaba más trabajar con el cabo Camargo.

—Tú ganas. Primero la noticia buena. Han ido dos del SECRIM al club de tenis y el presidente en funciones les ha dejado acceder directamente a los ordenadores, sin órdenes ni leches. Ya están con el de Margarita. Y además tienen su móvil desde anoche, que lo llevaba en el bolso... Y atentos, porque lo tenía sin siquiera clave de acceso.

—¿Y la protección de datos? Tendrían que contar con la autorización del juez para...

—Mujer, que te he dicho que no tiene ni clave de acceso. Y está en curso una investigación por homicidio. Bueno, dos. Total, ¿no teníamos carta blanca con el juez?

Ella sonrió.

—Genial. ¿Y la segunda noticia?

—Pues que resulta que han cotejado tiempos y revisado con detalle los correos electrónicos y llamadas de Judith Pombo y parece que no los había consultado desde que había aterrizado procedente de Londres.

Marta se levantó y se acercó a la mesa del cabo, pensativa.

—Tiene sentido. El avión había llegado con retraso e iba apurada para llegar al evento en la goleta.

—Sí, pero eso significa que mientras estuvo en el camarote no consultó mensajes ni correos, y que tampoco llamó a nadie... —observó Zubizarreta—. Y si no recuerdo mal, finalmente también habíamos comprobado que no había ido al servicio, que era para lo que inicialmente se suponía que entraba y por lo que se encerraba en el compartimento.

Marta Torres se mostró completamente desconcertada, y se llevó una mano a la barbilla, hasta que por fin dijo en alto lo que los demás estaban pensando.

—Entonces, ¿qué demonios hizo Judith Pombo en el camarote desde que entró hasta que murió, apenas diez minutos más tarde?

Valentina Redondo escuchó por teléfono todas las novedades que el cabo Camargo acababa de relatarle, y aún tuvo tiempo de comunicárselas a Riveiro, porque estaban esperando en una pequeña salita del enorme caserón de Mataleñas a que por fin Melania Pombo pudiese recibirlos, pues había solicitado unos minutos para reponerse, tal era su estado de aflicción ante la repentina muerte de su madre. El juez y el secretario todavía no habían llegado, pero un forense terminaba ya de examinar superficialmente el cadáver mientras por el gran salón de la casa iban discurriendo las visitas y los pésames, que de momento no podían ser recibidos por nadie.

Valentina y Riveiro ya habían visto el cuerpo de la anciana, todavía en su propia cama, como si se hubiese ido a dormir despreocupadamente sin sospechar que aquella noche ya no completaría un último sueño. Al lado de la cama, una silla de ruedas recordaba todavía la fragilidad de aquella mujer de avanzada edad que vivía entre edredones y comodidades. Salvo por un gesto torcido de la boca de Eloísa, ni Valentina ni Riveiro pudieron apreciar ningún signo en el dormitorio que no les hablase de paz y calma en la reciente defunción. Desde luego, no fueron capaces de apreciar señales de violencia ni de nada que los llevase a sospechar de un homicidio. Sin embargo, si a Margarita Rodríguez la habían matado con cianuro, bien podrían haber envenenado a Eloísa Montes con la misma fórmula. ¿Cómo era posible que ya hubiese habido tres muertes y ninguna tuviera un sospechoso definido ni una finalidad clara?

—A esta le tocará una autopsia blanca, teniente.

—¿Perdone?

Valentina miró al forense que había acudido al levantamiento y que ahora había ido a hablar con ellos a la salita, lo cual era un detalle; normalmente tenían que perseguir a los forenses antes de que se marchasen. Aquel médico en concreto hacía poco tiempo que trabajaba en Santander, e incluso era la primera vez que ella lo veía en una comisión judicial; pero Valentina había estado varios meses de baja, por lo que era consciente de no estar completamente al día de todas las novedades e incorporaciones. Si no recordaba mal, el nuevo médico forense se llamaba Íñigo Costas. Lo observó con curiosidad; en conjunto, su aspecto llamaba la atención. Su atuendo clásico, su cuerpo enjuto y compacto y su larga perilla, recortada con sumo cuidado, lograban que su fisonomía no resultase fácil de olvidar. Le pareció que no tendría más de cuarenta años.

—Me refiero a que parece muerte natural, ¿entiende? Muerte súbita —le explicó, alzando la barbilla y logrando así que destacase su nariz, aguileña y afilada—. No es inusual en epilépticos.

—Ah. ¿Era epiléptica?

—Sí, teniente —confirmó poniéndose derecho, como si estuviese en formación. Continuó hablando—: Con la avanzada edad de la mujer y su historial médico, el desenlace entra dentro de los parámetros de la normalidad, se lo aseguro.

—¿Ya ha tenido acceso a su historial? —preguntó Valentina con asombro.

—Oh, sí. Su hija me facilitó toda la información, estaban preparados para cualquier contingencia, parece que la mujer había tenido varios ataques epilépticos en los últimos dos años.

—Ah. ¿Y sabe quién la encontró?

—Una de las chicas del servicio, que le llevaba el desayuno a la cama todas las mañanas. Dice que llegó, subió la persiana y ya se dio cuenta de que la señora había muerto al verle la cara. Cuando yo llegué, un poco antes que ustedes, ya estaba completamente fría. Por la temperatura corporal he calculado que el momento del deceso debió de ser sobre la una de la madrugada. Vinieron a traerle el desayuno sobre las nueve, así que ya ve... Cosas de la vida.

—Ya. ¿Y no ve viable una posible intoxicación?

—¿Un suicidio, quiere decir?

—O un envenenamiento, más bien.

El forense negó, arrugando su entrecejo y acariciándose la perilla en un gesto pensativo.

—No he detectado ninguna señal en ese sentido en un examen preliminar.

—Pero se ha seguido el protocolo, ¿no?

—No entiendo a qué se refiere.

—A Criminalística. Fotos, huellas...

—Ah, eso... —Él alzó la mano y la volvió a bajar, restando importancia—. Sí, sí... Vendrán ahora más compañeros.

—Entiendo.

—Pero vamos, todo esto es solo porque se ha muerto la hija de la señora hace un par de días, porque mi impresión es que a esta pobre mujer le llegó la hora y punto. Y si no llegan a asesinar a su hija —insistió— no estarían aquí ustedes, ni tampoco los compañeros de Criminalística. ¿No ve que tenía ochenta y nueve años? En algún momento hay que partir... Ya sabe.

—Entonces —intervino Riveiro—, ¿cree que podría

confirmarnos que, de entrada, estaríamos ante una muerte natural?

—Sí, eso parece. No he apreciado pinchazos ni contusiones, y aparentemente en su dormitorio estaba todo en su sitio. Los estudios químico-toxicológicos e histológicos *post mortem* nos ayudarán a esclarecer la causa de la muerte, por supuesto, pero había evidencias de crisis epiléptica, se había mordido la mucosa yugal.

—¿La qué?

Riveiro sacó su libreta.

—La parte interna de las mejillas. Y también se había mordido un poco la lengua. Viendo el diagnóstico previo de epilepsia, y considerando que este tipo de muerte súbita suele suceder por la noche... Qué quieren que les diga, en principio me parece claro. ¡Otra cosa es lo que cuenten los análisis *post mortem*! —insistió, alzando un dedo, que dejó apuntando al techo de la habitación.

Valentina y Riveiro se despidieron del forense mientras este terminaba de rellenar unos impresos, y el sargento se echó a reír.

—¡Vaya asesino en serie tenemos! El primero es un crimen inexplicable, el segundo un vulgar envenenamiento... Y nuestro Oliver envenenado resulta que solo tenía apendicitis. Para colmo, la tercera muerte no ha sido por homicidio, sino por epilepsia. No sé si es posible que tengamos más mala suerte.

—O buena suerte —le contradijo Valentina con una sonrisa de alivio, y no solo porque Oliver no hubiese sido envenenado.

Con dos homicidios vinculados, de momento, tenían más que suficiente.

—Más coincidencias dramáticas como esta y a Caruso tienen que ponerle un *bypass* en el corazón... —se rio—. Pero no olvides que el diagnóstico de la causa de la muerte de la madre de Judith es todavía provisional y no definitivo.

Riveiro asintió y Valentina llamó por teléfono a Caruso, al que consiguió tranquilizar tras comunicarle la primera impresión que les había facilitado Íñigo Costas sobre aquel nuevo deceso. Nada más colgar, Valentina escuchó unos tímidos pasos a su espalda, y al volverse, tanto ella como Riveiro comprobaron que iba a su encuentro una desconsolada Melania, que apenas podía todavía controlar el llanto. Si Sabadelle hubiese estado allí, le habría costado reconocerla. Sus rasgos y su cuerpo le habrían parecido todavía más delgados, más desposeídos de energía. Cuando había muerto su hermana, el gesto de Melania había albergado un dolor elegante y contenido, pero el fallecimiento de su madre la había dejado completamente devastada.

Valentina mantuvo una breve conversación con ella, pero comprendió que no eran ni el momento ni la ocasión. Aquella mujer, muy posiblemente, acababa de convertirse en millonaria con aquellas dos defunciones familiares, pero desde luego no aparentaba poseer ni un gramo de felicidad, sino de pérdida, de esa clase de tristeza que ella tan bien conocía. Justo cuando iban a despedirse, un largo suspiro sacudió la enjuta figura de Melania, que por unos instantes pareció recuperar algo de fortaleza y determinación.

—Teniente, espere... De lo de mi hermana, ¿se sabe algo?

—De momento lo estamos investigando con todos los medios a nuestro alcance, se lo aseguro. Pero no podemos ni debemos llegar a conclusiones precipitadas. Le informaremos tan pronto como podamos, comprenda que apenas llevamos dos días con la investigación.

—Y, sin embargo, parece que la última vez que vi a Judith fue hace una eternidad... ¿No es casi de risa? —se preguntó, en un ademán próximo a la histeria—. Ella se fue corriendo hacia esa estúpida goleta; ojalá no hubiese llegado nunca.

Melania negó oscilando la cabeza de un lado a otro con pesadumbre y luego se llevó una mano a la sien, agotada.

—Y ahora lo de Margarita, ¡es terrible! ¿Creen que puede estar conectada su muerte con la de mi hermana?

—Todavía es pronto para asegurarlo —replicó Valentina, prudente.

—Es posible que se haya suicidado.

—¿Qué?

Valentina y Riveiro se miraron, en alerta.

—¿Por qué lo dice?

Melania se encogió de hombros y se acercó a una de las ventanas de la salita, desde la que se podía contemplar el bello jardín de Mataleñas y el azul del mar Cantábrico, hoy más oscuro que nunca. Comenzó a hablar sin apartar la mirada del impresionante paisaje que le ofrecía el ventanal.

—Creo que estaba enamorada de mi hermana.

Valentina se quedó parada unos segundos. Era la segunda persona que decía que Margarita estaba enamorada de Judith: aquella misma intuición había sido deslizada por Marco Fiore en su toma de manifestación la tarde anterior, en la Magdalena. Por otra parte, ¿por qué hasta ahora ellos no se habían planteado el suicidio? Era posible, desde luego, pero... ¿por qué Margarita iba a escoger aquella horrible forma de morir, ante decenas de desconocidos? Y precisamente ahora que podría mejorar su estatus dentro del club de tenis y que, además, se había librado de todas las humillaciones constantes a las que era sometida por parte de Judith Pombo. A la teniente le pareció poco probable aquella posibilidad, pero la anotó mentalmente para comentarla después con quien le hubiese hecho la autopsia a Margarita.

—No hemos barajado la posibilidad del suicidio —reconoció a Melania—, pero no la descartaremos. En todo caso, parece poco probable.

Melania se volvió hacia Valentina, haciendo que el sol de la mañana la iluminase por la espalda, como si ella misma fuese una etérea aparición.

—¿Poco probable? ¿Por qué?

—Porque era innecesario acabar con su propia vida de esa forma, con esa teatralidad injustificada, con la que aparentemente no iba a conseguir ningún objetivo —razonó la teniente, sacando conclusiones sobre la marcha, mientras Riveiro la escuchaba atentamente—. Los suicidas suelen preferir la soledad.

—Entiendo.

Melania asintió lentamente, aceptando aquel razonamiento.

—Es que es todo tan... tan extraño. ¿Saben? Vi a Margarita por última vez solo unas horas antes de que Judith llegase de Londres. Pobre mujer... ¡Siempre tan diligente y entregada!

De pronto, Melania pareció darse cuenta de algo.

—¡Oh, Dios mío! ¡Su gata! Alguien tendrá que ir a darle de comer a su piso.

—Sí, descuide. Hoy mismo llega su hermano desde Burgos; pero eso que ha dicho... ¿Vio a Margarita el mismo día en que... en que murió Judith?

Melania tomó aire, posiblemente para contener un golpe de súbito llanto que acababa de comenzar a subirle desde el estómago. Valentina sabía, por experiencia propia, que desde ahora y durante bastante tiempo aquella mujer viviría momentos de falsa y calmada serenidad, que se verían interrumpidos por golpes de dolor.

—Sí, vino a eso del mediodía a buscar una carpeta de no sé qué.

—No me diga. ¿Algo de la empresa, del club...?

—Creo que del club —el gesto de Melania delató que estaba haciendo esfuerzos por recordar—, pero no puedo asegurárselo. Solo sé que Margarita subió al cuarto de

Judith y cogió la carpeta, que por lo visto mi hermana le había mandado venir a buscar.

—Ya veo. ¿Y eso era normal? Me refiero a esa familiaridad, a que Margarita entrase en el cuarto de Judith... Por cierto, ¿entró sola?

—Pues... Margarita ha estado en esta casa muchas veces, la verdad es que siempre con Judith, pero era normal que mi hermana la mandase de un sitio para otro a hacer recados, qué quiere que le diga. Por eso no me extrañó y le permití que fuese a buscar lo que fuera. Yo estaba trabajando en una pintura y no me molesté en acompañarla, si le soy sincera. Aunque al marcharse sí que dijo algo que me pareció un poco raro...

—Dígame.

Valentina y Riveiro no perdían ni una palabra de lo que decía Melania, que era evidente que estaba haciendo grandes esfuerzos por no derrumbarse.

—Algo de que por fin iba a tener el club limpio, sin maleantes.

—Vaya. ¿Y no le preguntó qué quería decir?

—No le hice mucho caso, la verdad. Ya le dije que estaba trabajando en un lienzo, y pensé que quizás se refiriese a unos chicos que hicieron pintadas en las gradas el mes pasado. Se marchó muy contenta... Eso es todo lo que les puedo decir.

Riveiro intervino con el ceño fruncido.

—¿Y no le comentó nada de esto a nuestros compañeros, los que estuvieron aquí ayer?

—Oh...

El rostro de Melania se empequeñeció todavía más, como si fuese una niña que no había hecho bien sus tareas y esperase la reprimenda de sus padres.

—Yo... Nadie me preguntó por Margarita.

Valentina se acercó a Melania y apoyó su mano en el hombro de la mujer, intentando tímidamente darle consuelo y restarle importancia a la omisión de aquella información. La teniente no necesitó mirar al sargento para saber que ambos pensaban en aquellos instantes en Sabadelle y en sus métodos. Pero aquella consideración era ya secundaria. Lo principal ahora era saber qué contenía aquella carpeta que se había llevado Margarita. ¿Sería cierto que Judith le había encomendado recogerla? Tendría que habérselo pedido desde Londres, de modo que solo necesitaban comprobar sus llamadas y mensajes salientes. Y lo más importante: ¿dónde estarían ahora mismo aquellos documentos?

Oliver Gordon estaba tumbado sobre la cama de una de las habitaciones del hospital Marqués de Valdecilla de Santander. Salvo por un gran tabique azul en el cabecero y por un sillón del mismo tono marino, todo era blanco. Suelo, cama, techo, paredes. «Ni que me hubiese muerto y estuviese en el cielo, dentro de una maldita nube blanca», pensó el inglés, riéndose de sí mismo. ¿Qué más podía pasarle? Tal vez todo lo que le sucedía era consecuencia de sí mismo, de sus propias y equivocadas elecciones. Dejar todo en Londres y crear un estrafalario hotel en la costa de Cantabria, enamorarse de una teniente de la Guardia Civil, perder un hijo al que ya había dibujado en sueños. Perderla a ella. ¿Cómo había sucedido todo tan rápido? A veces la vida era estática y engañosa, rutinaria. Y, de pronto, el mundo comenzaba a girar y lo hacía sin pauta, desencajado y salpicándolo todo de puñaladas.

Echaba de menos a Valentina. Su desquiciante forma de ordenarlo todo, su previsible rigor moral y hasta su exagerada puntualidad. Añoraba verla acunando a Duna, su pequeña beagle, dejándola subir al sofá cuando creía que él no las veía, saltándose sus propias normas. Y recordaba las conversaciones largas ante la chimenea y las copas de vino en el porche de la cabaña, ambos cogidos de la mano e hipnotizados ante el vaivén del mar. Y sus abrazos generosos, con los que ya no importaba el lugar del mundo donde se encontrasen si todo aquel fuego permanecía.

Sin saber cómo, a la mente de Oliver acudió un viejo verso del poeta escocés del siglo XVIII, Robert Burns, que había estudiado con detalle en la universidad: «... hace mucho, mucho tiempo que la alegría me es extraña...». Lo cierto era que ahora mismo él se encontraba en un país que no era el suyo, solo, en un hospital y sin nadie que se preocupase por su estado de salud. Resultaba bastante deprimente. De pronto, sonó el teléfono que estaba incrustado en el panel azul que ocupaba toda la pared del cabecero de la cama, y su pitido lo sobresaltó, porque ni siquiera se había dado cuenta de que en aquel cuarto hubiese un teléfono.

Comenzó a estirarse y sintió el dolor de los puntos cerca del ombligo, a la izquierda. No entendía muy bien por qué la mayor cicatriz quirúrgica la tenía ahí y no en el lado derecho, que era donde se suponía que hasta ese momento había tenido el apéndice. Le habían abierto, sin embargo, por el lado contrario del abdomen y por el ombligo. ¿No eran rarísimos los adelantos médicos? ¿Sería el cuerpo humano el que había ido cambiando? Desde pequeño había escuchado que, antes de un ataque de apendicitis, el afectado sentía pinchazos en el lado derecho de la barriga, pero él no había llegado a percibir en ese punto ninguna molestia significativa; a cambio, desde hacía varias semanas había estado sufriendo tremendos dolores de estómago, que él había achacado al estrés y al agotamiento nervioso.

A Oliver también le había sorprendido que, al entrar por urgencias en el hospital, un médico llamado Luis, alto y de cabello ensortijado y prieto, ya hubiese prácticamente identificado su verdadera dolencia con un examen de apenas unos segundos. Al palpar su vientre, que había comenzado a perder elasticidad y a estar duro como una piedra, con una mirada desenvuelta y experimentada había ordenado que lo pasasen a quirófano; había tenido sin embargo que esperar su turno, monitorizado y en una sala de observación, por causa de la mayor gravedad y urgencia de intervención de algunos de los accidentados en un autobús.

Ahora, toda aquella dramática urgencia e incertidumbre sobre qué le sucedía ya había sido superada, y en aquel instante su única misión era contestar aquel dichoso teléfono. Apretó los dientes para contener el dolor mientras terminaba de estirarse y descolgó con curiosidad.

—¿Diga?

—*Oliver? Oh, for god's sake! Are you okay?*

A Oliver le sorprendió escuchar la voz de su padre, que inundó el cuarto del hospital con su presencia reconfortante, como si estuviese allí mismo en persona. Continuaron hablando en inglés.

—¡Papá! ¿Cómo has sabido que estaba aquí?

—Me avisó Clara anoche, pero hasta ahora no he podido hablar contigo... Me dijeron que estabas en observación, y a primera hora me informaron de que ya habías pasado por quirófano.

—Ah... Quédate tranquilo, papá. No es nada, una apendicitis del montón. En un par de días me voy a casa.

—¿Seguro? Pensaba bajar para acompañarte.

—No, no, ni se te ocurra... ¿No ves que ya me encuentro bien? Tú estás con todo ese follón inmobiliario, ¿no? Por cierto, ¿qué tal Guillermo? —preguntó, intentando dar por zanjado el tema y refiriéndose a su hermano.

—Guillermo va resistiendo —replicó Arthur con cierto alivio.

Tras una larga y traumática experiencia militar, el otro hijo de Arthur Gordon todavía se estaba recuperando gracias a la medicación y a la asistencia psiquiátrica, pero parecía haber mejorado ostensiblemente desde que había encontrado una ocupación trabajando al lado de su padre en el sector inmobiliario. En realidad, el señor Gordon ya estaba jubilado, pero tras quedarse viudo había ido progresiva y voluntariamente abandonando la alegría de la vida, para recobrarla después marcándose un objetivo: recuperar el patrimonio familiar y la historia del clan de los Gordon, de procedencia escocesa. La ayuda de su hijo Guillermo en aquella tarea estaba resultando sorprendentemente satisfactoria.

— Tu hermano terminará por reponerse del todo. ¡Es un Gordon! Oye... —añadió sin disimular su emoción—, ¿sabes que he encontrado una propiedad de nuestro clan en los Borders?

—Pero ¿no estabas investigando en la zona norte?

—También, pero no olvides que nuestro origen está en el sur de Escocia.

Oliver sonrió ante el orgullo e ilusión que desprendía su padre al hablar. Desde que se había jubilado, vivía holgadamente con las cuantiosas rentas de sus antiguos negocios inmobiliarios, y le parecía bien que invirtiese su tiempo y dinero en aquella búsqueda del pasado y del viejo honor y territorio familiar. Mejor aquella actividad que no la melancolía, sentado ante una chimenea y bebiendo whisky. Arthur Gordon incluso se había comprado un coche clásico para recorrer media Escocia investigando sus orígenes: un Rover Jet 1 gris plateado de 1950, cuya solidez y estilo habían impresionado a Oliver nada más verlo.

Arthur Gordon habría disfrutado mucho charlando largo y tendido sobre sus investigaciones patrimoniales y heráldicas, pero su padre no tardó más que unos segundos en retomar el verdadero motivo de aquella llamada, porque en aquellos momentos la historia del clan Gordon era secundaria y trivial.

—Hijo, vamos a lo práctico. Aquí está todo bien, pero

ahí no. Tal vez deberías venir una temporada... Para reponerte y descansar en condiciones. Con todo lo que te ha pasado las últimas semanas... En fin. Hoy mismo puedo tomar un avión para España, y cuando tú ya puedas volar nos venimos aquí, a Stirling, y descansas en familia una temporada.

—Tengo que atender Villa Marina.

—Ah, ¡ese hotel se mantiene solo, por todos los diablos! ¿No tienes a Matilda, la que prepara los desayunos? Pues que se encargue ella... O contratas a alguien más y solucionado. Si necesitas dinero, puedo echarte una mano.

—Papá, no necesito nada... Pero gracias. De momento voy a quedarme aquí, ¿de acuerdo?

—Como quieras —accedió Arthur a regañadientes—. Por cierto, ¿ha ido ya Valentina a verte?

—No —reconoció Oliver en un susurro, como si le diese vergüenza no ser querido.

—Pues cuando me he puesto en contacto con el hospital me han dicho que también les habían llamado varias veces desde la Guardia Civil. He insistido un poco para saber quién, y vaya por Dios, parece que fue una teniente desequilibrada, no sé si te suena.

—¡Papá!

—¿Qué? Muy normal no es. Pero que sepas que está preguntando por ti.

—Será por el caso —replicó Oliver sin mucho ánimo, aunque con un nuevo pálpito de moderada esperanza.

—¿Qué caso?

—Me dio el ataque de apendicitis justo después de estar con ella en el Palacio de la Magdalena, donde acababa de morir una señora. Creo que la habían envenenado.

—¡Joder, hijo, estás en todas las fiestas! ¿Qué ocurre en Cantabria, los asesinos hacen horas extras? Por el amor de Dios, ¿ves como tienes que volver a Reino Unido? Si lo prefieres, podrías estar unos días con tus amigos en Londres, y más tarde nos reuniríamos todos en casa de la abuela, en Stirling... ¿Qué te retiene?

Oliver no contestó nada, porque la respuesta ya estaba escrita en el aire. Su padre, a pesar de vivir a más de dos mil kilómetros de distancia, también pudo descifrarla.

—Ay, hijo. Mujeres. ¿Has pensado en raptarla?

—¿Qué? Papá, ¿estás loco?

—Ríete, pero acabaría entrando en razón. ¿Sabes qué le pasa a Valentina? Que va a ser como una de esas aves de las Órcadas, las de la leyenda, ¿la recuerdas?

Oliver dudó, extrañado y sin ver la conexión.

—¿Lo que contaba la abuela sobre los pájaros que nacían de la madera?

—Exacto. Esas aves que nacían de la madera podrida en el borde del mar, de donde nadie podría imaginar que viniese nada bueno.

—No sé qué estás insinuando.

—Nada, hombre... Que de lo que está perdido, aún hay esperanza. Los pájaros hijos de los árboles, aunque viniesen de algo que estaba muerto, eran los que después más alto podían volar. No lo olvides.

Oliver sonrió.

—Joder, papá, sí que te pones intenso.

—Tú lo que tienes que hacer es lo que te salga de las tripas.

—Suena muy romántico.

El viejo Arthur no hizo caso al sarcasmo de su hijo.

—Olvídalo todo y céntrate. ¿Cuál es el lema de los Gordon? *Bydand!* No lo olvides... *Bydand!*

Oliver asintió, conmovido por el interés de su padre. *Bydand*. Era la contracción de la expresión «*Bide and fecht*», procedente de un antiguo dialecto escocés que no se correspondía exactamente con el gaélico, y que significaba «Resiste y lucha». Oliver todavía mantuvo un rato a su padre al teléfono, convenciéndolo de lo innecesario que resultaba que tomase un avión para aburrirse con él en el hospital. Ya era mayorcito. Cuando colgó, le sorprendió ver que en la puerta esperaba Lucas, el marido de Clara; no había querido interrumpir la conversación. En su mano, un libro, y en su rostro una sonrisa amiga. Tal vez Oliver no estuviese tan solo, después de todo. *Bydand*.

12

—¿Tiene idea de cómo salió el asesino del cuarto amarillo?
—Sí —dijo mi amigo—, tengo una idea...
—Yo también —prosiguió Fred— y debe ser la misma. No hay dos formas de razonar en este caso.

GASTON LEROUX,
El misterio del cuarto amarillo (1907)

Los cuatro se habían asomado a la pantalla del ordenador del cabo Camargo como si estuviesen ante un alumbramiento, una epifanía que pudiese revelarles la verdad de las cosas. Sin embargo, aquellas dos fotos que la agencia de recorridos turísticos Dolce Vita les había enviado no parecían revelar gran cosa. Ambas imágenes habían sido tomadas desde el mismo ángulo y con apenas unos segundos de diferencia, por lo que escasamente cambiaba nada en aquel cuadro en movimiento.

En la imagen, un grupo de unas quince personas se amontonaba en el muelle para que al fondo de la fotografía pudiese distinguirse la preciosa goleta que acababa de atracar a los pies del viejo y reinventado palacete. Los colores rojo y azul marino de la nave resaltaban por la incidencia de la luz de la tarde, dándole ese tono de serena magia que solo puede ofrecer el día cuando está a punto de anochecer. Con dos de sus velas desplegadas, daban ganas de saltar dentro de *La Giralda* y gritarle a la vida que sí, que era el momento de navegarla y de vivir todas las aventuras que de niños nos prometían los cuentos infantiles; aquellas peripecias soñadas por los mares de Simbad, que en la práctica casi nunca llegábamos a surcar.

Judith Pombo estaba de espaldas, pero podía verse su rostro de perfil, enfocado hacia el capitán, que la recibía en la cubierta de *La Giralda*. A su lado, el primer oficial, Timoteo Comesaña, parecía saludar cortésmente a la invitada, con toda la deferencia que se esperaba hacia quien les pagaba a todos la nómina.

—La verdad es que la foto es bonita —observó Marta Torres, analizando cada rostro y cada gesto—. Si no fuera por la ropa de la gente y por los teléfonos móviles que llevan en las manos, parecería de otra época.

—Es verdad —asintió Camargo, maravillado por la belleza de la estampa de aquella impresionante goleta de imitación en la bahía de Santander—. Los que están en la parte de delante del barco son Victoria Campoamor y su tío, ¿no?

—Se dice proa, animal —le corrigió Sabadelle, que mordisqueaba un bollo cubierto de azúcar y contenía a duras penas la risa—. ¡Parte de delante! Parece mentira que seas de Santander... A ver, marinero de agua dulce... —El subteniente acercó el rostro a la imagen, estudiándola—. Sí, son la chavala y Félix Maliaño; concuerda con la versión que tenemos. No hay nadie más en cubierta, ¿no?

—Nadie más. Ni en proa ni en popa —puntualizó Camargo con marcado retintín y mirando a Sabadelle.

—Otro camino que se nos cierra —lamentó Zubizarreta, en un tono que parecía más una declamación que un lamento corriente.

—Bueno, chaval, no nos vamos a hacer el harakiri por

esto —replicó Sabadelle, alejándose de la pantalla del ordenador y dando por fallida aquella posible pista. Camargo intervino con gesto cansado, agotada su vista de mirar fotogramas y vídeos durante toda la mañana.

—En las imágenes del Club Marítimo tampoco hemos encontrado nada. Cuando partió la nave a buscar a los invitados parece que todo estaba correcto... No sé si acercarme hasta allí; Valentina siempre dice que es mejor investigar en persona, salir del despacho.

—Claro, majete, eso es lo que hace ella que es la jefa, los demás tenemos que arreglarlo todo desde aquí. —Sabadelle chasqueó la lengua—. Que no digo yo que no sea lo correcto, ¿eh? Pero vamos, que quizás se nos escurra alguna pista importante con estos métodos tan cuadriculados.

—Pues a mí no se me ocurre qué otro camino de investigación podríamos seguir —opinó Torres, defendiendo a Valentina—, porque ya no encuentro más recovecos donde buscar.

—Y los del ECIO ya acaban de confirmar que no han encontrado nada en la goleta —añadió Camargo, frotándose los ojos—, así que se piran a la Magdalena, a ver si hay más suerte.

El cabo pareció darse de pronto cuenta de algo y miró hacia el subteniente.

—Sabadelle, ¿tú no has encontrado nada interesante sobre Margarita? Había varios vídeos de la fiesta en la Magdalena que...

—Estoy en ello, ¡estoy en ello! Pero ya he mandado a los de Criminalística al piso de la puñetera secretaria, que ya está allí el hermano. A ver si encuentran algo. ¿Os imagináis que descubriesen allí la carpeta por la que llamó antes Valentina?

—No sé cómo no le preguntamos a Melania Pombo por Margarita —se avergonzó Torres, todavía recordando la llamada que les había hecho la teniente hacía ya un buen rato, explicándoles las novedades y pidiéndoles que comunicasen al SECRIM que también debían buscar aquellos documentos en el club de tenis, aprovechando que estaban allí trabajando con los ordenadores.

Sin embargo, y de momento, todavía no habían hallado nada.

—Torres, hija mía, no le íbamos a preguntar a la hermana de la víctima por todo quisqui.

Sabadelle hizo un mohín, mostrándose convencido.

—Y te recuerdo que cuando fuimos a Mataleñas la Margarita de los cojones todavía estaba viva. Si es que a toro pasado todos somos Manolete...

El teléfono obligó a terminar aquella conversación, pues el aparato comenzó a sonar con rígida y estruendosa cadencia. Fue Marta Torres la que lo cogió, logrando con el gesto la perfecta excusa para zanjar su diálogo con Sabadelle. Llamaban desde Bárcena Mayor y a veces se entrecortaba la señal; quien telefoneaba era el guía que había hecho las fotos de *La Giralda*, aquellas imágenes que acababan de ver en el ordenador de Camargo.

—Sí, sí —le decía Torres—, hemos visto las fotos, muchas gracias. ¿Cómo? Ah... Vaya, no lo sabía. ¿Qué? Oh, sí, eso sería genial; bien, sí, pueden mandarlas a este número —dijo, facilitándole un teléfono móvil del cuerpo—. Claro, claro, se lo agradezco.

La joven agente abrió mucho los ojos, llamando la atención de sus compañeros. Al colgar, se puso de pie y paseó unos metros de un lado a otro, en jarras, con los codos doblados y las manos sujetando su propia cintura.

—¿Qué, qué pasa? —quiso saber Camargo, muerto de curiosidad.

—El guía, que dice que ha hablado con los turistas, que los tiene a todos allí con él y que van a ver las fotos que tienen y nos las mandan ahora por WhatsApp.

—Ah —replicó él, decepcionado—. ¿Y ya está?

—No, no... Ha dicho que esa tarde había lío, que unos

manifestantes estaban protestando por la visita del rey y reivindicando la República, y que con el jaleo hasta tiraron al suelo a una señora que intentaba atravesar la multitud.

—¿Y?

—Que la señora después subió a *La Giralda*.

—Hostia.

—Ya.

Todos se quedaron pensativos unos instantes. Camargo fue el primero en volver a tomar la palabra.

—Pero eso no significa nada. Judith Pombo quiso atravesar el grupo de gente, se cayó y...

—Se cayó o la empujaron —le interrumpió Torres, que no quería dejar ese detalle sin puntualizar.

—Si me apuras, da lo mismo. Resulta obvio que después se levantó, subió al barco y la asesinaron más tarde. Es un incidente lamentable, pero que no tiene nada que ver con nuestro caso.

—Sí, sí puede tener conexión —le contradijo Zubizarreta, que se había quedado muy serio pensando en el asunto—. ¿Y si la agredieron ahí, antes de subir al barco?

Torres miró a Zubizarreta con satisfacción, mostrando que aquella idea era también la que se había colado en su cabeza. El subteniente Sabadelle observó primero a uno y luego a otro, anonadado, para terminar por posar la mirada en Camargo, por si en su expresión pudiese adivinar si también él había caído en aquel delirio deductivo.

—A ver, chavales... —comenzó, intentando armarse de paciencia—. No sé si habéis caído en ello, pero normalmente cuando te apuñalan en el corazón te das cuenta, principalmente porque te mueres —les dijo, terminando la frase con su familiar chasquido bucal, más chulesco que nunca, aunque no se sintió satisfecho y continuó con su irónico discurso—. Por lo general, después de que te claven un cuchillo no te subes a un barco a tomarte unos pinchitos ni le echas la bronca a tu secretaria... Ya me imagino que os parecerá raro, pero lo corriente es que te caigas muerto, echando sangre a borbotones. Pero, quién sabe —añadió—, a lo mejor la señora que vimos en la foto esa —señaló el ordenador de Camargo— era un holograma.

—No hace falta que seas tan gilipollas —le replicó Torres, dejándolo asombrado.

En el equipo había confianza, pero la graduación era la graduación. ¿Cómo se atrevía aquella niñata...? Al instante, Torres se dio cuenta de lo que había dicho y se disculpó sin ganas.

—Perdona, Sabadelle. Es que estoy cansada... Este asunto no parece tener ninguna solución posible. Cada cosa nueva que descubrimos no vale para nada. Y..., en fin, era solo una idea. Perdona.

—No pasa nada —contestó el subteniente, inesperadamente conciliador—. Todos estamos cansados.

Después, sonrió como si el juego de la vida ya fuera viejo para él.

—¿Sabéis qué voy a hacer? Voy a ver todas las fotos y los vídeos que aún me quedan de la puñetera fiesta esa de las jornadas de tenis, a ver si encuentro al envenenador, porque en la goleta poco más podemos rascar. En fin... Si es que no he visto fiesta más coñazo en mi vida, ¡unas fotos aburridísimas!

—Te ayudo —se ofreció Torres, tal vez para redimir la ofensa previa, porque aún tenía que seguir redactando informes de todo lo que había sucedido en los últimos días.

En cuanto a las pesquisas que le había ordenado Valentina, ya solo estaba esperando resultados del SECRIM, porque del juzgado, desde luego, y por diligente que fuese el juez Marín, no creía poder tener respuesta hasta dentro de varios días. Cuando ya iba a acercarse a Sabadelle para organizar el trabajo, su teléfono móvil comenzó a sonar con pequeños golpes de sonido, como si alguien percutiese un timbal dentro del aparato de vez en cuando.

—Ah, mensajes.

Ella cogió el móvil y sonrió.

—Mira qué majo, el guía. Ya nos manda fotos de los turistas. Dice que les ha dicho que era para una investigación policial y que todos se han vuelto medio locos para colaborar, porque ya han deducido que se trataba de Judith Pombo, que han visto su fallecimiento en la prensa.

—La gente quiere algo de emoción en su vida —comentó Zubizarreta, concentrado y con la vista baja, como si estuviese diciéndoselo a sí mismo.

—Ya está el *harekrishna*... —mascculló Sabadelle, de forma casi inaudible—. A ver, a ver esas fotos.

Tal y como había sucedido antes con las dos imágenes de la goleta tomadas por el guía, las de los turistas atrajeron inmediatamente la atención de todo el equipo, que se concentró alrededor del móvil de Torres. Ella, viendo que de aquella forma no era posible verlas con suficiente nitidez, decidió pasarlas a su portátil, al tiempo que vía WhatsApp se las reenviaba con un pequeño mensaje aclaratorio a Valentina. Cuando por fin surgieron las imágenes en la pantalla del ordenador, fueron pasando una a una con sumo cuidado. Resultaba obvio que habían sido filtradas, y por fortuna los turistas no habían remitido en bloque todos sus recuerdos vacacionales.

Pudieron ver a Judith Pombo hasta en tres fotografías; en segundo y tercer plano y de medio lado o de espaldas, con rostro serio y apurado, sin duda porque sabía que llegaba tarde y porque la goleta esperaba exclusivamente a que ella embarcara. En la penúltima fotografía de todas las que habían recibido, sin embargo, solo se podía apreciar el cabello rubio de Judith en medio de varias personas que la ayudaban a levantarse. A su alrededor, multitud de rostros con distintas expresiones: sorpresa, indiferencia, curiosidad. Algún gesto perdido e indescifrable en hombres y mujeres de distintas edades. El equipo los examinó con detalle, aunque ninguno de los rostros les resultó familiar. La nitidez de la imagen, además, no era muy precisa. Otro callejón sin salida. Ni puñal de hielo, ni puertas ni entradas secretas en el camarote, ni holograma ni mucho menos acuchillamiento de efecto retardado. Aquel era, sin duda, el caso más extraño que les había tocado nunca. ¿Quién habría asesinado a Judith Pombo? ¿Cómo y por qué?

Valentina y Riveiro estaban a punto de marcharse de la mansión de Mataleñas. Allí ya no había gran cosa que hacer. Se habían despedido de la desconsolada Melania y habían hablado con el juez Marín, que había acudido junto con el secretario para conformar la comisión judicial y proceder al levantamiento del cadáver de Eloísa Montes. La Guardia Civil debía instruir el correspondiente atestado por el hallazgo del cuerpo, y al manifestar tanto los agentes como el médico forense que no se apreciaban características de muerte homicida, lo habitual habría sido finalizar la diligencia sin mayores complicaciones, pero la muerte de Judith Pombo solo dos días antes había generado sospechas razonables.

El juez ya había dispuesto el traslado del cadáver al depósito judicial para practicar la autopsia, y tal vez aquellas diligencias previas terminasen por vincular aquel repentino fallecimiento al de Judith Pombo. ¿Quién podía saber en aquel momento si realmente aquella muerte había sido o no natural?

La teniente, por su parte, no sabía muy bien cómo clasificar al juez, porque en ocasiones le parecía reflexivo y de mirada estrictamente adulta, incluso vetusta, y de pronto se mostraba como un niño. «¿Sabe cómo se declaró el acusado? De rodillas y con un gran ramo de flores», le había dicho a Riveiro, muriéndose de risa, como si aquel viejo chiste lo hubiese inventado él. El sargento había sonreído, más por acompañar al juez en su broma que porque tuviese gana alguna de reír. Era una buena noticia que Eloísa Montes pareciese haber fallecido por muerte natural y no por asesinato, pero aquel caso era lo bastante complejo como para mantener al sargento serio y concentrado.

—Qué poco me siguen el rollo —se quejó Marín, exagerando afectación—, con lo complaciente que soy.

—No le pedimos que sea complaciente, sino que cumpla con sus funciones judiciales —atajó Valentina, pulverizando el tono alegre del joven juez en un segundo—. Y le agradecemos que las ejecute con tanta diligencia, se lo aseguro.

—Ah. Pues mire, teniente, sí, deben agradecérmelo, porque soy plenamente consciente del buen trabajo que desempeño, al igual que sé de su entrega y de la de su equipo.

El gesto del juez se tornó ya completamente serio.

—Soy joven pero no estúpido, Valentina, y todos sabemos que los oficios y diligencias que usted pide son con frecuencia excesivos, sin que yo me oponga por lo general a nada... Así que no le pido que me haga la pelota —y de pronto recobró su gesto jovial—, pero sí que se relaje un poco, ¿de acuerdo?

Valentina tomó aire, consciente de que se había excedido con su trato al juez, que hasta el momento no había hecho más que facilitarle las cosas.

—Perdone, señoría, este caso nos tiene agotados y desorientados, ya solo intentar entender cómo pudo ser asesinada Judith Pombo dentro de aquel camarote está result...

El juez alzó la mano, solicitándole con el gesto que interrumpiese su discurso.

—Teniente, ya le dije que confiaba plenamente en

usted. Sé que resolverá este asunto. Lo que pasa es que no lo está enfocando bien.

—¿Qué? ¿Per... perdone?

—Solo es una sugerencia, pero debería relajarse un poco —insistió, adoptando de nuevo el semblante travieso de un niño—. Irse a tomar una cerveza. No sé, ¿qué es lo que beben los guardias civiles? —Se encogió de hombros y miró a su alrededor, por si hubiese alguien que pudiese aclarárselo, pero solo se tropezó con la expresión atónita de Riveiro y con la mirada perdida del secretario, que fingió no estar atendiendo a la conversación—. Váyase a ver a su novio, dese un paseo, cómase una hamburguesa... Al final todo se reduce a la intuición.

El juez sonrió ampliamente y le guiñó un ojo, para después dirigirse al secretario y pedirle que antes de regresar al juzgado parasen en algún sitio donde poder tomar un buen vermut. Cuando lo perdieron de vista, Valentina miró a Riveiro, que le devolvió el gesto de incredulidad ante aquel juez tan estrafalario.

—No doy crédito... —negó Valentina moviendo la cabeza en gesto de negación—. ¿Este crío de qué va? Y ha dicho que vaya a ver a mi novio... Pero ¿qué sabrá él de mi vida? —se preguntó, indignada.

Aquel juez no solo era joven, sino que por su menuda constitución y altura le parecía casi un niño, imprudente y atrevido. Posiblemente fuese un intelectual superdotado, pero eso no justificaba su osadía ni su intromisión en los asuntos personales de Valentina.

El sargento guardó silencio, pero por dentro sopesó la verdadera personalidad de Antonio Marín. Se le presuponía inexperiencia, pero hablaba con propiedad y no decía una palabra por otra. Las escogía, las pensaba antes de decirlas. Y mientras había durado la baja de Valentina, el juez se había informado de todo lo que había sucedido en su vida, porque no solo había sido muy comentado que la teniente hubiese regresado al trabajo negando la necesidad de asistencia psicológica, sino que también hubiese cambiado sus hábitos deportivos y de entrenamiento, que ahora se habían vuelto radicalmente exagerados. Por supuesto, la noticia de que había dejado de vivir en Villa Marina había volado como una hoja de otoño en un parque, saltando de la Comandancia a los juzgados y despachos de los forenses, que estaban en el mismo edificio. Sí, Marín sabía cuál era la situación de Valentina. Sin atreverse a nombrar a Oliver, lo había introducido en las recomendaciones para la teniente. El sargento dudaba que hubiese sido un comentario casual. Tal vez aquel chistoso y joven juez fuese tan insoportablemente listo como él mismo se creía.

Bip, bip, bip.

—Joder, a ver quién es ahora.

Valentina se llevó una mano al rostro mientras descolgaba. Era Marta Torres para contarle las novedades hasta el momento y saber si había visto las fotografías de la gente en el muelle. Y no, Valentina aún no las había mirado. En realidad, ¿para qué, si Judith había sido asesinada en *La Giralda*? Sin embargo, que se hubiese caído antes de entrar en la goleta podría significar algo. O nada. En realidad, ¿qué podía haber pasado? ¿Que uno de los manifestantes le implantase un cuchillo mágico y que el arma estuviese programada para tener el fortísimo impulso de clavarse en su pecho media hora después? Ejecutado el crimen, por supuesto, el puñal se habría autodestruido, desvaneciéndose en el aire. A Valentina casi le dieron ganas de reír.

—Mira —le dijo a Torres—, si ya habéis revisado vosotros las fotografías, perfecto. Yo ahora mismo no tengo tiempo de estudiarlas, salimos ya para reunirnos con los testigos por lo de Margarita, pero marcad los rostros próximos a Judith cuando se cayó al suelo, ¿de acuerdo?

—¿Que los marquemos?

—Exacto, para introducirlos en el sistema de reconocimiento facial biométrico. Que te explique Camargo, que él ya lo ha utilizado en alguna ocasión. A ver si a alguna de esas personas la tenemos registrada con antecedentes.

—Por si acaso, ¿no?

—Eso es, por si acaso —afirmó Valentina, aunque en realidad dudaba de la posibilidad de encontrar alguna coincidencia que les revelase ninguna información relevante.

—Por cierto, ¿sabemos algo de los de Criminalística?

—Sí, sí, por eso llamábamos también. Los informáticos han descubierto en el ordenador de Margarita algo muy interesante. Resulta que en sus correos no hay nada que les llame la atención, pero sí que había implantado un sistema de reenvío automático de todos los correos de Judith a su escritorio.

—Anda. La mosquita muerta... O sea, que se enteraba de todo lo que recibía Judith en su ordenador.

—Y de lo que salía. Pero dice el informático que no ha visto que en las últimas dos semanas hubiese mensajes relevantes, salvo que estuviesen encriptados o en clave, vamos. Nos los pasarán para que los revisemos, pero no sé... Va a intentar recuperar mensajes eliminados, pero eso le llevará más tiempo.

—¿Y los del SECRIM que han ido al piso de Margarita?

—Aún nada. Están buscando la carpeta que se llevó de Mataleñas, pero como ni siquiera tenemos la descripción...

—Ya. Bueno, si hay suerte llamadme, ¿*okey*?

—¡Un momento!

Torres frenó a Valentina antes de colgar, porque sabía que aquel «*okey*» significaba que había terminado la conversación.

—Nos han preguntado que qué hacen con el gato.

—¿Qué?

—El gato, el que tenía Margarita. Bueno, en realidad creo que es una gata... El hermano dice que no puede quedársela, que es alérgico.

—Ah, joder, ¿y yo qué sé? ¿No podéis ser vosotros un poco resolutivos?

Valentina comenzó a desesperarse, también consigo misma por su insoportable mal humor. Los demás no merecían pagar las consecuencias de su desastrosa vida privada ni de su torpeza e incapacidad para resolver aquel caso.

—Mira... ¿Les has preguntado a los de Criminalística si han hablado con la protectora de animales?

—Sí, pero les han dicho que están saturados, que no aceptan más gatos; que le busquen una casa de acogida hasta que le encuentren un hogar que...

—No me lo puedo creer. —Valentina entornó los ojos—. Pues que se lo lleven ellos a casa, ya veremos qué hacer, ¿de acuerdo?

—Sí, teniente.

Valentina terminó la conversación completamente asombrada, ¿acaso había algo más que pudiese salir mal aquel día? Riveiro estaba a su vez acabando de hablar por su propio teléfono, y la miró con un gesto de preocupación que le mostraba que sí, que aquello podía ir a peor.

—¿Quién era?

—Caruso. Decía que estabas comunicando. Que no estabas atenta al *display*.

Ambos se echaron a reír con falsa alegría, con hastío. Muy típico de Caruso, solicitar ser el primero por y para todo.

—A ver, ¿y qué quería?

—Que hablásemos primero con Basil Rallis, que ha llamado a la Comandancia y ha preguntado por el responsable...

—¡Pero si le dijimos que le contactaríamos esta mañana!

—Se habrá puesto nervioso. No entiendo cómo demonios lo han pasado directamente con Caruso.

—Habrá cogido el teléfono la nueva... A lo mejor la pobre chica se ha revolucionado al ver que llamaba un famoso. —Valentina sonrió con desgana—. Todos nos hemos columpiado alguna vez.

—No sé, pero ahora el capitán se ha tomado el tema como algo personal.

—¿Qué tema?, ¿el de que le tomemos manifestación? Si es pura rutina...

—Ya, pero Rallis le dijo que cogía el avión de regreso a Barcelona a las siete de la tarde, y ha llamado para concretar a qué hora queremos verlo.

—Vamos, que tiene que ser el primero de la lista...

Valentina miró el reloj; el inesperado fallecimiento de Eloísa Montes los había retrasado terriblemente en su programación para aquella mañana, pues ya casi era hora de comer. En realidad, seguían dando palos de ciego: ¿valdría para algo interrogar a aquellos testigos que habían visto morir a Margarita en el Palacio de la Magdalena? En esta ocasión tenían decenas de personas a las que hacer preguntas, pero por lógica debían centrarse en aquellas que habían presenciado el anterior asesinato, solo dos días antes. Debían reducir el círculo o, al menos, intentar comenzar por alguna parte siguiendo las pautas más razonables posibles.

—¿Rallis ya ha dicho dónde podemos localizarlo?

—Sí, en el Hotel Real, donde se aloja... Y adivina con quién ha quedado a comer: con Pablo Ramos y con Victoria Campoamor y su tío.

—No me digas. Se han hecho amiguitos...

—Eso parece —el sargento resopló—, aunque tengo la impresión de que Ramos y Victoria Campoamor más que los demás.

Ambos comenzaron a caminar para dirigirse al coche y salir de Mataleñas, y Valentina no ocultó su sorpresa ante el comentario.

—¿Tú crees?

—No sé. Muy juntitos los vi en el cóctel.

Valentina asintió. Sí, recordaba haberlos visto juntos cuando ella misma había acudido inútilmente en auxilio de Margarita. No había pensado en aquellos dos como una posible pareja. La agente Marta Torres había comentado, si no recordaba mal, que Victoria Campoamor tenía novio. ¿Estaría perdiendo su intuición? Y, en todo caso, ¿significaría algo relevante para el caso? Valentina apretó el paso y su delgada figura se introdujo de un solo movimiento en el coche. No estaba concentrada, tenía que serenarse y dejar de pensar en Oliver Gordon. ¿Estaría bien? ¿Se sentiría solo en el hospital, habría ido alguien a verlo? No, no podía permitirse aquella debilidad. Cuando terminase la jornada pensaría qué hacer en relación con Oliver. Ahora, solo tenía que salir a toda velocidad hacia el lugar al que algunos llamaban la Dama Blanca, con más de cien años de historia. El sargento apretó el acelerador y abandonó sin perder un segundo la sugestiva finca de Mataleñas para dirigirse hacia el legendario Hotel Real de Santander.

Rosana Novoa organizaba las maletas con extraordinaria practicidad, y sus gestos eran rápidos y decididos. En sus manos, sus anillos de oro brillaban a cada movimiento, mientras sus pulseras bailaban con metálico tintineo arriba y abajo. Se había maquillado y su perfecta máscara cubría la falta de sueño, pero no su nerviosismo.

—¡Marco! ¡Marco! ¿Dónde está tu cinturón, el que te regalé por tu cumpleaños?

—No lo sé —negó él, desganado y sentado en el borde de la enorme cama con dosel.

A pesar de que justo enfrente disponía de un magnífico ventanal y de un balcón tras unas altas puertas venecianas, el italiano no desviaba la mirada hacia el paisaje de la bahía, sino que la dirigía al suelo, ensimismado en sus pensamientos.

—¿Por qué no le pides al servicio que haga las maletas, como siempre?

—Porque no tenemos tiempo.

—¿Tiempo para qué? —preguntó, confuso—. No entiendo esta precipitación, Rosana. ¿Por qué tenemos que irnos mañana a Italia?

—Llevas una eternidad diciéndome que querías pasar unos días en Nápoles —replicó ella sin mirarlo y sin dejar de organizar las maletas con gesto apurado—, así que, mira, es el momento ideal. Nos olvidaremos un poco de todo el drama de estos días.

—Tú no eres así.

—¿Así cómo?

—Precipitada.

Ella se detuvo y dejó de colocar ropa. Sentía curiosidad.

—Vaya, así que no soy *precipitada*. ¿Y cómo soy, Marco?

—Eres, eres... Eres cerebral, organizada y lista.

Marco la miró con gesto desesperado.

—No entiendo por qué nos vamos así, de esta forma. ¿Sabes algo que yo no sepa?

Rosana alzó la barbilla y caminó hacia su marido. Le gustó que no se comportase como un estúpido al que ella pudiese manejar a su antojo. Que tuviese vida y rebeldía propias. Se puso frente a él y lo tomó de las manos.

—Marco, solo quiero protegerte.

—¿Protegerme? ¿De qué? No creerás que yo fui el responsable de lo de Margarita...

En su rostro se dibujó el miedo.

—¡Te juro que yo no he hecho nada! ¿Por qué iba a hacerlo? Y cuando pasó lo de Judith yo estaba sentado justo a tu lado en el barco, *amore*. ¡Estaba a tu lado!

—Lo sé, lo sé —lo tranquilizó ella, apretándole suavemente las manos y dulcificando su tono—, pero te recuerdo que solo a ti te tomaron ayer declaración, y que antes ya te habían hablado del tema de las apuestas. Están buscando una cabeza de turco, cariño... La policía siempre ha sido así. Si no encuentran lo que buscan, para cumplir expediente van a por el más débil... Y yo solo quiero protegerte.

—Pero dijeron que no saliésemos de la ciudad, que los avisásemos en caso de que...

—No.

El gesto de ella se volvió más frío y pragmático.

—Se limitaron a recomendarnos no salir de la ciudad, pero lo he consultado con los abogados... Llamarán a la Guardia Civil cuando ya hayamos aterrizado en Roma. No estás acusado, ni imputado, ni has sido citado en el juzgado ni nada parecido. Solo has sido testigo, como yo misma y como los demás, de dos trágicas muertes. Nada más. Y ya has declarado todo lo que sabías en ambos casos, de modo que seguimos con nuestra vida, ¿de acuerdo?

Rosana sonrió, como si estuviese intentando convencer a un niño de lo maravilloso de unas vacaciones obligadas en un campamento de verano.

—Pasaremos primero unos días en Roma, iremos de compras, ¿no te apetece? Nos alojaremos en aquel hotel con vistas al foro... Y después visitaremos a tu familia en Nápoles. ¿No te encantaría que bajásemos después a Sorrento?

Él la miró desde un extraño punto lejano, como si se encontrase perdido en el fondo de un desierto, y a ella su expresión le resultó ilegible. Rosana hubiese preferido en aquel momento al Marco presumido y fanfarrón, al que aparentaba superficialidad, y no a aquel ser desconocido, que sopesaba cada paso y buscaba la causa y finalidad de las cosas. Él comenzó a hablar en un susurro.

—¿Haces... haces todo esto para protegerme, para alejarme de todo esto? ¿De verdad?

—Soy tu mujer. Te quiero —le replicó ella con convicción—. ¿Cómo no iba a intentar protegerte?

Marco cerró los ojos, emocionado, y abrazó a Rosana.

—*Io... Io* no te merezco —le susurró, para después apartarse y mirarla a los ojos—. Entonces, ¿me crees? *Lo giuro,* yo no hice nada.

—Te creo, Marco —le aseguró ella, enternecida.

—Es verdad que... Rosana, no puedo ocultártelo, hice algunas apuestas.

Marco se había sentido, de pronto, en verdadera deuda con su mujer. ¿Cómo iba a ocultarle aquel delito a quien trastocaba su vida de aquella forma solo para protegerlo? Le debía aquel gesto de lealtad, una confesión a tiempo para que ella fuese consciente de quién caminaba de verdad a su lado.

—¡Pero hace semanas que ya no intervengo en nada, *lo giuro*!

—No pasa nada —Rosana sonrió sin ganas, con cierta ironía—, un par de apuestas tampoco matan a nadie.

—Pero son delito, *amore*. Lo hice solo por ti, para que no pensases que soy un desgraciado, para poder ganar algo de dinero sin que me llamen mantenido.

—No eres un mantenido —se extrañó ella sinceramente, frunciendo el ceño—. Te recuerdo que gestionas Bekandze.

—Ah, eso. Eso *non è un lavoro*... Es tu empresa. Un entretenimiento —añadió él con amargura y casi en un susurro.

Rosana no dijo nada y se limitó a asentir. Se sentó en la cama, pensativa. Quizás había minusvalorado a su marido. No era suficiente con darle dinero y tenerlo, en efecto, entretenido. Él quería hacer algo por sí mismo, y a ella le gustaría que se dedicase a algo que lo apasionase, a una actividad que lo alejase de las argucias y los éxitos fugaces de las apuestas, de los triunfos breves, vacuos y artificiales.

—Creo que este viaje nos va a venir muy bien, Marco.

La mujer perdió la mirada por un instante y terminó posándola sobre sus propias manos y su perfecta manicura, que no enmascaraba en absoluto ni su edad ni los pliegues de su epidermis. Rosana sentía que se hacía vieja, que su piel se convertía con cruel velocidad en la arrugada corteza de un árbol. El contraste de ella misma con su bronceado y joven marido la hacía sentir, a veces, ridícula. Suspiró y miró con cariño a Marco Fiore.

—Tal vez podamos encontrar un nuevo objetivo en nuestras vidas.

Rosana balanceó suavemente la cabeza de forma asertiva, como si así asentase de mejor forma aquella nueva idea en su cabeza. Después, pareció tomar fuerzas de algún lugar oculto dentro de sí misma, se recompuso y volvió a acercarse a las maletas para continuar haciéndolas, al tiempo que seguía hablando.

—Escúchame bien. Diremos que hemos ido a ver a tu madre, ¿de acuerdo? Que está mala y que ante la gravedad de la situación no ha quedado más remedio que hacer un viaje exprés.

—¡Pero si la *mamma* está perfect...!

—Ah, Marco...

Rosana lo interrumpió con una sonrisa, aliviada de que su ingenuo niño grande hubiese regresado.

—Tu madre tiene ochenta y cinco años, algún achaque nos podremos inventar.

Marco sonrió ante la astucia de su mujer, y en aquel instante sintió que la quería más que nunca. Sí, había sido muy afortunado la noche que la había conocido. Culta, inteligente y rica. Todavía le resultaba atractiva. Y ella lo amaba de una forma generosa e inexplicable, protectora. ¿Cómo podía él ser tan desleal, tal malnacido y traicionarla con otras mujeres? Pero aquella vida de infidelidad constante se había terminado. Nunca más, se dijo, mirando cómo Rosana terminaba de cerrar una maleta para comenzar a preparar otra. Ella no lo merecía. En aquel instante, y sin saber aún si sería capaz de controlar sus instintos, Marco Fiore se juró a sí mismo que sería fiel a aquella mujer. Empezaría desde aquel mismo momento una nueva vida.

Pensó, incluso, que podría pedir un préstamo para montar un negocio. Ella lo avalaría, por supuesto, pero no tendría que poner ni un euro. ¿No sería maravilloso un restaurante italiano en el centro de Santander? El Fiore, lo llamaría. Todo muy elegante, con cocina de categoría. Horno de leña, pizzas bien tostadas en sus bordes, con genuino sabor italiano, y no aquellas masas horribles que se comían en España. Y la pasta... Ah, la harían ellos mismos, tal y como siempre había hecho su abuelo Giacomo.

El italiano sonrió y se sintió feliz e ilusionado por primera vez en mucho tiempo. Quizás todo lo que había sucedido con Judith y con la horrible Margarita tuviese un sentido, un significado. Los nuevos comienzos no debieran asentarse en la muerte de otros, pero lo cierto era que aquel había sido su punto de inflexión: por fin iba a dejar de navegar a la deriva. Marco se acercó a su mujer, atareada e inclinada sobre la maleta abierta sobre la cama, y la abrazó por la espalda, sorprendiéndola y haciéndola sonreír. Desde luego, Rosana aparentaba ser una mujer dura y de lengua viperina, pero él acababa de descubrir en ella el calor de un verdadero hogar.

Clara Múgica escuchó el ruido de la puerta principal al abrirse, a pesar de que ella estaba tumbada en la cama del piso superior de su ático dúplex, en el barrio de Valdenoja de Santander. ¿Qué hora sería? Miró el reloj. Casi la hora de comer. Sí, ya había llegado el momento de deslizarse hacia la realidad. Ese día libraba, pero quería salir igualmente para ir al hospital y ver a Oliver. Antes de irse a dormir había sabido que se encontraba estable y fuera de peligro, pero no se había quedado tranquila hasta que había podido decírselo a su marido Lucas, buen amigo también del joven inglés y, ahora, y por causa de ella misma, parte de su familia política. Hacía no mucho tiempo que, por razón de unos crímenes investigados por Valentina, Clara había descubierto su parentesco con Oliver, y desde entonces la relación con el joven se había ido estrechando cada vez más.

La forense se levantó y estiró largamente, por lo que, con el gesto, el pijama camisero que llevaba se le subió desde el muslo hasta alcanzar casi la altura de las ingles. Miró por la ventana, y le alegró ver que había salido un sol fuerte y claro, sin nubes a la vista. Por fin comenzaba a intuirse el verano del norte, que llegaría pronto, aunque la temperatura todavía era fresca. Se puso unos gruesos calcetines de lana a modo de zapatillas y bajó las escaleras de caracol hacia el pasillo, que estaba vacío. Miró en la cocina y en el baño del acogedor ático, hasta que se dio cuenta de que Lucas había atravesado el salón hasta su enorme terraza, donde estaba poniendo la mesa. Era un amplio espacio rectangular que se enfocaba deliberadamente hacia las imponentes vistas de las playas y del frío mar de Santander, y que en vez de barandilla disponía de estrechos paneles de cristal transparentes; desde luego, si el visitante olvidaba su propio vértigo, en aquel extraordinario mirador podría sentirse como un espectador privilegiado.

—Ah, cariño, ¡ya estás levantada!

Ella volvió a desperezarse y se acercó, plantándole a su marido un breve beso y un largo abrazo, como si aún no hubiese salido por completo de su estado somnoliento y siguiese buscando una almohada donde recobrar el sueño. Sin embargo, estaba ya completamente despierta y su cabeza comenzaba a burbujear preguntas.

—¿Has ido al hospital?

—Sí, no te preocupes, Oliver está bien. Lo que te dijeron, apendicitis... ¿Has llamado a Valentina?

Ella negó con la cabeza e hizo una mueca maliciosa.

—No he querido.

—¿Cómo?

Lucas se quedó quieto y dejó la botella de vino que iba a abrir sobre la mesa, esperando una explicación. Clara arrugó la nariz, como si fuese una niña a la que hubiesen pillado haciendo una inocente travesura.

—A ver. No quiero ser la intermediaria, ¿entiendes? Quiero que sea ella quien lo llame, quien sufra por saber qué le ha pasado hasta que comprenda que ha hecho el idiota dejándolo. Yo qué sé. Y mira que a ratos pienso que a lo mejor ella ha hecho bien en tomar un poco de distancia... Pero ya sabes, el roce hace el cariño —añadió con un mohín bienintencionado.

Lucas meneó la cabeza sonriendo, y ella supo que había entendido y aprobado su pequeña bellaquería.

—Me ha dicho Oliver que, aunque no ha hablado con ella, le han confirmado que Valentina ha llamado al hospital preguntando por su estado de salud.

—Oh. Mira qué bien, ¿ves?... ¿Y qué tal ha quedado? ¿Está muy molesto con los puntos?

—No —negó Lucas, restando importancia a la gravedad del inglés—, es joven y resistente. ¿Sabes?... Cuando me fui entraba Matilda a visitarlo.

—Ah, qué bien.

—Sí, creo que desde que esta mujer trabaja en Villa Marina ha adoptado a Oliver como si fuera el típico hijo que sabe que siempre anda metido en líos.

Clara sonrió y echó mano al queso que su marido había troceado y dejado preparado sobre la mesa, pensando que ella aún dormía.

—Estoy hambrienta, ¿qué tenemos?

—Luisa hizo un guiso de pollo, lo estoy calentando —le contestó él refiriéndose a la asistenta que habían contratado desde que Clara había recibido su herencia millonaria, que de momento, y salvo por aquel y otros pequeños lujos domésticos, solo había sido utilizada en causas sociales.

—Anda, siéntate, que aún debes de estar agotada.

—Sí, la verdad es que estoy molida —reconoció ella, ejercitando el cuello de un lado a otro, como si tuviese que recuperar su movilidad—. Demasiado trabajo para una sola noche.

Lucas terminó de abrir la botella de vino y sirvió un poco en cada una de las copas de cristal que había sobre la mesa. Mientras dejaba que se calentase en el horno la comida, no se sentó frente a su mujer, sino a su lado, pues a ambos les gustaba contemplar las vistas desde su enorme terraza; desde allí veían pasar los barcos hasta que se escondían tras la firme silueta de la Magdalena y entraban en la bahía, que refugiaba a las naves fuera de su ángulo de visión.

—¿Sabes qué he pensado?

—Que tienes la mujer más guapa del mundo y que, aunque ya esté un poco mayor, no la cambiarías nunca por una de veinticinco.

Él sonrió y le hizo una mueca a su mujer.

—Además de eso.

—No sé. No me hagas adivinar, que estoy muerta —le dijo, ahogando un bostezo.

—¿Qué tal unas vacaciones?

Ella frunció el ceño, extrañada.

—Pero si ya estuvimos en Mallorca en Semana Santa... ¿Tú no tenías solo días libres en agosto? Y yo aún tengo que ver mis guardias...

—Sí, pero hay que organizarlo con tiempo. Y he pensado que desconectemos por completo. Nada de irnos una semana y a correr, para verlo todo en un suspiro.

Lucas negó con la mano y simulando un semblante serio, como si aquella idea de los viajes apurados fuese inaceptable.

—Podríamos viajar el mes entero, darnos el lujo por una vez, y no hace falta que vayamos a superhoteles, ¿eh?

He pensado en nuestro viaje mochilero, ¿te acuerdas? Cuando éramos novios...

Ella lo miró con expresión divertida.

—¿Te refieres a cuando dormíamos en hostales de habitación compartida y desayunábamos sucedáneo de café? Suena muy relajante, sí...

—No digo que lo hagamos de esa forma —se rio él—, podemos permitirnos algún lujo burgués, como habitación privada y café recién hecho.

—Viva el lujo burgués —sonrió ella, alzando su copa y brindando al aire—. ¿Sabes qué? Me apunto. Eres el mejor —declaró, dándole un nuevo y sonoro beso—. ¿Por dónde pensabas que fuésemos?

—Ah, pues por algunos de los sitios que conocimos en aquel viaje, pero completando bien el recorrido —contestó Lucas, realmente emocionado porque a ella le hubiese gustado la idea—. Había pensado en ir por Alemania, Roteburgo, la ruta por la Selva Negra y sus castillos... Un poco del norte de Italia, luego pasar por Berna en Suiza, Zúrich... ¿Recuerdas cuando nos tomamos allí aquella cerveza enorme? Después, por supuesto, nuestra rutita de bodegas alrededor del lago Lemán en Ginebra...

—Oh, sí, ¡de ahí sí que me acuerdo, aquellas deliciosas copas de vino blanco!

Lucas se frotó las manos, tal era su satisfacción con solo imaginar y organizar el viaje. Recordó con nostalgia aquel maravilloso caldo que había probado a las orillas del lago Lemán, justo antes de visitar el castillo de Chillon, en uno de los días más bonitos que recordaba haber vivido en su vida. Continuó programando su viaje soñado:

—Vale, pues luego terminaríamos por Francia... He pensado que incluso podríamos hacer el viaje en coche, sería como una *road movie* —le explicó a Clara, ilusionado, mientras ella cerraba los ojos y se dejaba llevar, imaginando todo lo que verían y vivirían, lejos del caos del trabajo y la ciudad. De pronto, ella abrió mucho los ojos.

—¡Joder, joder, joder!

—¿Qué... qué pasa?

—¡Ginebra, el lago Lemán!

—¿Qué le pasa al lago?

—¡Sabía que lo había visto en alguna parte!

Ella se levantó y, emocionada, comenzó a caminar de un lado a otro de la terraza, intentando explicarle todo a Lucas, que no entendía nada.

—A ver, ¿recuerdas el caso de Judith Pombo, el que te expliqué?

—La del tenis, ¿no? La que acuchillaron en un camarote cerrado.

—Esa. ¡No sé cómo no me di cuenta! ¿Cómo es posible que se me pasase? ¡Joder!

La propia Clara no daba crédito a lo que acababa de descubrir.

—¡Por eso no lo encontraba, porque estaba buscando en manuales forenses y no en libros de historia!

Lucas miró a su mujer con una expresión entre asombrada y sardónica, mostrándole con el gesto que no comprendía nada. Clara Múgica se acercó a su marido con una gran sonrisa y le dio un tercer y alegre beso, echando a correr hacia el salón, donde conectó de inmediato el ordenador portátil a internet.

—Perdona, cariño, tengo que confirmarlo, seguro que sale algo en la red.

—¿Algo de qué?

Lucas lo preguntó mientras la seguía, dudando ya de que su mujer estuviese en sus cabales. Desde luego, no había descansado lo suficiente tras aquella larga noche de trabajo.

—¡De cómo murió uno de los personajes más extraordinarios de la historia!

Clara se mordió los labios de pura excitación mientras la información se desplegaba ante sus ojos, y se sintió feliz al haber logrado encontrar la solución al misterio. Por fin sabía cómo había muerto Judith Pombo.

13

> Dirigid a una estrella una rápida ojeada, miradla oblicuamente, haciendo que se proyecte su imagen sobre la parte lateral de la retina, mucho más sensible a la luz débil que la central, y veréis la estrella de una manera distinta.
>
> Edgar Allan Poe,
> *Los crímenes de la calle Morgue* (1841)

La construcción del Hotel Real fue considerada, en su día, una tarea absolutamente necesaria. Si el rey Alfonso XIII iba a disfrutar cada verano en la Magdalena, también sería preciso crear en la ciudad un alojamiento adecuado para las múltiples visitas que su presencia atraería irremediablemente a Santander. El hotel, completamente blanco y con tejados negros, se inauguró en julio de 1917 en la cima de una colina que dominaba completamente la ciudad, y su impresionante y elegante estampa quedó ligada desde entonces a la figura de Santander.

Su señorial terraza ya se ofrecía desde sus primeros días como un mirador privilegiado sobre la bahía, y ocupaba prácticamente todo el ala este del edificio, manteniéndose elegante y digna pasados más de cien años. En aquella singular solana se encontraban Basil Rallis, Pablo

Ramos, Victoria Campoamor y su tío, Félix Maliaño, sentados a una de sus mesas y protegidos del sol por una elegante sombrilla. La idea de comer juntos había surgido de la más pura casualidad. De hecho, la cita original iba a ser exclusivamente entre Pablo y Victoria en el club deportivo, pero lo insólito de los acontecimientos había hecho que se trastocasen los planes.

Rallis se marchaba aquella misma tarde, y aunque Pablo sabía que podría verlo después en Barcelona, por cortesía no podía permitir que en su último día en Santander comiese solo, y más cuando se había ofrecido a ayudarlo con sus proyectos. Un poco de luz, por fin. Quizás la muerte de Judith no supusiese una tragedia tan terrible, después de todo. A Pablo le parecía que sin ella en su camino se eliminaban algunos obstáculos que antes parecían insalvables.

Cuando Victoria había aparecido con su tío en el club, un Pablo ilusionado le había pedido cambiar los planes, y ella se había mostrado encantada con la oportunidad de pasar un rato más con una leyenda como Rallis. Los dos jóvenes habían quedado previamente para comer juntos de modo informal, sabiendo ambos que oficialmente se reunían como simples colegas de tenis, pero que en la práctica lo hacían por el motivo más viejo y antiguo de todos. Dado que finalmente aquello ya no iba a ser una cita para dos, se había unido Félix Maliaño, que a fin de cuentas era el presidente de la Federación Cántabra de Tenis, y tampoco quería desaprovechar el lujo de pasar un rato con aquel legendario jugador. Entre bromas, había observado que sería fantástico poder hacerlo «sin ningún crimen de por medio», para poder tener una conversación tranquila e informal sobre el mundo tenístico.

—¿Crees que después de la comida podríamos dar un paseo tú y yo? —le había preguntado discretamente Pablo a Victoria, que se había echado a reír.

—¡No pensarías que te iba a perdonar la invitación!

La joven estaba sorprendida de sí misma, de su genuino interés en Pablo. Le había gustado la cariñosa forma de despedirse de su padre, Julián, en el club, lo atento que era, y ni siquiera le había molestado que hubiese cancelado su cita para dos, comprendiendo el más que razonable motivo. Sin duda, si Judith y Margarita no hubiesen fallecido tan repentinamente, la agenda de Rallis habría estado ocupada hasta su partida, pero la situación había cambiado de forma drástica, y ya no había protocolo al que asirse.

Victoria observó con disimulo a Pablo, que charlaba animadamente con Rallis sobre los mejores jugadores de la temporada. ¿Cuántas vicisitudes habría vivido aquel chico? No podía ni imaginarlo. Admiró en silencio su valentía para reinventarse después de un accidente como el que había tenido. ¡Y vaya resultados en la ATP! Y aquella bonita sonrisa... Victoria le había dicho a su novio que tenía una comida con gente del club, que no le quedaba más remedio que acudir por causa de su trabajo en la Federación, pero ella sabía que aquella primera mentira conllevaba algo más. Un comienzo de huida, un interés real en alguien que se movía con el mundo, y no como ella, que llevaba nueve años en un noviazgo que no avanzaba hacia ninguna parte.

—Victoria, ¿estás con nosotros?

Rallis se lo había preguntado divertido, observándola ensimismada cuando ya hacía un rato que habían llegado los aperitivos que habían pedido, incluyendo un sorprendente gazpacho andaluz que el camarero, muy convencido, les había asegurado que era el mejor de todo Santander.

—Oh, sí... Perdón, supongo que ha sido todo lo que ha sucedido estos días. No sé dónde tengo la cabeza.

—En los crímenes, querida, ¡dónde si no!

Rallis se rio de forma suave y moderada, pero evidenciando que la gravedad de la situación, en vez de preocuparle, le hacía gracia. Habían alcanzado un nivel de cercanía y confianza aceptable, y ya se tuteaban cordialmente.

—¿No os parece como si estuviésemos en una de esas novelillas de misterio?

—En cierto modo, sí —reconoció Félix, que no dejaba de comer y de probar todos y cada uno de los aperitivos—, aunque esto comienza a ser realmente preocupante, porque acaba de fallecer también la madre de Judith.

—¿Cómo? —se sorprendió Rallis, que por un instante aparcó su tono flemático y malicioso.

—Ah, era muy mayor, creo que se murió durmiendo —explicó Félix, restando importancia al deceso—. Sin duda, el disgusto habrá sido decisivo, pero si no hubiera sucedido lo de Judith no nos habríamos escandalizado por la noticia. Me lo han comunicado hace un rato, cuando subíamos al hotel... Una pena, no quiero ni pensar cómo estará Melania, la otra hija. En fin —concluyó, mirando a Victoria—, mañana tendremos que ir al entierro... Quizás sea ya también el de Judith, si ya han... Bueno, si ya le han hecho la autopsia o lo que quiera que sea que hagan en estos casos. No sé cómo van estas cosas.

—Tres muertes en tres días... —Pablo se mostró preocupado y pensativo.

Se dirigió a Félix buscando más información.

—¿Seguro que murió durmiendo? Quiero decir... ¿Muerte natural?

—Eso me han dicho, al menos. Me ha llamado desde allí una de nuestras amistades comunes, pero también estaba la policía en la casa... Un juez, un forense y la teniente Redondo.

—¡Ah, la teniente! ¿Os habéis fijado en que tiene los ojos de dos colores? —preguntó Rallis—. Me pareció muy lista, pero no sé si será capaz de resolver las muertes de Margarita y de Judith. Supongo que seréis conscientes de que seguimos siendo los principales sospechosos.

—¿Nosotros? —se extrañó Victoria, que, interesada en el tema, abandonó de pronto su gazpacho sobre la mesa—. Nos han interrogado solo en calidad de testigos, como es lógico.

—¿De veras?

Rallis se rio ante su inocencia y su carcajada, aunque breve, se impregnó en todos como una burla.

—En el caso de Judith, está claro que buscan al asesino entre los que estábamos en el barco. No hay otra opción.

—Eso incluiría al capitán y al resto de la tripulación, entonces —puntualizó Pablo.

—Obviamente, pero estoy seguro de que no nos van a dejar tranquilos hasta que encuentren un cabeza de turco al que cargarle el muerto... —«Y nunca mejor dicho», pensó, sin decirlo y bebiendo un sorbo de una copa de vino—. ¿Por qué creéis que va a volver hoy a hablar la teniente Redondo con nosotros? De lo que sucedió ayer en la Magdalena tiene decenas de testigos, y quiere empezar precisamente por los que también estábamos en *La Giralda*.

Victoria miró fijamente al veterano jugador. Apoyó los codos en la mesa y cruzó los brazos, concentrando en él toda su atención.

—Y según tú, Rallis, ¿quién asesinó a Judith?

—Si lo supiese se lo habría dicho a la policía, querida niña. Solo os puedo asegurar que yo no he sido.

—Yo tampoco —negó Pablo, alzando las manos en gesto de inocencia.

—A mí no me miréis —sonrió Félix Maliaño, que abrió mucho los ojos, como si con aquella expresión argumentase mejor su pretendida inocencia.

Su sobrina Victoria suspiró.

—Pues si yo tampoco he matado a nadie, solo nos

quedan Emilio Rojas y el matrimonio del italiano y la señora Novoa. Y la tripulación de *La Giralda*, por supuesto.

—Caramba, vamos a tener que incorporarlos como agentes al cuerpo —les dijo una voz firme y femenina a sus espaldas, sobresaltándolos. Todos se giraron y comprobaron cómo Valentina Redondo, junto a Riveiro, los observaba y esbozaba una sonrisa indescifrable, que inquietó incluso a Rallis.

—¡Teniente! —exclamó el veterano jugador—. La esperábamos.

El exjugador se levantó e hizo el ademán de unir más sillas a la mesa, aunque al instante le preguntó a Valentina si prefería hacerles las preguntas por separado. Ella miró a Riveiro y respiró despacio, decidiendo si en esta ocasión sería mejor probar una táctica diferente.

—Charlaremos en grupo esta vez, si les parece. Tendrán que contarme, cada uno de ustedes, todo lo que vieron e hicieron ayer durante el cóctel en la Magdalena, incluyendo una franja temporal previa de al menos treinta minutos, en que estaban todos ustedes asistiendo a la última ponencia... Impartida por usted mismo, si no me equivoco.

—Oh, sí, yo de eso me acuerdo bien —contestó Félix Maliaño, convencido—. Rallis terminó la charla contándonos lo de la pista de tenis más antigua del mundo, en Falkland, ¿verdad?

—Ah, veo que, contra todo pronóstico, alguien me prestaba atención —bromeó Rallis, complacido—. En efecto, una pista del año 1539 en un maldito castillo escocés... Si no recuerdo mal la propia Margarita estaba en primera fila, escuchando...

Rallis miró a Valentina.

—No tengo idea de haber visto en ella nada raro ni fuera de lugar en aquel momento, francamente.

Los demás también negaron, mirándose los unos a los

otros, como si les diese más fiabilidad que aquella negación fuese un posicionamiento común y sin fisuras.

—Bien...

Valentina los miró con seriedad, mientras Riveiro escuchaba atentamente y sin molestarse en sacar su libreta.

—¿Y después?

—Después nos dirigimos directamente al cóctel dispuesto en el salón de baile —explicó Rallis—, aunque yo me retrasé un poco, claro.

—¿Por?

—Ah, los autógrafos, naturalmente. Suelo tener que firmar algunos de vez en cuando, especialmente a quienes vienen a mis charlas. Me acompañaban el director de las jornadas de tenis y una de las azafatas, amén de seis o siete personas a las que tuve que atender. Cuando después fui a la fiesta ya estaba por allí Margarita, pero yo no charlé con ella y tampoco estaba pendiente de lo que hacía, obvio, hasta que comenzó a sentirse mal y a no poder respirar, que ahí ya todos los presentes nos dimos cuenta de que algo no iba bien. Al principio pensé que se habría atragantado, la verdad, porque ya le digo que le costaba respirar con normalidad.

Valentina asintió, sabiendo que aquel punto sería fácil de comprobar. Miró entonces al resto de los compañeros de mesa de aquella espectacular terraza sobre la bahía.

—¿Y ustedes?

—Victoria y yo fuimos juntos desde el comedor de gala hasta el cóctel, charlando —aseguró Pablo, mirando a la joven con discreta complicidad—, y yo sí me fijé, como ya le conté en la Magdalena, en que Margarita había ido a coger café a la máquina... Después estuvo en nuestro círculo charlando con unos y otros, aunque poca cosa. Yo estaba sobre todo con... En fin, estaba charlando con Victoria.

—Sí, estuvimos juntos todo el tiempo —confirmó la joven muy seria, dándole importancia a aquel asunto, como si temiese que el crimen llegase a salpicarla de alguna forma.

—Doy fe —añadió su tío— porque yo estuve todo el rato cerca de Pablo y Victoria, incluso fui caminando tras ellos al terminar la ponencia y dirigirnos al salón de baile... ¿Cómo se llamaba aquella doctora? ¡Ah, sí! La doctora Tubío, fui hablando con ella mientras caminábamos... Después nos dispersamos un poco, pero yo me mantuve todo el tiempo cerca de *mi grupo*.

—Su grupo... ¿Y no recuerdan nada relevante? Algo que dijese Margarita, algún comentario o gesto que entonces quizás no les llamase la atención... Cualquier detalle puede ser trascendental.

Todos guardaron silencio varios segundos, hasta que Victoria, tímidamente, creyó recordar algo que seguramente carecería de importancia.

—Bueno... Después de ir a la mesa del café, creo que Margarita fue al baño.

—¿Sola o acompañada?

—Sola, que yo sepa.

—¿Y la vio en el momento de regresar?

—No sabría decirle, teniente. No estaba pendiente de adónde iba y venía...

—Ya.

Valentina supo exactamente a quién había estado prestando su atención la joven Victoria durante el cóctel. Miró a Pablo Ramos y pensó que sí, que aquellos dos bien podían ser unos inteligentes asesinos o bien nada en absoluto, solo dos personas que tal vez comenzaban a caminar en la misma dirección. Y si Margarita había ido al servicio después de servirse el café, ¿se lo habría llevado consigo o lo habría dejado enfriar sobre una mesa, a disposición de cualquier asesino? Riveiro, que había guardado completo silencio hasta el momento, decidió intervenir.

—¿Y el resto de los invitados a la goleta? ¿Los vieron a lo largo del cóctel?

Hubo varios comentarios cruzados. Sí, los habían visto yendo y viniendo, aunque al parecer tampoco les habían prestado especial atención. Solo Félix Maliaño acertó a asegurar que había observado al matrimonio de Marco y Rosana junto al de Emilio Rojas y su esposa, charlando durante bastante rato junto al ventanal donde la propia Valentina los había visto nada más llegar al salón de baile.

Justo cuando Valentina iba a continuar haciendo preguntas sonó su teléfono. Miró la pantalla y comprobó que era Clara Múgica. Por fin. Ya se habría levantado y habría visto todas sus llamadas perdidas. La teniente le pidió a Riveiro que continuase haciendo preguntas a los testigos mientras ella se alejaba un instante para atender discretamente la llamada. Tal vez la forense tuviese novedades que aportar sobre el estado de salud de Oliver.

Sin embargo, Clara Múgica no quería hablarle sobre Oliver Gordon. Quería contarle un descubrimiento extraordinario, que si pudiese aplicarse al caso de Judith Pombo cambiaría absolutamente la perspectiva de las cosas. Necesitaba reunirse con ella y con Riveiro urgentemente para analizar los detalles y comprobar si su teoría era plausible. Le adelantó a Valentina un par de esbozos de lo que tenía en mente, pero resultaba preciso aunar la información que todos tenían sobre el caso de la presidenta del club deportivo. Al colgar, la teniente fue corriendo hacia Riveiro.

—Disculpen, tenemos que marcharnos. Gracias por su colaboración y buen viaje de regreso a casa, señor Rallis.

Riveiro no disimuló su sorpresa. Se despidió abruptamente y se alejó unos pasos con Valentina. Pasaron delante de un ascensor de madera antiquísimo y avanzaron rápidamente hacia el vestíbulo del venerable hotel, sin dejar de caminar a buen paso y dirigiéndose directamente hacia el coche.

—¿Qué pasa? ¿A qué viene que...?

—¡Ah, joder, Riveiro, es que es increíble! Clara dice que es muy posible que el asesino no se encontrase entre los invitados a *La Giralda*... No te lo vas a creer, ¡pero asegura que, cuando Judith subió al barco, ya estaba prácticamente muerta!

La sala donde practicaban las autopsias se encontraba en el Hospital Universitario Marqués de Valdecilla, pero el despacho de Clara Múgica se hallaba fuera del complejo; la forense preparaba sus informes y coordinaba gran parte de la burocracia del Instituto de Medicina Legal desde muy cerca, en un despacho del mismo edificio donde se hallaban la mayor parte de los juzgados de Santander.

Clara recibió a Valentina y a Riveiro con gesto apurado y con un gran despliegue de documentación sobre la mesa de juntas de color haya que estaba próxima al gran ventanal de su despacho.

—¿Habéis comido? —les preguntó sin dejar de organizar papeles y corriendo de un lado a otro.

—No —respondió Valentina, que justo en aquel instante pareció recordar que de vez en cuando era necesario nutrirse, aunque últimamente lo hacía sin apetito, por simple supervivencia.

—Que sepáis que yo también he dejado sin degustar un pollo al limón por vosotros.

—Y en tu día libre —sonrió Riveiro—. A ver, ¿qué es eso de que Judith ya estaba prácticamente muerta? Es imposible que la hiriesen antes de entrar en la goleta sin que se diera cuenta. Y especialmente una herida tan grave.

—Salvo que la hubiesen anestesiado localmente y no se enterase de la lesión —especuló Valentina, que ya había ido teorizando posibilidades con Riveiro durante el trayecto del coche hasta el despacho de la forense.

Nada más decirlo, la teniente fue consciente de que había lanzado al aire una idea sin fundamento médico alguno.

—¿Sugieres que la anestesiaron en el pecho y que no se enteró de que le dieron una puñalada en el corazón? —preguntó Riveiro, completamente escéptico. Resultaba evidente que rechazaba de plano aquella alocada idea—. Eso es imposible.

—¡Ajá! —exclamó Clara, alzando los brazos—. Ahí está el problema, en nuestra idea de lo imposible. Claro que yo tampoco había pensado en ningún momento en la idea de la anestesia...

La forense miró a Valentina frunciendo el ceño y negando también tácitamente aquella estrafalaria posibilidad.

—Sin embargo, la historia de Isabel de Baviera puede darnos una pauta clave para resolver el caso.

—¿Isabel de Bav...? —se extrañó el sargento—. ¿Y esa quién coño es?

—¡La emperatriz Sissi! La de Austria... Coño, Riveiro, habrás visto la película al menos, con Francisco José y toda la historia de los vestidos, los lujos y palacios...

—Sé perfectamente quién es la emperatriz Sissi, gracias.

Clara le hizo una mueca amistosa al sargento, y les señaló a él y a Valentina la documentación que había sobre la mesa de juntas.

—A ver, os lo voy a contar desde el principio, porque es que encima esto también sucedió cuando ella iba a subir a un barco, ¡es que es igual!

Riveiro resopló y sacó su pequeña libreta del bolsillo, dispuesto ya a apuntar los términos clave de todo lo que Múgica tuviese que explicarles.

—Bueno, cuéntalo sencillito y sin palabras técnicas de forense tocapelotas si puede ser.

—Lo explicaré como siempre, entonces. Como si tuvieses tres años recién cumplidos —contestó ella sonriendo y sabiendo que aquella era una broma común entre ambos.

Valentina dio un paso al frente y se puso ya a leer la documentación que Clara había dejado allí para ellos. No pudo evitar fijar la mirada en una gran fotografía en blanco y negro de la emperatriz Sissi, que miraba a la cámara con seriedad. Estaba sentada en un elegante sofá sin brazos y tapizado en tela fina, y a sus pies un perro de gran tamaño parecía recordar mejores tiempos con una postura que invitaba a la melancolía. La emperatriz llevaba un impresionante vestido completamente negro con un lazo blanco anudado al cuello, y con su cabello recogido desprendía una imagen de femenina y sobria belleza. Sin embargo, en su expresión se reflejaba una rebeldía decidida, un potente desafío. Era imposible apartar la mirada.

—Era guapísima, ¿verdad?

Clara se acercó.

—Cuando se hizo mayor prohibió que le hiciesen fotografías, y en las pocas existentes aparecía con un abanico enorme cubriéndole el rostro. Murió con sesenta y un años, pesaba cincuenta kilos y medía metro setenta, ¡un tipín! Bien —continuó, emocionada—, pues esto es lo que nos interesa, su muerte en 1898.

—Su muerte... —repitió Valentina, intentando concentrarse y sin ver todavía por dónde iba a conectar Clara la muerte de aquella famosa emperatriz europea con la de Judith Pombo, más de cien años después.

—Exacto, su muerte. Lago Lemán, en Ginebra, Suiza. ¿Os situáis?

—Sí.

—De acuerdo. Pues cuando conocí ese lago por primera vez fue hace ya un montón de años, cuando Lucas y yo éramos novios e hicimos un viaje mochilero por Europa.

—Tú, ¿un viaje mochilero? —se burló Riveiro, alzando las cejas.

—Ya ves... El caso es que cuando estuve paseando por allí, vi una placa que recordaba cómo había sido asesinada Sissi en 1898. Ahora, investigando en internet, he comprobado que también hay una estatua, aunque yo no me acuerdo de haberla visto cuando fui, allá por el año...

—Ibas por el asesinato —la atajó Valentina, que quería concretar ya la información.

—Sí, perdona. Bien, pues había un tal Luigi Lucheni, que era un anarquista que quería pasar a la historia haciendo algo grandioso; deseaba ejecutar un acto de justicia social para resaltar el contraste entre las miserias que tenía que vivir el pueblo y los lujos de los gobernantes... En fin, lo de siempre.

Clara les mostró una fotografía del individuo, que Valentina supuso que también habría conseguido de internet.

—El caso es que el tipo se enteró de que estaba la emperatriz en la ciudad, y aquí sabemos exactamente lo que sucedió por los numerosos testimonios y por la condesa Sztáray, que estaba con ella cuando ocurrió todo. Se suponía que Sissi iba de incógnito, aunque a su paso debió de ser fácil identificarla, porque era sabido que desde la muerte de su hijo iba siempre vestida de negro y que llevaba un velo del mismo color cubriéndole el rostro; el anarquista se acercó a ella y fingió un tropezón, pero en realidad le clavó una especie de estilete casero que había fabricado él mismo. Imagino que Lucheni habría supuesto que Sissi caería al momento y que él sería inmediatamente detenido, pero sin duda, y para su sorpresa, la emperatriz se levantó y le quitó importancia al accidente, decidiendo seguir su camino para montar en el *vaporetto*.

—Espera. —Riveiro había fruncido el ceño—. No puede ser. ¿Cómo te van a clavar un arma blanca en el pecho, al lado del corazón, sin que te enteres?

—Sé que es raro, pero no imposible. Fíjate, han hecho falta más de cien años para que se repita una circunstancia similar. Cuando una persona está en riesgo, el hipotálamo, en el cerebro, envía señales a las glándulas suprarrenales del riñón para que libere adrenalina y otras hormonas al torrente sanguíneo... Esto logra que aumentemos nuestra capacidad de reacción y hasta nuestra fuerza, disminuyendo la capacidad de sentir dolor.

—Es posible —razonó Valentina—. Cuando me dispararon no me di cuenta hasta después, cuando noté toda la sangre. Los médicos me explicaron que había sido el miedo el que me había protegido del dolor, para que mi cuerpo se concentrase en sobrevivir... En mi caso funcionó solo a medias —dijo como si fuese una simple constatación, sin matizar sus palabras con la tristeza real de su pérdida—. Me dijeron que el cerebro hace que el corazón lata más deprisa para que envíe más oxígeno a través de la sangre y mejore la coagulación de las heridas, además de llegar más rápido a las extremidades para que puedas huir. Todo muy primario, pero tiene su lógica, porque también hace que disminuya tu percepción del dolor.

Riveiro y Múgica escucharon a Valentina sin atreverse a intervenir. Era la primera vez que les hablaba directamente de lo que había sucedido el día que había sufrido el tiroteo. Riveiro se acordó de pronto de cuando había saltado una vez en mitad de un paso de cebra para apartar a su hijo de un ciclomotor que iba directo hacia él: tuvieron que darle seis puntos en la mano por la herida que se causó al caer sobre unos cristales, pero ni siquiera fue consciente de haberse herido hasta que pudo comprobar que su hijo mayor estaba a salvo.

—De todos modos, me parece improbable —observó el sargento, mirando a la forense— que te apuñalen el corazón y que no te enteres.

—Espera, que os sigo contando.

—A ver.

—Figuraos cómo fue la cosa que Sissi hasta recogió su sombrero y su paraguas del suelo y se fue caminando hasta el *vaporetto*. Reconoció que le dolía el pecho, pero supuso que había sido por el impacto del tropezón, y no se imaginó lo que había sucedido en realidad, porque ya estaba herida de muerte. Tras un rato en el barco, comenzó a sentirse mareada y a palidecer, hasta que se desmayó. Parece ser que la condesa que la acompañaba le echó agua en el rostro y Sissi se reanimó, aunque volvió después a perder el conocimiento. Cuentan que decidieron subirla a cubierta, donde se recuperó y hasta preguntó qué le había pasado. Fue entonces cuando la condesa le abrió un poco la camisa para que respirase mejor y descubrió en aquel instante una pequeña mancha roja de sangre, del tamaño de una moneda, a la altura del pecho izquierdo.

—¡Igual que Judith Pombo! —se maravilló Riveiro, que ya había dejado de realizar anotaciones para seguir escuchando el relato.

—Sí, muy parecido, la verdad. Además, y en ambos casos, las dos llevaban ajustados corpiños que sin pretenderlo taponaban la salida de sangre de la herida... He leído que Sissi volvió a desmayarse y a perder el color, por lo que la abrigaron con su chaquetón, sin lograr que volviese el color a sus mejillas. El caso es que el capitán del barco, al saber quién era la pasajera indispuesta, regresó volando al embarcadero del lago, y llevaron a la emperatriz en camilla hasta el hotel donde se había alojado la noche anterior, el Beau-Rivage, donde murió una hora después.

—¿Todavía vivió una hora después de regresar a tierra? —Valentina no salía de su asombro—. Estoy con Riveiro, suena prácticamente imposible.

—No, no lo es, si el objeto punzante es muy afilado y fino, como fue el caso, y apenas produce hemorragia. De esta forma puede suceder lo que en efecto sucedió, y es que la sangre comenzase a caer gota a gota en el pericardio, muy despacio, lo que provocó que el corazón se paralizase de forma progresiva pero muy lenta. He repasado mis apuntes sobre la autopsia de Judith y concuerda, lo veo perfectamente razonable y plausible; aunque en nuestro caso el arma debió de ser un poco más gruesa y la herida ligeramente más profunda, por lo que, desde la agresión, el tiempo de vida de Judith fue menor.

—¿Y eso no lo visteis ya al hacer la autopsia? —dudó Riveiro—. Quiero decir, ¿no dedujisteis cuánto había podido tardar en morir desde el ataque?

—¿Cuestionas mi profesionalidad?

—Joder, Clara, solo pregunto.

—Ya lo sé. Pero piensa que lo que nos llega es una herida de arma blanca que ha ocasionado la muerte, y hay muchos factores que pueden incidir en la gravedad y velocidad de la hemorragia; ni siquiera os hemos pasado todavía el informe de la autopsia, porque como es normal todavía no disponemos de los análisis de tejidos y fluidos... Cuando los tengamos podré dar una visión más completa de lo que le sucedió a Judith. Pero claro, siempre queréis saber todo al momento, metiendo prisas...

—Que sí, Clara, no te enfades.

La forense, sin embargo, sintiendo necesidad de justificar el buen protocolo seguido en su trabajo, continuó dando explicaciones.

—... Si nos hubiese llegado aquí el cadáver de la emperatriz sin saber su historia, tampoco nos habríamos figurado que desde que la habían apuñalado había estado viva todavía un par de horas, yéndose incluso a navegar por el lago Lemán...

Tanto Valentina como Riveiro guardaron silencio durante unos segundos, asimilando aquella asombrosa información y procurando mentalmente no decir nada más que pudiese ofender el criterio profesional de la forense. Lo cierto era que ella ni siquiera les había entregado todavía el informe formal de la autopsia, y además estaba trabajando en aquel caso en su día libre y tras una larga noche de guardia. No tendría sentido cuestionar el criterio de una profesional como Clara Múgica.

—Entonces, sí pudo suceder que Judith fuese herida de muerte justo antes de embarcar... —resolvió Valentina.

—O pudieron herirla ya en *La Giralda* —objetó Riveiro.

—No, tuvo que ser antes. Torres me llamó hace un rato y me contó que precisamente la víctima había sufrido una caída entre la multitud justo antes de embarcar, igual que la emperatriz Sissi —recordó la teniente.

—El impacto tuvo que ser fuerte —observó Múgica, moviendo la cabeza de un lado a otro y haciendo que su cabello trigueño bailase con el gesto—. Estoy convencida de que tuvieron que agredirla en esa caída que dice Valentina, porque cualquier otro impacto posterior tendría que haber sido notorio y no se les habría pasado por alto a los testigos.

La teniente, por su parte, seguía haciendo sus propias cábalas.

—Eso explicaría que, si ella se encerró por dentro para tener privacidad, terminase desmayándose y muriendo sobre la cama.

—¿Y el grito? —se preguntó Riveiro—. No olvides que gritó.

—Tal vez le sucedió como a Sissi, que se desmayó y recuperó el conocimiento, y después comprendió que iba a morir.

—O quiso pedir auxilio —observó Clara, razonando otra posibilidad más práctica.

—Es posible —reconoció Valentina, mirando de nuevo a Riveiro—. Recuerda que ella sí debió de ver la sangre, las dos gotas que cayeron estaban en el suelo, en mitad del camarote, y se notaba la marca de sangre claramente en su ropa, sin necesidad de abrirle el vestido.

—No sé.
—¡Las fotos!
Valentina sacó su teléfono móvil y fue revisando las imágenes que Torres le había enviado de los turistas del grupo de Dolce Vita. De entrada, no pudo distinguir bien los rostros de las personas que estaban al lado de Judith, porque al ampliar las imágenes estas se pixelaban.
—Tenemos que ir a la Comandancia para ver las fotos con el informático... Y a un tamaño decente —concluyó, haciendo ya ademán de irse.
De pronto, se dio cuenta de algo.
—Clara, ya sé que es tu día libre, pero no sabrás ya las conclusiones preliminares sobre la autopsia de Margarita...
—Tu equipo ha estado torturando a Almudena desde bien temprano, me lo ha dicho ella misma cuando he llegado; ya sabéis que en un caso así hasta que recibamos el informe de tóxicos no podemos confirmar que...
—Envenenada, ¿no?
Valentina la interrumpió sin miramientos, y Clara suspiró profundamente.
—Creemos que le echaron el cianuro en el café.
—Cianuro en el café... —repitió Valentina, pensando ya en quién le habría echado el veneno en la bebida.
—Perfecto. Muchísimas gracias por todo, Clara.
—Me debéis ya unas cuantas.
—Lo sé. Por cierto, Oliver...
—Tranquila, está bien. Lucas lo ha visitado esta mañana, y tendrá que pasar unos días en el hospital. ¿Por qué no vas a verlo? Le haría bien.

Las dos mujeres cruzaron las miradas y Valentina comprendió que la forense le enviaba con aquel «Le haría bien» infinitos mensajes. Pero la teniente tenía miedo de acudir a la llamada y de ya no ser capaz de marcharse nunca. No contestó nada a Clara y se limitó a marcar en el teléfono el número de la Comandancia, para que se priorizase de inmediato el trabajo con las imágenes de los turistas con Judith Pombo resurgiendo de su caída.

Por fin había encontrado una explicación perfectamente plausible para la muerte de la empresaria, pero todavía tenían que saber quién la había agredido y por qué. Estaba claro que no había sido ninguno de los invitados a *La Giralda*, por lo que, aparentemente, hasta ahora habían estado perdiendo el tiempo. Riveiro y Valentina se despidieron de la forense a toda prisa y, cuando se marcharon, Clara Múgica no pudo evitar posar de nuevo la mirada sobre la enigmática fotografía de la emperatriz Sissi.

Decían que su marido la había apodado la Gaviota, por su inagotable amor por los viajes y la libertad. Su final, como su propia vida, había sido trágico y sorprendente. Su asesino había conseguido con su acción un gran revuelo en Europa, pero no había logrado su objetivo de convertirse en mártir, porque donde había consumado el crimen no había pena de muerte, de modo que tuvo que conformarse con una nada épica cadena perpetua. En toda la documentación que Clara había encontrado sobre Sissi aquella mañana había descubierto que la emperatriz, días antes de morir, había escrito: «Quisiera que mi alma se escapara al cielo por un pequeño orificio del corazón». Si fuese verídico este último deseo, el final de aquella inusual emperatriz había sido, en cierto modo, magnífico.

La forense, mientras comenzaba a marcar el número de su marido para decirle que ya se iba a casa, no podía apartar la mirada de la imagen de Sissi, que tantos años después de su muerte la había ayudado a resolver un crimen insoluble. Una mujer fuera de lo común, pero que no había influido de forma decisiva en la política ni en la historia. ¿Qué tendrían algunas personas que, sin siquiera proponérselo, se convertían en leyenda?

Cuando Riveiro y Valentina entraron a buen paso en la sala de reuniones de la Comandancia, ambos frenaron su carrera al ver qué había sobre la mesa.

—¿Qué coño es eso, un león en miniatura?

—Ay, teniente —la agente Torres se aproximó corriendo—, los del SECRIM, que nos la han dejado aquí. Se llama Agatha.

—¿Qué?

Valentina no daba crédito.

—No será la gata de Margarita Rodríguez...

—Sí... Es una gata siberiana. Muy buena, ¿eh? No se ha movido del sitio desde que llegó.

Valentina negó moviendo la cabeza.

—Pero vamos a ver, ¿y no se le puede exigir al hermano que se la quede? O que se la lleve y se la regale a alguien en Burgos.

—Dice que no tiene a nadie a quien dársela, e insiste en que él es alérgico.

Valentina, sin tocarla, se acercó a la minina. Era una gata de pelaje largo, blanca pero con mechones grises aquí y allá, que hacían juego con sus enormes ojos. En la zona de la cabeza y la parte superior del cuello el pelaje era mucho más abundante, por lo que en efecto parecía un pequeño león de peluche. Riveiro intentó acariciarla.

—Qué peluda, ¿no?

Al instante tuvo que apartar la mano, pues Agatha le mostró los colmillos con gesto poco amistoso.

—Creo que esta raza en verano pierde bastante pelaje —le explicó Torres, que después miró a Valentina—. Han dicho que decidas tú qué hacer con ella.

—¿Que decida yo? No sé... Señor, ¡es enorme! ¿Cuánto pesará, ocho kilos?

—En su cartilla pone que nueve.

—Ah, que ya nos la han traído hasta con la cartilla... Joder. Pues podemos hacernos un abrigo con ella, es tremenda —bromeó Valentina, acercando también su mano a la gata, que sorprendentemente sí se dejó acariciar—. ¿Le habéis dado algo de comer?

—Leche y un poco de pescado, en la cafetería nos echaron una mano.

Valentina tomó aire y comprobó que Agatha no le quitaba ojo de encima.

—Vale, luego lo pensaremos. ¿Tenemos las imágenes?

—Sí, aunque el informático todavía está intentando mejorar la calidad. Pero en el ordenador de Camargo ya disponemos de la fotografía en que Judith se levanta del suelo.

—Perfecto.

Valentina reunió a todo el equipo y le contó lo que Clara había descubierto sobre el fallecimiento de la emperatriz Sissi, que de entrada pensaba aplicar al caso de Judith Pombo, porque a aquellas alturas ya resultaba imposible cualquier razonamiento lógico sobre un asesino fantasma que hubiese entrado y salido sin ser visto de aquel camarote cerrado por dentro en *La Giralda*.

—¿Has visto, Sabadelle? —La sonrisa de satisfacción de la agente Torres era amplia y burlona, y Zubizarreta la observaba con callado placer, sabiendo que, para desmontar los aires de superioridad del subteniente, podrían tirar de aquella anécdota durante mucho tiempo—. Resulta que sí, que la teoría del apuñalamiento retardado sí era posible.

—Puta carambola que habéis tenido, porque vamos, solo nos faltaba que ahora a Margarita también la hubiese envenenado el fantasma de la ópera...

—Hay que reconocer que todo en este caso es extraordinario —intentó apaciguar Valentina, centrándose ya en la imagen del ordenador de Camargo—. Torres, ¿tenemos algo del reconocimiento facial?

—Nada, aunque el sistema es un poco lento, y la base de datos es muy grande... En todo caso, de momento no parece que ninguno de los que estaban rodeando a Judith tenga antecedentes.

—De acuerdo. Vamos a ver... Camargo, ¿puedes ampliar ahí? No, no... Aquí, exacto.

La teniente inclinó la cabeza, se alejó de la imagen y se acercó a ella en repetidas ocasiones, y miró a Riveiro con preocupación.

—Por un momento me ha parecido que... No sé si tú has reconocido el rostro.

Valentina tomó ella misma el control del ordenador y amplió al máximo la imagen, justo hasta el límite preciso para no pixelarla del todo y convertirla en un dibujo desfigurado. El sargento se llevó una mano al rostro, confirmándole a Valentina que él también acababa de reconocer a la persona que ella señalaba en la pantalla.

—¿Qué... qué pasa, a quién habéis visto? —preguntó el cabo Camargo, que, junto a Zubizarreta, Sabadelle y Torres, también intentaba identificar aquel rostro, sin lograr deducir nada más que sombras.

Valentina se incorporó y puso ambas manos a los lados de su nariz, casi en posición de rezo, aunque lo que se reflejaba era preocupación.

—No puede ser, joder.

—No se me habría pasado por la cabeza en la vida —reconoció Riveiro, asombrado. Después, frunció el ceño—. ¿Y si fuese casualidad? Podría estar allí por puro azar.

Valentina lo miró con seriedad.

—¿De veras lo crees?

Y en aquella pregunta se guardaba ya una negación, la certeza de que la presencia de aquella persona en el instante en que se había herido de muerte a Judith Pombo no podía ser mera coincidencia. Sabadelle acercó su propio rostro a la imagen, sin reconocer a nadie.

—¿Se puede saber qué coño pasa? A ver... —Señaló al hombre que Valentina había estado mirando—. ¿Este quién es?

—Julián Ramos —respondió Valentina, con gesto

apesadumbrado—, el padre de Pablo, el jugador en silla de ruedas.

—Hostia.

—Me temo que sí. Y lo siento mucho por el chico...

Valentina volvió a mirar a Riveiro. Ambos parecían haberse puesto de acuerdo para pensar lo mismo en relación con aquel caso. ¿Se podía sentir empatía por un asesino? Julián, el padre entregado, el padre coraje, el que se desvivía por la felicidad y bienestar de su hijo. Tras un historial de largo y callado sufrimiento, ¿qué no haría él para eliminarle los obstáculos en el camino a su hijo, y más si aquella senda le llevaba, de camino, de vuelta a casa?

Valentina tomó aire y descolgó el teléfono para llamar a Caruso, mientras Agatha, sin que ella se diese cuenta, se acercaba y se sentaba a su lado.

14

> La peor parte del crimen, Hastings, es su efecto sobre el asesino.
>
> AGATHA CHRISTIE,
> *Telón* (1975)

A veces, cuando nos imaginamos a los asesinos, los dibujamos en nuestra mente como personas torcidas, quemadas por la vida. Con frecuencia, pensamos que los criminales disponen en su cuerpo o en su rostro de alguna cicatriz visible, que les recuerda nítidamente el lado oscuro del que proceden. Y en ocasiones, fantaseamos con otro caso distinto: el de los psicópatas, el de los perfectos caballeros que tras una fachada simpática y agradable desdoblan su vida, manteniendo la apariencia de la *normalidad* en un apartado visible de su existencia y albergando el horror en la otra, como si viviesen constantemente dentro de un espejo con versiones opuestas. Sin embargo, y tras el tópico novelesco y televisivo, se perfilan los asesinos y asesinas prácticamente fortuitos; los que creen matar por pura necesidad, y que aseguran con vehemencia haberse visto abocados al crimen por culpa de las circunstancias.

Julián Ramos era lo bastante realista como para comprender que sus circunstancias no le convertían exactamente en un asesino necesario; tampoco en uno fortuito y ni siquiera en un héroe o en un mártir. Él sabía que su recuerdo nunca se transformaría en la imagen idealizada de un padre coraje que hubiese procurado el bien para su progenie, eliminando de forma sencilla y práctica a quien se interpusiese en su camino hacia la plena felicidad. No, Julián comprendía perfectamente el alcance de lo que había hecho. Causa y efecto. ¿Se arrepentía? Tal vez. Los remordimientos acudían a él de vez en cuando, pero sin atosigarlo. Había encontrado cierta satisfacción perversa en ser él quien hubiese eliminado de la partida a Judith: ¿acaso era buena persona? No había visto que muchos llorasen su pérdida, y el mundo había seguido girando.

Y, además, ¿de qué servía seguir siempre las normas? Al final, solo los que quemaban contenedores en las manifestaciones conseguían sus objetivos. O eso le parecía. Ahora, el sargento Riveiro y la teniente Redondo lo miraban allí, sentado en la sala de interrogatorios de la Comandancia, sin dar crédito a las sorpresas que les deparaba su trabajo. Aquel hombre de pequeña estatura, amable y solícito, buen padre y esposo... Cuánto sufrimiento tenía que haber acumulado durante los últimos años de su vida como para atajar sus problemas de aquella forma. Eliminar a Judith tampoco tendría por qué haberle asegurado nada en relación con el futuro de su hijo, aunque acababan de saber que sí, que Basil Rallis, sin los obstáculos habituales que Judith interponía, sí se había decidido a echar una mano a Pablo Ramos. El joven estaba en la sala de espera de la Comandancia, deshecho e incrédulo, con una Victoria Campoamor que no lo soltaba de la mano y que procuraba darle consuelo; le acompañaba también su madre, que hasta ahora no había sabido nada de lo que había hecho su marido y que de momento vivía la situación de forma ajena, como si aquella historia perteneciese a otros, cuando en realidad iba a despertarse en cualquier momento para darse de bruces con aquella realidad imposible y desagradable.

Cuando habían ido a buscar a Julián a su piso, Valentina había visto en los ojos del hombre que, en cierto modo, haber sido descubierto había supuesto un extraño alivio. No había opuesto ningún tipo de resistencia, y nada más verlos había comprendido el motivo de la visita. Por un instante, Julián había dudado sobre si negarlo todo o no, sospechando que carecían de pruebas; sin embargo, cuando Valentina le aclaró que había un registro visual de él mismo al lado de Judith en el momento de caer y levantarse, ya supo que aquel pequeño gran teatro había terminado. Para la teniente, verlo llamar por teléfono a su hijo Pablo había sido una de las escenas más tristes que había tenido que presenciar en mucho tiempo.

Y ahora, tener ante ella a Julián, que antes de convertirse en asesino había sido buen esposo y mejor padre, no le facilitaba las cosas. Un abogado amigo de la familia se había hecho cargo del caso y lo acompañaba en su declaración; la reunión previa que habían tenido había durado apenas un minuto, porque Julián había insistido en querer contar todo con detalle, sin guardarse nada. El abogado era joven e inexperto en materia penal, pero a pesar de ello hizo sus recomendaciones de prudencia y mesura, que fueron desoídas por Julián.

—Dígame, ¿cómo sabía que Judith iba a embarcar en el palacete?

—Ya les he confesado todo, ¿qué más quieren?

—Los detalles, señor Ramos. Los necesitamos para el informe.

Valentina miró de reojo al abogado y procuró imprimir amabilidad a su tono. En su fuero interno, deseó que aquel hombre declarase no haberlo planeado todo, y que su acción hubiese sido fruto de una enajenación mental transitoria. Sabía que no era justo, que Judith tendría que haber tenido derecho a vivir y que, desde luego, también tenía derecho a que su asesino fuese castigado. Pero lo cierto era que para Valentina resultaba mucho más fácil ser inflexible contra los malvados sin escrúpulos. ¿Merecía su compasión aquel padre? Seguramente, la hermana y la madre de Judith Pombo, de poder hacerlo, responderían de forma tajantemente negativa.

Julián se llevó el dedo medio y el índice al entrecejo, como si acusase un gran cansancio.

—Hablé con Pablo por teléfono cuando estaba embarcando en la Magdalena.

—¿Lo llamó él o fue usted quien lo telefoneó?

—¿Y eso qué importancia tiene?

El hombre miró extrañado a Valentina, aunque en solo unos segundos pareció comprender por dónde podían ir los tiros.

—Mi hijo no tiene nada que ver con esto, ¿entiende? Téngalo claro, anótenlo donde quieran, ¡se lo juro!

El tono de Julián sonó desesperado por primera vez, y el hombre miró alternativamente a Valentina y a Riveiro, intentando asegurarse de que no cabía ninguna duda respecto a aquel punto.

—Continúe, por favor.

—Pues, pues...

—Julián, no tienes que decir nada —le aconsejó su abogado—, podemos solicitar declarar directamente ante el juez, y podemos...

—No, no —negó el hombre con la mano, muy convencido—. Que me pregunten lo que quieran, que se lo aclararé, ya no tengo nada que ocultar. Y, desde luego, Pablo no tiene ninguna vinculación con lo que ha sucedido —añadió, mirando a Valentina—. Llamé yo a Pablo, quería saber cómo había sido el embarque... ¿A quién se le ocurre, una cena en un barco? Y que un chico en silla de ruedas tenga que acceder por un muelle que no tiene ni rampa... En fin, solo quería saber si había podido subir a la goleta sin dificultades. Sé que Pablo ya no es un niño, ¡no me miren así! No entienden nada... Me gustaría verlos a ustedes teniendo que aprender todo desde cero.

—No hemos cuestionado su conducta con su hijo, Julián.

—Les he visto la cara.

—Se equivoca en sus conclusiones —afirmó Valentina, muy seria—. Le aseguro que soy muy consciente del enorme cariño y preocupación que un padre puede sentir por un hijo. Por favor, continúe, le escuchamos.

Julián cerró los ojos, como si al hacerlo pudiese recordar mejor, aunque a la teniente le pareció que el hombre, en realidad, quería terminar con aquel trámite lo antes posible.

—Al llamar a Pablo, supe que habían subido todos los invitados salvo la señora Pombo, que llegaba tarde... Les habían dicho que ella embarcaría en el viejo palacete del paseo de Pereda. No sé qué me pasó exactamente por la cabeza... Yo estaba en mi taller, que apenas está a dos minutos de ese embarcadero, y sin pensar cogí una lima con la que suelo trabajar...

—¿La apuñaló con una lima?

El tono de sorpresa de Valentina no dejaba lugar a dudas de que aquello sí que no se lo esperaba. Recordó en aquel instante que Julián ya les había dicho que había sido carpintero, y que todavía realizaba algún trabajo suelto tras su jubilación.

—No tiene por qué contestar —se apuró el abogado.

Sin embargo, Julián continuó hablando como si el joven no estuviese presente.

—Yo... No sabía que iba a apuñalarla, de verdad. No lo había planeado, se lo juro.

—Es que a lo mejor no cogió la lima, ya la tenía en el bolsillo, ¿no? —le interrumpió de nuevo el abogado, que se calló ante la mirada gélida de Valentina, porque una cosa era prestar asistencia y otra dirigir la declaración.

Hasta el propio Julián, en aquellas circunstancias, percibió la importancia que los detalles podrían suponer para su futuro próximo. Sin embargo, decidió ser honesto.

—No, la cogí de la mesa.

Miró al abogado y añadió, muy convencido:

—Y no vuelvas a interrumpirme ni a darme indicaciones, sé perfectamente lo que tengo que decir.

Julián resopló y enfocó de nuevo su atención en Valentina.

—Es una lima especial, pulida por mí, la modifiqué hace años para poder trabajar con ella en muebles delicados, es muy fina.

—¿La conserva?

—La tiré en una papelera del paseo de Pereda.

Valentina asintió y le hizo una señal a Riveiro. El sargento salió solo unos segundos para ordenar al equipo que coordinase el rastreo de las papeleras de la zona del palacete, contactando también con la empresa de recogida de basuras para verificar cuándo había sido la última vez que habían retirado desperdicios. Riveiro regresó sin perder un instante y observó cómo Valentina seguía haciendo hablar a Julián, que a cada segundo parecía más cansado y empequeñecido. Su rostro bronceado había parecido perder incluso su tono dorado, para convertirse progresivamente en un color más triste y oscuro.

—Señor Ramos, esto es importante. Si no pensaba apuñalar a Judith, ¿por qué cogió la lima de su taller?

—No, no... ¡No lo sé! Creo que estaba enajenado, ¿entiende? Aquella misma mañana había hablado con mi hijo sobre sus planes, sobre si podría volver a casa... Me terminó contando su última conversación con esa horrible mujer; ¿saben que incluso se le insinuó, la muy...?

Julián apretó los puños y miró hacia el suelo, revolviendo su rabia. Después, alzó la mirada y se la clavó a Valentina.

—Yo sé que nada puede justificar lo que he hecho, pero Judith Pombo era tóxica, una de esas personas que tuercen a la sociedad.

Julián negó con la cabeza, encogiéndose de hombros y mostrándose inseguro.

—Yo no sé con qué idea fui al muelle, se lo juro. Es que no lo pensé, ¡no lo pensé! Sabía que ella iba a llegar allí de un momento a otro para embarcar, y solo quería advertirle de que no se debía meter con mi hijo, que solo debía permitirle crecer y buscar su camino... ¿Por qué no lo dejaba tranquilo, eh? ¿Me lo explica usted, teniente?

—No me consta que Judith molestase nunca a su hijo, señor Ramos. Cuando entrevistamos a Pablo no nos confirmó nada en ese sentido.

—¿Y qué necesidad hay de actuar, cuando se puede ser igual de dañino limitándose a no hacer nada por los demás? No crea que porque Judith no llevase un revólver en la mano no disparaba bien sus balas. En Santander todo se sabe, y tenía desencuentros con todo el mundo.

Valentina suspiró. No iban a llegar a ninguna parte por aquel camino. Julián Ramos ya había decidido que la muerte de Judith estaba justificada, y si no lo era por su causa era por otras completamente ajenas. Quizás su obcecación no fuese más que el resultado de la frustración, del miedo y la angustia que había acumulado en silencio durante aquellos últimos años, constantemente preocupado por su hijo. ¿Habría sido Judith, simplemente, la figura en la que había podido descargar su ira? A Valentina no dejaba de sorprenderle aquella extrema sobreprotección sobre Pablo, que ya no era un niño y que había demostrado ser absolutamente capaz de rehacer su vida. Como si Julián hubiese escuchado sus pensamientos, no dudó en continuar su discurso contra las personas *tóxicas* como Judith:

—¿Saben que mi hijo se intentó suicidar hasta en dos ocasiones? No, claro, cómo iban a saberlo, de eso nunca se habla —remarcó con rabia— porque nos desagrada la simple idea, porque es un asunto que evitamos, como si en la vida real no existiese esa forma de morir. Pero ¿saben por qué se mata la mayoría de la gente?, ¿lo saben?

Nadie contestó, ante la evidencia de que aquella pregunta era un simple artilugio retórico.

—Por alivio. Por no querer sufrir más. Y miren, a mi hijo le pasó de todo. No solo se quedó sin poder caminar, sino que justo en aquellos meses perdió a su novia. Y esto les pasa solo a los nobles, a la buena gente. Fíjense si era tonto mi hijo que a su chavala hasta le dejó tiempo para escoger, ¡para escoger! Vivir con quien había estado los últimos cuatro años y pensaba casarse, aunque ahora fuese un amargado y un paralítico, o bien volar libre y empezar de nuevo. ¿Y qué escogió, adivinan?

—Dejarlo —replicó Valentina, atenta al discurso.

—Exacto. Lo que está roto, se tira. Así de fácil.

—O de difícil.

—No importa cómo lo ponga, teniente. Pero mire, un filtro que le puso la vida a mi hijo, y ahí le quedó en el camino una que no lo quería de verdad, pero que casi me lo mata. Mujeres de esas, como Judith, son las que sobran. Arpías sin corazón.

El abogado de Julián se mordía los labios y entornaba los ojos, y sus señales a su improvisado cliente parecían caer en saco roto. Estaba claro que Julián Ramos no iba a dejarse asesorar, que iba a decir todo lo que le saliese del corazón. Valentina miró a Riveiro de reojo, y comprobó cómo su compañero sentía también aquella inquietante lástima por un asesino, que justificaba con todos los males del mundo los que él mismo había ocasionado. ¿Hasta qué punto sería objetivo y racional aquel hombre con la historia de su hijo? Tal vez la novia de Pablo Ramos lo hubiese dejado porque el joven se había vuelto insoportable tras el accidente. O quizás ya había meditado abandonarlo antes de que le sucediese aquella mala caída en la nieve. ¿Cómo saberlo, cómo juzgar, si somos incapaces de adentrarnos en las verdades de cada corazón? Aunque había algo en lo que había dicho Julián que sí había llamado la atención de Valentina: la posibilidad de escoger. Aquello era algo que ella no le había dado a Oliver. Había decidido ella por los dos, dándose a sí misma la voz de la sabiduría y de la justicia, adelantándose a cualquier otra maniobra. La teniente intentó concentrarse en el interrogatorio.

—Julián, díganos qué sucedió cuando llegó al muelle.

—Pues... Vi que había una manifestación de no sé qué, algo del rey, y a lo lejos comprobé cómo ya se iba acercando la goleta al palacete. Esperé por allí, en la acera, porque supuse que la señora Pombo llegaría de un momento a otro. Les juro que al principio solo pensaba en hablar con ella, en pedirle que reconsiderase, en fin...

—¿Y por qué justo ese día y no otro? —intervino Riveiro, interesado—. Podría haber hablado con Judith en cualquier otra ocasión, incluso cuando ya se hubiese ido su hijo a Barcelona.

—Mire, ya le digo que no lo sé. Tenía la cabeza caliente con lo que Pablo me había contado por la mañana, supe que podría interceptarla y hablar con ella un instante a solas, así que...

Julián perdió la mirada en un punto invisible, recordando.

—Cuando bajó del taxi no me escuchó. Me miró con desprecio y como si estuviese loco, ¿entienden? Ella no me conocía en persona, pero le expliqué claramente quién era y que solo le pedía un poco de consideración, de amabilidad...

Julián alzó la mirada y Valentina lo animó a que continuase con su relato.

—¿Y entonces?

—Entonces... Ella me dijo que no estaba para «mis gilipolleces», que mi hijo era mayorcito, y que tenía prisa porque la esperaban para embarcar. La seguí e intenté continuar hablando con ella, pero se dio la vuelta y me gritó, y yo ya me volví loco.

—¿Le gritó? ¿Recuerda qué le dijo?

—No sé. Algo así como que la dejase en paz de una

vez, que era un «puto viejo chiflado». Les juro que me fue la mano sola al bolsillo, lo hice sin ser consciente de estarla matando, como si... Como si solo le estuviese dando un bofetón por su insolencia. Después, ella cayó al suelo y la gente de mi alrededor la ayudó a levantarse. Hubo bastante confusión, porque estábamos en medio de la manifestación y había muchas personas en el muelle para ver la goleta, que ya había llegado. Cuando vi que la señora Pombo se levantaba y entraba en el barco pensé que solo la había herido de forma superficial, porque me pareció que caminaba normalmente.

Riveiro miró al asesino confeso, sorprendido de que no hubiese sido consciente de haber herido de muerte a Judith cuando la había acuchillado.

—Entonces, ¿cuándo supo que la herida había sido mortal? ¿Después, por la prensa? —preguntó el sargento, que al instante pareció darse cuenta de algo—. ¿O se enteró por su hijo, al llegar a casa?

—No... Creo que en realidad lo supe cuando vi alejarse a *La Giralda* por la bahía. Bajé los ojos y vi mi lima manchada de sangre, y comprendí la gravedad de lo que yo... La había apuñalado en el pecho, no en un brazo o en una mano, y no sé... A veces uno tiene la lucidez suficiente como para comprender las consecuencias de sus actos. Fue entonces cuando decidí tirar la lima en la papelera más cercana que encontré y me fui a casa para estar con mi mujer. Pensé que la policía no tardaría en llegar, que alguien se habría dado cuenta de todo. Lo que no me esperaba era que la señora Pombo muriese de aquella forma, encerrada en un camarote, haciendo que fuesen sospechosos todos los que iban en el barco. Sabía que era imposible, pero si hubieran llegado a acusar a Pablo yo... Yo habría confesado de inmediato, por supuesto. De verdad que no quería matarla.

De pronto, Julián Ramos volvió a apretar los puños y se llevó ambas manos a los labios, ahogando un sollozo.

Porque en un momento de locura había matado a una mujer que él consideraba horrible, sabiendo en realidad que no iba a lograr gran cosa con ello. Acción, consecuencia. Sin remordimientos. Pero lo que no había medido eran las consecuencias de que su acción fuese descubierta. Su adorable mujer y su vida juntos... Aquello se había terminado. Su hijo, las explicaciones, las pérdidas y el dolor que le causaría aquella situación. El resto de la familia, los amigos, las habladurías. No, estos factores no los había sopesado ni medido. Un buen abogado, y no aquel que se sentaba a su lado, lograría demostrar la falta de premeditación, la enajenación mental transitoria, el ánimo solo amenazante de la tosca lima de carpintero e incluso el homicidio imprudente, pero el mal ya estaba hecho. Ya nada volvería a ser igual, y el sollozo de Julián Ramos se desparramó en aquella sala de interrogatorios, inundándola de toda aquella ira de padre que ahora se deshacía en ríos de agua salada que ya no se dirigían hacia ninguna parte.

El subteniente Sabadelle no daba crédito.

—¿Cómo que él no mató a Margarita?

—Eso ha declarado —le respondió Valentina, que tras hora y media en la sala de interrogatorios había entrado en la sala de juntas estirando el cuello y los brazos, como si los tuviese agarrotados— y además tiene la coartada de su esposa, que confirma que estaba en casa con él cuando se cometió el asesinato.

—Eso es una porquería de coartada.

—Sabadelle, aunque aún tengamos que comprobar todos los datos, Julián Ramos no accedió al Palacio de la Magdalena aquella noche, y tampoco estaba entre los que salieron, que te recuerdo que fueron registrados uno a uno.

El subteniente hizo chasquear su lengua, y el sonido fue más hueco y sonoro que nunca.

—Qué coño, ¡entonces estamos como al principio, pero peor!

—Peor no —intervino Camargo—, que uno de los crímenes ya lo tenemos resuelto.

—Joder, pero en la goleta había menos gente para ir tachando de la lista, y en la Magdalena tenemos varios equipos de fútbol para escoger...

—Calma —apaciguó Valentina—. Si hemos podido con el misterio imposible de *La Giralda*, podremos con el de la Magdalena, del que tenemos la suerte de disponer de material audiovisual, que ya es mucho. Tenemos que trabajar con ello. Y estudiar ahora detenidamente a quién podría beneficiar la muerte de Margarita, y también quién habría podido conseguir cianuro para envenenarla.

—Lo del cianuro es fácil —intervino Torres, que hasta ahora había guardado silencio—. Hay países en los que incluso lo venden en las farmacias, y el cianuro de potasio se utiliza en industrias plásticas y hasta en joyería, así que casi cualquiera podría hacerse con una dosis.

Valentina asintió. Ya sabía de la facilidad para adquirir en el mercado toda clase de venenos, cuya venta había proliferado incluso vía *on line*. Observó a Agatha, aquella enorme gata que no le quitaba ojo y a la que todavía no habían podido encontrar un hogar de acogida. Era extraño verla curiosear por la sala de juntas. Después, la teniente miró a Sabadelle y, por su gesto, supo que estaba a punto de protestar, seguramente porque llevaba todo el día revisando imágenes y pequeños vídeos de la fiesta del salón de baile sin encontrar nada significativo, cuando ella acababa de ordenar una nueva y más minuciosa revisión. La teniente iba a adelantarse a la queja antes de que se produjese, pero justo en aquel instante le pasaron una llamada. El número de entrada era largo y parecía provenir del extranjero. Era mister Grey, responsable de la ITF de Londres.

—*Yes, it's me... Sabadelle? Of course, he is member of my investigation section... Oh, I'm sorry for the inconvenien-*

ces. Aha... Judith Pombo. Really? Yes, illegal bets... I understand ... Thank you. Sure, yes... thank you, bye.

Cuando la teniente colgó el teléfono, todos la miraron con expectación, aunque ella solo dirigió su mirada al subteniente Santiago Sabadelle.

—¿Se puede saber qué coño les habías dicho?

—¿Eh? ¿Yo...? Pues, pues...

—Menos mal que al parecer, a pesar de que no le correspondía a ella —aquí Valentina remarcó el reproche en su tono—, la agente Torres habló después con ellos para aclarar un poco lo que les habías dicho... ¡Pensaban que se trataba de una broma de mal gusto, hasta que han comprobado a través de los contactos federativos y la prensa que en efecto Judith había muerto!

—Ah. Pero me comprendieron, ¿no? Es por el acento, yo lo tengo americano... Y los *British*, ya se sabe, que salen de la isla y ya no se enteran. Y a Torres solo le pedí que les mandase un correo para hacer todo más formal...

—Más formal, claro.

Valentina resopló, anotando mentalmente reunirse en privado con Sabadelle cuando terminase la investigación de aquel caso, porque estaba harta de que endosase siempre parte de su trabajo al resto del equipo.

—Así que acento americano...

Valentina volvió a tomar aire y lo exhaló muy lentamente, porque además no podía ni quería dedicarle un solo minuto a la consideración de que Sabadelle hubiese mentido tan descaradamente sobre sus conocimientos de inglés. Pero ahora no tenía tiempo para aquello; se centró en la información que había recibido y procedió a informar al equipo.

—Mister Grey me ha comunicado que en la reunión que tuvieron con Judith en Londres todo transcurrió normalmente, aunque hubo un hecho un poco incómodo y extraño tras una comunicación que le hicieron en privado.

—¿Una comunicación en privado?

Riveiro enarcó una ceja y sacó su libreta, de la que no escapaba nada que pudiese tener relevancia.

—Sí, al parecer le explicaron a Judith que quizás en su propio club se estuviesen practicando apuestas ilegales, algo que ella negó tajantemente. Parece que incluso se violentó un poco con la información, porque hasta le dieron el nombre de uno de los socios, Marco Fiore, que estaba comenzando a ser investigado en una operación policial internacional.

—Mira tú por dónde, nuestro amigo Marco —sonrió Riveiro, rodeando su nombre en la lista de su libreta.

—Sí —reconoció Valentina—, al final todo parece ir encajando. Pero aquí viene lo mejor, porque resulta que Judith insistió mucho en que era imposible que un acto delictivo de tal calibre sucediese en su club, y mister Grey dice que hasta se puso colorada de la indignación, que después salió de su despacho y se fue a hacer una llamada al descansillo, que él no pudo escuchar, pero que sí fue captada en parte por su secretaria, que sabe español y que estaba trabajando en una sala anexa.

—¡Coño! —estalló Sabadelle—. ¿La secretaria del fulano sabe español y yo desgañitándome para hablar con ella en inglés?

—Imagino que te atendió una secretaria de nivel inferior a la del responsable de la ITF, Sabadelle —suspiró Valentina.

A veces, la teniente sentía que trabajar con su compañero era como hacerlo con un niño pequeño al que hubiese que moderar con constantes regañinas.

—Bueno —zanjó Riveiro, interesado y muerto de curiosidad—, ¿qué es lo que escuchó la secretaria?

—Escuchó cómo Judith llamaba a una tal Margarita para que recogiese una carpeta en su casa y la llevase a su despacho del club de tenis ese mismo día.

—Ah, la carpeta... Pero eso ya lo sabíamos, ya nos lo había dicho Melania, que Margarita había recibido aquella indicación y que por eso había ido a recoger la documentación a Mataleñas.

—Exacto, esto solo sería una confirmación de la versión de Melania si no hubiese algo más, que es lo que llamó la atención de la secretaria de la ITF. Cuando Judith colgó, la chica asegura que, creyendo que no la escuchaba nadie, espetó algo así como «mi puto seguro de vida». Después, dice que Judith bajó por las escaleras y acudió al almuerzo informal que los miembros de la ITF tenían dispuesto en las mismas instalaciones, sin mayores incidencias.

Todos se quedaron callados unos instantes. Si no supiesen ya quién y cómo había asesinado a Judith, habrían considerado seriamente que aquella carpeta pudiera ser fundamental para esclarecer su muerte; pero resultaba que no, que aquellos misteriosos documentos a quien habían parecido condenar era a Margarita Rodríguez. ¿Cómo era posible que el *seguro de vida* de una persona pudiese convertirse en la sentencia de muerte para otra?

Justo en el instante en que Valentina iba a coger el teléfono para contactar con los compañeros del Servicio de Criminalística y conocer cómo estaba yendo el trabajo de registro en el club y las gestiones de los informáticos con los ordenadores, fue ella la que recibió la llamada. Era de Lorenzo Salvador, responsable del SECRIM. La teniente descolgó y, tras unos escuetos y mínimos saludos, se dispuso a escuchar lo que Salvador tuviese que decirle.

—Nada, que al final el cianuro estaba únicamente en la taza de la víctima, se lo habían echado en su café.

—Ah, eso... Sí, algo nos comentó esta mañana Clara Múgica. —En el tono de Valentina se evidenció cierta decepción—. Ya lo imaginaba, no iban a haber envenenado toda la cafetera.

—No, pero podrían no haber echado cianuro dentro de la taza, sino haber impregnado la cerámica en su exterior con cualquier otro tipo de veneno al tacto... Y en tal caso la muerte sería más lenta, claro. O podrían haberle inoculado el tóxico de otra forma, pero ya he hablado con Almudena Cardona y parece que de momento podemos confirmar que sencillamente le echaron cianuro en el café. Faltan los informes de tóxicos, ya sabes, y eso va a tardar.

—Como de costumbre. ¿Y me llamas solo para eso?

—No. Te llamo porque, aunque es casi imposible que a nosotros se nos haya pasado, los del ECIO sí han encontrado algo en la Magdalena.

—No me digas.

—Ya ves. Pero que conste que nosotros estamos a mil cosas a la vez y ellos han ido a pasarse allí el día, milímetro a milímetro, y aún no han terminado.

—Que sí, hombre, que ya lo sé. Dime.

—Han encontrado una capsulita pequeña donde podría haber estado guardado el cianuro antes de que se lo echasen a la víctima en el café.

—¡Vaya! ¿Y dónde estaba?

—Detrás de uno de los radiadores del salón de baile. El asesino debió de echar el veneno en el café y después se deshizo del recipiente como pudo; me imagino que tuvo que hacerlo al ver la que se había liado y que estaban registrando a todos los que salían del palacio.

—¿Y tenemos huellas?

—Aún no nos han pasado la cápsula, aunque me han dicho que parece que la limpiaron antes de tirarla, no lo sé.

—Ya. Que te confirmen qué radiador era, para volver a revisar con más detalle las imágenes que tenemos.

—Hecho. Pero no olvides que de momento solo es una posibilidad, porque la cápsula aún tiene que ir al laboratorio para confirmar cuál fue su contenido. A ver si vamos a meter la pata y era un puto pastillero que llevaba ahí perdido cinco años.

—De acuerdo. Cuando tengas algo me lo confirmas, por favor. Y lo mismo con el registro del despacho de Judith y el de Margarita en el club de tenis. Buscamos una carpeta con documentación indeterminada... No tenemos detalles ni de color ni de contenido, pero es muy importante que nos aviséis si encontráis algo, aunque creo que mañana iré yo misma de nuevo al club.

—Descuida, no dejaremos un milímetro sin rastrear. Descansad un poco, que ya solo con resolver lo de la goleta os tendrían que dar una medalla.

—*Nos* tendrían que dar una medalla —remarcó Valentina, incluyéndolo—. Te recuerdo tu supermáquina de radiografía de barcos.

—Ah, la radiografía estructural... —replicó Salvador, satisfecho por el reconocimiento, pero restando importancia al trabajo que había realizado en la goleta—. Estuvo chupado.

—Ya. Pues menos mal que eso lo hemos despachado, porque Caruso estaba a punto del infarto cerebral.

Salvador se rio, conociendo perfectamente el nivel de estrés al que Caruso podía someter a cualquiera, y Valentina se despidió recordándole la importancia de que les comunicasen cualquier mínima novedad en sus rastreos e investigaciones; al colgar y mirar por la ventana, la teniente se dio cuenta de que comenzaba a anochecer.

—Bueno, chicos, creo que por hoy ya poco más podemos hacer. Habéis hecho un trabajo magnífico, es un verdadero orgullo formar parte de este equipo.

Todos se la quedaron mirando en mudo silencio, sorprendidos por aquel reconocimiento explícito. Valentina nunca dudaba en decir si las cosas estaban bien o mal hechas, pero jamás implicaba sus sentimientos en sus discursos. Y esta vez acababa de asegurarles que se sentía orgullosa de formar parte del equipo. A ninguno de los presentes se le escapó la importancia de sus palabras, precisamente porque aquel contenido no era habitual, y en su singularidad estaba su valor. La teniente sonrió ante el estupor generalizado que había ocasionado, y dio dos palmadas al aire, ordenando a todos que se marchasen a casa. Ella no olvidaba que los demás sí tenían una familia que aquella noche los esperaba en alguna parte. Se despidieron comentando el caso del crimen en la Magdalena, organizando ya esquemas y gestiones para el día siguiente. ¿Quién sería el asesino de Margarita, la secretaria del Club de la Bahía?

Valentina condujo despacio y dando vueltas deliberadamente, como si fuese una turista perdida por la ciudad de Santander. Miró por un instante al asiento trasero, donde, dentro de una caja en la que había puesto una vieja toalla, dormitaba aquella peluda gata llamada Agatha. Todos habían puesto excusas para no llevársela a casa, y ella no había tenido corazón para dejarla abandonada en la Comandancia. Y eso que nunca le habían gustado especialmente los gatos, pero aquella felina tenía una forma de mirar casi humana que la traspasaba.

Aquella noche tendría que colarla de alguna forma en su habitación del hotel, aunque debería adoptar una decisión sobre ella lo antes posible. Apenas podía cuidar de sí misma, como para cuidar de las mascotas de las víctimas de los casos que tuviese que llevar. Le resultaba increíble todo lo que podía suceder en un mismo y único día, y todavía se encontraba asimilando los últimos acontecimientos. Además, la forma de morir de Judith Pombo también había resultado extraordinaria. Lástima que no hubiesen resuelto con un mismo asesino los dos casos, porque ahora todavía les quedaba averiguar quién había matado a Margarita, que tampoco parecía especialmente apreciada por nadie, aunque por motivos distintos a los de Judith: de ella podía molestar su soberbia, su poder y hasta su malicia; de la secretaria, su presencia anodina y vulgar, su suspicacia constante hacia los demás. Pero ¿desde cuándo la personalidad de alguien justificaba su asesinato? Al menos, el capitán Caruso se había relajado un poco: resolver un caso tan complejo como el de Judith en tan poco tiempo era desde luego como para presumir ante sus colegas y superiores sin necesidad de fingir modestia.

Pero a la teniente no le interesaban los reconocimientos, que en definitiva se llevaría Caruso, porque ella y su equipo solo eran agentes al servicio del bienestar común y carecían de rostro definido para la mayoría de la sociedad civil. En Valentina anidaban otros pensamientos, revoltosos e insistentes. ¿Se habría equivocado en sus decisiones radicales, en su actitud? Se analizaba a sí misma constantemente. No sufría estrés postraumático, porque no revivía ni reexperimentaba con periodicidad el momento del tiroteo, aquel acontecimiento que cualquier psicólogo calificaría de «altamente traumático». Pero sí sufría trastorno del sueño, inquietud, y esquivaba todo lo vinculado a niños, bebés e infancia. Era de manual: evitaba los estímulos relacionados con el trauma. ¿Y a Oliver, también lo relacionaba con lo que había sucedido? ¿Le recordaba, tal vez, lo que ya no tenía y por eso lo evitaba? Aquello la convertiría en una persona horrible, y no en la honorable dama llena de cicatrices que liberaba a su amado de cualquier obligación.

Valentina sabía por experiencia que las personas tendían a automatizar todo, incluso la forma de resolver las cosas. Averiguaban cómo solucionar los problemas durante la infancia y, a la larga, repetían la fórmula en la vida adulta. Cuando ella había sufrido en su infancia aquel terrible episodio con su hermano, que le había dejado un ojo completamente negro, había aplicado progresivamente el orden exagerado a todo lo que la rodeaba como única fórmula para mantener el control. Su trastorno obsesivo compulsivo por el orden y el perfeccionismo no mostraba otra cosa, en realidad, que una personalidad preocupada por el control. Y manteniendo una relación con Oliver, desde luego, había muchos parámetros que escapaban a su decisión y a su mente, cartesiana y organizada. ¿Por eso lo había dejado en realidad, para regresar a sus hábitos cuadriculados y funcionales y creer que así podría tener de nuevo todo bajo control? Sí, tal vez hubiese un poco de aquello, de aquel egoísmo subconsciente y enfermizo. Pero también había habido una inmensa generosidad, un amor franco y limpio, porque ella sentía que, abandonándolo, le había dado la oportunidad de encontrar a alguien menos disfuncional.

Sin saber cómo, Valentina se vio en la puerta del hospital. Ni siquiera se acordaba de haber aparcado el coche y comprendió que lo había hecho de forma automática en alguna parte. Pobre Agatha, se estaría preguntando dónde demonios se había metido. Se acercó a la recepción y preguntó por la habitación de Oliver Gordon. Sabía que ya no eran horas de visita, pero si resultaba necesario sacaría su placa. ¿Por qué no? Había tenido un largo día sirviendo a la ciudadanía, no sería para tanto. Fue curioso, porque no dudó ni un segundo en su trayecto. Pasillo, ascensor, pasillo. Paso firme, a pesar de haber estado tantas semanas evitando ver a aquel dichoso inglés que no podía sacar de su cabeza. No resultó necesario llamar, porque la puerta estaba abierta. «Qué blanco es todo», pensó, sintiendo como si hubiese llegado a una nube artificial.

Oliver estaba tumbado en la cama, y le pareció que se peleaba con el mando a distancia de la televisión, que de momento estaba apagada. Cuando la vio, abandonó el mando sobre la colcha y se incorporó sobre sus codos.

—Qué honor, la benemérita por aquí.

—Si quieres me voy.

—No —negó con un gesto cansado, incitándola con la mano a que se acercase.

Ella caminó hasta el borde de la cama, sin tocarlo y quedándose a solo unos centímetros de distancia. Oliver sonrió abiertamente.

—Me alegro de que hayas venido. Gracias.

Ella se limitó a asentir, mirándolo a los ojos. No era capaz de más. Tomó aire e hizo una pregunta predecible.

—¿Cómo estás?

—Fatal —contestó él, simulando una mueca de dolor, aunque en realidad acababa de tumbarse y había estado incluso caminando por los pasillos aquella misma tarde.

De hecho, no había dejado de atender llamadas: de su amigo Michael Blake desde Londres, de nuevo de su padre desde Escocia, y hasta de sus antiguos compañeros de tenis y de sus vecinos de Suances, preocupados por su estado de salud.

—Me han dicho que estoy prácticamente en las últimas, que voy a necesitar cuidados intensivos los próximos veinte o treinta años.

Valentina sonrió.

—Eso es mucho tiempo. ¿No estabas en las últimas?

—Acaban de mutilarme, *baby*, deberías ser más considerada.

—Solo te han quitado el apéndice.

—Pues hasta que has entrado por la puerta, ya ves —replicó él, poniéndose más serio y mirándola intensamente—, era como si me faltase medio cuerpo.

Ella bajó la mirada y negó con un gesto de cabeza, sonriendo.

—Mira que eres cursi.

—Lo que soy es paciente, *baby*. Solo estoy esperando a que dejes de hacer el idiota.

Oliver se puso ya completamente serio y se incorporó más, sentándose en la cama y tomando a Valentina de la mano.

—¿Has visto cómo tus teorías no eran tan buenas? Tanta manía con que ibas a morirte y mira quién está en el hospital.

A Valentina le dolió aquella mirada, aquella seriedad que había germinado en el hasta ahora siempre bromista y mordaz Oliver Gordon. Sintió que estaba a punto de derretirse, que no podía resistir más en aquella isla de hielo que se había creado a su medida, a pesar de que siguiese pensando que su simple presencia podía contaminar a los demás con sus miedos, sus traumas y todo su dolor. Quizás Oliver tuviese razón. Ahora los dos estaban rotos e incompletos, pero de distinta forma. Él también había perdido a su bebé. Su idea de que Oliver sería invariablemente más feliz con cualquier persona antes que con ella acababa de comenzar a flaquear, porque ella misma se sentía definitivamente incapaz de sentir o pensar sin incluir a Oliver en sus planes. ¿Cuánto tiempo de vida podría ofrecerle? ¿Y de qué calidad? ¿Era justo aprovecharse de la idea de honor y honestidad de Oliver para que siguiese a su lado, a pesar de que ella nunca podría darle la familia que él tanto deseaba?

De pronto, Valentina pensó en lo que Julián Ramos había dicho aquella tarde. Su hijo Pablo había permitido a quien estaba a su lado la posibilidad de elegir. ¿Dónde estaban la justicia, la equidad y el honor si ella no se lo permitía a Oliver? Él también tenía derecho a decidir qué camino escoger, a pesar de que ella se sintiese como una mujer rota, de esas que es mejor que desaparezcan en el recuerdo y que se marchen con la brisa.

En aquel preciso instante, justo cuando Valentina se había infundido de valor e iba por fin a comenzar a hablar, sonó estruendosamente su teléfono. ¿Quién...? ¡A aquellas horas!

—Perdona, Oliver, tengo que cogerlo.

—Tranquila.

Valentina atendió la llamada allí mismo, delante de Oliver. Era Lorenzo Salvador, del SECRIM.

—Dime, Salvador.

—¡La encontramos!

—¿Qué? ¿De qué me hablas?

—¡La carpeta, la puñetera carpeta!

—Sí, joder, claro... La carpeta. ¿Dónde estaba?

—En el despacho de Margarita, escondida debajo de un sillón. La había pegado en la base, por eso al principio, al registrarlo, no habíamos encontrado nada.

—Pues sí que tiene que ser importante para que se tomase tantas molestias... ¿Qué contiene?

—Unas fotos acojonantes. De la señora Pombo y de uno de los que estaba en la goleta, el italiano.

—Marco Fiore.

—Ese. Pues estaban dándolo todo en algún hotel o no sé dónde, porque las imágenes son en un dormitorio y muy explícitas. Vamos, en pelota picada.

—Vaya...

Al instante, Valentina no pudo evitar pensar en quién habría tomado las fotos. Que las tuviese Judith era significativo, pero tal vez solo significase que la estaban extorsionando con ellas. Claro que la empresaria, en la ITF, había hablado de la carpeta como su *seguro de vida*... La teniente comenzó a hacer cábalas de inmediato.

—¿Y no hay nada más?

—Unas anotaciones, números arriba y abajo, no se entiende nada, no sé si está en clave o qué mierda hay ahí anotado, son tres o cuatro folios.

—Vale, voy para ahí.

Cuando Valentina colgó, se dio cuenta de que Oliver no la había soltado de una de sus manos, y que ella había estado hablando así con Salvador todo el tiempo. ¿Cómo era posible que en un mundo con tantos millones de personas solo una pudiera hacerla sentir de aquella forma, con indiferencia hacia todo lo demás? Ni tiempo, ni espacio ni forma. Todo carecía de importancia si te encontrabas un misterio de carne y corazón que no atendía a la lógica, que te hacía navegar hacia un inesperado hogar. La teniente apretó la mano de Oliver y le sonrió, sin atreverse de nuevo a decir nada. Él la miró con gesto comprensivo.

—Anda, vete. ¿No tenías que atrapar a los malos?

—Yo... Lo siento, me gustaría quedarme y hablar contigo, pero es un asunto importante.

Oliver sonrió.

—Vete. Pero no olvides el camino de vuelta.

Cuando Valentina se marchó, el inglés no pudo evitar recordar las palabras de su padre. «Resiste y lucha», aquel era el lema de los Gordon. *Bydand*. Y pensó que Valentina era como aquella chica que siempre se veía obligada a caminar entre el fango y la espesura, como la Jenny de otro poema de Robert Burns, que por algún motivo no dejaba de acudir a su cabeza.

A través del centeno,
pobre chica,
a través del centeno
arrastraba las enaguas.
A través del centeno.

La vida les había puesto obstáculos, como a todo el mundo, aunque la pérdida de un hijo fuese algo antinatural y extraño. No importaba que no lo hubiesen conocido, y tampoco era relevante que aquella pequeña criatura hubiese sido solo un ideal, un dibujo de su imaginación. En aquel bebé habían puesto su confianza, su ilusión incondicional. No debían castigarse más por un dolor que no los dejaría nunca.

Si dos personas se encuentran
a través del centeno,
si dos personas se besan,
¿tiene alguien que llorar?

Oliver respiró profundamente y se encogió en su cama del hospital. Sintió que se había abierto un camino indefinido entre él y Valentina, y deseó con todas sus fuerzas que ella encontrase por fin el camino de vuelta.

15

> Es horriblemente fácil matar a la gente... Y se comienza a pensar que no importa... Que solo uno mismo es lo que tiene importancia. Esto es peligroso.
>
> Agatha Christie,
> *Muerte en el Nilo* (1937)

La esperanza es como un susurro invisible que nos abriga en las playas desiertas, que nos ofrece una posibilidad en ese horizonte que dibuja la línea del océano. Allí, justo allí, en la línea infinita, sabemos que quizás, tal vez, nos espere un trozo de luz. Pero no confiamos con la fe ciega y carente de argumento de los optimistas, sino con la ilusión de los niños, que saben que acaban de comenzar a leer el libro del tiempo. Valentina sentía aquel tibio calor dentro de su cuerpo, como una red que crecía, imparable, invadiendo todos esos mares que hasta ahora solo eran capaces de albergar hielo. Resultaba inquietante aquel atisbo de felicidad. Nada era para siempre: ¿acaso había algo que fuese eterno en este mundo?

La teniente acarició a Agatha, aquella enorme gata que parecía haberla adoptado como madre protectora y a la que no había tenido más remedio que llevar de nuevo a la Comandancia con ella. La noche anterior, en el hotel, la había colado muy torpemente en su habitación, y estaba segura de que los pelos que el minino había dejado sobre la alfombra suscitarían unas cuantas preguntas de las camareras de piso. Ahora era primerísima hora de la mañana y la teniente revisaba las anotaciones de la famosa carpeta de Margarita en la sala de juntas de la Comandancia. En realidad, se había llevado ya unas copias a su casa la noche anterior, y no había logrado descifrar el sentido de las iniciales, las cifras y las flechas de aquellos cuatro folios. Las fotos del encuentro sexual entre Judith y Marco Fiore, sin embargo, eran tan explícitas que no dejaban lugar a la imaginación.

Todo el equipo había echado un vistazo y especulado sobre los documentos, aunque la teoría más plausible parecía la de Riveiro.

—Esto debe de ser de las apuestas ilegales. Cantidades, jugadores... Las eses que aparecen a lo mejor se refieren a los sets de partido... Recuerda lo que nos contó Margarita, que no se tenía por qué apostar todo a un partido, sino solo a partes o incluso solo a puntos.

—Es verdad —reconoció Valentina—, pero entonces, ¿todo esto qué quiere decir, que Judith Pombo también estaba implicada?

—Yo lo veo posible, la verdad.

—Una mujer con tanto dinero... —dudó Torres, interviniendo—. ¿Qué necesidad iba a tener de eso?

—Nunca hay poco que no llegue ni mucho que no se acabe —intervino Zubizarreta, con su tono sentencioso habitual—, y la codicia es mala consejera.

—Joder —murmuró Sabadelle, entornando los ojos y llevándose un bollo a la boca—, tan temprano y ya estamos con el puto refranero español.

Valentina ordenó con un gesto automático los papeles sobre la mesa de juntas y revisó con la mirada la información que estaba clavada en los tableros verticales y los corchos; ya habían retirado la relativa a la goleta, pero habían dejado la lista de sospechosos que inicialmente habían configurado para el crimen de *La Giralda*.

—Pensemos... —dijo, muy concentrada—. Si Judith Pombo entendía estas notas y estas fotografías como un *seguro de vida*, lo más probable es que no fuese chantajeada ni coaccionada con esta documentación, sino que ella misma la utilizase para estar cubierta. En consecuencia...

—Es muy probable que ella misma tomase las fotografías —completó Riveiro, dejándose llevar por aquella teoría que todavía flotaba en el aire y sin asidero sólido al que sujetarse.

—Es una posibilidad —asintió Valentina, que se levantó y comenzó a caminar en círculos, como si así mejorase su capacidad de concentración—. Pero lo interesante ya no está en cómo llegaron las imágenes a Judith, sino en lo que hizo con ellas. Era un material evidentemente delicado y confidencial, y aun así ordenó a Margarita que lo fuese a buscar a su casa para que, justo el día de la cena en la goleta, se lo llevase al club de tenis. ¿Para qué tanta urgencia si no iban siquiera a pasar por el club, sino a disfrutar toda la velada en *La Giralda*?

—Hostias, pues porque no iban a cenar en *La Giralda*, sino en el club —espetó Sabadelle—. ¿No recordáis que la bronca que Judith echó a Margarita era porque la cena no tenía que ser en el dichoso barco, sino en el club?

—Es verdad... —recordó Valentina, asombrada de que por una vez Sabadelle hubiese estado atento a los detalles.

¿Cómo era que ella no se había dado cuenta? Demasiado cansancio y tristeza acumulados, quizás. Intentó concentrarse.

—Tienes razón, en la goleta tenía que ser solo el aperitivo, y la cena en el club.

—A lo mejor Judith quería asegurarse de que el italiano no cantase —sugirió el cabo Camargo, pensativo—

y por eso quería las fotos allí aquella noche, para amenazarlo con ellas.

—Pero no tiene sentido —objetó Marta Torres, retorciendo su coleta castaña en su ya tradicional tic inconsciente—, porque el primer interesado en no cantar sería Marco Fiore.

—No —negó Valentina—, él sería el primer interesado en no ser descubierto, pero una vez que lo atrapasen, si lo hacían, tal vez decidiese llevarse por delante a quien hubiese colaborado con él. Y con esas fotos Judith se aseguraría su silencio, porque que lo imputasen por apuestas ilegales sería una cosa, pero que se quedase sin su principal fuente de ingresos y de modo de vida, que era su mujer, supondría una consecuencia mucho más definitiva.

—A ver... —suspiró Riveiro, que se acercó a la pizarra y trazó una línea horizontal, como si se tratase de un camino.

Comenzó a marcar puntos ordenados con la tiza, asociando cada uno de ellos al momento temporal en que supuestamente se habían producido.

—Vamos a deducir de forma razonada y desde el principio —sugirió.

—Te escuchamos —lo animó Valentina, sentada ahora en la mesa.

—De acuerdo. Primero... A Judith le dicen en Londres que tienen conocimiento de que su club ha comenzado a ser investigado como punto de apuestas ilegales a nivel internacional... Hasta aquí bien, ¿no?

—Perfecto.

—Vale.

Riveiro marcó una primera línea, donde puso «Comunicación de la ITF en Londres».

—Después, Judith llama a Margarita para que recoja la carpeta, que es su *seguro de vida*, y se la lleve al club...

El sargento marcó otra señal en aquel punto.

—Y no hay que olvidar —recordó Valentina— que

la propia Margarita, después de recoger la carpeta, le dijo a Melania algo así como que por fin iba a estar el club limpio de maleantes, por lo que tal vez la secretaria sí sabía algo del contenido de aquella documentación, porque no olvidemos que ella detestaba a Marco Fiore.

—Es posible —reconoció Riveiro—, pero si Judith estuviese implicada, ¿por qué iba a revelarle ninguna información a su secretaria? Intentaría taparlo todo.

—No lo sé —dudó Valentina, algo descolocada—. Venga, sigue con tu esquema, a ver si concluimos algo de provecho.

Riveiro asintió y continuó trazando puntos con la tiza:

—Y cuando Judith Pombo llega a Santander, descubre que no va a pasar por el club, sino que la velada va a transcurrir íntegramente en la goleta, por lo que le llama la atención a su secretaria.

—Pues ahí —intervino Sabadelle, chasqueando la lengua— habría que ver si la pájara de la secretaria ya había visto el contenido de la carpeta o no, porque a lo mejor ese error en la cena no fue tan casual —insinuó, exagerando el tono mordaz y guiñando un ojo.

—Eso no lo sabemos —negó Valentina— y también desconocemos si tendría algún sentido por parte de Margarita hacer ese cambio.

—¿Puedo seguir? —preguntó Riveiro, que no esperó respuesta y continuó con su esquema lineal temporal—. Bien, el caso es que Judith es asesinada en la goleta por un tercero que parece que no tiene nada que ver ni con apuestas ilegales ni con el caso de Margarita, por lo que la misión de aquella carpeta se queda colgando en el aire...

—Y aquí entra de nuevo, inevitablemente, Margarita —observó Valentina, que se levantó y se acercó al esquema de Riveiro—. Porque una vez que Judith muere, la mañana siguiente varios de los asistentes a la velada de la goleta se personan en el club, incluyendo a la propia Margarita, a la que entrevistamos allí mismo.

—Junto con Marco Fiore y su esposa —completó Riveiro, cada vez más animado.

—Eso es. ¿Y si, tras la muerte de Judith, Margarita hubiese mirado aquella misma mañana el contenido de la carpeta? Recordemos que en su toma de manifestación ya declaró sospechar de Fiore en cuanto al tema de las apuestas... Creo que para ella la definición de maleante que le dio a Melania Pombo podría encajar perfectamente en la figura de nuestro italiano.

—Pero, con esa documentación —objetó Torres—, Margarita tampoco podría haber demostrado nada sobre el tema de las apuestas ilegales, porque estas anotaciones son completamente indescifrables.

—Ya, pero si quería deshacerse del italiano no tenía más que amenazarle con las fotos. Sabía que si las veía su mujer él estaba acabado. Vamos, que ya se podría imaginar de regreso a Italia en el primer vuelo, básicamente.

—¿Qué sugieres —dudó Riveiro—, que aquella misma mañana ella chantajeó con las fotos a Fiore y que él se la cargó a mediodía?

Valentina se encogió de hombros.

—No lo sé, es una posibilidad. Aunque si te detienes a pensarlo, de Margarita no hablaron demasiado bien varios de los invitados a la goleta. Victoria Campoamor apenas la soportaba, al igual que su tío... Podría haber sido cualquiera, pero el que desde luego tiene más papeletas es el italiano.

La teniente revisó de nuevo el esquema que había hecho Riveiro, y reconoció a sus compañeros que, de momento, todo lo que tenían eran conjeturas. Todavía debían esperar el resultado de los informes de tóxicos, de las huellas dactilares, del estudio minucioso de las imágenes de la Magdalena...

—Bien —concluyó con aire resuelto—, vais a estar en contacto con los de Criminalística para verificar las novedades en cuanto a huellas y demás, y quiero que comprobéis qué llevaba cada uno de los invitados a la Magdalena cuando los registraron al salir, por no mencionar ya el rastreo, fotograma a fotograma, de todo lo audiovisual que tengamos de la fiesta de esa noche. Quiero también que le paséis copias de los documentos a los compañeros de Madrid que llevan lo de las apuestas, tal vez ellos sí puedan descifrar esas anotaciones.

—¿Las fotos también? —preguntó Sabadelle, en tono malicioso.

—No, pero puedes enviarles una foto tuya y poner a prueba su estómago.

Valentina le hizo una mueca a Sabadelle, provocando la risa de sus compañeros, y después se levantó y miró a Riveiro.

—Tú y yo nos vamos. Creo que toca hacer una visita a nuestro amigo italiano.

Rosana Novoa ya se había maquillado y terminaba de dar las últimas instrucciones al servicio, que la escuchaba con suma atención, porque la señora no sabía en esta ocasión cuánto tiempo estaría fuera. Serían unas largas vacaciones, y al parecer la madre napolitana del señor de la casa atravesaba los achaques propios de la edad, por lo que resultaba preciso un viaje de urgencia para estar con ella en aquellos delicados momentos. Ahí residía la fuerza de la familia, en la incondicionalidad, en el acompañamiento infinito en los buenos y en los malos tiempos.

El avión hacia Roma salía en solo un par de horas, de modo que Rosana y Marco ya solo tenían que llamar al taxi para que los recogiese. Sin embargo, fue aquella extraña teniente de la Guardia Civil y su compañero los que aparecieron por la puerta del lujoso piso en el que residía la pareja.

—¿Les has dicho que nos íbamos de viaje?

—Señora —le había dicho una de las chicas del servicio—, ya les he explicado que no podían recibir a nadie, que se iban ustedes de viaje, pero han insistido...

Rosana miró hacia el suelo, concentrada y apretando los labios. En un par de segundos se recompuso, alzó la mirada y mostró un gesto de determinación en el rostro.

—No te preocupes, Lourdes, me hago cargo. Déjalos pasar.

Marco había tomado a su mujer de las manos, nervioso.

—¡Rosana, *amore*, te lo dije! No debíamos irnos de viaje cuando ellos ya nos habían dicho que... —Se llevó las manos a la cara preocupado—. No lo entiendo, ¿qué demonios querrán ahora? ¿Llamamos al abogado?

—Tranquilízate, Marco —le respondió Rosana, que tampoco era capaz de disimular su nerviosismo, aunque todavía mantenía cierta calma—. Estas son las comprobaciones habituales, el protocolo. Pero ya te dije que están buscando un cabeza de turco, así que cuidado con lo que dices, ¿de acuerdo?

—No tengo nada que ocultar.

Ella lo observó con cierta condescendencia.

—¿Seguro?

Marco miró a su mujer desconcertado, sin saber exactamente a qué se refería. Ya le había explicado que había dejado de hacer las apuestas ilegales hacía semanas, que ya no tenía nada que ver con aquel mundo. La conversación se vio interrumpida por las voces de Valentina y Riveiro, que les llegaban desde el pasillo. Rosana tomó la iniciativa.

—Lourdes, diles que los recibiremos en el salón.

—Sí, señora.

En solo un par de minutos, la teniente y el sargento accedieron a un salón tremendamente lujoso, repleto de obras de arte y decorado con un estilo algo barroco. Una biblioteca enorme cubría prácticamente la totalidad de la pared a su izquierda, y los libros se acomodaban en elaboradas estanterías de caoba hechas a medida. A la derecha, unos grandes ventanales ofrecían vistas sosegadas de la bahía.

—Buenos días, disculpen que los molestemos tan temprano. Parece que se van de viaje.

—Sí —contestó Rosana a Valentina, con serenidad contenida—. El estado de salud de la madre de mi marido es delicado, y nos vemos obligados a viajar a Nápoles con urgencia.

—Pensé que les habíamos indicado la necesidad de notificarnos sus intenciones en caso de que quisieran salir de la ciudad, y más, y especialmente, si pretendían abandonar el país.

—Ya, bueno. Lo lamento, ha surgido este asunto familiar de forma inesperada, y que yo sepa mi marido ha declarado ya todo lo que tenía que declarar, al igual que yo misma.

—Sí —intervino Marco—, no entiendo por qué se empeñan en molestarnos a mí y a mi mujer. Hemos visto en el periódico de la mañana que han detenido al responsable de lo que le sucedió a Judith, y ya habrán comprobado que nosotros no teníamos nada que ver.

—En efecto —reconoció Valentina—, pero no estamos aquí por la señora Pombo, sino por Margarita Rodríguez.

—*Cazzo*, ¡ya les dije todo lo que sabía en la Magdalena!

—Sí, es cierto que le tomamos allí mismo manifestación, pero ahora han aparecido en el despacho de Margarita unos documentos de los que querríamos hablar con usted. Tal vez prefiera que mantengamos la conversación en privado.

El gesto de desconcierto de Marco fue absolutamente revelador. Tanto a la teniente como al sargento les pareció que aquello lo pillaba absolutamente desprevenido.

—¿Documentos? No sé a qué se refieren —se extrañó Marco—, pero sí, si quieren podemos hablar en privado.

—De ninguna manera —atajó Rosana, en un tono gélido y firme, que mostraba que había recuperado su sangre fría y su habitual y aristocrática soberbia—. Todo lo que incumba a mi marido me incumbe a mí, teniente. No guardamos secretos, de modo que puede informarnos de lo que sea con total libertad, y le ruego que sea breve y precisa, porque tenemos que tomar un avión en apenas dos horas.

Valentina miró alternativamente a Marco y a Rosana, y percibió el creciente nerviosismo del italiano, que a todas luces prefería hablar en privado, temeroso de lo que le tuviesen que mostrar. Miró a su mujer mientras retorcía sus manos.

—Tal vez sea mejor que hable yo a solas con estos policías, no quiero que te veas mezclada en...

—Ni hablar, Marco —negó, tajante—. Olvídalo.

Rosana Novoa miró a Valentina Redondo con determinación. Se sentó en un amplio sofá y le hizo un gesto a su marido para que hiciese lo propio.

—Ustedes dirán.

Valentina sacó de una carpeta las fotocopias de los documentos que hasta ahora les habían resultado indescifrables: números, flechas y vocales y consonantes sueltas, sin aparente conexión. Los puso sobre una mesa baja que estaba ante Rosana y Marco, y esperó a ver su reacción.

—*Che cazzo è questo?* No entiendo, ¿qué significa?

—Esperábamos que usted pudiese explicárnoslo, Marco.

El rostro de Valentina se mantuvo inescrutable, atento a cualquier matiz y detalle en las expresiones de la pareja. A la teniente le llamó la atención el interés que inicialmente había mostrado Rosana, que ahora, al ver los documentos, había pasado al ámbito de la indiferencia. Sin embargo, Marco se estaba poniendo progresivamente más nervioso.

—Pues, pues... Son números, ¡cifras sin sentido! ¿Qué tienen que ver conmigo?

—Tal vez algo relativo a apuestas deportivas, ¿puede ser?

Marco miró a su mujer, visiblemente enfadado.

—¡Tenemos que llamar al abogado! —exclamó, volviendo a focalizar su atención en Valentina—. ¿Por qué no me dejan vivir en paz? Lo que pasó sucedió hace mucho tiempo, y no se pudo demostrar nada, ¡nada! ¿Por qué creen que estos papeles tienen que ver conmigo?

—Porque estaban en una carpeta que contenía más información relativa a usted mismo, señor Fiore.

—¿Qué? *Che diavolo...?*

—Se trata de unas imágenes en las que aparecen usted y la señora Pombo, creemos que en la habitación de un hotel. ¿Sabe de qué fotografías le hablo?

—¿Cómo?

La pregunta de Marco sonó como una exclamación, y en su rostro se dibujó la más genuina sorpresa. Parecía que no tenía ni idea de lo que le estaban hablando. Valentina suspiró y miró a Riveiro. Prefería no tener que sacar las fotografías ante la mirada de Rosana. Estaba claro que, entre Marco y su esposa, aquella conversación con la Guardia Civil iba a suponer un punto de inflexión.

—Señor Fiore, son unas fotos, digamos, bastante comprometidas...

Valentina intentó ser delicada, pero no supo cómo maquillar aquella verdad.

—Unas imágenes en las que usted y la señora Pombo aparecen manteniendo relaciones íntimas.

—¡Imposible, miente! ¡Miente!

Marco, prácticamente histérico, miró a su mujer con gesto de miedo y de inocencia absoluta. ¿De qué demonios de fotografías le estaban hablando?

—No sé qué pretende con esas mentiras —le espetó a Valentina, notablemente alterado—, pero esta conversación se ha terminado aquí mismo.

Riveiro lanzó una mirada a su compañera, que consintió con un suave cabeceo, y el sargento mostró dos de las imágenes a Rosana y a Marco, procurando que fuesen las menos explícitas, en deferencia a la mujer. El italiano se rompió al instante, atónito y desencajado. Tardó unos segundos en comprenderlo todo.

—*Ah, puttana!* Judith, ¡qué hija de la gran puta! Ella, ella... ¡Ella tomó estas fotos! Pero yo... No entiendo, no entiendo para qué...

Al instante, Marco miró a su esposa, que sorprendentemente se había mantenido flemática e inalterable tras ver las imágenes.

—*Amore*, ¡perdóname! Fue solo una vez, tú y yo estábamos peleados...

Intentó tomar a su mujer de las manos, aunque ella lo rechazó, apartándose.

Marco se puso de rodillas a su lado, olvidando por completo que la Guardia Civil estaba allí mismo, presenciando aquella dramática escena doméstica.

—Recuerda lo que hablamos ayer, nuestras nuevas metas... ¡Comenzaremos desde cero!

Rosana respiró profundamente antes de comenzar a hablar, y en vez de mirar a su marido se dirigió directamente a Valentina Redondo.

—Todo esto que nos enseñan no demuestra nada. Solo una vulgar aventura extramatrimonial. Si no tienen nada más, les ruego que nos dejen terminar de prepararnos, ya les dije que teníamos prisa.

La frialdad de Rosana sorprendió tanto a Valentina como a Riveiro, que se habían esperado una reacción de mujer despechada mucho más desgarrada y enérgica, desde luego. El propio Marco Fiore parecía haberse quedado de piedra al comprobar cómo su mujer manejaba con total tranquilidad aquella incómoda situación. En aquel instante, Valentina comprendió que Rosana sabía perfectamente de los escarceos y aventuras de su marido, y que posiblemente también supiese de la existencia de aquellas comprometidas imágenes. Aquello cambiaba las cosas. La teniente observó a Rosana con renovado interés, y las ideas comenzaron a conectarse en su cabeza.

Una mujer como Rosana Novoa podría tolerar, tal vez, las aventuras de su joven marido, pero nunca admitiría el escarnio público, el escándalo. Si Margarita Rodríguez había decidido utilizar aquellas fotografías de alguna forma y Marco Fiore no tenía conocimiento de su existencia, tal vez la propia Rosana hubiese decidido ser quien las silenciase en el pozo del olvido. ¿Cómo habría tenido conocimiento de aquellas incómodas imágenes? Valentina sabía que no tenía pruebas, pero, contradiciendo su forma habitual de trabajar, decidió lanzar un farol.

—Sí, señora Novoa... Tenemos algo más. Hemos encontrado la cápsula donde se guardaba el tóxico con el que envenenaron el café de Margarita; el recipiente fue escondido tras un radiador del salón de baile. Parece que intentaron borrar las huellas, pero lo cierto es que los avances científicos han hecho que nada se resista a nuestros equipos de criminalística, que con vapor de yodo hasta pueden rastrear huellas bajo el agua, e incluso en plástico flexible... Nos tomará solo unas horas verificar quién manipuló la cápsula, claro que, con todas las fotografías e imágenes que tenemos del evento, es solo cuestión de tiempo que identifiquemos quién vertió el cianuro en...

—¡Ya está bien! ¿Qué pretenden, no han hecho ya bastante daño? —preguntó Marco—. ¡Ya les he dicho que no he hecho nada! También pensaban que tenía algo que ver con lo que le sucedió a Judith, y ya han visto que estaban equivocados, ¿a qué viene eso de las huellas y de la cápsula?

Riveiro, que todavía estaba asombrado por el atrevimiento de Valentina y la arriesgada jugada que había realizado, solo pudo dirigir su mirada hacia Rosana Novoa, que se mantenía estática y seria, sin apartar la mirada de la teniente Redondo. A los pocos segundos, el propio Marco Fiore dirigió lentamente su atención hacia su esposa, cuyo silencio no presagiaba nada bueno. Rosana sonrió con tristeza y se dirigió a su marido. Acarició su rostro con ternura, sintiendo lástima de sí misma. Si aquella teniente de mirada felina la había engañado, desde luego ella no lo había percibido, porque lo cierto era que le había revelado la ubicación exacta de la cápsula, el lugar donde ella misma la había dejado; además, recordaba perfectamente cómo los invitados habían estado tomando imágenes con sus teléfonos móviles a lo largo de la fiesta. Sí, posiblemente solo fuese cuestión de tiempo que la descubriesen. Rosana se levantó y se dirigió a Valentina.

—No lo hice por despecho, sino por honor.

—¿Qué? —Marco no daba crédito—. ¿Tú...?

Rosana volvió a sentarse y miró a su marido.

—¿Sabes?, esta nueva vida juntos que habíamos imaginado tampoco habría salido bien. Nadie puede escapar a su verdadera naturaleza.

—Pero, Rosana, *perché?* ¿Por qué lo has hecho? Tú lo sabías, ¡sabías lo de Judith! ¿Entonces...?

Ella sonrió.

—Lo de Judith, lo de la masajista, lo de la camarera del balneario...

Volvió a acariciar el rostro de su marido, como si estuviese revelándole a un adolescente todas las travesuras que sabía que había hecho, pero que le perdonaba desde lo más profundo de su corazón. Después, volvió a dirigirse a Valentina y a Riveiro.

—La mañana en que nos interrogaron en el club de tenis, supe que Margarita había acusado a Marco del tema de las apuestas. Siempre tuvo celos de él, creo que porque estaba enamorada de esa zorra de Judith. Cuando terminé con ustedes, y antes de acudir a mi clase de tenis, pasé a hacerle una visita. Les prometo que no tenía más intención que la de recomendarle que nos dejase tranquilos, que yo misma me encargaría de cerrar el asunto de las apuestas de Marco...

—¡Pero si hacía mucho tiempo que yo ya no tenía que ver con ello! —exclamó el italiano, desesperado y comenzando ya a asumir lo que había hecho su mujer.

—No tanto tiempo —negó Rosana con una mueca hastiada, como si aquel juego de simular que nunca se enteraba de nada, de pronto, le hubiese cansado terriblemente.

»Estuviste más de un año tratando con los serbios y los italianos, y no paraste hasta hace mes y medio. Ah, Marco... ¿Pensabas que dabas el más mínimo paso sin que yo lo supiese?

El italiano miró a su mujer como si no la reconociese, sorprendido de su propia inocencia y admirado por la fuerte personalidad de ella, a la que hasta ese momento había creído más ajena a su mundo. Rosana continuó, dirigiéndose ahora a Valentina.

—Margarita se mostró odiosa. Una mosquita muerta como ella... ¿Saben eso que dicen de que si deseas conocer a alguien solo tienes que darle un gran poder? Pues a esa rata le faltó medio segundo para decirme que lograría que detuviesen a mi marido por lo de las apuestas, que conseguiría incluso que lo echasen de España... Esa cateta diciéndome eso ¡a mí!

Rosana se miró sus propias manos, llenas de joyas, todavía sin poder creerse que aquello le hubiese sucedido a ella, y mucho menos que la insulsa Margarita se hubiese atrevido a amenazarla. Valentina no quiso que perdiera el hilo.

—¿Y entonces?

—¿Entonces? Le dije que me encargaría personalmente de que fuese ella la que fuera puesta de patitas en la calle... Y esa zorra asquerosa me soltó que, si me atrevía a meterme con ella, publicaría unas fotos de Marco con Judith. Al principio no la creí, porque no pensé que Marco hubiese sido tan estúpido como para dejarse fotografiar, pero Margarita no tardó más de un minuto en enseñarme esa porquería —explicó, señalando con un gesto de cabeza las imágenes que Riveiro guardaba, y de las que solo había mostrado una mínima parte.

—Entiendo —asintió Valentina—. ¿Qué hizo usted entonces, Rosana?

—¿Qué iba a hacer? Sentí deseos de matarla... Me aseguró que tenía más fotografías a buen recaudo, con una persona de confianza. Imagino que se lo inventó, pero en aquel momento yo no podía saberlo, y tampoco iba a montar un escándalo con la Guardia Civil en el edificio.

—Por eso decidió eliminarla más tarde, cuando le surgiese la primera posibilidad —supuso Valentina, que había respirado con alivio al comprobar que su farol, sorprendentemente, había funcionado. Rosana la imitó y suspiró profundamente.

—No tenía claro qué iba hacer en la Magdalena, se lo juro.

—Pero se llevó la cápsula de cianuro —puntualizó Riveiro, que ya había escuchado la tarde anterior cómo un asesino justificaba su crimen achacándolo al azar, como si la decisión de matar hubiese sido absolutamente casual, cuando de forma previa y premeditada se había hecho con un arma.

En aquel caso, se había tratado de una lima de carpintero, y en este, de cianuro, que en ninguna circunstancia podía tener una finalidad pacífica.

—Sí, había cogido la cápsula pensando en ella, qué

quieren que les diga. Pero no sabía cómo iba a utilizarla, ni si iba a poder hacerlo aquella tarde.

—¿Cómo lo consiguió?

—¿El veneno?

La pregunta casi pareció hacerle gracia.

—Mi familia maneja una de las empresas más importantes del país en química y farmacéutica, ¿cree que me supuso algún problema?

—Me imagino que no —reconoció Valentina, que quiso ahondar en los detalles—. ¿Cómo logró echar el cianuro en el café de Margarita sin que ella se diese cuenta?

—Oh, fue terriblemente fácil. Observé cómo esa metomentodo asquerosa se servía un café y se quemaba con él, la muy estúpida. Lo dejó sobre una mesa y se fue al baño. La oportunidad la vi perfectamente clara, como si el destino me la hubiese dejado ahí a propósito...

—Pero, ¡no puede ser! —exclamó Marco, atónito—. ¡Estuviste todo el tiempo conmigo!

Ella sonrió a su marido con afecto, como si ya fuese consciente de que no iba a verlo durante mucho tiempo y de que echaría de menos aquella encantadora inocencia.

—¿Recuerdas cuando fui a por canapés, querido? Fueron solo unos segundos.

Marco palideció y cerró los ojos, comprendiendo por fin que aquella situación irreal e imposible estaba sucediendo de verdad. Rosana, por su parte, volvió a centrar su atención en Valentina.

—Reconozco que pensé que tal vez el cianuro no valiese para nada, porque no sabía si cuando Margarita volviese del baño se terminaría o no su café... Pero a su regreso se dirigió directamente hacia la taza, como si fuese una misión beberse su contenido. Yo estaba muy atenta, porque lo que no habría permitido bajo ningún concepto habría sido que otra persona tomase la bebida, por supuesto. Claro que, por un instante...

La mujer dudó, como si su mente se hubiese anclado en el recuerdo.

—Continúe —la animó Valentina—. Por un instante ¿qué?

Rosana pareció regresar de la escena que la retenía en su propia memoria.

—No sé, por un instante estuve a punto de gritarle, de detenerla, pero me quedé paralizada viendo cómo se bebía el veneno. Debió de notar el efecto muy pronto, porque enseguida dejó la taza sobre la mesa y no le importó que se volcase. Después, ya saben lo que pasó. La verdad es que no esperaba que sucediese tan rápido.

Valentina miró a Rosana con curiosidad. Una mujer aparentemente fuerte, con una inteligencia clara y medida, que había destrozado su vida por un amor desleal, por evitar romper la realidad del teatrillo diario en el que vivía. ¿Habría visto en Marco su última oportunidad para sentirse viva? Tal vez no soportase la idea de su día a día sin él, sin su inyección contra la monotonía y el irremediable aburguesamiento de alguien como ella. ¿Por qué permitiremos que algunas personas nos lleven al abismo? ¿O seremos siempre nosotros mismos los que, excusándonos en los demás, marcamos nuestras propias pautas?

Marco se acercó a su mujer y la abrazó, pensando que ella había hecho todo aquello por amor, por mantenerlo a salvo y a su lado, y se sintió miserable por ello. No consideró que aquel cariño de su mujer fuese interesado ni que ella hubiese asesinado a Margarita solo por mantener su frágil mundo a salvo, aunque estuviese lleno de mentiras. No, Marco no se sintió como una pieza más del juego, como un monigote al servicio de su esposa, sino que se rompió ante lo que él percibió como una generosidad inmensa por parte de Rosana, y le prometió que saldrían juntos de aquel trance, que ya nada los separaría.

El italiano no pensó, tampoco, que aquella precipitada huida a Nápoles hubiese sido pensada por su esposa para protegerse a sí misma, y no a él. Rosana se dejó abrazar y miró a Valentina con tristeza, porque ambas habían comprendido que aquel pequeño teatro se había terminado para siempre.

Judith Pombo

Judith se desabrochó un par de botones de la camisa; el calor le había subido desde el estómago hasta el rostro, y había sido consciente de ponerse colorada. ¿Qué estupidez habría hecho ahora el idiota del italiano? Se suponía que llevaba semanas sin participar en las apuestas, aunque ella había seguido participando en la sombra. Desde que había sabido que el Equipo de Fraude Económico y Blanqueo de Capitales había visitado la Federación de Tenis en Barcelona, había extremado las medidas de seguridad, pero que las sospechas de apuestas irregulares llegasen a la ITF en Londres resultaba peligroso e inaceptable.

Aquellas operaciones ilegales suponían un ingreso extra muy interesante, desde luego, pero hasta ella tendría que apartarse de todas las transacciones previstas, no podía arriesgarse. Salió del despacho de mister Grey y no lo dudó, llamó a Margarita desde Londres. Le habían informado de que estaba habiendo muchos retrasos en los vuelos desde Heathrow... ¿Y si tras aterrizar no le diese tiempo de ir a casa a cambiarse? ¿Y si tuviese que salir directamente del aeropuerto hacia *La Giralda*? Tenía que dejarlo resuelto aquella misma noche, hablar con Marco y establecer los límites. Necesitaba que la documentación que guardaba en casa estuviese en el club sin falta, y solo se le ocurría Margarita como recadera de confianza, porque la carpeta contenía los ingresos de las apuestas del último año, las iniciales de los jugadores, de los países de procedencia... Estaba segura de que su secretaria no tendría ni idea de cómo interpretar aquella información. Sin embargo, de forma no premeditada y según hablaba con Margarita, se le ocurrió desvelarle parte de la investigación que estaba realizando la policía sobre las apuestas. Si en la ITF ya tenían conocimiento, la noticia no tardaría en llegar por distintos canales a su club y a muchos otros. ¿No sería mejor irse cubriendo?

—Ah, Margarita, ¿sabes qué? ¡Parece que tenías razón, que alguien podría estar realizando apuestas ilegales en nuestro club!

—¿Qué...? Ah, pero, Judith, ¿me crees, por fin? Ya te dije que había rumores de que...

—¡Por supuesto, querida! He pecado de confiada. Aquí en la ITF me acaban de informar de todo, de que están siendo investigados varios clubs, y entre ellos el nuestro, ¡qué vergüenza!

—El italiano está implicado seguro.

El tono de Margarita se había animado, porque por fin sus palabras eran tomadas en consideración.

—He sabido que tuvo problemas en el pasado ante la justicia italiana, de modo que bien pudiera haber vuelto a las andadas.

—Es posible... Parece increíble, pero en esta ocasión he sido una ingenua —se lamentó Judith, fingiendo una falsa angustia—. Quiero que, por favor, vayas a mi casa y tomes del cajón derecho del escritorio de mi habitación una carpeta roja. Allí guardo una documentación que encontré entre papeles de Bekandze por pura casualidad... Son de Marco Fiore, y sospecho que podrían significar algo en lo de las apuestas. Así que ve a por la carpeta y llévala hoy sin falta a mi despacho en el club, ¿de acuerdo?

—Sí, sí, ¡por supuesto! —exclamó Margarita, a punto de estallar de felicidad.

—Te lo advierto, no abras el sobre que está dentro de la carpeta. Está sellado, de todas formas, pero contiene una información que no tiene que ver con esto, sino con clientes de Smart, ¿de acuerdo?

—De acuerdo, ¡de acuerdo!

Cuando colgó el teléfono, Margarita apenas podía creérselo. ¡Por fin, por fin Judith le hacía caso en algo y ella podía serle útil! Tal vez lograse que aquel empalagoso italiano desapareciese de su vista y dejase de toquetear a su Judith.

Más tarde, y ya con la carpeta entre sus manos, Margarita se despidió de Melania en la casa de Mataleñas y no pudo evitar exclamar, pletórica, que tal vez se pudiese por fin limpiar el club de maleantes.

Por su parte, y desde Londres, Judith colgó el teléfono con una sonrisa. Tenía claro que le convenía ir trabajando el camino por si el italiano caía. Que al menos Margarita pudiese testificar que su presidenta no sabía nada, y que en cuanto había tenido la mínima sospecha ya se había puesto a investigar. Ah, ¡qué estúpida era su ridícula secretaria, se lo había tragado todo sin dudar, sin sospechar siquiera que ella misma era ya la principal conexión en Santander para la realización de aquellas apuestas ilegales en todo el norte de España!

La única preocupación que guardó Judith ante su nueva estrategia fue que Margarita se atreviese a husmear en el sobre cerrado: las fotografías eran tan explícitas que no dejaban lugar a dudas de la relación íntima que mantenía con Marco, y eso, de ser descubierto, no la beneficiaría en absoluto ante una posible investigación. De todos modos, a Judith no se le escapaba que aquella solterona conocía su relación con Marco Fiore, que excedía el vínculo amistoso y empresarial: había incluso disfrutado sabiendo cómo ella la espiaba de vez en cuando mientras se llevaba a algún amante a su despacho.

Si finalmente Marco Fiore no era acusado ni descubierto en sus actividades delictivas, Judith se limitaría a informar a Margarita de que los papeles que había encontrado en Bekandze, finalmente, no tenían nada que ver con negocios turbios, sino con contabilidad corriente. Sería fácil. Aquella misma noche, en el club y tras la cena, le mostraría las comprometidas imágenes a Marco y le advertiría muy seriamente de que, como ya le había dicho en una ocasión, si caía debía hacerlo él solo. Si se le ocurría implicarla de cualquier forma, le amenazaría con mostrarle aquellas imágenes a su mujer. Las había tomado seis meses atrás en un hotel de Bilbao, cuando habían acudido juntos a una convención vinculada al centro de bienestar que Marco gestionaba para el club de tenis. Judith había sentido una perversa excitación al ver las fotografías, no solo por lo explícito de las imágenes, sino por su secreta argucia para tener todo bajo control en caso de que fuese necesario.

Sin embargo, aquella tarde, de regreso a Santander desde Londres, solo se presentaron problemas en su camino. Primero, el previsible retraso de su vuelo, por el que casi no llega a la pequeña recepción que habían preparado para Basil Rallis, aunque al menos, finalmente, sí había podido pasar por Mataleñas para cambiarse de ropa.

Le había parecido muy original, antes de cenar en las instalaciones del club, la idea de darle al legendario jugador un paseo por la bahía. Sin embargo, nada más llegar al paseo de Pereda y bajar del taxi, se encontró con aquel ridículo hombre, que aseguraba ser el padre de Pablo Ramos y que no hacía más que pedirle cosas para su hijo paralítico. ¿Por qué todo el mundo se arrastraba y buscaba en ella la solución a sus problemas? ¿Por qué no se labraba cada uno su camino, como ella misma había hecho? Intentó desembarazarse de aquel hombre sobreprotector y lamentable y avanzar a través de una pequeña masa de manifestantes. ¿Por qué demonios se manifestaban? Ah, la monarquía. Uno de los temas más viejos del mundo. Suspiró de puro aburrimiento ante lo que ella consideró un grupo de indigentes sin nada mejor que hacer que quejarse de un sistema que, paradójicamente, los sustentaba.

Pero aquel ridículo individuo la siguió, increpándola, pidiéndole que solucionase sus problemas. Ella le contestó alguna barbaridad, y sintió cómo el hombre tropezaba sobre ella, golpeándole fuertemente el pecho. Por un instante, sintió que perdía la respiración. Aquel cretino, queriendo o no, le había propinado uno de aquellos golpes certeros que te obligaban a perder el equilibrio. Mientras caía al suelo, Judith recordó que había tenido la misma sensación en una pelea con Melania cuando eran pequeñas. Habían comenzado a pegarse, y su hermana, normalmente débil e insegura, le había propinado un puñetazo en el pecho que la había dejado sin respiración durante unos segundos. El susto había sido tremendo, y Melania nunca más le había puesto una mano encima.

Judith se incorporó como pudo, ayudada incluso por los manifestantes, y sintió una profunda vergüenza al caer al suelo. Se sintió también un poco mareada, pero supuso que el efecto del impacto con aquel hombre odioso se desvanecería en unos minutos. Caminó hacia el muelle con decisión, aunque sintiéndose súbitamente debilitada. No miró atrás y no supo qué había sido del padre de Pablo Ramos, sin que desde luego tuviese ningún ánimo de saberlo.

Nada más entrar en la goleta, Judith pudo respirar el aroma de la cocina, que anunciaba una apetitosa cena. En un rápido vistazo, comprobó que la mesa estaba dispuesta en el gran salón de *La Giralda*. ¿Qué demonios había hecho su estúpida secretaria? ¡Allí solo tenían que degustar un aperitivo y dar un paseo por la puñetera bahía!

—¿Acaso tengo que hacerlo todo yo, Margarita? ¡Dime! ¿Eh? ¡Dime! Aquí, el cóctel; ¡solo el cóctel! La cena, en el club.

—Yo... Pensé que se hacía todo en la goleta, lo siento muchísimo. Juraría que me dijiste que cenaríamos en el barco.

—¿Qué? ¡Pues claro que dije que cenábamos en el barco, pero en la fiesta ibicenca, no en esta, por Dios bendito!

—Lo siento de verdad —volvió a excusarse Margarita, completamente avergonzada y sabiendo que las escuchaban.

Judith se acercó a ella y le habló casi en un susurro.

—¿Y la carpeta?

—En el cajón de tu mesa, en el despacho del club, tal y como me pediste.

—Bien...

Judith pareció darse cuenta de que el capitán y otras personas las observaban, y decidió tranquilizarse y adaptarse a la nueva situación.

—Resolveré ese asunto mañana. Voy un momento al servicio del camarote principal, ¿de acuerdo?

—Por supuesto, ¿quieres que les vaya diciendo al resto de los asistentes que bajen de cubierta?

—Haz lo que quieras, ¡ten un poco de iniciativa, joder! Estoy muy cansada del viaje, tal vez me tumbe un minuto para revisar los correos... Atiende tú a los invitados, ¿te ves capaz?

—Yo... Sí, claro.

Judith no se molestó en continuar la conversación, y entró directamente en el camarote, cerrándose por dentro. Se sentía tan cansada, tan débil. Hizo ademán de dirigirse al servicio, pero notó cómo fallaba el suelo bajo sus pies y cómo su mente perdía el control. Se sentó en la cama y pareció recuperar un poco el aliento. ¿Qué le estaba pasando? El pecho comenzaba a dolerle horriblemente. No fue consciente de desmayarse hasta que, casi diez minutos más tarde, recobró el conocimiento. Abrió los ojos y le llevó varios segundos ubicarse. ¿Dónde estaba? Aquella habitación se movía, se balanceaba. De pronto, recordó que se encontraba a bordo de un barco, en *La Giralda*, y que era la anfitriona principal de un evento con el famoso Basil Rallis. Masticó todavía su enfado por no acudir a la cena prevista en el club de tenis, por lo que ya no podría mostrarle las fotografías a Marco hasta otra ocasión. ¿Cómo iba a suponer que aquellas imágenes serían descubiertas por Margarita a la mañana siguiente, cuando ella misma ya estuviese muerta, llevándose también a su secretaria a la tumba?

Judith se incorporó y se puso en pie. Le dolía muchísimo el pecho. Bajó la mirada y, con horror, comprobó que sangraba en el punto exacto donde el padre de Pablo Ramos la había golpeado. Dos gotas de sangre resbalaron hasta la mullida alfombra. Judith, aterrorizada, intentó gritar pidiendo auxilio, pero de su garganta solo salió un rudo quejido, agudo y penetrante. Dio dos pasos atrás, tambaleándose, y comprendió que el golpe que había recibido de aquel hombre torpe y estulto no había sido ni inocente ni casual. El dolor le resultó ya insoportable. Exclamó una negación, que salió de su pecho como una última queja ante su destino, porque había comprendido que iba a morir. Judith Pombo, allí y en aquel instante. De la forma más absurda imaginable, por un motivo estúpido, por mano de un asesino que ni siquiera estaba a su altura. Ni en logros, ni en inteligencia ni en agallas. No era justo morir así.

Judith, sin ser consciente de ello, se sentó de nuevo y por pura debilidad sobre la cama. Era incapaz de hablar, y su pecho parecía a punto de romperse. ¿De verdad?, ¿así era como iba a terminar el juego? Cuánto le había quedado por vivir. Antes de desvanecerse por última vez, Judith guardó su último pensamiento para su madre y su hermana, y vio entre nieblas y delirios la hermosa finca de Mataleñas, que sobrevoló sabiendo que ya había abandonado su cuerpo.

El capitán Caruso estaba extremadamente satisfecho. En menos de una semana se habían resuelto dos crímenes de novela, complejos y enrevesados, y los había solucionado Valentina Redondo. Quizás aquella chica estuviese un poco desequilibrada, pero desde luego era buena en su trabajo. Estaría pendiente de su evolución, de que saliese de aquel pozo oscuro que se había autoimpuesto. El capitán acababa de llamar a la teniente a su despacho, y le había gustado verla llegar con una sonrisa. Al entrar, ella no tomó asiento y se quedó de pie ante el escritorio, esperando.

—Dígame, capitán.

—Me han dicho que te coges unos días.

—Sí, señor, asuntos personales. Ya he dejado a Riveiro al cargo y mi equipo de trabajo es excepcional, le aseguro que sin mí podrán perfectam...

—Que sí, coño —la interrumpió Caruso, con una risotada—. Mira que eres puntillosa, ¿eh, Redondo? Que me parece todo perfecto, que te cojas los días que necesites y soluciones tus cosas.

—Gracias, capitán.

—No se merecen, estamos en el súmmum de los reconocimientos gracias a tu sección, ¿lo sabías? Hasta el nuevo juez está impresionado. ¿Cómo coño se llamaba?

—Antonio Marín.

—Eso. Un tío raro, la verdad. Debe de ser el típico superdotado al que puteaban en clase, pero lo cierto es que hace bien su trabajo, y eso que solo es un crío.

—Sí, creo que es bastante joven.

—¡Pues me ha dicho que sabía que ibas a resolver el caso! Que confiaba plenamente en tus facultades... Y que te llamó para felicitarte y no le cogiste el teléfono.

—Se me habrá pasado.

—Claro.

El capitán Caruso observó a Valentina con cierto gesto de burla contenida, sabiendo que la teniente Redondo rechazaba por lo general cualquier adulación.

—¿Sabes?, hasta me han llamado de Madrid para felicitarnos por nuestro equipo de investigación, ¿qué te parece?

—Me parece bien, señor.

—Le parece bien, dice...

El capitán la miró con curiosidad.

—¿Estás bien, Redondo? Si te puedo echar una mano en algo, no lo dudes.

—No, capitán. Estoy bien, gracias.

—Ya... Sabes lo último, ¿no? Los abogados de nuestros dos pajaritos parecen haberse puesto de acuerdo, en ambos casos alegan enajenación mental transitoria y no sé qué gilipolleces más, ¿qué te parece?

—Lo habitual, supongo. Hacen su trabajo. Nosotros hemos hecho el nuestro.

—Eso es verdad. Por cierto, los compañeros de Madrid han descifrado gran parte de los documentos que les pasamos. La operación contra las apuestas ilegales va a ser monumental, y ni te imaginas algunos de los jugadores implicados.

El capitán dijo un par de nombres conocidos, y Valentina no disimuló su sorpresa. Desde luego, el mundo era un lugar extraño. Era lógico que existiese el mal, pero ella lo entendía más en aquellos que vivían en los extremos del abismo, incapaces de superar sus terribles circunstancias. Sin embargo, los que tenían posibilidad de escoger, de vivir limpiamente, ¿por qué terminarían transitando los caminos más oscuros?

—En fin, Redondo, pues ahora a descansar un poco, ¿eh? Y déjate ya de tanto deporte, que te va a dar algo.

Valentina sonrió. Hacía días que no iba al gimnasio, ni siquiera a correr.

—Me lo tomaré con calma, capitán.

—Eso es. Y ahora lárgate de aquí y que no te vea como mínimo en un par de semanas, ¿estamos?

—Estamos.

—Pero atenta al *display*, ¿eh? Que comienza el verano y últimamente esto se nos llena de gilipollas cargándose gente, que ni que fuese esto Chicago, cojones.

—No se preocupe, dejaré el teléfono conectado, capitán.

Valentina se despidió y vio con el rabillo del ojo cómo el capitán Caruso sonreía y la seguía con la mirada, comprendiendo con satisfacción que en ella había chispeado ya una nueva luz. La teniente se dirigió hacia la sala de juntas para despedirse de sus compañeros, pero para su sorpresa se encontró en el pasillo con el teniente Silva. No lo veía desde hacía muchas semanas y había esquivado deliberadamente sus llamadas y recados. El teniente la saludó efusivamente, interesándose por su estado de salud.

—Sí, ya supe que te habías reincorporado... ¡Y de qué manera! Los casos que habéis resuelto eran espectaculares. Yo aún estoy de baja... Me reincorporaré el mes próximo, solo he venido a saludar al personal.

—Muy bien, me alegro de que estés mejor.

Valentina le sonrió sin saber muy bien qué más decir y deseando marcharse cuanto antes, y aquella intención no pasó desapercibida al teniente Silva, que le habló ahora con expresión más seria. En su tono se adivinaba una emoción contenida y profunda.

—No sabes cuánto te agradezco lo que hiciste aquel día, Valentina. Siento tanto lo que os sucedió a ti y a tu bebé... Lo siento de verdad.

—Lo sé. Ya me lo has dicho varias veces... Pero no podemos cambiar el pasado y no fue culpa tuya. No te preocupes.

—No se trata de culpas, sino de responsabilidad, y fui yo quien te llevó a aquella maldita casa.

Valentina suspiró. No quería emocionarse, no debía.

—Lo pasado, pasado. Hay que seguir caminando.

—¡Papá, papá! —Una niña pequeña, de cabello rubio y ondulado, fue corriendo hasta el teniente Silva—. ¡Nos han dicho que aquí hay un gimnasio *inorme* y que podremos ver cómo disparan tiros en una sala del sótano!

—¿Sí? ¡Qué bien, mi amor! Ahora mismo voy con vosotros.

La niña se marchó corriendo hacia el fondo del pasillo, donde la esperaban una mujer y un niño un poco más mayor, que no les quitaba ojo a los agentes uniformados, intentando descifrar el significado de sus galones. El teniente Silva se explicó con Valentina.

—He venido con mi familia, para que los niños vean las instalaciones, les hacía ilusión.

—Claro.

Valentina mantuvo su atención en el fondo del pasillo, y supo que la mujer del teniente la había reconocido, porque en su mirada se dibujaba un agradecimiento infinito, un abrazo silencioso y sincero. Ambas mujeres se miraron unos segundos, hasta que Valentina bajó la vista hacia las criaturas, que ahora jugaban a dispararse con sus dedos índices, transformados en pistolas imaginarias. Tal vez ella hubiese perdido a su bebé, pero había salvado a aquellos dos niños de una orfandad segura, del dolor irreparable de la pérdida.

—Perdona, Silva, me están esperando y me tengo que ir... Me alegro de verte.

Valentina se despidió de forma abrupta, aunque aceptó un abrazo de su compañero, y salió disparada hacia el baño, donde por fortuna no había nadie. Se rompió en un llanto profundo, incontrolable y desbordado. Aunque ella estaba rota por dentro, aunque lo había perdido todo, tal vez no fuese de esa clase de personas inservibles que ya solo pueden dejarse ir con la brisa hasta desaparecer. No, no era ella la que tenía que deshacerse en el viento; era su dolor el que tenía que volar. Siempre habría recuerdos y dentelladas que su memoria le clavaría en el pecho, pero su mera existencia, su lucha contra el mal, tenía todavía un sentido. Lo había visto en la mirada de la mujer de Silva, en toda aquella vida que ella había logrado que continuase latiendo.

En realidad, Valentina ya lo había decidido durante aquellos días, pero lo que acababa de sucederle en el pasillo de la Comandancia le había parecido algo así como una señal, una confirmación de que estaba por fin en el buen camino. Aquel terrible dolor nunca dejaría de pertenecerle, pero no tendría más remedio que dejárselo a la brisa para que lo deshiciese en el aire, para que el viento que sopla cuando sube la marea se lo llevase al mapa profundo de los océanos. Algunos naufragios era mejor que se quedasen en el fondo del mar, dormidos, para que los marineros pudiesen seguir navegando. Con frecuencia, es lo que la marea esconde lo que da valor a cada nuevo latido, a la proeza de vivir.

—Teniente, ¿está bien?

—¿Qué?

Valentina levantó la mirada y comprobó cómo Marta Torres la observaba con sorpresa y preocupación. Desde luego, el baño femenino de la Comandancia de Peñacastillo no era el lugar más discreto del mundo para romper a llorar y reflexionar sobre el sentido de las cosas.

—Sí, Torres, tranquila —le sonrió—. Estoy bien.

—¿Seguro? He visto que...

—Se me había metido algo en el ojo, no estaba llorando —le explicó Valentina con gesto amistoso—. Pero no se lo digas a nadie. ¿Vamos a por los pasteles?

—¿Pasteles?

—Claro, he traído dos bandejas para despedirme. Una para nosotros y otra para Sabadelle.

La agente Torres se echó a reír y, en un ademán de confianza sin precedentes, abrazó a Valentina y después la miró con esa expresión de compañerismo universal y antiguo, que desvelaba que las personas no son solo capaces de lo peor, sino también de lo mejor.

Tras casi una hora de bollos y pasteles, de bromas sobre el nombre que Sabadelle escogería para su hijo, del que todavía desconocía el sexo, Valentina se despidió de sus compañeros deseándoles suerte para aquellas semanas en que ella estaría fuera. Solo el sargento Riveiro la acompañó hasta la puerta de la Comandancia.

—Parece que vamos a tener buen verano.

—Eso parece, sargento.

—Espero que disfrutes de la playa.

Valentina sonrió. Para ella, no había en Cantabria playas como las de Suances, donde no pensaba permitir que se escribiese ninguna página más en blanco. La teniente se despidió con un abrazo y condujo directamente hacia su hotel, donde las maletas la esperaban en la recepción. El propio director del establecimiento acudió a despedirse personalmente, agradecido por haberla tenido como huésped durante tanto tiempo, sin que el personal apenas hubiese podido percibir su presencia. La última semana, sin embargo, había sido más trabajosa, con aquella enorme y gordísima gata yendo de un lado para otro. Era un alivio que se la llevase, ¿cómo era posible que un animal soltase tanto pelo?

Valentina colocó a Agatha en su mullida caja del asiento trasero del coche.

—¿Lista?

Un maullido fue la respuesta. Aunque ambiguo, Valentina lo dio por bueno y arrancó el vehículo, cargado de maletas. Fue abandonando progresivamente la ciudad para conducir entre prados verdes e inmensos, salpicados de edificios más pequeños y de casas unifamiliares. Avanzó con calma y sabiendo que el tiempo podría volver a arrastrarla a playas desiertas, a días oscuros y dolorosos, pero ya no sintió miedo. No quería seguir escondida sobrevolando en sueños los tejados para, después, despertarse con las manos vacías.

Subió la cuesta que la aproximaba a Villa Marina. Para acceder a la finca debía desviarse hacia la derecha, pues si continuaba conduciendo por aquel estrecho cabo llegaría, en solo un minuto, hasta el faro de Suances y la playa de los Locos. El portalón de madera de la vivienda, como era costumbre, estaba abierto de par en par. Avanzó despacio con el coche, y dejó a su izquierda la cancha de tenis de la propiedad, recordando de inmediato su último caso, donde aquel deporte había estado tan presente. Valentina vio que había movimiento en el encantador hotel de Villa Marina. Los huéspedes disfrutaban de la piscina y de las impresionantes vistas de la playa de la Concha desde sus tumbonas. Aparcó más abajo, llegando ya casi a la curiosa cabaña de Oliver, que parecía salida de un bosque canadiense y que no pegaba nada con el estilo afrancesado y elegante de Villa Marina.

Descendió del coche y abrió la puerta trasera para tomar en brazos a Agatha, que le pareció que pesaba una barbaridad. La gata dio un salto sorprendente y aterrizó justo a sus pies, como si estuviese lista para inspeccionar el terreno, aunque sin separarse de su lado. Comenzaron a bajar por el breve camino flanqueado de vegetación, de árboles de toda clase y de palmeras hasta llegar a la cabaña de Oliver, que se asomaba sobre el mar con privilegiadas y apacibles vistas. Un breve sendero descendente conectaba la cabaña con un acceso directo a la playa de la Concha, donde ahora se mecían las olas con apacible ritmo y suavidad.

Cuando Valentina llegó al porche, le sorprendió no ver a nadie, ni siquiera a Duna, la pequeña beagle. De pronto, y como si ella misma fuese testigo de una escena doméstica ajena, vio cómo Oliver salía de la acogedora cabaña con Duna recién bañada y envuelta en una toalla; la sujetaba con su brazo derecho sobre su regazo. El joven caminaba con cuidado y presionaba con su mano izquierda su propio abdomen, en el que posiblemente un dolor moderado le recordase su reciente operación de apendicitis. Al ver a Valentina, Oliver sonrió de esa forma que solo puede ofrecer quien te añora de verdad y desde hace tiempo.

Sin embargo, el rostro del inglés mostró extrañeza al bajar la vista y ver a aquella enorme gata blanca a los pies de Valentina. Oliver había hablado y se había visto con su inusual teniente durante aquellos últimos días, pero desde luego ella no le había contado nada de ningún felino.

—¿Qué es eso, un tigre enano?

—Se llama Agatha —le aclaró ella, encogiéndose de hombros, como si la presencia de la gata no fuese culpa suya—. Un nuevo miembro de la familia.

Oliver sonrió y asintió satisfecho a pesar de los ladridos de Duna, que saltó de su regazo para ir directa hacia la enorme gata, que la recibió con sorprendente indiferencia. No cabía duda de que en aquella cabaña, y durante unos días, habría un poco más de acción de la habitual. Oliver se acercó a Valentina y ambos se observaron sin polvo en las miradas, sin reproches ni huidas. Llevaban mucho tiempo corriendo el uno hacia el otro sin encontrarse. Ambos eran en realidad como aquellas aves de las Órcadas, aquellos pájaros hijos de los árboles que venían de la oscuridad pero que después, con suerte, eran los que más alto podían alzar el vuelo. Se abrazaron y, mientras Agatha y Duna resolvían sus diferencias, entraron juntos en la cabaña. Entretanto, en la orilla de la playa soplaba una suave brisa y subía lentamente la marea.

Curiosidades

Cualquier similitud de mis personajes con personas reales sería resultado de la más azarosa casualidad.

En cuanto al Palacio de la Magdalena, la distribución de estancias que describo —así como la descripción de la sala de traductores— se corresponde con la realidad.

En esta novela he pretendido ofrecer un homenaje a todos aquellos libros que, especialmente a principios del siglo xx, trataban ingeniosos casos de crimen «de habitación cerrada». En las citas al comienzo de cada capítulo siempre he recurrido a alguno de ellos, aunque mi preferido, con diferencia, es *El misterio del cuarto amarillo*, de Gaston Leroux. La solución de mi crimen, que parece imposible, vino de mano de la Historia, y creo que el lector disfrutará con la información contrastada que se ofrece a lo largo de la trama.

Todos los datos históricos y sociales que se detallan en relación con política, monarquía, feminismo, apuestas deportivas, ecología, medicina, psicología... son reales, y me pareció muy interesante incluirlos en la novela.

Finalmente, los métodos de trabajo de la Guardia Civil, especialmente en lo relativo a radiografías estructurales, se corresponden con los que realmente utilizan, y fue preciso contactar con la UCO de Madrid para verificar su forma de utilización. Mi agradecimiento infinito a Jesús Alonso, de la Guardia Civil de Santander, por ayudarme a construir este sueño para todos vosotros.

Agradecimientos

Debo agradecer la colaboración de las siguientes personas:

Pablo González, director de la Escuela de Tenis de Samil, en Vigo; sus comentarios ante mis numerosas preguntas resultaron muy interesantes.

Jesús Alonso, guardia civil de la UOPJ de Cantabria en Santander. Creo que esta ha sido la ocasión en la que más lo he atosigado con cuestiones técnicas. Muchísimas gracias por tu tiempo e ilusión.

Pilar Guillén Navarro, directora del IML de Cantabria en Santander. Gracias por tu generosidad, Pilar.

Mi hermano Jorge y mi cuñada Marta, con los que experimenté el efecto que iba a suponer para cualquier lector el enfrentarse al singular caso de crimen en habitación cerrada que se plantea en el libro. Algunas de las extravagantes posibilidades de resolución que sugiere el equipo de Valentina provienen de sus mentes detectivescas.

Lola Sainz, directora del Palacio de la Magdalena, por su amable colaboración.

Mi editora Anna Soldevila y todo el equipo de Ediciones Destino. Gracias por confiar en mi trabajo.

Gracias a todos mis lectores, para los que pienso cada misterio con sumo cuidado, desafiando su ingenio. Cada aventura literaria es un reto con el que responder a vuestra confianza.

Lourdes Álvarez y Nacho Guisasola; primeros lectores que, ante mis deslices, mejoraron esta historia con sus observaciones. Gracias por vuestra generosidad.

Finalmente, gracias a mi marido Aladino y a mi hijo Alan. Visitaron conmigo cada escenario, cada rincón de esta novela. Si detectáis en mis palabras algún destello de luz, sabed que esa chispa siempre les pertenece.